Nora Roberts est le plus grand auteur de littérature féminine contemporaine. Ses romans ont reçu de nombreuses récompenses et sont régulièrement classés parmi les meilleures ventes du *New York Times.* Des personnages forts, des intrigues originales, une plume vive et légère… Nora Roberts explore à merveille le champ des passions humaines et ravit le cœur de plus de quatre cent millions de lectrices à travers le monde. Du thriller psychologique à la romance, en passant par le roman fantastique, ses livres renouvellent chaque fois des histoires où, toujours, se mêlent suspense et émotions.

Le refuge de l'ange

NORA ROBERTS

Le refuge de l'ange

Traduit de l'anglais (États-Unis)
par Isabelle St. Martin

J'ai lu

Titre original
ANGEL'S FALL

Pour Maman

SIGNAUX

Il n'est nulle part, celui qui est partout.

SÉNÈQUE

1

Reece Gilmore fit son entrée dans un nuage de fumée à Angel's Fist, la ville du Poing de l'Ange. Elle avait deux cent quarante-trois dollars et des poussières en poche, ce qui devrait suffire pour les retaper, elle et sa Chevrolet Cavalier en surchauffe. Avec un peu de chance, et si la voiture n'était pas trop atteinte, elle pourrait même s'offrir une chambre pour la nuit.

Ensuite, elle serait quand même fauchée.

Son pot d'échappement crachait un tel panache qu'elle devait sans doute y voir un signe, il était temps pour elle de poser sa valise.

Elle ne s'inquiétait pas outre mesure. À tout prendre, cette petite ville du Wyoming blottie au bord des eaux bleues d'un lac lui convenait aussi bien qu'une autre. Au moins on y trouvait de l'espace, un ciel dégagé et les sommets enneigés du Teton, cette avancée des montagnes Rocheuses, évoquaient la puissance de divinités ancestrales.

Sans trop savoir où elle atterrirait, elle était partie à l'aube, filant devant Cody, traversant Dubois en trombe ; un moment, elle avait songé s'arrêter à Jackson, mais avait finalement préféré continuer vers le Sud. Depuis plus de huit mois, elle inclinait à suivre ses impulsions comme des signes du destin.

Elle donnait ainsi une signification à l'angle de certain rayon de soleil ou à une girouette pointant vers le sud. Quand ces signes lui plaisaient, elle les suivait, et il en serait ainsi jusqu'à ce qu'elle trouve ce qui lui semblerait correspondre au lieu idéal. Elle s'y installerait quelques semaines ou, comme au Dakota du Sud, quelques mois. Elle y occuperait un emploi, visiterait la région et reprendrait la route dès qu'ils lui indiqueraient une autre direction.

Ce système lui procurait une certaine liberté et souvent – de plus en plus souvent – atténuait l'incessant murmure d'angoisse qui lui hantait l'esprit. Ces quelques mois de solitude et d'autonomie l'avaient davantage apaisée qu'une année de psychothérapie.

À vrai dire, cette psychothérapie lui avait sans doute donné les armes pour affronter la vie jour après jour, nuit après nuit. Mais voilà que s'annonçait un nouveau départ, une nouvelle feuille blanche dans la main fermée du Poing de l'Ange.

Au pire, elle y passerait quelques jours, le temps d'admirer le lac, les montagnes et de gagner assez d'argent pour pouvoir repartir. Un endroit comme celui-ci – d'après le panneau, il comptait 623 habitants – devait vivre du tourisme, exploitant les paysages et la proximité du parc national.

Elle y trouverait forcément un hôtel, quelques chambres d'hôtes, peut-être même un ranch ouvert aux touristes, établissements qui embauchaient toujours une aide ménagère, surtout en cette époque de dégel, alors que le printemps chassait les froidures de l'hiver.

Cependant, sa voiture fumant de plus en plus, elle devait avant tout se mettre en quête d'un garagiste.

Reece suivit la route qui serpentait autour du vaste lac. Çà et là, des plaques de neige tardaient encore à fondre, mais on commençait à voir des bateaux sur les eaux qui reflétaient la montagne.

Elle aperçut des boutiques, une petite galerie d'art, une banque, la poste et le bureau du shérif.

Elle se gara sur le parking d'une sorte de bazar à l'étalage hétéroclite ; devant l'entrée, deux hommes en chemise de flanelle étaient affalés sur de robustes chaises orientées vers le lac. Comme elle coupait le moteur et descendait de voiture, ils lui adressèrent un signe de tête et l'un d'eux repoussa la visière de sa casquette bleue au nom du magasin – Épicerie Mac.

— On dirait que vous avez des problèmes, jeune fille !

— Je crois, oui. Vous connaîtriez quelqu'un dans le coin qui pourrait m'aider ?

Posant les mains sur ses cuisses, Mac se leva lourdement. Râblé, la face rougeaude, il avait des petites rides au coin des yeux.

— Ouvrez-moi donc ça, proposa-t-il d'une voix grave, que je jette un coup d'œil.

— Merci beaucoup.

Elle regagna sa place pour tirer le loquet et il souleva le capot, mais recula, assailli par un nuage de fumée.

— Ça a dû commencer il y a une quinzaine de kilomètres, expliqua-t-elle. Je n'ai pas trop fait attention parce que j'admirais le paysage.

— Ça se comprend. Vous alliez vers le parc ?

— Plus ou moins.

L'autre type rejoignit Mac et tous deux examinèrent le moteur comme savent si bien le faire les hommes. Le regard calme, les sourcils froncés. À côté d'eux, elle avait exactement l'attitude de la femme pour qui ce qui se passait là-dedans était aussi mystérieux que les roches de Pluton.

— C'est une durite qui est pétée, expliqua l'un. Va falloir la remplacer.

Ça n'avait pas l'air trop grave, ni trop cher.

— Vous connaissez quelqu'un par ici qui pourrait s'en charger ? s'enquit Reece.

— Vous voulez que j'appelle le garage de Lynt ?

— Vous me sauvez la vie ! assura-t-elle avec un sourire.

Dans un geste qui lui venait plus facilement avec les inconnus, elle lui tendit la main.

— Je m'appelle Reece, Reece Gilmore.

— Mac Drubber. Et voici Carl Sampson.

— Vous venez de l'Est ? interrogea Carl.

C'était un solide gaillard d'une cinquantaine d'années qui devait avoir du sang amérindien.

— Oui, de la région de Boston. Merci pour votre aide.

— De rien, c'est juste un coup de fil, répondit Mac. N'hésitez pas à entrer vous mettre à l'abri, mais vous pouvez aussi vous promener. Lynt n'arrivera pas avant un moment.

— J'irais bien faire un tour. Pourriez-vous m'indiquer un endroit où passer la nuit ? Pas trop cher.

— Il y a l'Hôtel Lakeview, en bas de la route. Sinon, le Teton House, sur l'autre berge, un peu plus familial. Vous trouverez aussi des bungalows au bord du lac, en dehors de la ville, à louer à la semaine ou au mois.

Elle qui avait déjà du mal à vivre au jour le jour, voilà belle lurette qu'elle ne comptait plus en termes de mois. Quant à « un peu plus familial », cela augurait trop de promiscuité à son goût.

— Je vais aller jeter un coup d'œil à l'hôtel.

— Ça fait long à pied. Si vous voulez qu'on vous dépose…

— J'ai passé la journée à conduire. Un peu de marche me détendra. Merci beaucoup, monsieur Drubber.

— Pas de quoi.

Il la regarda un instant descendre le long du trottoir de planches.

— Pas mal, commenta-t-il.

— La peau sur les os, marmonna Carl. De nos jours, les femmes se laissent mourir de faim et n'ont plus de formes.

En fait, Reece essayait plutôt de reprendre le poids perdu depuis deux ans. Elle qui avait été plutôt athlétique était devenue trop maigre à son goût. Trop anguleuse, trop osseuse. Chaque fois qu'elle se déshabillait, elle ne reconnaissait pas son corps.

Il fut un temps où elle passait pour élégante, séduisante même, quand elle voulait s'en donner la peine. Ce n'était plus le cas. À présent, elle ne se trouvait plus jolie du tout : visage dur, pommettes trop saillantes, joues creuses. Les nuits sans sommeil se faisaient plus rares, mais lorsque cela lui arrivait encore, elle en émergeait les yeux cernés, avec un teint de papier mâché.

Elle avait envie de se reconnaître.

Ses vieilles chaussures claquaient imperceptiblement sur le trottoir en pente. Elle avait appris à ne plus se presser, à ralentir, à prendre les choses comme elles venaient, à goûter chaque instant de la vie.

La brise lui caressait le visage, ébouriffant sa longue queue de cheval brune. Elle aimait cette sensation, cet air propre et frais, la lumière crue sur les eaux du lac.

Non loin de là, à travers les branches dénudées des saules et des peupliers, elle aperçut quelques-uns des bungalows que Mac avait mentionnés. Des petits pavillons de bois et de verre pourvus de vérandas qui offraient une vue magnifique.

Ce devait être agréable de s'y asseoir pour jouir du paysage, regarder les gens qui s'aventuraient à travers les marécages couverts de roseaux des étangs, disposer de tout cet espace autour de soi, de toute cette quiétude.

Un jour peut-être, mais pas aujourd'hui.

Elle aperçut des tiges de jonquilles dans un demi-tonneau à whisky, devant l'entrée d'un restaurant. Certes, elles s'agitaient un peu dans le vent frisquet, mais elles évoquaient le printemps. Tout se renouvelait au printemps, à commencer par elle-même, avec un peu de chance…

Elle s'arrêta pour admirer les jeunes pousses. Cela faisait du bien de sortir enfin de ce long hiver. Les signes de renaissance allaient se multiplier, désormais. Son guide touristique glorifiait les étendues de fleurs sauvages qui poussaient le long des marécages, des lacs et des étangs.

Son regard glissa vers la vitrine du restaurant, plutôt une gargote familiale d'ailleurs, avec des tables pour deux et pour quatre, des box, des murs rouge et blanc plutôt défraîchis. Sur le comptoir étaient présentés des gâteaux et des tartes et derrière on apercevait la cuisine. Deux serveuses allaient et venaient, armées de plateaux et de cafetières.

La foule du déjeuner. Reece avait oublié le déjeuner.

C'est alors qu'elle remarqua l'affichette manuscrite collée sur la vitre :

ON RECHERCHE UN CUISINIER
S'ADRESSER ICI

Fallait-il y voir un nouveau signe ? Reculant d'un pas, Reece examina soigneusement l'intérieur de l'établissement. La cuisine ouverte, c'était important. On ne devait y préparer que des repas simples. Elle saurait comment s'y prendre.

Sans doute était-il temps de franchir une étape. À l'hôtel aussi, on devait embaucher en prévision de la saison touristique. Et ce M. Drubber pourrait bien avoir besoin d'une caissière dans son épicerie.

Néanmoins, elle avait cette annonce sous le nez ; sa voiture l'avait amenée dans cette ville, ses pas à cet endroit, où les jonquilles sortaient de terre au premier souffle du printemps.

Elle se dirigea vers la porte qu'elle ouvrit en retenant son souffle.

Oignons frits, viande grillée, café fort, musique country et bavardages.

Le sol carrelé de rouge était propre, le comptoir blanc impeccable. Les quelques tables libres étaient dressées, accueillantes, les murs ornés de photos en noir et blanc qui représentaient le lac, des rapides, les montagnes au fil des saisons.

Elle en était encore à rassembler son courage lorsqu'une serveuse fonça dans sa direction.

— Bonjour ! Si vous voulez déjeuner, vous pouvez vous installer à une table ou au bar.

— En fait, je voudrais voir le directeur ou le propriétaire. Au sujet de l'annonce sur la vitrine. L'offre d'emploi.

La serveuse s'arrêta net.

— Vous êtes cuisinière ?

Il fut un temps où Reece aurait fait la fine bouche à l'énoncé de ce terme.

— Oui.

— Ça tombe bien, parce que Joanie a viré le cuistot il y a deux jours.

La serveuse porta sa main libre repliée vers son nez, en mimant le geste de boire.

— Ah, d'accord !

— Il était arrivé en février. Il débarquait en disant qu'il avait trouvé Jésus et qu'il allait répandre Sa parole à travers le pays.

Décochant un sourire lumineux à son interlocutrice, elle poursuivit.

— Quand il prêchait, on avait plutôt l'impression qu'il délirait. Ce n'était pas Jésus qu'il avait rencontré, c'était la bouteille. Bon, installez-vous au bar, je vais voir si Joanie peut se libérer une minute. Je vous offre un café en attendant ?

— Du thé, si ça ne vous ennuie pas.

— Pas de souci.

Reece se jucha sur un tabouret de cuir et de chrome et, tout en essuyant sur son jean ses paumes moites, elle se rappela que rien ni personne ne l'obligeait à prendre cet emploi. Elle pourrait toujours s'en tenir au nettoyage de chambres d'hôtel ou même démarcher ce ranch à touristes.

Le juke-box changea de titre et Shania Twain annonça joyeusement qu'elle se sentait femme.

La serveuse fila vers le gril, tapa sur l'épaule d'une vigoureuse petite personne, se pencha pour lui parler à l'oreille. La femme finit par se retourner pour jeter un coup d'œil vers Reece, croisa son regard et hocha la tête. Alors la serveuse revint, munie d'une tasse d'eau chaude et d'un sachet de thé Lipton sur la soucoupe.

— Joanie arrive. Vous voulez déjeuner ? Aujourd'hui, c'est le pain de viande maison avec de la purée, des haricots verts et un petit pain.

— Non, merci. Juste du thé, ce sera parfait.

Jamais elle ne pourrait avaler un tel repas, tant elle était tendue, au bord de l'affolement, comme si une masse humide lui pesait sur la poitrine.

Si elle s'écoutait, elle s'enfuirait tout de suite, regagnerait sa voiture. Le temps de faire réparer cette durite, elle s'éclipserait et au diable les signes du destin !

Sous une masse de cheveux blonds, Joanie portait un tablier plein de taches de graisse et des baskets Converse rouges. Elle sortit de la cuisine en s'essuyant les mains à un torchon.

De ses prunelles gris acier, elle jaugea Reece des pieds à la tête.

— Tu es cuisinière ? demanda-t-elle d'une voix rauque de fumeuse.

— Oui.

— C'est ton métier ou tu es prête à n'importe quoi pour bouffer ?

— C'était ce que je faisais à Boston… pour vivre.

Luttant contre son anxiété, Reece ouvrit l'enveloppe qui protégeait le sachet de thé.

Joanie avait une belle bouche épaisse et bien dessinée qui contrastait avec la dureté de son regard. Ainsi qu'une ancienne cicatrice, à peine visible, qui lui courait de l'oreille gauche jusqu'au menton.

— Boston, répéta Joanie en coinçant le torchon dans sa ceinture. Ça fait loin.

— Oui.

— Je ne sais pas si j'ai envie de prendre une cuisinière de la côte Est incapable de la boucler cinq minutes.

Reece en resta bouche bée, avant de comprendre la plaisanterie et d'afficher un large sourire.

— Je peux devenir une effroyable bavarde quand je m'y mets.

— Qu'est-ce que tu es venue chercher ici ?

— Je voyage. Ma voiture est en panne. J'ai besoin d'un boulot.

— Tu as des références ?

Son cœur se serra douloureusement.

— Je pourrai vous en fournir.

Joanie renifla, désigna la cuisine du menton.

— Enfile un tablier. J'ai justement une commande pour un hamburger bien cuit, avec rondelles d'oignon cru, accompagné de champignons et d'oignons grillés, de frites et de salade de chou. Si le client ne tombe pas raide mort après avoir avalé ça, le job est à toi.

— D'accord.

Repoussant son tabouret, Reece prit une longue inspiration et franchit les portes battantes au bout du bar.

Sans s'apercevoir qu'elle laissait derrière elle l'enveloppe du sachet de thé en lambeaux. Détail qui ne passa pas inaperçu aux yeux de Joanie.

Les installations n'avaient rien de compliqué mais paraissaient pratiques et bien conçues : large gril, cuisinière professionnelle, réfrigérateur, congélateur, gants thermiques, éviers, plan de travail, double friteuse, système de ventilation. Alors qu'elle nouait un tablier, Reece vit la patronne sortir les ingrédients dont elle allait avoir besoin.

— Merci, dit-elle en se lavant les mains.

Puis elle se mit au travail.

Ne pense à rien, s'enjoignit-elle, *fais ce que tu as à faire*. Elle déposa le steak sur le gril brûlant puis éminça oignons et champignons. Elle mit les pommes de terre précuites dans la friteuse, régla le minuteur.

Ses mains ne tremblaient pas et malgré la tension qui la dévorait, elle s'interdit de vérifier par-dessus son épaule si on la surveillait.

Joanie tira la commande suivante sur le carnet et la fit claquer sur le plan de travail.

— Un bol de soupe aux trois haricots – dans la marmite, là, avec des biscuits salés.

Reece acquiesça, jeta les oignons et les champignons dans la poêle puis se lança dans l'exécution de la deuxième commande.

— C'est parti ! cria Joanie en arrachant un nouveau feuillet. Sandwich Ruben au corned-beef et salade mixte.

Reece passait d'un plat à l'autre sans hésiter. Sans doute l'atmosphère et les ordres avaient-ils changé, mais le rythme demeurait le même ; elle n'avait pas perdu la main.

Elle présenta sa première assiette à Joanie.

— Pose-la sur le comptoir, lui fut-il répondu. Continue. Si on n'appelle pas le médecin d'ici à une demi-heure, tu es embauchée. On parlera salaire et horaires plus tard.

— Il me faut…

— Continue. Je vais m'en griller une.

Elle travailla ainsi une heure et demie avant que le rythme ne ralentissc et lui permette de s'éloigner un instant de la chaleur du gril. Elle but une bouteille d'eau. Quand elle se retourna, Joanie était assise au comptoir devant un café.

— Personne n'est mort, annonça cette dernière.

— Ouf ! C'est toujours aussi animé ?

— Le samedi à l'heure de pointe, on a de quoi faire. Tu recevras huit dollars de l'heure pour commencer. Si tu donnes encore satisfaction dans quinze jours, je t'augmente d'un dollar l'heure. Toi et moi, plus un autre employé à mi-temps, on se partage le travail au gril, sept jours par semaine. Tu auras deux jours de congé cette semaine. Je prépare les horaires une semaine à l'avance. On ouvre à 6 h 30, autrement dit il faut arriver à 6 heures. On peut commander des petits déjeuners à toute heure, le menu du déjeuner de 11 heures à la fermeture, celui du dîner de 17 à 22 heures. Si tu veux travailler quarante heures par semaine, j'ai de quoi t'employer. En revanche, je ne paie aucune heure supplémentaire donc, si tu restes coincée ici au-delà de tes horaires, tu récupères la semaine suivante. Ça te va ?

— Je crois, oui.

— Si tu bois pendant tes heures de travail, tu es virée sur-le-champ.

— Compris.

— Tu prends tout le café, toute l'eau ou tout le thé que tu veux. Les sodas, tu les paies. Pareil pour la nourriture. Chez moi, on ne mange pas gratis. Et j'ai l'impression que ça ne t'est pas arrivé souvent. Tu es maigre comme un clou.

— Je sais.

— Le dernier à partir nettoie le gril, la cuisinière et ferme la boutique.

— Pas question ! coupa Reece. Je peux ouvrir, je peux travailler aux horaires que vous voudrez, faire toutes les heures sup qu'il faudra, échanger du jour au lendemain. Mais je ne fais pas la fermeture, désolée.

Haussant un sourcil, Joanie vida sa tasse de café.

— On a peur du noir, petite ?

— Exactement. Si ça ne vous convient pas, je cherche tout de suite autre chose.

— On verra ça. Il y a de la paperasse à remplir, mais ça attendra. Ta voiture est prête, à ce qu'il paraît ; elle t'attend chez Mac. Tu vois, les nouvelles se propagent vite ici. J'ai aussi appris que tu cherches un endroit pour dormir. Si tu veux, j'ai une chambre à louer au-dessus du restaurant. Pas très cher ; elle est propre et elle a une belle vue.

— Merci, mais je vais quand même essayer l'hôtel. Donnons-nous quinze jours et on fera le point.

Joanie se leva en haussant les épaules et se dirigea vers les portes battantes, son café à la main.

— Va chercher ta voiture, installe-toi et sois de retour ici à 16 heures.

Un rien étourdie, Reece sortit. Elle s'en était bien tirée.

En entrant dans le bazar, elle aperçut Mac occupé avec un client au comptoir du fond. Les lieux correspondaient exactement à ce qu'elle avait imaginé : on y vendait un peu de tout – glacières, tissus et articles de mercerie, outils et petite quincaillerie, produits ménagers, matériel de pêche, fruits et légumes, munitions.

Sa transaction achevée, Mac se tourna vers Reece.

— La voiture est prête.

— C'est ce qu'on m'a dit. Merci. À qui dois-je m'adresser pour payer ?

— Lynt m'a laissé la facture. Vous pouvez passer au garage si vous voulez payer par carte, mais si vous avez du liquide, vous n'avez qu'à me laisser l'argent ici. Je le verrai tout à l'heure.

— Va pour du liquide.

Elle lut la facture, constata avec soulagement qu'elle était moins élevée que prévu.

— J'ai trouvé un boulot, annonça-t-elle.

— Ah bon ? Vous avez fait vite.

— Au restaurant. Je ne sais même pas comment il s'appelle.

— Ce doit être le Bistrot de l'Ange. Ici, on dit « chez Joanie ».

— J'espère que vous y passerez un de ces jours. Je fais bien la cuisine.

— Je n'en doute pas. Voici votre monnaie.

— Merci. Merci pour tout. Je vais trouver une chambre, puis je retourne travailler.

— Si vous envisagez toujours de séjourner à l'hôtel, dites à Brenda, la réceptionniste, de vous accorder le tarif mensuel. Précisez bien que vous travaillez chez Joanie.

— D'accord, je n'y manquerai pas.

L'hôtel de quatre étages donnait sur le lac. Il abritait une boutique qui vendait un peu de tout, ainsi qu'un minuscule distributeur de café et de muffins, et une salle à manger aux nappes de lin.

Elle pourrait également disposer de liaisons Internet à haut débit pour un prix modique, d'un service de chambre de 7 heures à 23 heures et d'une laverie en self-service au sous-sol.

Reece négocia un tarif hebdomadaire pour une chambre au deuxième étage. Un engagement pour une semaine, cela lui semblait déjà beaucoup. Pas question de s'installer au premier, c'était trop cher, cependant, elle ne monterait pas plus haut de peur de se sentir piégée.

Elle préféra trimballer son sac de voyage et son ordinateur portable dans l'escalier plutôt que d'emprunter l'ascenseur.

Reece ouvrit immédiatement les fenêtres de sa chambre pour admirer les miroitements de l'eau, le mouvement des bateaux et les contreforts des montagnes qui surplombaient la petite vallée.

Elle verrait si elle resterait un peu ou non. En inspectant sa chambre, elle vérifia la porte donnant sur la pièce voisine, actionna le verrou pour s'assurer qu'il était bien fermé et finit par la bloquer avec la commode. Cela valait mieux ainsi.

Elle n'allait pas déballer tous ses bagages, elle sortirait juste le nécessaire. Bougies de voyage, articles de toilette, chargeur du portable. Comme la salle de bains était à peine plus grande que le placard, elle laissa la porte entrouverte, le temps de prendre une douche rapide. Sous l'eau, elle récita des tables de multiplication à voix haute, afin de garder son calme. Elle s'essuya puis elle enfila en hâte des vêtements propres.

Un nouveau boulot, se répétait-elle tout en se séchant les cheveux et en se maquillant. Elle se trouva moins pâle qu'à l'accoutumée, les yeux moins cernés.

Après avoir consulté sa montre, elle ouvrit son ordinateur et nota quelques lignes dans son journal.

Angel's Fist, Wyoming
15 avril

Aujourd'hui, j'ai fait la cuisine. Me voilà embauchée par une patronne de troquet dans cette jolie petite ville en bordure d'un grand lac bleu. Je m'ouvre une bouteille de champagne virtuel, je m'envoie des serpentins et des confettis.

J'ai l'impression d'avoir gravi une montagne, l'un de ces pics qui dominent la vallée. Je n'ai pas encore atteint le sommet, je me suis arrêtée sur une corniche large et solide, et je vais m'y reposer un peu avant de reprendre mon escalade.

Je travaille pour une femme du nom de Joanie, petite et ronde et pourtant jolie. Elle est dure aussi, et ça c'est bien. Je ne veux pas qu'on me ménage. Ça me donnerait l'impression d'étouffer, comme quand je me réveille après un cauchemar. Ici, je respire et je tiendrai jusqu'à l'heure du départ.

Il ne me reste même pas dix dollars en poche mais à qui la faute ? Ce n'est pas grave. J'ai une chambre pour une semaine avec vue imprenable sur le lac et les montagnes, un boulot et une nouvelle durite pour ma voiture.

Cette journée du 15 avril est à marquer d'une pierre blanche. Je vais retravailler.

Elle referma son ordinateur, enfila une veste, fourra dans ses poches son téléphone, ses clefs, son permis de conduire et trois dollars et se dirigea vers la porte.

Avant de l'ouvrir, elle regarda par le judas et inspecta le couloir désert. Enfin elle sortit, ferma, vérifia deux fois la serrure, puis une troisième fois. Et tout en se maudissant intérieurement, rentra chercher un morceau de Scotch qu'elle revint appliquer sur la porte, très en dessous du niveau du regard, avant de prendre la direction de l'escalier.

Elle descendit en courant, comptant chaque marche. Après une courte hésitation, elle préféra laisser la voiture sur place. Mieux valait marcher, ça économiserait l'argent de l'essence, même si elle terminait bien après la tombée de la nuit.

Après tout, il n'y avait guère que deux rues à traverser. Néanmoins, elle tripota sa clef, prise d'un brusque accès de panique.

Ne valait-il pas mieux prendre quand même la voiture, au cas où ? Mais non, c'était idiot.

Sans doute avait-elle les paumes moites quand elle ouvrit la porte de Joanie, mais elle la poussa tout de même.

La serveuse l'accueillit en lui faisant signe d'entrer.

— Joanie m'a demandé de te mettre un peu au parfum quand tu arriverais. On a un petit creux, mais ça ne va pas durer, les premiers clients vont bientôt se pointer. Je m'appelle Linda Gail.

— Reece.

— Pour commencer, Joanie ne supporte pas qu'on reste sans rien faire.

La jeune fille sourit en disant cela et des fossettes se dessinèrent sur ses joues. Elle avait des cheveux blonds de poupée, qu'elle coiffait en nattes. Elle portait un jean, un chemisier rouge à passepoils blancs, des boucles d'oreilles en argent avec des turquoises. Elle faisait très western.

— J'aime travailler.

— Alors tu seras servie. Surtout le samedi soir. Je serai secondée par deux autres serveuses, Bebe et Juanita, et il y aura aussi Matt qui desservira les tables et Pete qui fera la plonge. Avec Joanie, vous vous relaierez à la cuisine et, tu peux me croire, elle ne te quittera pas de l'œil. Si tu veux t'arrêter cinq minutes, tu as intérêt à le lui demander. Tu trouveras au fond un placard où ranger ton manteau et ton sac. Tu n'as pas de sac ?

— Non, je ne l'ai pas pris.

— Dis donc ! Moi je ne peux pas sortir de chez moi sans mon sac. Viens, je vais te faire visiter. Joanie te fera remplir les papiers. Je suis sûre que tu as déjà fait ce genre de travail, il n'y a qu'à voir comment tu t'y es mise tout à l'heure.

— Oui, c'est vrai.

— Bon, chacun nettoie les toilettes à son tour. Tu as une ou deux semaines de tranquillité avant d'avoir ce plaisir.

— Je meurs d'impatience.

Linda Gail sourit.

— Tu as de la famille dans le coin ?

— Non, je viens de l'Est.

Reece n'avait pas envie d'en parler, et pas envie d'y penser.

— Tu serviras le vin et la bière mais les gens ne viennent pas là pour ça. En général, ils préfèrent boire chez Clancy's. Si tu as une question, n'hésite pas. Je vais dresser les tables, sinon Joanie va s'énerver. Bienvenue à bord.

— Merci.

Reece alla chercher un tablier dans la cuisine.

Un endroit où il ferait bon rester en attendant de reprendre la route, se dit-elle.

2

Linda Gail avait raison, le travail ne manquait pas : Reece et Joanie s'activèrent sans échanger un mot, ou presque, dans la chaleur des poêles et des friteuses.

Soudain, la patronne lui glissa un bol sous le nez.

— Mange.

— Oh ! Merci, mais…

— Tu as quelque chose contre ma soupe ?

— Je ne crois pas, non.

— Assieds-toi au bar et mange. On est moins bousculées maintenant, tu vas pouvoir souffler un peu. Je la mets sur ton compte.

— Merci.

Maintenant qu'elle y songeait, Reece mourait de faim. Bon signe.

Linda Gail lui apporta une assiette avec un petit pain et deux petites plaquettes de beurre.

— Joanie dit que tu dois te remplumer. Tu veux du thé ?

— Parfait, mais je peux me servir.

— Ça ne me dérange pas, profites-en.

En lui donnant son bol, la serveuse jeta un coup d'œil par-dessus son épaule avant de murmurer :

— Tu es rapide, plus que Joanie. Et tu fais bien la tambouille. Les gens ont l'air contents.

— Ah…

Reece ne cherchait à s'attirer ni attention ni compliment. Tout ce qui l'intéressait, c'était la paie en fin de semaine.

— Ne t'en fais pas ! Tu ne serais pas un peu nerveuse, non ? plaisanta la serveuse.

Reece goûta sa soupe, la trouva succulente.

— Pas étonnant que la clientèle se bouscule ici. Ce plat est digne d'un grand restaurant.

Linda Gail regarda de nouveau vers la cuisine, pour s'assurer que Joanie était occupée.

— Tu sais qu'on se pose tous des questions ? Bebe dit que tu es recherchée, mais elle regarde trop la télévision. Juanita croit que tu fuis un mari brutal. Comme il n'a que dix-sept ans, Matthew ne pense qu'au sexe. Moi je pense seulement que tu as eu un gros chagrin d'amour. Lequel est le plus près de la vérité ?

— Aucun, désolée. C'est juste que je ne sais pas quoi faire, alors je voyage, assura Reece.

— Tu ne m'ôteras pas de la tête que tu as eu une grosse déception, c'est écrit sur ton front. Tiens, au fait, voici justement le plus beau des mecs du coin, un vrai bourreau des cœurs.

Il était grand. Ce fut la première chose que Reece remarqua en suivant le regard de Linda Gail. Au moins un mètre quatre-vingt-cinq. Les cheveux noirs en bataille, le teint mat. Quant à le trouver beau, c'était une autre histoire…

Pour qu'elle trouve un homme beau, il devait présenter un minimum d'élégance et de classe, ce qui n'était en rien le cas de celui-ci. Au contraire, il avait quelque chose de brutal, avec sa barbe mal rasée et ses traits émaciés, sa bouche crispée, mais surtout dans cette façon qu'il avait de promener son regard sur toute la salle. Rien de très attrayant non plus dans sa longue veste de cuir élimé, dans son jean délavé ou ses bottes usées.

Il n'avait pas pour autant l'air d'un cow-boy, mais plutôt d'un type qui passait le plus clair de son temps à l'extérieur. Il émanait de lui une impression de force, non dénuée de cruauté.

— Il s'appelle Brody, indiqua Linda Gail à voix basse. Il est écrivain.

— Ah oui ?

Curieusement, Reece en fut soulagée. Quelque chose dans son attitude faisait plutôt penser à un flic. Écrivain, c'était mieux. Plus facile.

— Quel genre ?

— Il écrit des articles pour les magazines et il a déjà publié trois romans, des romans policiers. Je trouve que ça lui va bien, ça le rend mystérieux.

Linda Gail repoussa ses cheveux pour se donner une contenance alors qu'elle continuait d'observer Brody du coin de l'œil.

— On dit qu'il travaillait pour un grand journal de Chicago et qu'il s'est fait virer. Il loue une petite baraque sur l'autre rive du lac, il est presque tout le temps seul. Mais il vient dîner ici trois fois par semaine et il laisse un joli pourboire.

Là-dessus, Linda Gail s'approcha de l'écrivain en sortant son carnet de sa poche. Reece l'entendit lancer un aimable bonsoir.

— Comment va, Brody ? Qu'est-ce qui vous ferait plaisir, ce soir ?

Tout en mangeant, Reece observait les mimiques de la serveuse tandis que le dénommé Brody commandait sans consulter le menu. En se retournant, Linda Gail lança vers Reece un regard exagérément rêveur. À l'instant où elle allait lui répondre d'une moue amusée, elle vit les yeux de Brody se poser sur elle.

Cette façon qu'il avait de la dévisager sans vergogne la fit frissonner. Pour la première fois depuis son arrivée, elle se sentit à découvert, sans défense.

Elle préféra sauter de son tabouret et rassembler bol, assiette et couverts, tout en s'interdisant de se retourner.

Brody commanda des côtelettes d'élan et en attendant but une bière, tout en lisant un livre de poche.

Il se demandait qui était cette brune au drôle de regard, à l'attitude étrange. En fait, il lui suffirait d'interroger la petite serveuse blonde pour obtenir tout ce qu'il voulait savoir et davantage, seulement tout le monde l'apprendrait aussitôt et s'interrogerait sur sa curiosité. Il ne savait que trop à quelle vitesse se répandaient les potins dans les petites villes. Cette fille semblait fragile, vulnérable, et cela l'intriguait.

En tout cas, il constatait qu'elle travaillait bien. De toute évidence, c'était une professionnelle. Il délaissa son livre pour continuer à l'observer tout en sirotant sa bière.

Elle ne devait avoir aucune attache dans cette ville. Voilà près d'un an que lui-même y vivait et si une fille ou une sœur, une nièce ou une lointaine cousine avait été attendue dans les parages, il l'aurait appris d'une façon ou d'une autre. Elle n'avait pas non plus l'air de traîner sans but, plutôt l'air de fuir. C'était cela qu'il avait lu dans ses yeux, l'inquiétude, la propension à déguerpir à la première alerte.

Et quand elle se retourna pour déposer une commande, ses yeux voletèrent – à peine un instant – vers lui, avant de se détourner. Soudain, la porte du bistrot s'ouvrit. Elle vérifia qui entrait, esquissa un rapide sourire. Brody découvrit alors ce qui avait provoqué ce sourire : Mac Drubber qui lui adressait un signe de la main.

Après tout, il s'était peut-être trompé, elle connaissait du monde par ici.

Mac s'installa en face de lui.

— Ça va ? Qu'est-ce qu'il y a de bon, ce soir ?

Il attendit un peu en haussant les sourcils.

— À part la nouvelle cuisinière ? ajouta-t-il.

— J'ai commandé les côtelettes. On ne vous voit pas souvent par ici le samedi soir, Mac. Vous avez pourtant vos petites habitudes, avec les spaghettis du mercredi.

— Je voulais voir comment cette fille s'en tirait. Elle a débarqué en ville ce matin avec une durite qui a lâché.

Il suffisait d'attendre cinq minutes pour que les informations vous tombent toutes rôties dans le bec, pensa Brody.

— Ah bon ?

— Et tout d'un coup j'apprends qu'elle travaille ici. À la tête qu'elle faisait en me l'annonçant, j'aurais plutôt cru qu'elle avait gagné à la loterie. Elle vient de l'Est, de Boston. Elle s'est pris une chambre à l'hôtel. Elle s'appelle Reece Gilmore.

Il s'arrêta lorsque Linda Gail apporta le plat de Brody.

— Bonsoir, monsieur Drubber. Ça va ? Qu'est-ce que je vous sers ?

Mac se pencha vers l'assiette de son voisin.

— Ça m'a l'air bon, ce truc.

— La nouvelle cuisinière sait y faire. Vous me direz ce que vous pensez de ces côtelettes, Brody. Vous prendrez autre chose ?

— Encore une bière.

— C'est parti. Monsieur Drubber ?

— Un Coca, ma belle, et la même chose que ce qui paraît tellement plaire à mon ami.

Il ne se trompait pas, d'autant que la viande était accompagnée d'une généreuse portion de pommes de terre en gratin et de haricots, le tout artistement disposé dans l'assiette, au contraire des plats servis en général par Joanie.

— Je vous ai vu dans votre bateau l'autre jour. Vous avez attrapé quelque chose ?

— Je ne pêchais pas. Si j'attrapais un poisson ou un gibier, je devrais ensuite le préparer et le manger, expliqua Brody.

— C'est sûr ! Alors, ces côtelettes ?

— Excellentes.

Mac Drubber étant l'une des rares personnes avec qui Brody appréciait de passer une soirée.

— Cette fille est descendue à l'hôtel. Ça veut dire qu'elle n'a pas l'intention de rester longtemps, remarqua Brody.

— Elle a payé pour une semaine.

Mac aimait se tenir au courant des événements qui se produisaient dans la ville. Il tenait son épicerie, mais il était aussi maire ; quelque part, il estimait que les potins relevaient de ses fonctions.

— Pour tout dire, précisa-t-il, je ne crois pas qu'elle ait beaucoup d'argent. Elle a réglé en liquide pour la durite et, paraît-il, aussi pour l'hôtel.

Pas de carte de crédit, conclut Brody.

— Peut-être qu'elle n'a pas envie de laisser des traces, histoire de ne pas se faire repérer.

— Quel esprit soupçonneux ! observa Mac en dénudant le dernier os. Elle a certainement de bonnes raisons pour ça, mais elle m'a l'air honnête.

— Je dois être moins romantique que vous. Au fait…

De la tête, Brody désigna l'homme qui venait d'entrer, en jeans et veste de toile ; il portait des bottes en peau de serpent et un Stetson gris. La parfaite tenue de cow-boy.

Des boucles blondes dépassaient de son chapeau, il avait des traits réguliers, une fossette au menton et un regard bleu délavé dont il usait et abusait pour charmer les dames. De sa démarche chaloupée, il gagna le comptoir et se percha sur un tabouret.

— Lou vient vérifier ce que vaut la nouvelle, observa Mac en secouant la tête. J'espère qu'elle saura garder la tête sur les épaules.

Depuis presque un an qu'il vivait à Angel's Fist, ce garçon faisait partie des distractions préférées de Brody : avec lui, les filles tombaient comme des mouches.

— Dix dollars qu'il va pouvoir ajouter une nouvelle entaille à son lit avant la fin de la semaine.

Mac se renfrogna.

— Ce n'est pas bien de parler comme ça d'une gentille fille.

— Vous ne la connaissez pas depuis assez longtemps pour pouvoir dire qu'elle est gentille.

— Si. Du coup, je prends le pari, rien que pour vous faire perdre de l'argent.

Brody partit d'un petit rire. Mac ne buvait pas, ne fumait pas et, s'il fréquentait des femmes, il ne s'en vantait pas. À vrai dire, son petit côté puritain ajoutait à son charme.

— C'est juste du sexe, Mac, ça vous dit encore quelque chose ?

— Il m'en reste un vague souvenir.

Dans la cuisine, Joanie sortait une tarte aux pommes du four.

— Prends une pause, ordonna-t-elle à Reece. Mange une tranche.

— Je n'ai pas très faim...

— Je t'ai demandé si tu avais faim ? Avale-moi ça. C'est cadeau. Tu as vu le type qui vient de s'asseoir au comptoir ?

— Celui qui a laissé son cheval devant l'entrée ?

— Il s'appelle William Butler, mais tout le monde dit Lou. Un séducteur genre Casanova.

— Compris.

— Tous les samedi soir, quand il n'a pas de rendez-vous, Lou traîne chez Clancy's avec ses potes, à la recherche de la fille qu'il accrochera pour la soirée. S'il est là ce soir, c'est pour vérifier à quoi tu ressembles.

Comme elle n'avait pas vraiment le choix, Reece mordit dans la tarte.

— Je ne vois pas ce qu'il pourrait me trouver.

— Pour commencer, tu es nouvelle, ensuite, tu es une femme, jeune et, à première vue, sans attaches. Cela dit, je dois reconnaître qu'il évite les femmes mariées. Tu vois, là, il flirte avec Juanita qu'il a bien baisée pendant quelques semaines cet hiver, jusqu'à ce qu'il jette son dévolu sur d'autres nanas venues skier dans la région.

— Vous me dites ça parce que vous croyez que je vais y passer ?

— Je voulais juste t'avertir.

— Merci, mais ne vous inquiétez pas, je ne suis pas à la recherche d'un homme, ni pour une soirée ni pour la vie. Surtout un qui pense avec sa queue !

Joanie s'esclaffa, puis désigna la tarte aux pommes.

— C'est bon ?

— Très. Au fait, je ne vous ai pas demandé si vous fabriquiez vous-mêmes vos pâtes ou si vous les receviez toutes prêtes d'une boulangerie du coin ?

— C'est moi qui les prépare, expliqua Joanie en emplissant deux assiettes de frites, de haricots et de deux biftecks hachés.

Elle décorait le tout de rondelles de tomates lorsque Lou se manifesta.

— Salut maman !

Il se pencha pour embrasser Joanie sur le front. Reece ne savait plus où se fourrer. Lou lui décocha un sourire enjôleur :

— Il paraît que vous faites des merveilles à la cuisine, lança-t-il à Reece. Mes amis m'appellent Lou.

— Reece. Enchantée. Je m'occupe de la commande, Joanie.

Elle prit les assiettes pour les déposer sur le bar et s'aperçut, à sa grande contrariété que, pour la première fois depuis le début de la soirée, il n'y avait plus de commande à remplir.

— On va bientôt fermer la cuisine, annonça Joanie. Vas-y, file. Je t'ai inscrite pour demain avec la première équipe. Sois là à 6 heures pétantes.

— Entendu.

— Je vous reconduis à l'hôtel, proposa Lou. C'est plus sûr.

— Ce n'est pas la peine ! protesta Reece en jetant un regard implorant vers sa patronne.

Mais Joanie semblait fort occupée à nettoyer ses poêlons.

— Ce n'est pas loin, continua Reece. Et puis j'aime bien marcher.

— Bon, je vous raccompagne à pied. Vous avez un manteau ?

Cette fois, elle pouvait difficilement refuser. Sans un mot, elle prit sa veste en jean.

Reece salua les serveuses et se dirigea vers la sortie. Elle sentit le regard de Brody posé sur elle. Qu'est-ce qu'il faisait encore ici, celui-là ?

Lou lui ouvrit la porte et sortit après elle.

— Il fait frais, ce soir.

— Vous savez, après la chaleur dans la cuisine, ça fait plutôt du bien.

— Je m'en doute. J'espère que vous ne laissez pas ma mère vous houspiller trop souvent. Elle est dure au travail.

— Moi aussi.

— Je vous offre un verre, pour vous détendre un peu ? Comme ça, vous me raconterez votre vie.

— Merci, mais ma vie ne vaut pas le prix d'un verre et je commence tôt demain matin.

— Il va faire beau. Je passe vous prendre quand vous aurez fini ? Je vous montrerai les environs. Vous ne trouverez pas de meilleur guide que moi à Angel's Fist.

Il avait un beau sourire, on ne pouvait le nier, et un regard séduisant comme une caresse.

En plus, c'était le fils de la patronne.

— C'est très gentil, mais j'aimerais profiter de mes premiers jours pour m'installer un peu.

— Ce sera pour une autre fois.

Quand il la prit par le bras, elle sursauta, d'autant qu'il murmurait à son oreille, comme s'il tentait d'amadouer un cheval sauvage :

— Rassurez-vous, c'est juste pour vous empêcher de marcher trop vite. On dirait que vous êtes en retard à un rendez-vous. Prenez votre temps, admirez-moi ce spectacle.

Son cœur battait trop la chamade pour qu'elle puisse apprécier le panorama, cependant elle suivit son regard et, au-delà des silhouettes noires des montagnes, elle découvrit une splendide pleine lune.

Les étoiles semblaient exploser autour comme des feux d'artifice et les sommets enneigés se teintaient d'une lueur bleutée.

— Que c'est beau ! s'extasia-t-elle. Le guide que j'ai acheté parle de la majesté de ces montagnes. Au début, je les avais trouvées un peu trop escarpées pour mon goût. Mais maintenant, je dois reconnaître que le guide n'a pas exagéré.

— Il y a des coins d'où on peut les admirer dans toute leur splendeur, où elles changent à vue d'œil. À cette époque de l'année, il faut aller au bord de la rivière et écouter les rochers claquer sous la fonte des glaces. Je vous emmènerai y faire un tour à cheval.

— Je ne monte pas.

— Je vous apprendrai.

Elle reprit sa marche.

— Vous êtes guide, moniteur d'équitation, et quoi encore ?

— Je travaille au Cercle K. Un ranch à une trentaine de kilomètres d'ici. Je peux demander à la cuisinière de nous préparer un bon pique-nique, vous trouver un cheval paisible. Vous passerez une journée inoubliable.

— Je n'en doute pas.

Effectivement, elle aimerait entendre le claquement des rochers, admirer les prairies et les moraines. Sans compter ce magnifique clair de lune qu'il lui montrait en ce moment. L'offre était tentante.

— Je vais y réfléchir. Mais je suis arrivée.

— Je vous accompagne en haut.

— Ce n'est pas la peine. Je...

— Ma mère m'a enseigné qu'on raccompagnait toujours une dame jusqu'à sa porte.

L'air tranquille, mine de rien, il la reprit par le bras, passa l'entrée de l'hôtel. Elle ne put s'empêcher de remarquer qu'il sentait le cuir et le pin.

— Bonsoir, Tom ! lança-t-il au réceptionniste.

— Bonsoir, Lou. Madame...

Reece remarqua bien la lueur égrillarde qui traversa le regard dudit Tom. Devant l'ascenseur, elle recula.

— Je suis au second. Je préfère monter à pied.

— Tout est bon pour faire de l'exercice, à ce que je vois ? Ce doit être pour ça que vous restez si mince.

Néanmoins, il changea de direction, l'entraînant doucement vers l'escalier.

— Merci de vous donner toute cette peine, souffla-t-elle.

Ne pas s'affoler, même si elle se sentait tellement à l'étroit dans cette cage d'escalier, avec ce grand gaillard à ses côtés.

— Tout le monde est si gentil, ici !

— C'est la devise du Wyoming. J'ai cru comprendre que vous arriviez de Boston ?

— Oui.

— C'est la première fois que vous venez dans le coin ?

— En effet.

Encore un étage.

— Vous comptez visiter tout le pays comme ça ?

— Oui, c'est exactement ça.

— Vous avez le sens de l'aventure.

Pour un peu, elle aurait éclaté de rire, mais elle était trop soulagée d'atteindre enfin sa chambre.

— Je suis juste là.

Elle sortit sa carte magnétique tout en s'assurant d'un regard que le morceau de Scotch n'avait pas été coupé.

Sans lui en laisser le temps, Lou lui prit la carte des mains pour la glisser lui-même dans la fente. Il ouvrit la porte, lui rendit sa carte.

— Vous avez laissé toutes les lumières allumées, commenta-t-il. Même la télé.

— Oui, j'étais un peu stressée pour mon premier jour de travail. Merci de m'avoir raccompagnée jusque-là.

Elle parvint à sourire, passa le seuil et referma la porte derrière elle, tourna le verrou, fixa la chaîne de sécurité. Puis elle alla s'asseoir au bout du lit, d'où elle pouvait regarder par la fenêtre, et attendit d'avoir repris son souffle.

Quand elle se sentit mieux, elle retourna jeter un coup d'œil au judas pour s'assurer que le corridor était à nouveau désert, avant de placer une chaise sous la poignée. Après avoir vérifié une dernière fois le verrou et la solidité de la commode devant l'autre porte, elle put commencer à se déshabiller. Elle régla le radio-réveil à 5 heures et aussi son propre réveil de voyage, au cas où.

Elle ajouta quelques lignes à son journal puis réfléchit aux lampes qu'elle garderait allumées pour la nuit. Celle sur la commode, et aussi la salle de bains. De toute façon, cette dernière ne comptait pas vraiment, elle pouvait toujours prétexter que c'était plus pratique pour se rendre aux toilettes la nuit.

Elle sortit une torche de son sac à dos, la posa près du lit en cas de panne de courant, provoquée par un incendie. N'importe qui pouvait s'endormir en oubliant d'éteindre sa cigarette, un enfant pouvait jouer avec des allumettes… L'hôtel s'embraserait à 3 heures du matin. Là, il faudrait sortir en vitesse et la torche serait alors indispensable.

Le cœur serré, elle ne pouvait s'empêcher de penser aux somnifères qu'elle gardait dans sa trousse de toilette, dans la salle de bains. Avec les antidépresseurs, les anxiolytiques et tous ces médicaments qu'elle conservait pour se rassurer. Voilà des mois qu'elle n'en avait pas pris, et elle était assez fatiguée ce soir pour s'endormir sans aide. D'autant qu'en cas d'incendie, mieux valait recouvrer au plus vite ses esprits.

Arrête Reece ! Ça suffit. Va te coucher. Demain tu te lèves tôt ! se murmura-t-elle.

Après une dernière vérification des diverses serrures, elle se coucha et demeura un long moment les yeux ouverts à écouter les battements de son cœur, les bruits alentour, de la chambre voisine, du couloir, du dehors…

Il lui fallait se mettre dans la tête qu'elle était en parfaite sécurité, qu'il n'y aurait pas d'incendie, qu'aucune bombe n'allait exploser, que personne n'allait surgir dans sa chambre pour l'assassiner dans son sommeil.

Néanmoins, elle laissa la télévision allumée.

La douleur était si puissante, si cruelle qu'elle ne pouvait même pas crier. Ils étaient là, dans le noir. Elle entendait les vitres qui se cassaient, les explosions et, pire que tout, les hurlements.

Pire que les hurlements, les rires.

Ginny ? Ginny ?

Non, non, ne pleure pas, ne fais pas de bruit. Mieux valait mourir ici dans la nuit que de les laisser la trouver. Mais ils arrivaient, ils venaient la chercher, elle ne pouvait réprimer ses gémissements, ne pouvait s'empêcher de grincer des dents.

La lumière l'éblouit soudain et les cris sauvages qui retentirent dans sa tête évoquaient les grognements de fauves.

— Là, il y a encore quelqu'un de vivant.

Elle se débattit désespérément contre les mains qui s'emparaient d'elle. Et s'éveilla en sueur, la gorge râpeuse tandis qu'elle empoignait sa torche comme une arme.

Une heure plus tard, lorsque les sonneries des réveils retentirent, elle était toujours assise sur le lit, la torche entre les mains, toutes les lampes allumées.

3

Après cette nuit de panique, elle ne se sentait pas prête à affronter la cuisine, à feindre la normalité. Seulement, elle était fauchée et puis elle avait donné sa parole. Six heures précises.

Si elle n'avançait pas, elle reculait. Et tous ces mois d'efforts n'auraient servi à rien. Il suffirait d'un coup de téléphone et on viendrait la sauver.

Alors elle franchit une à une les étapes suivantes : première victoire, s'habiller, puis quitter la chambre. Et puis sortir de l'hôtel, marcher en direction du restaurant ; ce furent là aussi des petits triomphes. L'air était frais, et son souffle produisait une vapeur blanche dans l'obscurité du petit matin. Les montagnes formaient d'âpres silhouettes noires, maintenant que la lune s'était couchée derrière leurs cimes. À leurs pieds flottaient encore de larges rubans de brume qui s'en allaient danser sur le lac.

Dans cette demi-obscurité, on avait l'impression que rien ne bougeait, que régnait un calme affable. Si bien que le moindre mouvement, le plus petit craquement faisait sursauter.

Ce fut ce qui arriva à Reece, mais elle se rassura vite en constatant que ce n'était qu'un animal, un élan ou un un cerf, impossible de le dire à cette distance, mais dans ce décor féerique il semblait glisser plus qu'il ne courait.

Comme il penchait la tête pour boire au bord du lac, Reece entendit monter les premiers chants d'oiseaux. Sur le coup, elle eut presque envie de s'asseoir pour contempler le lever du soleil.

Rester calme, concentrée. Souvent, elle s'aidait en se récitant des vers, en songeant au rythme des mots, à leur sonorité. Jusqu'au moment où elle s'aperçut qu'elle les prononçait à haute voix. Elle s'arrêta net, irritée, regardant autour d'elle pour constater que personne ne l'avait entendue. Au moins cet intermède l'amena-t-il aux portes du Bistrot de l'Ange.

Tout était allumé, ce qui la rassura. Joanie s'affairait déjà à la cuisine. Quand donc dormait-elle ?

Reece devait frapper à la porte pour entrer. Cependant, son bras semblait ne plus vouloir lui obéir, ses doigts demeuraient engourdis et elle se sentit toute bête à rester là immobile.

— La porte est bloquée ?

Elle fit volte-face pour découvrir Linda Gail qui claquait la portière de sa petite voiture.

— Non, non, j'allais…

— Tu en fais une tête ! On dirait que tu n'as pas beaucoup dormi !

La veille, la serveuse s'était montrée bienveillante, ce matin elle semblait glaciale.

— Je suis en retard ?

— Avec la nuit que tu as dû passer, c'est déjà étonnant que tu sois là.

— Comment sais-tu…

— Lou a la réputation de ne pas faire les choses à moitié.

— Lou ? Je ne… Oh ! Non, on n'a rien… je n'ai pas… Enfin, Linda Gail, je ne le connaissais pas depuis dix minutes ! Il me faut au moins une heure pour vérifier la réputation des garçons.

S'interrompant dans son geste, la serveuse tourna un regard étonné vers Reece.

— Tu n'as pas couché avec Lou ?

— Non.

À cela au moins, elle pouvait répondre sans hésiter.

— J'espère que je n'ai pas enfreint une tradition de la ville, que je ne vais pas me faire virer ou arrêter. S'il faut jouer les salopes pour faire ce boulot, il aurait mieux valu m'avertir dès le début parce que j'aurais demandé plus que huit dollars de l'heure.

— Excuse-moi, dit Linda Gail avec un sourire gêné. Je n'aurais pas dû te sauter dessus juste parce que je vous avais vus partir ensemble.

— Il m'a raccompagnée à l'hôtel. Il voulait m'offrir un verre mais j'ai refusé ; ensuite il m'a proposé de m'emmener visiter la région, ce que je peux faire toute seule. Alors il a dit qu'il m'apprendrait à monter à cheval. Là, je veux bien essayer. Il faut reconnaître qu'il est craquant et qu'il sait s'y prendre. Je n'avais pas compris qu'il y avait quelque chose entre vous.

— Qui ça ? Lou et moi ?

Linda Gail laissa échapper un rire avant de préciser :

— Rien. Je suis sans doute la seule célibataire de moins de cinquante ans dans toute la ville qu'il n'ait pas baisée ! Cela dit, je trouve quand même que tu as mauvaise mine.

— J'ai mal dormi, c'est tout. C'était ma première nuit dans un endroit inconnu, après avoir commencé un nouveau job. Ça m'angoisse un peu.

— Oublie. Ici, personne ne te mangera.

Là-dessus, la serveuse lui décocha un clin d'œil et ouvrit la porte. Elles furent accueillies par les sarcasmes de la patronne.

— Je me demandais si vous alliez rester dehors à bavasser toute la matinée !

— Quand même, Joanie, il est 6 h 05 ! Vous n'avez qu'à me retenir cinq minutes ce soir si ça vous chante. Au fait, Reece, voici ta part des pourboires d'hier soir !

— Ma part ? Je n'ai pas servi un seul client.

Linda Gail lui tendit une enveloppe.

— C'est la politique de la maison. La cuisinière reçoit dix pour cent des pourboires. Si les repas sont mauvais, on reçoit moins, tu peux me croire.

— Merci.

Reece fourra l'enveloppe dans sa poche. Tout à coup, elle n'était plus si fauchée que ça.

— Bon, c'est fini ces lambineries ? s'écria Joanie en posant les mains sur le comptoir. Linda Gail, tu as tous les couverts du petit déjeuner à installer. Reece, quand est-ce que tu comptes bouger ton maigre popotin et te mettre au boulot ?

— J'arrive, dit Reece en nouant un tablier. Et, pour mettre les choses au point, votre fils est charmant mais j'ai passé la nuit toute seule.

— Il commence à baisser ?

— Je n'en sais rien. J'ai l'intention de dormir seule tant que je resterai à Angel's Fist.

Joanie posa le saladier où elle battait la pâte à pancakes.

— Tu n'aimes pas faire l'amour ?

— Si, assura Reece en se lavant les mains. Seulement ce n'est pas dans ma liste de priorités pour le moment.

— Elle doit être triste, ta liste. Tu sais préparer les *huevos rancheros* ?

— Oui.

— Ça marche bien le dimanche. Ainsi que les crêpes. Fais griller du bacon et des saucisses. Les premiers clients ne vont pas tarder.

Peu avant midi, Joanie lui présenta une assiette de purée, d'œufs brouillés et de bacon.

— Tiens, va manger ça au fond. Assieds-toi tranquillement.

— Il y a de quoi nourrir deux personnes !

— Oui, si elles sont toutes les deux anorexiques.

— Ce n'est pas mon cas.

Pour prouver ses dires, Reece goûta les œufs.

— Va t'asseoir dans le bureau ! Tu as vingt minutes.

Reece trouvait que la pièce en question tenait davantage du placard à balais que d'un bureau.

— Excusez-moi, mais je ne supporte pas les pièces sans fenêtre.

— On a peur du noir, on est claustrophobe… Que de problèmes, ma petite ! Dans ce cas, installe-toi au bar. Et tu as toujours vingt minutes.

Cette fois, elle obéit et, peu après, Linda Gail lui apporta une tasse de thé qu'elle accompagna d'un clin d'œil.

— Salut, Doc ! lança-t-elle à l'homme qui venait de s'installer à côté de Reece. Comme d'habitude ?

— Mon spécial cholestérol du dimanche, Linda Gail. Le seul jour où je peux faire une entorse à mon régime.

— C'est parti. Joanie ! lança-t-elle sans prendre aucune note. Doc est là ! Doc, voici Reece, notre nouvelle cuisinière. Reece, je te présente Doc Wallace. Il te guérira de tout à condition que tu refuses de l'affronter au poker. Là, tu es morte.

— Allons donc ! Comment voulez-vous que j'escroque les nouveaux venus si vous les prévenez ?

Il se tourna vers Reece qu'il salua d'un mouvement de la tête.

— Je me suis laissé dire que Joanie avait engagé quelqu'un qui s'y connaissait en cuisine ! Ça se passe bien pour vous ?

— Jusqu'ici ça va.

Elle dut faire un effort pour se rappeler que ce médecin-là ne portait pas de blouse blanche et ne brandissait pas une seringue.

— Le meilleur brunch du Wyoming, on le trouve chez Joanie.

Il s'installa devant le café que venait de lui servir Linda Gail.

Voilà près de trente ans qu'il exerçait dans cette ville et il raconta à Reece comment il était arrivé ici jeune homme pour répondre à une annonce publiée par la municipalité dans le journal de Laramie. Tout le temps qu'il relata son histoire, elle ne fit que jouer avec sa nourriture.

— Je cherchais l'aventure, continua-t-il. Je suis tombé amoureux de la région et d'une jolie fille aux yeux noirs qui s'appelait Susan. On a eu trois enfants. L'aîné veut devenir médecin à son tour – il fait sa première année d'internat – à Cheyenne. Annie, notre fille, a épousé un photographe du *National Geographic*. Ils se sont installés à Washington et m'ont donné un petit-fils. Le benjamin est en Californie où il fait des études de philosophie. Je me demande à quoi ça va lui servir mais on en est là. J'ai perdu ma Susan il y a deux ans, d'un cancer du sein.

— Mes condoléances.

— C'est très dur, reconnut-il en regardant son alliance. Je la cherche encore à côté de moi quand je me réveille, le matin. Et je crois que ce sera toujours comme ça.

— Tenez, Doc ! lança Linda Gail en déposant une assiette devant lui.

Tous deux éclatèrent de rire devant Reece qui découvrait le plat avec des yeux ronds.

— Et il va tout manger, assura la serveuse.

Il y avait là une pile de pancakes, une omelette, une épaisse tranche de jambon, une généreuse portion de frites et trois saucisses.

Il paraissait pourtant en forme dans sa chemise écossaise et sa veste de laine. Il avait le visage rose et mince, des yeux noisette et des lunettes à fine monture d'acier.

Pourtant, il avala ce repas pantagruélique avec l'appétit d'un routier.

— Vous avez de la famille dans l'Est ? s'enquit-il.

— Oui, ma grand-mère, à Boston.

— C'est là que vous avez appris la cuisine ?

Elle ne pouvait s'empêcher de le regarder engloutir la nourriture.

— C'est là que j'ai débuté. Ensuite, j'ai fréquenté l'Institut culinaire de la Nouvelle-Angleterre, dans le Vermont, avant de passer un an à Paris, au Cordon Bleu.

— L'Institut culinaire, répéta Doc en haussant un sourcil. Et puis Paris ? S'il vous plaît !

Elle se rendit soudain compte qu'elle en avait dit davantage sur son passé en deux minutes qu'habituellement en deux semaines.

— Il faut que je retourne travailler, abrégea-t-elle. Ravie d'avoir fait votre connaissance.

Reece se chargea du deuxième coup de feu du déjeuner dominical et, disposant d'un après-midi tout à elle, décida de se promener. Elle pourrait faire le tour du lac, peut-être découvrir l'orée de la forêt et les ruisseaux alentour. Elle prendrait quelques photos qu'elle enverrait par mail à sa grand-mère.

Elle enfila ses bottes de randonnée, prit son sac à dos et son guide. Elle entreprit sa première promenade d'un pas tranquille. C'était l'un des avantages de sa nouvelle vie : plus rien ne pressait vraiment. Au cours des huit derniers mois, elle en avait vu et fait davantage que durant les vingt-huit années précédentes. Sans doute était-elle un peu folle et, certainement, phobique et paranoïaque, mais elle était parvenue à ménager certains aspects de sa vie.

Jamais plus elle ne serait cette citadine ambitieuse et surmenée. Néanmoins, elle ne détestait pas ce qu'elle était devenue. Désormais, elle prêtait attention à des détails qu'elle n'eût jamais remarqués auparavant. Les jeux d'ombre et de lumière, les clapotis de l'eau, la sensation du sol spongieux sous ses pieds.

Elle pouvait s'arrêter là, pour observer l'envol d'un héron, silencieux comme un nuage. Elle pouvait contempler les ondulations de l'eau derrière le kayak rouge d'un petit garçon qui pagayait.

Trop tard pour photographier l'oiseau, mais elle immortalisa l'enfant dans son bateau, sa rame troublant le reflet des montagnes.

Ce soir, elle ajouterait des notes à chaque photo, de façon que sa grand-mère ait l'impression de participer à son voyage. La pauvre femme s'inquiétait pour elle, c'était bien le moins de la rassurer régulièrement. Même s'il lui arrivait d'enjoliver les choses.

De nombreuses maisons mais aussi de petites cabanes se dressaient tout autour du lac. On préparait un barbecue. Un chien plongea dans l'eau à la recherche d'une balle bleue, devant une petite fille qui riait aux éclats et l'encourageait.

Reece sortit sa bouteille d'eau et but au goulot tout en s'éloignant des bords du lac pour s'enfoncer parmi les pins. Peut-être apercevrait-elle un daim, ou un élan, au moins celui qu'elle avait vu boire ce matin. Le tout était d'avancer sans bruit. En revanche, elle se passerait bien des ours annoncés par la brochure touristique récupérée à l'hôtel, même s'il était précisé que ces animaux fuyaient les humains.

Il faisait plus frais sous les arbres, car le soleil ne parvenait pas jusqu'au sol. D'ailleurs, le petit torrent qu'elle traversa charriait encore beaucoup de glace. Elle le suivit un peu en écoutant le murmure de l'eau, le choc des glaçons malmenés par le courant. Elle fut toute contente de découvrir des empreintes. De quel animal pouvait-il bien s'agir ? Curieuse, elle sortit son guide pour vérifier.

Le bruissement la figea. Lentement, prudemment, elle regarda par-dessus son épaule et demeura aussi stupéfaite que le cerf qui lui faisait face.

Je dois être contre le vent, songea-t-elle. Avec mille précautions, elle attrapa son appareil photo et prit plusieurs clichés avant de commettre l'erreur de pouffer de rire – ce qui eut pour résultat de faire fuir l'animal en trois bonds gracieux.

— Je te comprends, murmura-t-elle en le suivant des yeux. Il y a tellement de choses qui font peur, dans ce monde !

Elle rangea l'appareil dans sa poche et s'aperçut alors qu'elle n'entendait plus le chien aboyer, ni d'ailleurs aucun moteur de voiture sur la route menant à la ville. Rien que la brise qui inclinait les branches souples des pins et le murmure du petit torrent.

Je devrais peut-être vivre dans une forêt. Me trouver une petite cabane isolée, cultiver mon potager. Je deviendrais végétarienne.

Elle traversa le cours d'eau en se ravisant : non, elle apprendrait plutôt à pêcher.

Et je m'achèterais un petit camion pour descendre en ville une fois par mois, chercher des provisions.

Elle commençait à s'imaginer la maisonnette, pas trop loin de l'eau, pas trop près des montagnes. Avec beaucoup de fenêtres partout pour avoir l'impression de vivre dehors.

Je pourrais monter ma propre affaire. Je ferais la cuisine toute la journée et je vendrais mes plats sur Internet. Comme ça, pas besoin de quitter la maison. Tiens, je pourrais ajouter l'agoraphobie à ma liste de défauts.

Non, elle vivrait en forêt – ça, c'était très bien –, mais elle travaillerait en ville. Pourquoi pas dans celle-ci, d'ailleurs ? Pourquoi ne pas continuer avec Joanie ?

— Commençons par voir ce que ça donnera dans quelques semaines, se raisonna-t-elle à voix haute. Et d'abord par quitter cet hôtel, c'est primordial. Je ne tiendrai pas longtemps comme ça. Mais pour aller où ? Là est la question. Je devrais voir…

Elle poussa un cri, sauta en arrière et faillit se retrouver assise par terre. Tomber sur un cerf c'était une chose, sur un homme étendu dans un hamac, un bouquin ouvert sur la poitrine, c'en était une autre.

Il l'avait entendue arriver – il aurait eu du mal à ne pas l'entendre alors qu'elle parlait toute seule. Il avait cru qu'elle retournerait vers le lac ; mais non, elle s'était dirigée droit sur lui sans le voir. Alors il avait reposé son livre pour la regarder : une citadine qui se baladait dans la forêt, un téléphone mobile dépassant de sa poche. Si elle croyait obtenir un signal par ici…

Elle repoussa ses cheveux sous sa casquette. Elle avait le teint pâle, de grands yeux étonnés d'un beau noir velouté, façon hispanique.

— Perdue ?

— Non. Oui. Non.

Elle regardait autour d'elle comme si elle débarquait d'une autre planète.

— Je me promenais. Je ne m'étais pas rendu compte. J'ai dû entrer chez vous sans faire attention.

— Certainement. Vous pourriez attendre une minute que j'aille chercher mon fusil ?

— Non, non. Euh… ce doit être votre chalet.

— Ça vous fait deux sur deux.

— Il est joli.

Elle considéra la modeste maisonnette de bois, encerclée d'une véranda où trônaient une table et une chaise. Sympathique. Une table, une chaise.

— Excusez-moi pour le dérangement, ajouta-t-elle.

— Je ne vous excuse pas.

Elle poussa un soupir en tournant sa bouteille entre ses mains. Le contact était toujours plus facile avec les inconnus. Elle ne pouvait plus supporter les airs apitoyés de son entourage.

— Arrêtez de me regarder comme une bête curieuse, c'est très mal élevé.

Il haussa un sourcil. Elle avait toujours admiré les gens qui pouvaient donner un mouvement indépendant à cette partie du visage, comme si elle était actionnée par des muscles différents. Et puis il baissa la tête pour saisir une bouteille de bière.

— Qu'est-ce qui vous fait dire ça ? Qu'est-ce qu'il y a de mal élevé à regarder les gens ?

— Vous feriez mieux de reprendre votre lecture.

Elle recula tandis qu'il hésitait à lui offrir une bière. Il venait de s'aviser que le geste risquait d'être mal interprété, lorsque retentit une détonation.

Elle plongea à terre, les mains sur la tête, comme un soldat dans une tranchée. Sur le moment, il faillit se moquer d'elle. *Ces citadines !* Mais, constatant qu'elle ne bougeait plus, il s'inquiéta, sortit les jambes du hamac, se pencha vers elle.

— Une pétarade du camion de Carl Sampson, expliqua-t-il.

— Ah bon ?

Elle en tremblait encore. Il lui tendit la main pour l'aider à se redresser.

— Non ! Ne me touchez pas ! Ne me touchez pas ! Donnez-moi juste une minute…

— D'accord.

Il alla chercher la bouteille qu'elle avait lâchée en plongeant à terre.

— Vous voulez boire un peu d'eau ?

— Oui, merci.

Elle voulut dévisser le bouchon mais elle tremblait tant qu'elle n'y parvint pas. Sans un mot, Brody la lui reprit et l'ouvrit.

— Ça va, marmonna-t-elle. C'est juste la surprise. J'ai cru qu'on avait tiré.

— Vous n'avez pas fini d'entendre ce genre de bruit. Même en dehors de la saison de la chasse, parce que les gens aiment bien s'entraîner sur des cibles. On est dans l'Ouest ici, vous savez.

— Oui, je sais. Je m'y habituerai.

— Quand on se promène en forêt ou dans les collines, il faut porter des couleurs voyantes, du rouge, de l'orange.

— Vous avez raison. C'est ce que je ferai, la prochaine fois.

En se relevant, elle respirait encore par à-coups.

— On se distrait comme on peut, observa-t-il. Je vous souhaite une bonne fin de journée.

— Merci.

Un type un tant soit peu attentionné lui aurait proposé de s'asseoir ou même de la raccompagner en ville. Mais ce n'était qu'un sauvage.

Avant de s'en aller, elle se retourna :

— Au fait, je m'appelle Reece.

— Je sais.

— Ah, bon ! À plus tard, alors.

À plus tard, c'était certain, songea-t-il en la regardant s'éloigner à grandes enjambées. Drôle de bonne femme, plutôt jolie, d'ailleurs, mais il lui manquait cinq bons kilos pour devenir appétissante.

Reece ne quittait pas le lac des yeux – les rides sur la surface, les cygnes, les bateaux. Il serait long à contourner, mais ça lui donnerait le temps de se remettre les idées en place. Déjà, la migraine sourdait. Ce n'était rien à côté de la peur qui l'avait saisie, de l'humiliation qui s'en était suivi.

Si seulement elle avait été seule lorsque cet imbécile de camion avait pétaradé !

Comme le soleil recommençait à l'éblouir, elle fouilla dans son sac à dos, à la recherche de ses lunettes noires. Puis elle s'efforça de marcher la tête droite, d'un pas normal. Elle parvint même à sourire à un couple qui se promenait comme elle, à adresser un signe de la main à un camionneur lorsque, enfin, elle se retrouva sur la route.

La fille – impossible de se souvenir de son prénom – n'avait pas quitté sa place à la réception de l'hôtel. Elle sourit à Reece, lui demanda comment elle allait, si elle avait bien profité de sa promenade. Reece sut qu'elle avait répondu mais à demi-mot.

Elle voulait retrouver sa chambre.

Elle grimpa l'escalier et, une fois à l'intérieur, s'adossa contre la porte.

Après avoir vérifié les fermetures – deux fois –, elle prit une aspirine et se blottit sur son lit, tout habillée, sans ôter ni ses bottes ni ses lunettes de soleil.

4

Une tempête de printemps déposa vingt centimètres de neige lourde et poisseuse et transforma le lac en un disque de glace grisâtre. Certains habitants le traversèrent avec leurs motoneiges, les enfants dressèrent des bonshommes de neige plus ou moins réussis autour de la berge.

Lynt, le garagiste aux larges épaules et au visage buriné était chargé de nettoyer la ville. Il faisait des pauses chez Joanie, afin qu'on lui remplisse sa thermos de café et se plaignait du vent. Pour l'avoir affronté elle-même, Reece comprenait les récriminations de Lynt. Le vent soufflait par violentes rafales montées du canyon, traversait le lac où il se refroidissait encore pour vous glacer jusqu'aux os. Il battait les vitres, hurlant comme un homme acculé au meurtre.

Lorsque l'électricité sauta, Joanie enfila manteau et bottes pour actionner le groupe électrogène. Cela n'empêcha pas les clients d'entrer. Lynt arrêta son énorme moteur pour s'offrir une platée de ragoût de bison. Carl Sampson, les joues rougies par le froid, vint lui tenir compagnie pour dévorer un pâté de viande ainsi que deux parts de tarte aux myrtilles.

Certains entraient et sortaient. D'autres s'attardaient, cherchant le contact humain autant qu'un bon repas. Et Reece continuait de griller, de frire, de bouillir et de couper ; elle aussi se sentait rassérénée par le murmure des voix.

En regagnant son hôtel, elle passa par le bazar pour y acheter des piles de rechange pour sa lampe torche. Au cas où.

— On dirait que l'hiver ne veut pas nous lâcher, observa Mac. Tout le monde achète des piles aujourd'hui. Ça a aussi été la ruée sur le pain, le lait et les œufs. Pourquoi est-ce que les gens se précipitent toujours sur ce genre de marchandise dès qu'il y a de la tempête ?

— Ils doivent aimer le pain perdu.

Mac éclata de rire.

— C'est sûrement ça ! Comment vous vous en tirez chez Joanie ? Je n'y suis pas repassé depuis le début de la tempête, mais j'aime aller vérifier après un peu partout quand ça a bien cogné. C'est mon boulot de maire, après tout.

— Le groupe électrogène fonctionne, et Joanie continue à travailler. Comme vous.

— Ouais. Je n'aime pas devoir fermer. Le courant devrait revenir d'ici à quelques heures. Et puis on dirait que la tempête s'apaise.

Reece jeta un coup d'œil vers la fenêtre.

— Vous croyez ?

— Le temps que l'électricité revienne, ce sera fini. Le seul gros problème, c'est le toit de l'entrepôt chez Clancy, qui s'est à moitié effondré. Mais c'est sa faute, après tout. Il devait y faire des réparations et il n'a même pas ôté la neige. Dites à Joanie que je passerai dès que possible.

Dans l'heure qui suivit, les prédictions de Mac se réalisèrent. Le vent s'adoucit. Le juke-box reprit sa musique.

Alors que le calme était revenu sur la ville, Reece vit le vent faire rage parmi les nuages qui surmontaient les montagnes, leur donnant un air plus glacé, plus menaçant que jamais. Suivant les préceptes de Joanie, avant de quitter son travail, elle mélangeait le contenu de toutes les marmites ; ensuite, elle comptait l'argent des pourboires puis le rangeait dans une enveloppe qu'elle fourrait au fond de son sac de voyage.

Trois jours après la tempête, Reece préparait un ragoût quand Lou arriva de sa démarche chaloupée.

— Ça sent bon !

— Soupe à la tortilla.

Elle avait fini par convaincre Joanie de la laisser préparer une de ses propres recettes.

— Et c'est bon, ajouta-t-elle. Je vous sers ?

— Je parlais de vous, mais je n'ai rien contre un bol de soupe.

Elle lui tendit celui qu'elle venait de servir et en prépara un autre.

— Votre mère est dans son bureau si vous voulez la voir.

— J'y ferai un saut. C'est vous que je suis venu voir.

— Ah oui ?

Elle remplit un autre bol, le parsema de fromage râpé, ajouta une tranche de la tortilla qu'elle avait fait cuire. Certes, l'ensemble aurait été meilleur avec de la coriandre fraîche, accompagné de pain et de beurre. Néanmoins, elle posa le plat sur le comptoir.

— Commande suivante ! lança-t-elle en arrachant un nouveau feuillet.

Elle demanderait à Joanie d'acheter de la coriandre et quelques autres herbes aromatiques, et puis des tomates séchées, de la roquette. Si seulement…

— Hé ? s'écria Lou. Je peux me mêler à la fête ?

— Quoi ? Pardon ?

Il en resta coi. Sans doute n'avait-il pas pour habitude de se voir ainsi traité par les femmes. Elle dut faire un effort pour se rappeler qu'il s'agissait du fils de la patronne et s'arracher un sourire.

— Pardon, quand je fais la cuisine, je ne pense à rien d'autre.

— J'en ai l'impression. Pourtant, il n'y a pas grand monde, aujourd'hui.

— C'est assez tranquille.

Elle se lança dans la confection d'un cheeseburger au bacon, suivi d'un sandwich au poulet, tout en surveillant les frites.

— Bon sang ! C'est délicieux !

Il reprit de la soupe.

— Merci. N'oubliez pas de le dire à la patronne.

— Je n'y manquerai pas. Dites-moi, Reece, vous êtes libre ce soir, j'ai vérifié l'emploi du temps. Je vous offrirais bien un cinéma.

— Il y en a un dans les parages ?

— Non, mais je possède la plus belle collection de DVD à l'ouest du Wyoming. Et je sais très bien faire le pop-corn.

— Je l'aurais juré !

Il allait falloir de nouveau faire preuve de doigté.

— C'est très gentil, Lou, mais j'ai beaucoup de choses à rattraper ce soir. Vous voulez un petit pain avec votre soupe ?

Il se pencha vers elle.

— Vous savez, ma belle, que vous allez me briser le cœur si vous continuez à me repousser ?

— Ça m'étonnerait.

Elle retourna les deux steaks, puis lui donna son petit pain et une assiette.

— Méfiez-vous, le prévint-elle, si vous restez trop près du gril, vous allez recevoir des projections brûlantes.

Au lieu d'emporter la soupe dans la salle comme elle l'avait espéré, il s'assit au bord du plan de travail.

— J'ai le cœur très tendre.

— Dans ce cas, fuyez-moi. Je les sème par dizaines sur mon passage depuis Boston. À ce stade, ça devient une maladie.

— Je pourrais vous aider à guérir.

Il était si beau, si charmant ! Il fut un temps, sans doute, où elle aurait été enchantée de ses assiduités.

— Vous voulez tout savoir ? poursuivit Reece.

— Ça va faire mal ?

Elle ne put s'empêcher d'en rire.

— Je vous aime bien, mais je préférerais que ça n'aille pas plus loin. Vous êtes le fils de ma patronne. Je ne couche jamais avec mes patrons, ni avec leurs enfants. Il ne se passera donc rien entre nous. Mais j'apprécie vos propositions.

— Je vous ferais remarquer que je ne vous ai pas encore proposé de coucher avec moi !

— Comme ça, on gagne du temps.

Il plongea une cuillère dans sa soupe qu'il mangea lentement, pensivement. Son sourire n'avait pas changé, toujours aussi doux et rêveur.

— Je suis sûr que je pourrais vous faire changer d'avis si vous m'en donniez l'opportunité.

— C'est pour ça que je ne vous en laisserai aucune.

Comme la friteuse sonnait, elle souleva le panier pour égoutter les pommes de terre. Elle disposa ses assiettes et voulut les porter sur le bar.

— Retournez en salle, lui conseilla-t-elle encore. Vous me gênez, là.

— J'adore les femmes autoritaires !

Néanmoins, il s'esquiva tandis qu'elle attaquait la commande suivante.

— Il reviendra à la charge, observa Pete depuis l'évier. C'est plus fort que lui.

— J'aurais dû lui dire que j'étais mariée. Ou lesbienne.

— Trop tard. Mais vous pouvez toujours raconter que vous êtes tombée folle amoureuse de moi.

Le large sourire du plongeur révéla un trou au beau milieu de ses dents. Cela rendit sa bonne humeur à Reece.

— Pourquoi n'y ai-je pas pensé ?

— Ni vous ni personne. Voilà pourquoi ça marcherait.

Joanie entra, glissa un chèque dans la poche de leurs deux tabliers.

— La paie.

— Merci.

Reece prit sa décision sur-le-champ.

— Est-ce que vous accepteriez de me montrer le studio d'en haut ? S'il est toujours disponible ?

— Tu n'as vu personne s'y installer, que je sache ? Dans mon bureau !

— Il faut que je...

— Fais ce que je te dis.

Là-dessus, Joanie partit dans son bureau.

Reece fut bien obligée de la suivre. Sa patronne y ouvrait une petite armoire contenant d'innombrables clefs pendues à des crochets. Elle en sortit une qu'elle lui tendit.

— Va jeter un coup d'œil.

— Ce n'est pas l'heure de ma pause.

Joanie mit une main sur sa hanche.

— Petite, si je dis que c'est l'heure, c'est l'heure ! Vas-y. L'escalier est à l'arrière.

— Merci. Je reviens dans dix minutes.

Il faisait encore assez froid, même si la neige recommençait à fondre, et elle fut contente d'avoir pris son manteau en grimpant les marches branlantes situées sur la façade arrière du bâtiment.

Le studio en question consistait en une grande pièce équipée d'une alcôve qui accueillait le lit de fer, d'un petit comptoir donnant sur la fenêtre côté rue, et qui séparait la chambre d'une kitchenette. Le plancher comportait plus d'une éraflure et les murs étaient agrémentés d'une peinture ocre.

La salle de bains n'était guère plus grande que celle de l'hôtel, avec un lavabo et une vieille baignoire de fonte. Autour des tuyaux s'étalaient de nombreuses taches de rouille, la glace était mouchetée, les carreaux blancs parfois ébréchés.

La chambre était garnie d'un canapé usé, d'un fauteuil bleu délavé et de deux tables ornées de lampes sans doute récupérées au marché aux puces du coin.

Cependant, Reece souriait déjà, car elle avait repéré les trois fenêtres donnant sur les montagnes, comme ouvertes sur le reste du monde. Elle voyait les sommets bleutés à l'assaut du ciel mauve, le lac qui en reflétait les pentes grises.

À ses pieds s'étendait la ville avec ses rues bourbeuses, son charmant belvédère blanc, ses chalets rustiques. De cette pièce, elle avait vraiment l'impression d'en faire partie, tout en se sentant à l'abri.

— Je pourrais être heureuse ici, murmura-t-elle.

Il lui faudrait effectuer quelques emplettes, serviettes, draps, ustensiles de cuisine, et de quoi nettoyer. Elle avait son chèque dans sa poche, et ses pourboires. Elle pourrait parer au plus pressé. Et puis ce serait amusant. La première fois qu'elle s'achèterait des affaires depuis près d'un an.

Ce serait là une étape essentielle... peut-être trop rapide ? Louer un studio, s'acheter des draps... et si elle repartait ? Et si elle se faisait renvoyer ? Et si...

— Ça va comme ça ! s'exclama-t-elle à haute voix. « Et si », c'est pour demain. Maintenant, je dois m'occuper du moment présent. Et en ce moment, j'ai envie de m'installer ici.

Alors qu'elle exprimait ces pensées, un fragile rayon de soleil sépara les nuages.

Comment rêver signe plus lumineux ? Elle devait essayer.

Des pas résonnèrent dans l'escalier et, aussitôt, des bulles d'effroi se formèrent dans sa poitrine. Fourrant une main dans sa poche, elle serra le bouton qui lui servait à évacuer son affolement et agrippa une lampe de l'autre.

Voyant Joanie ouvrir la porte, elle reposa la lampe à sa place, comme si elle était en train de l'examiner.

— Elle est moche mais elle éclaire bien, observa sa patronne.

— Excusez-moi, j'ai mis plus de temps que prévu. Je descends tout de suite.

— Ne t'inquiète pas. On n'a pas beaucoup de monde et Beck est au gril. Tant qu'on ne lui demande pas de choses trop compliquées, il s'en tire bien. Tu veux ce studio ou non ?

— Oui, s'il n'est pas trop cher. Vous ne m'avez pas dit combien...

En bras de chemise, en tablier sale, avec ses chaussures sans grâce, Joanie effectua un rapide tour de la pièce avant d'énoncer un tarif mensuel qui était un peu moins élevé que celui de l'hôtel.

— Ça comprend l'électricité et le chauffage, tant que tu ne fais pas d'excès. Si tu veux un téléphone, c'est toi qui t'en occupes. Pareil s'il te prenait l'idée de vouloir repeindre les murs. En plus, je ne veux pas entendre trop de boucan pendant les heures de travail.

— Je suis plutôt tranquille, mais je préférerais payer chaque semaine, au fur et à mesure.

— Ça m'est égal tant que tu règles sans retard. Tu peux t'installer dès aujourd'hui si tu veux.

— Demain. Il faut que j'achète certaines choses.

— Comme ça te chante. Je pourrais te faire monter quelques meubles supplémentaires. Si tu as besoin d'un coup de main pour déménager, demande à Pete et à Beck.

— C'est gentil. Je n'y manquerai pas.

— Et n'oublie pas que tu auras bientôt une augmentation.

— Merci.

— Pas de quoi. On s'était mises d'accord dès le début. Tu fais bien ton boulot, sans faire d'histoires, sans poser de questions inutiles. Encore que, sur ce point, je suppose que tu étais absente le jour où on a distribué le gène de la curiosité. Sauf si c'est parce que tu n'as pas envie qu'on t'en pose aussi.

— C'est une question ou une affirmation ?

— Enfin, continua Joanie, tu as oublié d'être bête, d'où je conclus que tu as eu des ennuis. Ça saute aux yeux.

— Vraiment ? murmura Reece.

— Ça te regarde. Tout ce que je demande, c'est que ça ne se répercute pas sur ton travail. Tu es la meilleure cuisinière que j'aie jamais eue à mes fourneaux mais, d'un autre côté, j'ai toujours détesté dépendre de qui que ce soit. Si tu restes encore deux mois, tu auras une nouvelle augmentation.

— Je ne vous laisserai pas tomber. Si je dois partir, je vous avertirai à l'avance.

— Ça me va. Maintenant, je vais te poser une question directe et je saurai très bien si tu me mens : tu es recherchée par la police ?

— Non ! s'écria Reece. Absolument pas !

— Bon, c'est bien ce que je pensais, mais tu dois savoir qu'il y en a, par ici, qui en sont persuadés. Ça jase pas mal dans le quartier. Tu ne veux pas dire ce qui t'arrive, ça te regarde, mais si quelqu'un se pointe en te demandant, je dois savoir s'il faut répondre ou pas.

— Personne ne me réclamera. Je n'ai que ma grand-mère et elle sait où je me trouve. Je ne fuis personne.

Sauf peut-être elle-même.

— Parfait. Tu as ta clef. J'en garde un double dans mon bureau. Ne t'inquiète pas, je ne monterai jamais fourrer mon nez dans tes affaires. Mais si tu prends du retard dans ton loyer, je le retiendrai sur ton salaire. Et je n'accepterai aucune excuse. Je les connais déjà toutes.

— Si vous pouvez reprendre mon chèque et me donner l'équivalent en liquide, je vous paierai ma première semaine maintenant.

— On peut faire comme ça. Autre chose : j'aurais besoin d'une aide de temps en temps pour pétrir mes pâtes. Je te mettrais bien à contribution. Je fais ça dans ma propre cuisine.

— Pourquoi pas ?

— Je t'inscrirai dans l'emploi du temps. Bon, si on redescendait avant que Beck n'empoisonne quelqu'un ?

Armée du reste de sa paie et d'une partie de ses pourboires, Reece se rendit au bazar. S'en tenir à l'essentiel, pas plus. Elle ne pouvait se permettre aucune fantaisie. Cependant, elle était enchantée de faire des courses, d'acheter pour une fois autre choses que des chaussettes ou un jean.

En poussant la porte, elle entendit tinter les clochettes. Il y avait d'autres clients, certains qu'elle reconnut du restaurant. Devant la caisse, quatre campeurs avaient entassé des marchandises dans un Caddie.

Elle adressa un signe de la main à Mac Drubber qui lui répondit d'un hochement de tête. Ça faisait du bien de reconnaître des gens et d'en être reconnue. Même si c'était la chose la plus normale du monde. Et voilà qu'elle se retrouvait devant des lots de draps ; elle écarta immédiatement les séries de blanc. Ça rappelait trop l'hôpital. Peut-être du bleu ciel orné de petites violettes, et cette couverture bleu foncé. Pour les serviettes, elle choisit du jaune paille, afin d'égayer un peu la salle de bains.

Puis elle se dirigea vers le comptoir pour y déposer un premier paquet.

— Ça y est, on s'installe ?

— Oui. Dans le studio au-dessus de chez Joanie.

— Parfait. Vous voulez que je vous ouvre un compte ?

C'était tentant. Mais ce serait briser la règle qu'elle s'était imposée depuis huit mois.

— Ça ira, c'est le jour de paie.

Tout en examinant les ustensiles, elle effectuait un rapide calcul mental. Un poêlon en fonte, une marmite correcte. Elle ne pouvait plus se payer l'équipement d'autrefois, ni de bons couteaux, mais elle se débrouillerait.

En même temps, elle levait la tête chaque fois que les sonnettes de l'entrée tintaient. C'est ainsi qu'elle aperçut Brody. Toujours la même veste de cuir râpé, les mêmes bottes usées, la barbe de plusieurs jours. Et ce regard du type revenu de tout, qui ne s'arrêta même pas sur elle quand il se rendit au rayon épicerie.

Heureusement qu'elle y avait déjà choisi ce dont elle aurait besoin pour son réfrigérateur.

Elle poussa son Caddie vers la caisse.

— Ça devrait aller pour aujourd'hui, monsieur Drubber.

— Je vous prépare votre note. La théière, c'est mon cadeau de bienvenue.

— Oh ! Je ne puis accepter !

— Je fais ce que je veux dans mon magasin.

Brody déposa sur le comptoir une boîte de corn-flakes et un paquet de café. Il salua Reece :

— Tout va bien ?

— Bien, merci.

— Reece s'installe dans le studio au-dessus de chez Joanie, expliqua Mac. J'emballe tout ça et vous allez bien l'aider à le transporter là-bas, Brody ?

— Oh non ! Ça ira, je me débrouillerai ! protesta la jeune femme.

— Vous ne pouvez pas emporter tout ça seule, insista Mac. Vous êtes venu en voiture, n'est-ce pas Brody ?

Ce dernier eut un sourire amusé.

— Bien sûr !

— Et vous dînez chez Joanie ce soir, non ?

— Comme prévu.

— Vous voyez, ça ne dérange personne. Vous payez par carte ou en liquide, jeune fille ?

— En liquide.

En déduisant le prix de la théière, elle avait dépensé à un dollar près tout l'argent emporté avec elle.

— Mettez ces trucs sur mon compte, Mac, dit Brody.

Il déposa ses achats sur le dessus du Caddie de Reece.

— Merci, monsieur Drubber, marmonna-t-elle, confuse.

— J'espère que vous vous sentirez bien chez vous ! lança-t-il alors qu'elle suivait Brody.

— Vous n'êtes pas obligé de m'aider ! protesta-t-elle sur le parking. Il vous a littéralement piégé.

— C'est sûr.

Ce disant, Brody chargeait les paquets de Reece à l'arrière de sa camionnette, un Yukon noir.

— Montez devant, ordonna-t-il.

— Je ne veux pas...

— Pas de discussion ou je vous laisse rentrer à pied.

Elle aurait préféré cette dernière solution mais, tous ses achats se trouvant à bord, elle se serait couverte de ridicule. Alors elle ferma sa portière, plus violemment que nécessaire et, sans demander la permission, abaissa sa vitre pour ne pas trop se sentir enfermée.

Il ne dit rien et, comme la radio passait les Red Hot Chili Peppers, elle n'eut pas besoin de faire des frais de conversation.

Il se gara dans la rue, sortit un paquet tandis qu'elle en prenait un autre.

— L'entrée se trouve à l'arrière, indiqua-t-elle d'une voix étranglée.

Cela l'étonna. Décidément, elle devait être encore plus furieuse qu'elle ne l'aurait imaginé.

Elle pressa le pas pour ne pas se laisser distancer et déposa son paquet sur les marches métalliques le temps de retrouver sa clef.

Brody se contenta de changer son paquet de bras et, lui prenant la clef de la main, ouvrit.

Ce qui ne fit qu'augmenter l'énervement de Reece. Ce studio, c'était chez elle, maintenant. Elle devrait pouvoir y inviter qui elle voulait. Et voilà qu'il pénétrait dans la pièce pour jeter ses précieux achats sur le comptoir.

Et puis il sortit, sans avoir prononcé un mot. Lâchant son propre paquet, elle se précipita dehors pour récupérer avant lui le reste des marchandises.

Elle lui arracha presque le paquet des bras.

— Je m'en charge, merci.

— Ça pèse des tonnes. Laissez-moi faire. Qu'est-ce qu'il y a dedans, des briques ?

— Ce doit être la poêle en fonte. Franchement, je me débrouille.

Ce fut comme si elle n'avait rien dit. Il continuait de grimper tranquillement.

— Pourquoi avoir fermé la porte alors qu'on remontait tout de suite ? interrogea-t-il, étonné.

— Question d'habitude.

Elle tourna la clef mais, avant qu'elle ait eu le temps de s'emparer du paquet, il l'avait déjà repris.

— Merci. Désolée de vous avoir dérangé.

— De rien.

Déjà, Brody revenait sur ses pas, les mains dans les poches.

— Vous devriez repeindre les murs, observa-t-il.

— Je crois, oui.

— Et allumer le chauffage. Il fait un froid de loup, là-dedans.

— Pas la peine tant que je n'y habite pas. Je m'installerai demain. Je ne veux pas vous retenir.

— Vous ne me retenez pas, vous me mettez dehors.

— C'est ça. Au revoir !

Au lieu de se fâcher, il sourit.

— Vous devenez plus intéressante quand vous êtes en colère. Quel est le plat du jour, ce soir ?

— Poulet frit, pommes de terre au persil, petits pois et carottes.

— Alléchant.

Il se planta devant elle, sur le seuil.

— Alors, à plus tard.

La porte se ferma doucement derrière lui et la clef tourna deux fois dans la serrure alors qu'il n'avait pas encore descendu la première marche. Il contourna le bâtiment et, par curiosité, leva la tête vers le haut de la façade.

Elle se tenait derrière la fenêtre centrale, regardant le lac. *Mince comme une branche de saule*, se dit-il, les cheveux ébouriffés par le vent, son regard profond, marqué par le secret. Il se demanda où elle avait abandonné le reste de sa vie. Et pourquoi.

Le dégel, c'était aussi le bourbier. Tous les chemins vous collaient aux semelles et, dès qu'on s'aventurait dehors, on laissait partout des traces de boue. Au lever du soleil, alors que le ciel se teintait de mauve et de rose, Reece suivait les étroits chemins sur l'autre berge du lac, évitant à coups de volant nids de poule, racines et autres écueils sur ces pistes accidentées.

Apercevant un élan qui traversait paisiblement, elle poussa une exclamation de joie tout en se félicitant de ne pas rouler à plus de quinze kilomètres à l'heure.

Joanie l'attendait à 7 heures pour préparer ses pâtes, mais elle avait eu beau s'accorder deux fois le temps prévu pour un tel trajet, elle craignait d'arriver en retard. Encore heureux si elle ne se perdait pas en route.

Elle passa le bosquet de saules rouges comme indiqué. Du moins espérait-elle qu'il s'agissait bien de saules rouges. Enfin, elle aperçut une lumière.

— À gauche après les saules et puis… Oui !

C'était bien le vieux pick-up de Joanie qui était garé là. Serrant un poing victorieux, elle ralentit.

Reece ne savait trop à quoi s'attendre. Sans doute un petit chalet rustique, une maisonnette de planches comme on en construisait dans l'Ouest ; voilà qui irait bien à sa rude patronne.

En tout cas, elle n'aurait jamais cru découvrir cette magnifique demeure de bois aux innombrables fenêtres, avec ses vérandas et ses terrasses qui dominaient le marécage et la clairière.

Sa surprise fut aussi grande devant les jardinières de pensées d'hiver qui éclataient de rouge et de mauve à chaque fenêtre. On se serait cru devant la maison en pain d'épices d'Hansel et Gretel, blottie comme un secret au milieu des bois.

Charmée, Reece se gara, descendit et contourna la façade. Toutes les pièces semblaient offrir une vue magnifique, que ce soit sur les montagnes, sur le marais, sur le lac ou sur la ville. Outre les pensées, elle découvrit des pousses de futures jonquilles et même de tulipes et de jacinthes qui attendaient un temps plus clément. Guidée par la lumière, elle aperçut Joanie derrière la vitre de la cuisine, en sweat-shirt, les manches relevées jusqu'aux coudes, déjà en train de mélanger sa pâte dans un bol.

Reece s'approcha de la porte, frappa.

— C'est ouvert !

Elle frémit à l'idée que le loquet n'était même pas tiré. Et si c'était un cinglé qui frappait, armé d'un gourdin ? Une femme qui vivait seule ne devait-elle pas envisager ce genre de possibilité et prendre des précautions ? Néanmoins, Reece pénétra dans une sorte de buanderie où pendaient une vieille veste de flanelle et un chapeau informe, au-dessus de bottes de caoutchouc.

— Si tu as de la boue sur tes chaussures, tu les enlèves avant d'entrer dans ma cuisine.

Reece vérifia et se mit pieds nus.

Si l'extérieur de la maison avait été une révélation, la cuisine tenait du conte de fées.

Spacieuse, bien éclairée, avec un plan de travail aux splendides tonalités de bronze et de cuivre. Double four, dont un à convection, réfrigérateur dernier cri… Reece en frémit de plaisir. Elle saliva presque à la vue d'une cuisinière Vulcan et, Seigneur, un mixeur Berkel !

— Alors ? lança Joanie en posant son saladier sur la table. Tu as l'intention de rester là bouche bée ou tu vas enfiler un tablier et te mettre au travail ?

— Je dois d'abord mettre un genou à terre.

La jolie bouche de Joanie se tordit en un début de grimace amusée.

— Ça en jette, hein ?

— C'est fabuleux ! J'en suis toute retournée. Moi qui croyais…

Elle s'interrompit, se racla la gorge.

— Tu croyais débarquer dans une gargote de campagne ? Ici c'est chez moi, ma petite, et chez moi je veux pouvoir profiter d'un minimum de confort, d'un peu de style.

— Je vois. Voulez-vous m'adopter ?

Tout en allumant sa cafetière, Joanie laissa échapper un soupir de mépris.

— En plus, j'aime qu'on me foute la paix. Ma maison est la dernière de ce côté de la ville. Il y a facilement cinq cents mètres entre ici et celle de mes voisins, les Mardson, Rick et Debbie, et leurs enfants ; ils ont une petite fille qui adore jouer avec son chien au bord du lac.

— Oui, je l'ai vue une fois.

— Ils sont gentils. Sinon, il y a aussi la maison de Dick, ce brave vieux schnoque. Ton premier client quand tu es arrivée. Il veut se faire passer pour un dur à cuire alors que c'est une folle, au cas où tu ne l'aurais pas remarqué.

— Si, je crois.

— Plus loin, il y a la cabane où Boyd vient pêcher. On trouve comme ça quelques chalets dans les alentours. Certains sont à louer, parce qu'on est bien tranquille par ici.

— C'est un magnifique endroit ! Je suis tombée sur un élan tout à l'heure… Enfin, de très loin !

— Ils sont tellement familiers que, parfois, on a l'impression qu'ils vont venir frapper à la porte. Moi, ça ne me dérange pas, j'aime bien les animaux sauvages, sauf s'ils broutent mes fleurs.

Elle s'essuya les mains avant d'annoncer :

— Je vais m'offrir un café et une petite cigarette. Il y a de l'eau dans la bouilloire. Prépare-toi donc un thé. On a facilement trois heures de travail qui nous attendent.

Sur ces mots, elle fit claquer son briquet, s'adossa au comptoir et laissa échapper une bouffée odorante.

— Tu dois te demander ce que je fabrique dans une baraque pareille.

— Elle est magnifique.

— Voilà vingt ans que je l'ai. Depuis ce temps, je ne fais que l'améliorer, la décorer à mon idée. Elle commence à ressembler à ce que je voulais.

Elle marqua une pause, le temps de boire un peu de café, croisa ses chevilles aux chaussettes de laine grise. Reece ôta la bouilloire du feu.

— Vous avez vraiment bon goût.

— Seulement tu te demandes pourquoi mon restaurant n'est pas plus distingué. Je vais t'expliquer. Les gens viennent au Bistrot de l'Ange parce qu'ils ont envie de se détendre, de passer un bon moment. Ils veulent bien manger, mais vite et pas trop cher. C'était mon idée quand j'ai ouvert, il y a presque vingt ans.

— Ça marche bien.

— Et comment ! Je me suis installée ici parce que je devais me démerder toute seule et élever mon garçon. J'avais commis une erreur en épousant un bon à rien qui n'avait que sa belle gueule pour lui. Ce n'était pas avec ça qu'on allait bouffer, mon gamin et moi.

Reece trempa un sachet de thé dans sa tasse fumante.

— Vous vous en êtes bien tirée, observa-t-elle prudemment.

— Si j'étais restée avec lui, l'un de nous deux serait mort aujourd'hui. Parce que j'ai peut-être été assez bête pour l'épouser, mais assez maligne pour conserver mon propre compte en banque sans rien lui en dire. Je n'avais pas arrêté de bosser depuis mes seize ans. Serveuse, aide cuisinière, ça ne m'a pas empêchée de suivre des cours du soir pour apprendre à gérer un restaurant.

— Bien vu. Sur toute la ligne.

— Quand je me suis débarrassée de ce boulet, j'ai décidé que si je devais travailler ce serait pour moi et pour mon môme, personne d'autre. Alors j'ai atterri ici. J'ai trouvé une place de cuisinière dans ce restau qui s'appelait alors le Chuckwagon. On y servait des hamburgers trop gras et des steaks trop cuits. Le propriétaire était un crétin qui perdait de l'argent. Il me l'a cédé pour des clopinettes et il était encore persuadé de me rouler. Je ne te raconte pas sa tête quand il a vu que je tenais le coup.

Un sourire satisfait lui vint à l'évocation de ce souvenir.

— On habitait dans la chambre du haut, avec mon William, là où tu vis maintenant.

— Ça devait être dur avec un gosse, commenta Reece. Vous n'avez pas dû rigoler tous les jours.

— Quand on sait ce qu'on veut, on trace sa route. J'ai acheté ce terrain, j'y ai fait construire une petite maison. Deux chambres, une salle de bains, une cuisine minuscule. Mais en m'y installant avec mon môme de huit ans, j'ai eu l'impression d'entrer dans un palais. J'ai obtenu ce que je désirais parce que je suis une tête de mule qui s'accroche quand il le faut, c'est-à-dire à peu près vingt-quatre heures sur vingt-quatre. Pourtant je n'ai jamais oublié ce que c'était que de prendre ses cliques et ses claques et de se barrer pour chercher sa place au soleil.

Haussant les épaules, Joanie but un peu de café avant d'ajouter :

— Quand je te regarde, tu me fais penser à ce que j'étais alors.

Sans doute, se dit Reece. Sans doute, parce qu'elle aussi était du genre à se lever à 3 heures du matin pour se mettre au travail.

— Comment avez-vous su que vous seriez là chez vous ?

— Je ne savais pas, dit Joanie en écrasant sa cigarette. Un matin je me suis réveillée et j'ai décidé que j'étais chez moi. Et j'ai cessé de me poser des questions inutiles.

— Vous devez vous demander pourquoi, avec mon expérience, je me suis collée derrière votre gril. Pourquoi j'ai atterri ici.

— J'avoue que ça m'a trotté dans la tête plus d'une fois.

Cette femme qui lui avait fourni un travail et un toit, qui l'écoutait et s'intéressait à elle… Comment la repousser ?

— Je ne cherche pas à entretenir le mystère, c'est juste que je n'arrive pas à évoquer certains détails encore trop douloureux. Mais ce n'est pas à cause d'une personne, comme un mari, par exemple. C'est à cause d'un… des circonstances. J'ai traversé des événements qui m'ont brisée ; à tous les points de vue.

Les yeux d'acier la contemplaient sans compassion et elle se rendit compte qu'il était toujours aussi difficile d'expliquer, à elle-même autant qu'aux autres, ce qui lui arrivait.

— Aussi, quand j'ai compris que je ne guérirais jamais vraiment, je suis partie. Ma grand-mère avait déjà mis sa vie en suspens pour s'occuper de moi. Je n'en pouvais plus. Un jour, j'ai pris ma voiture ; le soir même, je l'appelais pour la convaincre que j'allais mieux, que je voulais juste me retrouver un peu.

— Et alors ? Tu l'as convaincue ?

— Pas vraiment, mais elle n'a pas pu m'arrêter pour autant. Ces derniers mois, elle semble s'être fait une raison. Je lui dore un peu la pilule quand je lui envoie des courriels ou quand je lui téléphone. Je vis ma vie.

Elle se tourna pour prendre un tablier dans la buanderie.

— De toute façon, je me sens bien mieux. Je suis contente d'être ici pour le moment. C'est tout ce que je demande.

— Alors on s'en tiendra là. Pour le moment. On va préparer des croûtes pour les pâtés. Si tu t'en tires bien, on passera à autre chose.

5

Linda Gail déposa une part de tarte aux pommes et un café devant Lou.

— On te voit beaucoup par ici, ces derniers temps.

— Le café est bon, la tarte encore meilleure.

Il mordit à belles dents dans le gâteau avant d'ajouter avec un sourire :

— La vue n'est pas mal non plus.

Linda Gail jeta un coup d'œil vers la cuisine où officiait Reece.

— Paraît que tu t'incrustes.

— On n'en est qu'aux prémices. Tu en as appris davantage sur son compte ?

— Ça la regarde, non ?

— Allez, Linda Gail !

Elle faisait son possible pour garder son calme ; cependant, depuis sa plus tendre enfance, elle avait toujours adoré bavarder avec Lou.

— Elle est assez secrète, mais elle ne crache pas sur le boulot et elle reste jusqu'à ce que Joanie la jette dehors.

La serveuse s'appuya sur le comptoir pour ajouter sur le ton de la confidence :

— Elle ne reçoit jamais aucun courrier mais elle s'est fait installer un téléphone. Et…

À son tour, Lou se pencha.

— Continue.

— Eh bien, Brenda, à l'hôtel, m'a raconté que, pendant son séjour, Reece avait bloqué la commode contre la porte de la chambre attenante à la sienne. Si tu veux mon avis, elle a peur de quelque chose ou de quelqu'un. Pas une seule fois elle ne s'est servie d'une carte de crédit et elle n'a jamais utilisé le téléphone de l'hôtel, sauf dix minutes par jour pour se connecter à Internet.

— Elle aurait besoin de se changer un peu les idées.

— Tu plaisantes ! lâcha Linda Gail en se redressant. Elle a besoin de tout sauf d'un mec qui lui colle aux basques. Elle aurait plutôt besoin d'un ami.

— Je suis capable d'être un ami très attentionné. On n'est pas amis tous les deux ?

— Tu crois ça ?

Il changea soudain d'expression, posa une main sur la sienne.

— Linda Gail…

Mais elle s'était déjà détournée et reprenait son sourire professionnel :

— Salut, shérif !

— Salut, Linda Gail, Lou !

Le shérif Rick Mardson prit place sur un tabouret. C'était un homme de haute taille, à la dégaine flegmatique, qui s'imposait d'un seul regard.

Il tendait déjà la main vers le sucrier lorsque Linda Gail lui remplit sa tasse.

— Encore en train de vous chamailler, tous les deux ?

— On bavarde, répondit Lou. À propos de la nouvelle cuisinière.

— C'est sûr qu'elle s'y prend bien. Tiens, Linda Gail, commande-lui donc un steak de poulet grillé.

Ses cheveux blonds en brosse mettaient en valeur ses yeux bleus.

— Elle t'intéresse, cette petite maigrichonne, Lou ?

— J'ai fait plusieurs tentatives pour le lui montrer.

— Tu ferais mieux de te trouver une bonne épouse.

— C'est bien ce que je cherche. Mais la nouvelle cuisinière a un petit air de mystère... Il y a des gens qui la croient en fuite.

— Si elle fuit, ce n'est pas la justice. Je fais mon boulot, qu'est-ce que tu crois ? Il n'y a aucune poursuite lancée contre elle, pas de mandat. Et elle cuisine comme une fée.

— Linda Gail vient de me dire que Brenda, la réceptionniste de l'hôtel, lui avait raconté que, pendant son séjour, Reece poussait la commode contre la porte de la chambre attenante. Elle n'est pas nette, cette fille.

— Elle a peut-être de bonnes raisons pour ça. Vraisemblablement, elle a plaqué un mari ou un fiancé qui la dérouillait régulièrement.

— Je ne comprends pas ce genre de chose. Un homme qui bat une femme n'est pas un homme.

Rick but son café.

— Il y a toutes sortes d'hommes dans ce monde.

Quand elle eut terminé son service, Reece s'installa dans le studio avec son journal. Ayant réglé le chauffage sur 18 °C, elle portait un pull et deux paires de chaussettes, ce qui lui permettait d'économiser suffisamment pour garder les lumières allumées toute la nuit.

Elle se sentait bien dans ce studio, à l'abri, tranquille. Tout était en ordre. D'autant qu'elle pouvait coincer une des deux chaises ajoutées par Joanie sous la poignée chaque fois qu'elle s'enfermait à l'intérieur.

La journée a encore été tranquille. Tous les clients ou presque étaient des habitués. Il est trop tard pour skier ou faire du snow-board, même s'il paraît que certains cols ne doivent pas ouvrir avant plusieurs semaines encore. Bizarre de penser qu'il doit y avoir des mètres de neige au-dessus de nous, alors qu'ici on patauge dans la gadoue.

Les gens sont étonnants. Je me demande s'ils ne se doutent vraiment pas que je me rends compte quand ils parlent de moi ou s'ils croient que je suis à ce point dans les nuages. Ce doit être comme ça dans les petites villes. Lorsque je me trouve devant le gril ou le fourneau, j'ai l'impression de sentir leurs paroles qui viennent m'effleurer la nuque.

Ils sont curieux, mais ils n'osent pas venir me poser de questions en face. Ils ont peut-être peur de se montrer impolis, alors ils tournent autour du pot.

Demain, j'ai ma journée. Jusqu'ici, j'ai eu tellement à faire pour tout nettoyer, finir de m'installer, que je n'ai pas pu profiter de mes congés. Mais cette fois, quand j'ai vu l'emploi du temps, j'ai failli m'affoler. Qu'est-ce que j'allais faire de tout ce temps ?

Et puis j'ai décidé de m'offrir une randonnée dans les canyons, comme je l'avais prévu à mon arrivée dans la région. Je vais commencer par une piste facile, aller aussi loin que je le pourrai, regarder la rivière. La glace doit encore claquer sur les rochers, comme l'a raconté Lou. J'ai envie de voir les rapides, les moraines, les prairies et les marais. Il y aura peut-être déjà des amateurs de rafting. J'emporterai de quoi déjeuner.

Il y a loin de Boston à la Snake River.

La cuisine brillait de tous ses feux et Reece chantonnait avec Sheryl Crow tout en nettoyant le fourneau. Cette fois, on allait fermer.

C'était sa dernière soirée chez Maneo's – la fin d'une ère pour elle – et elle avait l'intention de quitter les lieux dans un feu d'artifice.

Une semaine entière de vacances et ensuite... ensuite elle allait prendre le poste de ses rêves, chef à L'Oasis, l'un des restaurants les plus prisés de Boston. Elle aurait sous ses ordres une quinzaine d'aides, composerait ses propres plats, verrait sa renommée dépasser le cercle des initiés.

Elle avait hâte.

Elle savait que Tony Maneo et sa femme, Lisa, étaient contents pour elle. En fait, sa seconde, Donna, était incapable de garder un secret ; Reece s'attendait à une soirée d'adieu.

Elle regretterait cet établissement, mais il était temps de passer à la vitesse supérieure. Elle avait étudié et travaillé dans ce sens et voilà que son vœu allait se réaliser.

Elle recula pour vérifier que le fourneau était rutilant, hocha la tête et alla ranger le matériel de nettoyage dans le placard à balais.

Le fracas dans la pièce voisine lui fit lever la tête, mais les cris qui s'ensuivirent lui vrillèrent la poitrine. Lorsque le coup de feu retentit, elle se figea. Elle cherchait son téléphone mobile lorsque la porte battante s'ouvrit. Mouvements désordonnés, panique. Un pistolet. Noir, gigantesque.

Et puis elle fut repoussée dans le placard, assommée par une douleur intolérable qui lui calcina la poitrine.

Le cri qu'elle n'avait jamais poussé fusait maintenant de la gorge de Reece et elle sursauta sur son lit, une main sur la poitrine. Elle la sentait de nouveau, cette douleur, à l'endroit où la balle l'avait touchée. Sa brûlure, sa violence. Pourtant, il n'y avait pas de sang sur sa paume, plus de blessure sur sa peau, juste une cicatrice.

Ce n'est rien. Rien du tout. Rien qu'un cauchemar.

Néanmoins, elle tremblait de tous ses membres en prenant sa torche et en se levant pour aller vérifier la serrure, les fenêtres.

Personne, pas une âme non plus dans la rue ou sur le lac. Les chalets, les maisons étaient obscurs. Nul ne venait pour achever ce qu'il avait entrepris deux années plus tôt. Ils se fichaient qu'elle soit vivante ou non et, de toute façon, ignoraient où elle pouvait se trouver.

Elle était vivante – par erreur sans doute.

Elle était vivante, et voici qu'une aube nouvelle allait se lever.

Des nappes de brume flottaient à ras de terre, fines comme des voiles, et le lac était lisse comme un miroir. Soudain, une lampe s'alluma chez Brody. Lui non plus ne pouvait sans doute pas dormir, à moins qu'il ne se lève tôt pour écrire, afin de pouvoir traîner à lire l'après-midi dans son hamac. Étrangement, ils allaient partager cette aurore.

Elle se leva pour mieux voir les sillages mauves et roses dorer l'horizon puis s'étirer sur le lac qui parut soudain s'enflammer.

Une fois qu'elle eut chargé son sac à dos de tout ce que son guide recommandait pour une randonnée, il lui parut peser des tonnes. Tout cela pour une douzaine de kilomètres aller et retour. Néanmoins, elle préférait prendre ses précautions.

D'autant qu'elle déciderait peut-être de poursuivre plus loin ou de faire un détour. Ou… Quoi qu'il arrive, elle avait tout emballé, elle n'allait pas recommencer, d'autant qu'elle pourrait s'arrêter quand elle le voudrait, se reposer. La journée s'annonçait magnifique et elle comptait bien en profiter.

À peine avait-elle parcouru dix pas qu'on l'interpellait déjà :

— On fait un peu d'exploration, ce matin ? lui demanda Mac.

Il portait une chemise de flanelle comme il les aimait et un bonnet de laine.

— Je comptais remonter la piste Little Angel.

Il fronça les sourcils.

— Toute seule ?

— D'après le guide, ça ne présente pas de difficulté majeure. Il fait beau, j'ai envie de voir la rivière et j'ai une carte, une boussole, de l'eau, enfin tout ce dont je pourrais avoir besoin.

— Ce sera boueux aujourd'hui. Relisez bien votre guide, je suis sûr qu'il conseille de faire cette balade à deux ou, mieux, en groupe.

En quoi il ne se trompait pas, mais elle n'avait pas l'esprit de groupe.

— Je n'irai pas très loin. J'ai fait un peu de randonnée dans les Smoky Mountains. Ne vous inquiétez pas pour moi, monsieur Drubber.

— J'ai un peu de temps libre aujourd'hui, moi aussi ; c'est le jeune Leon qui tient le magasin. Je pourrais vous accompagner une heure ou deux.

— Je m'en voudrais de gâcher votre après-midi. Ne vous faites aucun souci pour moi, je n'irai pas loin.

— Si vous n'êtes pas rentrée à 18 heures, je fais envoyer une équipe de recherche.

— Non seulement je serai rentrée à 18 heures, mais je passerai vous saluer.

Récupérant son sac, elle s'éloigna du lac pour couper à travers bois, dans la direction du canyon.

Elle marchait d'un pas tranquille, admirant les jeux de lumière à travers les branches. L'air frais embaumé de sève de pin, la terre en plein éveil l'aidaient à évacuer les dernières scories de son cauchemar.

Elle devrait se promener plus souvent, choisir différents trajets pour ses jours de congé – du moins une fois sur deux. Elle se rendrait en voiture au parc national du Grand Teton pour s'y offrir d'autres balades à pied, avant l'afflux des touristes. C'était le genre d'exercice qui allait l'aider à retrouver l'appétit et sa forme.

À un détour du chemin, elle emprunta la direction indiquée par un panneau de signalisation : Little Angel Canyon. Au milieu d'énormes flaques de boue, de gros rochers retenaient encore des plaques de neige là où son guide précisait qu'elle trouverait des milliers de fleurs d'ici quelques semaines.

Pour le moment, Reece avait plutôt l'impression de se trouver sur une planète silencieuse où dominaient les bruns et les verts délavés.

Le sentier se mit à monter, d'abord doucement, par-dessus la moraine, à travers les troncs de conifères qui poussaient à flanc de colline. Après un dégagement, les montagnes réapparurent, avec leurs cimes enneigées éblouissantes au soleil, et peu après le sentier suivit une côte assez abrupte. Pas la peine de se presser.

À quelque deux kilomètres de son point de départ, elle s'arrêta pour reprendre son souffle et se désaltérer.

En contrebas, les eaux du lac scintillaient au sud-est. Toute la brume avait disparu. Ce devait être l'heure de pointe pour le petit déjeuner, la salle du restaurant devait bruisser de tintements de couverts et de conversations, la cuisine fleurer le bacon et le café. Alors qu'ici tout était si calme, si frais.

Quand elle reprit son escalade, elle sentit ses muscles protester ; dire qu'avant sa blessure, elle joggait tous les jours sur ce genre de trajet ! Non qu'elle ait souvent fait de la randonnée en pleine nature, mais quelle différence pour ses membres si elle se contentait alors d'exercice sur des machines ?

— Il y a un monde entre les deux, murmura-t-elle. N'empêche que je dois y arriver.

La piste continuait à travers les prairies endormies, avant de revenir à une colline baignée de soleil où elle marqua une nouvelle pause. De sa place, elle apercevait un petit étang envahi de roseaux, d'où un héron s'envolait, un poisson au bec.

Elle poursuivit son chemin, jusqu'à entendre les premiers grondements de la rivière. À un embranchement, elle chercha le panneau indiquant le Big Angel Trail. Cet itinéraire n'était pas encore pour elle. Ses articulations n'étaient pas encore prêtes pour de tels efforts. Elle dut s'arrêter à nouveau tout en se demandant si elle ne devrait pas se contenter, pour cette fois, de la vue sur les marécages et les prairies. Elle n'aurait qu'à profiter un peu du soleil, en espérant entrevoir quelques animaux. Cependant, les grondements l'appelaient, elle ne pouvait y résister. Elle passerait donc par le Little Angel.

Ses épaules lui faisaient mal. Bon, elle avait sans doute exagéré en se chargeant à ce point ! Néanmoins, elle n'avait effectué que la moitié de son circuit et, même en continuant à ce rythme, elle aurait probablement fini pour midi.

Elle coupa à travers la prairie avant d'attaquer une nouvelle côte boueuse. Après avoir parcouru de nouvelles montagnes russes, elle obtint enfin sa récompense : à ses pieds serpentait le ruban chatoyant de la rivière au milieu des canyons qu'elle creusait depuis des milliers d'années sans cesser de gronder impérieusement. Éboulis et rochers s'assemblaient sur les bords comme s'ils y avaient été relégués par les flots. Pourtant, le cours d'eau restait encore à peu près calme par ici, paressant dans sa route vers l'ouest.

Reece sortit son appareil tout en se disant qu'aucun cliché ne saurait rendre la majesté d'un tel paysage, encore moins les sons ou les odeurs.

Elle n'était pas seule. Deux kayaks bleus évoluaient entre les murailles dorées. Elle regarda les rameurs pagayer, tourner, entendit leurs voix. Sans doute l'un enseignait-il à l'autre l'art du canotage en eaux troubles. Elle prit ses jumelles, afin de s'en assurer. Deux hommes jeunes, peut-être même tous deux adolescents. Le plus jeune semblait appliqué, concentré. Il sourit, hocha la tête, sa bouche remua comme s'il interpellait l'autre, son professeur sans doute…

Ils progressaient côte à côte en descendant la rivière.

Reece abaissa ses jumelles qu'elle garda autour du cou, et reprit son chemin. La hauteur devenait impressionnante. Ses muscles la brûlaient mais elle était transportée par l'effort, toute inquiétude oubliée. Elle se sentait profondément humaine, minuscule, mortelle, émerveillée par ces montagnes ensoleillées et ce ciel immense.

Malgré la fraîcheur de l'air, elle avait le dos trempé de sueur. Au prochain arrêt, elle ôterait sa veste. Essoufflée, elle peinait de plus en plus.

Elle s'arrêta net et faillit déraper lorsqu'elle aperçut Brody assis sur un rebord rocailleux.

Ce fut à peine s'il lui jeta un regard.

— J'aurais dû me douter que c'était vous. Vous faites assez de bruit pour déclencher une avalanche. Enfin, concéda-t-il, au moins assez pour effaroucher les prédateurs, du moins ceux à quatre pattes.

— Qu'est-ce que vous fichez ici ?

— Je m'occupe de mes affaires. Et vous ? À part chanter à tue-tête ?

— Pas du tout…

Ce n'était pas vrai ! Non, quand même pas…

— Bon, si vous ne chantiez pas, je ne sais pas ce que vous ahaniez.

— Je fais de la randonnée. C'est mon jour de congé.

— Youpi !

Il reprit le cahier ouvert sur ses genoux.

Puisqu'elle s'était arrêtée, autant en profiter pour reprendre son souffle.

— Vous écrivez ? Ici ?

— J'étudie les lieux. Je vais tuer quelqu'un par ici. Fictivement, bien sûr. C'est l'endroit rêvé, surtout à cette époque de l'année. Il n'y a personne sur les pistes au printemps… ou presque. Il l'attire dans la montagne et la jette dans le ravin.

Il se pencha un peu. Il avait déjà ôté sa veste, comme elle-même rêvait de le faire.

— Ce qui nous donne une longue chute mortelle. Un terrible accident, une terrible tragédie.

Malgré elle, Reece était intriguée.

— Pourquoi fait-il ça ?

— Bof… surtout parce qu'il en a la possibilité.

— Il y avait des kayakistes sur la rivière. Ils auraient pu tout voir.

— C'est pour ça qu'on parle de fiction, marmonna-t-il en prenant des notes. Des kayakistes… voyons… pourquoi pas ? À quoi assisteraient-ils ? À la chute d'un corps. Ils entendraient un hurlement, l'écho. Un plouf.

— Bon, je vous laisse.

Comme il ne répondait que par un grognement absent, elle reprit son chemin. Agaçant tout de même, cet homme qui occupait exactement l'endroit où elle aurait aimé s'offrir un petit moment de détente et profiter de la vue. Elle en trouverait sûrement un autre. Il suffisait de grimper encore un peu.

Cependant, elle se tenait aussi loin que possible du rebord, en s'efforçant de chasser de son esprit l'image du corps qui tombait pour aller s'écraser sur les rochers et disparaître dans l'eau.

À bout de forces, elle entendit de nouveau le grondement. Alors elle s'arrêta, posant les mains sur les cuisses pour réguler sa respiration. Elle n'avait pas encore choisi le point exact où s'arrêter quand elle perçut la longue clameur sauvage d'un faucon qui filait vers l'ouest à tire-d'aile.

S'il fallait y voir un signe, elle n'aurait qu'à suivre cette direction. Une dernière côte et elle s'arrêterait dans ces splendides solitudes, déballerait son déjeuner et soufflerait une heure, le temps de contempler la rivière.

Cet ultime effort fut amplement récompensé quand elle découvrit les eaux vives lancées à l'assaut des rochers qu'elles franchissaient par petites cascades écumeuses dans un grondement qui emplissait tout le canyon. Ravie, Reece se mit à rire tout haut.

Elle avait réussi.

Soulagée, elle se débarrassa de son sac à dos avant de s'asseoir au bord d'une corniche, sur un gros caillou qui formait une sorte de tabouret. Elle sortit son déjeuner, et mangea de bon appétit.

Elle était au sommet du monde, rien de moins. Calme et pleine d'énergie à la fois, follement heureuse. Elle mordit dans une pomme, tandis que le faucon lançait de nouveau son appel.

Parfait. Elle ne pouvait rien rêver de plus parfait.

À l'aide de ses jumelles, elle suivit le vol du faucon, puis descendit pour observer les eaux tumultueuses. Dans l'espoir de découvrir des animaux, elle observa les rochers, les rangées de saules et de peupliers, puis les pins. Elle pourrait bien surprendre un ours en train de pêcher, ou un élan venu boire.

C'est alors qu'elle les repéra, entre les arbres et les rochers. L'homme – du moins supposait-elle qu'il s'agissait d'un homme – lui tournait le dos, tandis que la femme faisait face à la rivière, les mains sur les hanches.

Même avec les jumelles, la hauteur et la distance l'empêchaient de bien les distinguer, mais elle discernait la masse de cheveux noirs sur la veste rouge, sous une casquette également rouge.

Que pouvaient-ils bien faire ? Sans doute discutaient-ils d'un emplacement de campement ou d'un endroit où lancer leurs canoës. Néanmoins, elle eut beau chercher, elle ne trouva pas trace d'un bateau. Dans ce cas, ils devaient camper.

Elle reporta son attention sur eux. Ils ne se doutaient pas de sa présence ; elle les observait de son refuge, comme elle l'eût fait d'oursons ou d'une horde de biches.

— Ils se disputent, murmura-t-elle.

Il y avait quelque chose d'agressif, de révolté dans l'attitude de la femme et, lorsqu'elle agita un index menaçant vers son interlocuteur, Reece émit un léger sifflement.

— C'est ça, tu es furieuse ! Je parie que tu voulais descendre dans un hôtel avec salle de bains et repas dans la chambre, alors qu'il ne songe qu'à dresser une tente en pleine nature.

L'homme eut un geste d'arbitre rappelant à l'ordre un joueur et, cette fois, la femme le gifla.

— Ouille !

Reece s'avisa qu'elle ferait mieux de détourner ses jumelles. Elle n'avait aucun droit de les espionner ainsi. Néanmoins, elle ne put s'empêcher de continuer.

Des deux mains, la femme repoussa l'homme avant de le frapper à nouveau. La curiosité de Reece virait à l'écœurement.

Soudain, elle sursauta en apercevant le bras de l'homme s'abattre sur la femme. En un violent coup de poing.

— Non, arrête ! souffla Reece. Ne fais pas ça ! Arrêtez, tous les deux !

Cependant, la femme se redressait et chargeait tête baissée mais, avant d'atteindre son but, elle fut repoussée avec une telle violence qu'elle en tomba à la renverse sur le sol boueux.

L'homme la toisa. Le cœur battant à tout rompre, Reece le vit se pencher comme pour tendre la main à sa compagne dont la bouche saignait en s'agitant violemment. *Elle devait le traiter de tous les noms.*

Les choses ne firent qu'empirer. Terriblement. Au lieu de l'aider à se lever, l'homme la saisit par les cheveux pour la renvoyer au sol, la tête la première. Sans se rendre compte qu'elle-même s'était dressée et qu'elle hurlait de toute la force de ses poumons, Reece vit les deux mains de l'homme se refermer sur le cou de la femme. Cette dernière battit des pieds, se cambra et soudain se relâcha sans plus bouger. Le grondement de la rivière reprit ses droits tandis que Reece éclatait en sanglots.

Tombée à genoux, elle tâcha de bouger, rampa, le souffle court, avant de s'enfuir en courant.

Dévalant la colline aussi vite qu'elle le put, elle ne voyait ni n'entendait plus rien, avec la boule de terreur qui l'habitait. Le visage de la femme à la veste rouge se métamorphosait soudain dans son esprit, éclairé par de grands yeux bleus de porcelaine.

Ginny. Ce n'était pas Ginny. Ce n'était pas Boston. Ce n'était pas un rêve.

Pourtant, tout se mêlait dans son esprit, au point qu'elle crut entendre des cris, des rires, des coups de feu. Au point que tout se mit à tourner autour d'elle, que le sol se déroba.

Elle heurta Brody de plein fouet, se débattit comme une folle.

— Arrêtez ! Vous êtes cinglée ? Suicidaire ?

Pourtant, il la retenait, l'empêchait de tomber.

— Bouclez-la maintenant ! Pas d'hystérie ! Qu'est-ce qu'il y a ? Vous avez vu un ours ?

— Il l'a tuée, il l'a tuée ! Je l'ai vu, j'ai tout vu !

Sans autre forme de procès, elle enfouit la tête dans son épaule.

— J'ai vu. Ce n'était pas Ginny. Ce n'était pas un rêve. Il l'a tuée. De l'autre côté de la rivière.

— Respirez.

L'aidant à se redresser, il la regarda dans les yeux.

— J'ai dit, respirez ! Là, encore. Encore une fois.

— C'est bon ! Je vais bien !

Elle inspira, expira.

— Aidez-moi, je vous en prie ! Ils étaient de l'autre côté de la rivière, et je les ai vus, avec ceci !

Elle souleva ses jumelles d'une main tremblante.

— Il l'a tuée, je l'ai vu !

— Montrez-moi où vous étiez.

Elle ferma les yeux. Cette fois, elle n'était pas seule. Quelqu'un était là, qui pourrait l'aider.

— Là, en haut de la piste. Je ne sais pas jusqu'où je suis montée, mais c'est en haut.

Elle n'avait aucune envie d'y retourner, de revoir ces lieux, pourtant il la tenait par le bras et l'entraînait.

— Je me suis arrêtée pour déjeuner, expliqua-t-elle plus calmement. Pour regarder l'eau et les cascades. Il y avait un faucon.

— Oui, je l'ai vu.

— C'était beau. J'ai pris mes jumelles. J'espérais surprendre un cerf ou un ours. J'avais vu un élan ce matin au bord du lac. Je croyais…

Elle savait bien qu'elle disait un peu n'importe quoi et s'efforça de se reprendre.

— J'observais les arbres, les rochers et j'ai vu deux personnes.

— À quoi ressemblaient-elles ?

— Je... Je n'ai pas très bien distingué.

Elle croisa les bras. Elle avait ôté sa veste pour l'étendre sur la corniche où elle avait déjeuné. Pour prendre le soleil.

À présent, elle avait affreusement froid. Jusqu'aux os.

— Mais elle avait de longs cheveux noirs et une veste rouge et une casquette et des lunettes noires. Lui, il me tournait le dos.

— Comment était-il habillé ?

— Euh... veste sombre, casquette orange. Comme les chasseurs. Il... je crois... Oui, je crois qu'il avait des lunettes noires. Je n'ai pas vu son visage. Mon sac est là-haut. J'ai tout laissé sur place. Je me suis enfuie en courant. Ils étaient là-bas, devant les arbres. Maintenant ils sont partis, mais ils étaient là, en bas. Je les ai vus. Il faut que je m'asseye.

Quand elle se laissa tomber sur le caillou, Brody ne dit rien mais prit les jumelles qu'elle portait encore autour du cou. Il observa les alentours. Ne vit personne. Aucune trace de quoi que ce soit.

— Qu'avez-vous vu au juste ?

— Ils se disputaient. On voyait bien qu'elle était furieuse. Les mains sur les hanches. Agressive.

Elle déglutit, se concentra parce que son estomac commençait à faire des roulés-boulés. Frissonnante, elle remit sa veste, se blottit dedans.

— Elle l'a giflé, puis repoussé et giflé de nouveau. Il l'a frappée, battue, mais elle s'est relevée et elle allait repasser à l'attaque quand il a recommencé.

J'ai vu qu'elle saignait, au visage. Mon Dieu, mon Dieu !

Brody se contenta de lui jeter un bref regard.

— Vous n'allez pas recommencer votre crise d'hystérie ! Dites-moi plutôt ce que vous avez vu.

— Il s'est penché, il l'a attrapée par les cheveux et il lui a cogné la tête sur le sol, je crois. On aurait dit… qu'il l'étranglait.

En se remémorant la scène, Reece se passa une main sur la bouche dans l'espoir qu'elle n'allait pas être malade.

— Il l'a étranglée, ses pieds battaient le sol et puis ils se sont arrêtés. J'ai couru. J'ai crié, je crois, mais les rapides font tant de bruit…

— Ça fait loin, même avec les jumelles. Vous êtes sûre d'avoir vu ça ?

Elle leva sur lui un regard las.

— Vous avez déjà vu tuer quelqu'un ?

— Non.

Elle se redressa, prit son sac.

— Moi oui. Il l'a emmenée je ne sais pas où, il a emporté son corps. Je ne sais pas. Mais il l'a tuée et il va s'en tirer. Il faut qu'on fasse quelque chose.

— Donnez-moi votre sac.

— Je peux le porter.

Il le lui prit des mains et se mit à descendre le chemin.

— Je vous donne le mien, il est plus léger. On peut toujours se disputer là-dessus, mais je finirai par gagner et en attendant on perdra du temps.

Certes, il avait raison. Son sac à lui était autrement léger. Elle avait apporté dix fois trop de choses, mais elle voulait juste être certaine…

— Le téléphone ! s'exclama-t-elle en tâchant d'aligner son pas sur le sien. Que je suis bête !

— C'est sûr, commenta-t-il en la voyant sortir son mobile. Mais ça ne vous servira à rien. Il n'y a pas de signal par ici.

Sans cesser de marcher, elle essaya quand même.

— On ne sait jamais. On va mettre tellement de temps à descendre. Vous iriez plus vite tout seul. Vous devriez marcher devant.

— Non.

— Mais…

— Qui avez-vous déjà vu mourir ?

— Je ne peux pas en parler. On en a pour combien de temps à descendre ?

— Le temps qu'il faudra. Et ne me posez pas la même question toutes les trois secondes.

Elle faillit sourire. Il était tellement brusque qu'il en arrivait à repousser ses peurs. Il avait raison. Ils arriveraient quand ils arriveraient. Et ils feraient ce qu'ils pourraient quand ils le pourraient.

À la vitesse à laquelle il se déplaçait, ils parviendraient au but en deux fois moins de temps qu'elle n'en aurait mis seule. Si elle parvenait à suivre son rythme.

— Parlez-moi, s'il vous plaît, de quelque chose, d'autre chose. De votre livre.

— Ah non ! Je ne parle jamais de mes bouquins en cours.

— Ah bon, tant pis. Pourquoi Angel's Fist ?

— Sans doute pour la même raison que vous. Je voulais changer de décor.

— Parce que vous vous êtes fait virer de Chicago.

— Je n'ai pas été viré.

— Vous n'avez pas boxé votre patron ? Vous n'avez pas été éjecté du *Tribune* ? C'est pourtant ce qu'on m'a dit.

— J'ai boxé un collègue crétin qui avait pompé mes notes pour un article et dont l'oncle se trouvait être le rédacteur en chef. Alors je suis parti.

— Pour écrire des bouquins. C'est sympa ?

— Pas mal.

— Je parie que vous avez tué le crétin dans votre premier roman.

Il lui jeta un regard en coin. Il avait les iris d'un vert remarquable.

— Vous avez raison. Je l'ai tabassé à coups de pelle. Ça m'a fait beaucoup de bien.

— À une époque, je lisais pas mal de polars. Je ne peux plus depuis… un moment, mais j'essaierais bien l'un des vôtres.

Il émit un grognement de dédain.

— Vous pourriez tomber plus mal.

6

Ils marchèrent en silence. Traversèrent la prairie, contournèrent le marais. Elle se souvenait d'y avoir vu des canards, ainsi qu'un héron emportant un malheureux poisson. Elle se sentait tout engourdie, l'esprit embrumé.

— Brody ?

— Je suis toujours là.

— Est-ce que vous m'accompagneriez à la police ?

Il s'arrêta pour boire puis lui présenta sa bouteille d'eau. Il la dévisageait sans la juger, de ses yeux vert foncé comme les feuilles à la fin de l'été.

— On appellera de chez moi. Ça ira plus vite que de se rendre au poste en contournant le lac pour gagner la ville.

— Merci.

Soulagée, reconnaissante, elle continua de mettre un pied devant l'autre en direction d'Angel's Fist.

Pour rester concentrée, elle se récitait mentalement des recettes, se visualisait en train de mesurer, de préparer.

— Ça m'a l'air drôlement bon, commenta Brody.

Elle retomba brutalement sur terre.

— Quoi ?

— Ce que vous nous préparez là-dedans, dit-il en se tapant d'un index sur la tempe. Des crevettes grillées ?

Surtout ne pas s'en vouloir. Elle n'en était plus là.

— Des crevettes marinées et grillées. Je ne me rendais pas compte que je parlais tout haut. C'est mon défaut.

— Quel défaut ? Vous m'avez donné faim, voilà tout. L'ennui, c'est qu'on ne trouve pas facilement de crevettes par ici.

— J'avais juste besoin de réfléchir à autre chose, de... et... zut !

Le cœur serré, le souffle court, elle s'interrompit comme si une main de fer tentait de l'étrangler, et se plia en deux.

— Je ne... peux plus... respirer.

— Mais si ! Vous respirez très bien. Seulement si vous continuez à chercher de l'air comme ça, vous allez tourner de l'œil, et ne comptez pas sur moi pour vous porter sur mon dos, alors un peu de nerf !

Il parlait d'un ton calme, comme s'il n'énonçait que des évidences.

— Allez ! insista-t-il.

Il avait les pupilles cerclées d'or ; ce devait être cela qui lui donnait un regard si intense.

— Finissez de préparer vos crevettes.

— Mes quoi ?

— Finissez de préparer vos crevettes.

— Ah oui ! Ajouter la moitié de l'huile à l'ail, remuer. Disposer le tout sur un plat, garnir de rondelles de citron et de feuilles de laurier, et servir accompagné de pain ciabatta grillé et du reste de l'huile à l'ail.

— Si je parviens à me procurer quelques crevettes, vous me renverriez l'ascenseur en me préparant ce plat ?

— Certainement.

— Au fait, qu'est-ce que c'est, le pain ciabatta ?

Elle n'aurait su dire pourquoi cette question la fit rire, mais cela lui permit de se détendre alors qu'ils continuaient à marcher.

— On appelle aussi ça « le pain pantoufle italien ». C'est bon. Vous aimerez ça.

— Je n'en doute pas. Vous avez l'intention d'inscrire ce genre de fantaisie chez Joanie ?

— Non. Je n'y suis pas chez moi.

— Vous avez déjà possédé un restaurant ? À la façon dont vous menez cette cuisine, on jurerait que vous n'avez fait que ça toute votre vie.

— J'y ai travaillé mais je n'ai jamais possédé le mien ; ça ne m'est même pas venu à l'idée.

— Pourquoi ? Ce n'est pas ça, le rêve américain ?

— La cuisine est un art. Si on possède son restaurant, on devient gestionnaire. Moi, je voulais juste...

Elle faillit dire « créer » mais trouva le mot trop emphatique.

— Faire la cuisine.

— Vous parlez au passé ?

— Non, je veux toujours. Enfin peut-être. Je ne sais pas ce que je veux.

En réalité, elle le savait très bien et, à mesure qu'ils progressaient à travers la forêt fraîche, elle décida de le lui dire.

— Je voudrais redevenir normale, cesser d'avoir peur. Je voudrais être à nouveau celle que j'étais il y a deux ans, mais c'est impossible. Alors je tâche de découvrir qui je vais être pour le restant de mes jours.

Haussant les épaules, il sortit son téléphone. Cette femme n'était qu'un paquet de nerfs noué de mystères. Il ne la pensait pas aussi fragile qu'elle croyait l'être. Rares étaient les gens qui auraient pu terminer une aussi longue randonnée sans s'effondrer après ce qu'elle avait vu.

— On capte un signal maintenant, dit-il. Allô ? C'est Brody. Je veux parler au shérif. Non. Tout de suite.

Mieux valait ne pas discuter avec lui, se dit Reece. Elle se demanda si elle retrouverait jamais une telle maîtrise de soi, une telle assurance.

— Rick, je suis avec Reece Gilmore, à peu près à cinq cents mètres de chez moi sur la piste Little Angel. Je voudrais qu'on se retrouve à mon chalet. Oui, il est arrivé quelque chose. Elle a été témoin d'un meurtre. C'est bien ce que j'ai dit. Elle t'en parlera elle-même. On est presque arrivés.

Il ferma son téléphone et le rangea dans sa poche.

— J'ai un conseil à vous donner, même si ce n'est pas dans mes habitudes.

— Lequel ?

— Gardez votre calme. Si vous avez envie de pleurer, de crier, de vous évanouir, attendez d'avoir fini votre déposition. Mieux, attendez d'avoir quitté mon chalet parce que je n'ai aucune envie d'affronter ce genre de crise. Soyez claire, nette et précise.

— Et si je perds pied, vous m'aiderez ?

Elle le vit se renfrogner mais insista :

— Je veux dire, en m'interrompant ou en renversant une lampe. Ne vous inquiétez pas, je vous la rembourserai. Mais tout serait bon pour me donner le temps de me ressaisir.

— Peut-être.

Il bifurqua pour prendre le chemin menant à son chalet niché dans les arbres, sur un tapis d'armoises.

— Je sens l'odeur du lac. On le voit à travers les arbres. Je vais mieux quand je vois de l'eau. Je devrais sans doute vivre sur une île, encore que ça risque de faire un peu beaucoup d'eau… J'ai juste besoin de bavarder quelques minutes.

Pourtant, elle se tut quand il ouvrit la porte à l'arrière de la maison. Il ne l'avait pas fermée à clef. N'importe qui pouvait entrer.

Voyant qu'elle ne le suivait pas, il se retourna.

— Vous voulez parler au shérif oui ou non ?

— Oui.

Rassemblant son courage, elle franchit le seuil.

La cuisine était petite mais assez bien équipée. Deux pommes et une banane trop mûre s'ennuyaient au milieu d'un saladier blanc sur le plan de travail de grès, devant une cafetière et un grille-pain antédiluviens.

Brody s'employa immédiatement à préparer du café, avant même d'ôter sa veste. Reece se racla la gorge.

— Euh… Vous n'auriez pas du thé ?

Il lui jeta un regard amusé.

— Mais bien sûr ! Voyons où ai-je mis mon cache-théière ?

— Je suppose que ça veut dire non. Je ne bois pas de café, ça énerve trop. Tant pis, je prendrai de l'eau. Vous laissez toujours les portes ouvertes ?

— À quoi bon fermer ? Si quelqu'un voulait pénétrer chez moi, il n'aurait qu'à enfoncer la porte d'un coup de pied ou casser un carreau.

La voyant blêmir, il pencha la tête de côté.

— Quoi ? Vous voulez que je vérifie dans les placards, sous le lit ?

— Vous n'avez jamais eu peur ?

J'ai trouvé le moyen de la faire enrager, songea-t-il. Il préférait la voir ainsi, furieuse, indignée, qu'au bord de la syncope.

— Si, en regardant *Halloween,* quand j'avais dix ans. Ça m'a donné la frousse de ma vie. Michael Myers s'est ensuite caché sous mon lit pendant des années.

Elle se détendit quelque peu, ôta sa veste.

— Comment vous êtes-vous débarrassé de lui ?

— À seize ans, j'ai fait entrer une fille dans ma chambre. Jennifer Ridgeway. Une jolie petite rousse pleine… d'énergie. Au bout de deux heures dans le noir avec elle, je n'ai plus jamais repensé à Michael Myers.

— Le sexe en guise d'exorcisme ?

— Avec moi, ça a marché.

Il ouvrit le réfrigérateur, sortit une bouteille d'eau.

— Vous me direz si vous voulez essayer.

— C'est ça.

Par pur réflexe, elle attrapa au vol la bouteille qu'il lui lança, manqua de la lâcher et se raidit de nouveau lorsqu'on frappa à la porte.

— Ce doit être le shérif. Michael Myers ne frappe pas. Vous voulez qu'on discute ici ?

Elle considéra la table ronde au milieu de la cuisine.

— Ça m'a l'air bien.

— Attendez-moi.

Tandis qu'il allait ouvrir, elle dévissa la capsule de la bouteille et avala de longues goulées d'eau fraîche. Elle percevait des murmures, le piétinement lourd des bottes. Du calme. Claire, nette et précise.

Rick entra, la salua d'un mouvement de la tête, l'air impénétrable.

— Bonjour, Reece. Alors, vous avez une histoire à me raconter ?

— Oui.

— Asseyons-nous ici, vous allez me dire tout ça.

Elle prit place en face de lui et commença son récit, en s'efforçant de fournir autant de détails que possible. En silence, Brody versa du café dans une tasse qu'il déposa devant le shérif. Tout en parlant, Reece caressait la bouteille de haut en bas tandis que son interlocuteur prenait des notes et que Brody s'asseyait au bord du plan de travail en buvant son café.

— Bien, dites-moi, croyez-vous pouvoir identifier au moins l'un d'entre eux ?

— Elle, peut-être. Mais lui, je ne l'ai pas vu, enfin pas son visage… il me tournait le dos et il avait un chapeau. Je crois qu'ils portaient tous les deux des lunettes de soleil. Elle avait les cheveux bruns, ou noirs, mais je dirais plutôt bruns, longs, ondulés. Et elle portait une veste rouge et une casquette, rouge aussi.

Rick se tourna vers Brody.

— Et toi, qu'est-ce que tu as vu ?

— Rien. De là où j'étais quand ça s'est passé, je n'aurais rien pu voir. Reece était passée devant moi pendant sa promenade, mais elle a ensuite poursuivi sur presque cinq cents mètres.

Mardson se mordit la lèvre.

— Vous n'étiez donc pas ensemble.

— Non. Comme Reece te l'a dit, nous nous sommes rencontrés et avons juste échangé quelques mots. Je ne suis monté à mon tour qu'une bonne heure plus tard et je suis tombé sur elle qui arrivait en courant. Elle m'a raconté ce qui s'était passé, alors je l'ai suivie à l'endroit où elle se tenait quand tout est arrivé.

— Et là, tu as vu quelque chose ?

— Non. Si tu veux que je te dessine un plan pour le localiser exactement…

— Ce serait bien. Reece, avez-vous remarqué un bateau, une voiture ou n'importe quel autre véhicule ?

— Non. Je cherchais un bateau, mais je n'ai rien aperçu. Je croyais qu'ils avaient décidé de camper là, mais je n'ai pas davantage repéré de tente. Je n'ai vu qu'eux, lui en train de l'étrangler.

— Racontez-moi tout ce qui vous vient à l'esprit au sujet de cet homme. On ne sait jamais, je veux entendre tous les détails.

— Je n'ai pas vraiment fait attention. Il était blanc, j'en suis certaine. J'ai vu ses mains mais il portait des gants. Noirs ou marron. Seulement son profil… Je suis sûre qu'il était blanc, peut-être hispanique ou amérindien. C'était tellement loin que même avec les jumelles je ne distinguais pas grand-chose. Et puis je ne les regardais que pour me distraire, jusqu'au moment où elle l'a giflé, deux fois. La deuxième fois, il l'a jetée par terre. Tout s'est passé si vite ! Il portait une veste noire. Et une casquette de chasse rouge orange.

— Bon, c'est un début. Et ses cheveux ?

— Je n'ai pas bien fait attention.

Elle faillit frissonner, comme cela lui arrivait quand elle ne pouvait répondre à une question.

— Son chapeau et sa veste devaient les couvrir. Je ne crois pas qu'ils étaient longs. J'ai crié, hurlé peut-être. Ils ne pouvaient pas m'entendre. J'avais mon appareil photo sous la main mais si vous croyez que j'y ai pensé ! J'étais paralysée, jusqu'au moment où je me suis enfuie.

— Vous auriez pu plonger dans la rivière, la traverser à la nage et le livrer aux autorités, marmonna Brody dans son coin.

Il tendit au shérif la carte qu'il avait dessinée.

— Là.

— Tu es sûr de toi ?

— Oui.

— Bon.

Rick se leva.

— Je vais m'y rendre immédiatement, vérifier de mes yeux ce que je pourrai apercevoir. Ne vous inquiétez pas, Reece, nous allons nous occuper de cette histoire. Je reprendrai contact avec vous. Entre-temps, j'aimerais que vous continuiez d'y réfléchir. Si quoi que ce soit vous revenait à l'esprit, n'hésitez pas à m'en faire part, même si ça ne vous semble pas important, d'accord ?

— Oui, oui, d'accord. Merci.

Rick reprit son chapeau, les salua tous les deux et sortit.

— Ouf ! soupira Reece. Vous croyez qu'il pourra… Il fait bien son travail ?

— Je n'ai jamais eu la preuve du contraire. Ici, la plupart des affaires auxquelles il est confronté tournent autour d'ivrognes et de disputes conjugales, de gosses chapardeurs, de bagarres de voisinage. Alors il gère. Parfois, il tombe sur des randonneurs, des touristes ou des kayakistes qui se perdent ou qui se sont blessés. Il a toujours fait face. Il est… disons dévoué.

— Seulement, un meurtre, c'est autre chose.

— Peut-être, mais c'est lui le responsable. Et comme ça s'est passé en dehors des limites de la ville, il va devoir avertir le comté ou le FBI. Vous avez vu ce que vous avez vu, vous avez déposé votre témoignage. On ne vous en demande pas plus.

— Non, pas plus.

Comme avant. Rien de plus.

— Je crois que je vais y aller, maintenant. Merci… pour tout.

Elle se leva.

— À moi non plus, on n'en demandera pas davantage, indiqua Brody. Je vous raccompagne chez vous.

— Ne vous inquiétez pas. Je peux marcher.

— Ne dites pas de sottises.

S'emparant de son sac à dos, il partit vers l'avant de la maison.

Un rien désarçonnée, Reece prit sa veste et suivit. Il sortit directement, sans paraître se douter qu'elle aurait peut-être voulu voir un peu la maison. Elle en tirait une impression de simplicité, de banal désordre ; l'idée qu'elle se faisait de l'habitat du célibataire. Ni fleurs, ni babioles publicitaires, ni coussins, ni bibelots dans le living qu'elle traversa. Un canapé, un fauteuil, deux tables et une agréable cheminée de pierre.

Couleurs naturelles, lignes droites sans fantaisies inutiles. Elle se retrouva dehors, face à la voiture.

— Je vous ai causé bien du tracas aujourd'hui, s'excusa-t-elle.

— On peut dire ça. Montez.

Il se fichait d'elle ! Cette fois c'en était trop.

— Espèce de brute sans cœur, d'enfoiré de mal élevé !

Il s'adossa au capot.

— Mais encore ?

— On vient d'étrangler une femme, vous pigez ? Elle était vivante et maintenant elle est morte, et ni vous ni moi ni personne n'avons pu venir à son secours. Je n'ai pu que la regarder mourir. Sans rien faire, comme la première fois. J'ai regardé cet homme la tuer et vous êtes la seule personne à qui j'ai pu en parler. Au lieu de vous en préoccuper, de compatir, vous avez paré au plus pressé, sans vous mouiller, avec votre sale petit air acariâtre. Alors, allez vous faire voir ! Je préfère marcher dix kilomètres à pied que de grimper dans votre ridicule 4 × 4 de macho. Maintenant, rendez-moi mon sac à dos.

Il demeurait sur place, mais n'avait plus l'air blasé du tout.

— Il serait temps ! Je me demandais si vous aviez un zeste de tempérament. Ça va mieux ?

Il lui ouvrit la portière.

— En outre, ajouta-t-il, un homme n'est pas acariâtre. À la rigueur odieux, mais acariâtre, c'est réservé aux dames.

— Vous m'énervez avec vos remarques déplacées.

Néanmoins, elle prit place dans la voiture. Il claqua la portière et se mit au volant.

— Vous aviez des amis à Chicago ? Ou est-ce que tout le monde vous trouvait aussi désagréable et odieux ?

— Il devait y avoir un peu des deux.

— Je croyais que les journalistes savaient mettre les gens en confiance pour obtenir leurs confidences.

— Je ne saurais vous dire. De toute façon, je ne suis plus journaliste.

— Alors les romanciers ont le droit de se montrer hargneux, solitaires et lunatiques ?

— En tout cas, ça me convient très bien.

— C'est vous tout craché.

Il éclata de rire.

Réaction qui la laissa sans voix. Le sourire aux lèvres, il suivait la route qui contournait le lac.

— On arrive, Slim. Je savais déjà que vous aviez des tripes, maintenant je constate que vous savez mordre quand il le faut.

Elle avait déjà remarqué qu'il l'appelait Slim, comme Bogart avait surnommé Bacall dans *Le Port de l'angoisse*.

Lorsqu'il s'arrêta devant le Bistrot de l'Ange, elle sortit et s'apprêtait à récupérer son sac à dos quand elle vit qu'il l'avait devancée. Alors elle resta plantée sur le trottoir, à hésiter entre affolement et amour-propre.

— Ça va ?

— Oui. Non. Et puis zut ! Vous avez fait tout ce chemin, vous allez bien monter cinq minutes ?

— Pour m'assurer que Michael Myers ne vous attend pas là-haut ?

— Quelque chose comme ça. Et je vous retourne le compliment, si c'en était un : vous ne manquez pas de tripes.

Sans répondre, il hissa le sac sur son épaule et la suivit dans l'escalier. Une fois qu'elle eut sorti sa clef et débloqué la porte, il l'ouvrit lui-même afin d'entrer le premier.

Du coup, elle le trouva moins insensible qu'elle ne l'avait d'abord cru. Sans aucune remarque désobligeante, il avait pris les devants.

— Qu'est-ce que vous pouvez bien fiche là-dedans ?

— Je vous demande pardon ?

— Sans télé ni chaîne hi-fi.

— Je viens d'arriver. Je ne passe pas beaucoup de temps ici.

Il regardait autour de lui et elle ne chercha pas à l'en dissuader. Pour ce qu'il y avait à voir…

Un lit au carré, un canapé, des tabourets de bar. Néanmoins, il repéra quelques touches féminines même si, à l'évidence, elle ne s'était pas construit un nid douillet. Aucune babiole inutile, aucun souvenir de sa maison ou de ses voyages. Il fut frappé de l'impression de solitude que dégageait ce studio.

— Superbe portable ! observa-t-il en tapotant l'ordinateur.

— Je croyais que vous aviez faim ?

— Si vous le dites.

— C'est vous qui l'avez dit. Je peux vous préparer un repas. En guise de remerciement. Comme ça on sera quittes.

Elle avait énoncé ça d'un ton dégagé, mais en général il captait bien les femmes et celle-ci n'avait aucune envie de rester seule. De toute façon, il avait faim et savait de source sûre qu'elle faisait bien la cuisine.

— Quel genre de repas ?

— Voyons ça…

Elle se passa une main dans les cheveux, jeta un coup d'œil vers le réfrigérateur, comme si elle fouillait mentalement dans ses réserves.

— Disons, du poulet et du riz. Vous pouvez patienter vingt minutes ?

— Parfait. Vous avez de la bière ?

— Non, désolée, juste du vin. Blanc, bien frais.

— C'est bon.

Elle commença par sortir le vin, puis un tire-bouchon. Ensuite, elle choisit des filets de poulet dans le minuscule freezer.

Tandis qu'elle ôtait sa veste et la déposait sur le canapé, Brody ouvrait le vin.

— Je n'ai que des verres ordinaires, annonça-t-elle en montrant le placard. En fait, ce vin devait surtout servir à la cuisine.

— Vous m'offrez du vin de cuisine ? *Slainte !* comme on dit chez les Irlandais.

— Il est bon, je vous assure ! Je ne prends jamais n'importe quoi pour faire la cuisine. C'est un excellent pinot grigio, alors disons plutôt *salute* !

Il en remplit un verre qu'il lui tendit, puis s'en servit un autre, goûta, hocha la tête.

— Nous allons donc ajouter à votre CV que vous vous y connaissez en vins. Où avez-vous appris la cuisine ?

Elle se mit au travail.

— Dans plusieurs endroits.

— Dont Paris.

Elle épluchait ail et ciboulette.

— Pourquoi poser la question si Doc Wallace vous l'a déjà dit ?

— En fait c'est Mac, qui le tenait de Doc. Vous ne savez pas encore ce que c'est qu'une petite ville.

— On dirait que non.

Elle sortit une casserole pour y faire bouillir l'eau où elle plongerait le riz.

Son verre à la main, Brody s'assit sur un tabouret pour la regarder. *Quand elle s'activait ainsi, elle semblait oublier l'anxiété qui l'habitait*, songeait il. De nouveau, il se demanda qui elle avait vu tuer. Et pourquoi. Et comment.

Elle élabora une petite sauce à base de fromage et d'olives, y ajouta ce qu'il prit pour du paprika, accompagna le tout de crackers qu'elle posa devant lui.

— En guise d'entrée, annonça-t-elle avec un sourire.

Puis elle se mit à couper le poulet en lanières, l'ail en copeaux.

Le temps que le riz cuise, il avait dégusté presque tous les crackers et un fort parfum commençait à envahir la pièce.

Il la regardait manier le poulet dans sa cocotte, le riz dans sa casserole, les poivrons, champignons et brocolis dans leur poêle.

— Comment arrivez-vous à tout préparer à la fois ?

Elle lui présenta un visage tranquille et légèrement rosi par la chaleur.

— Comment arrivez-vous à clore un chapitre et à entamer le suivant ?

— Bien vu ! Vous avez bonne mine quand vous cuisinez.

Elle mélangea les légumes puis éteignit le feu et garnit une assiette qu'elle déposa devant lui.

— Vingt minutes ! s'exclama-t-il. Et ça m'a l'air autrement meilleur que la boîte de soupe que je comptais ouvrir ce soir.

— Vous l'avez bien mérité.

Elle se servit une assiette – beaucoup moins remplie que la sienne – et vint s'asseoir près de lui.

— Alors ? se hâta-t-elle de demander. Qu'en pensez-vous ?

Il porta la fourchette à sa bouche, mâcha longuement, inspira.

— Je vois un beau visage avec des grands yeux noirs capables de noyer l'homme qui s'y laisserait prendre.

Comme elle semblait se rembrunir, il ajouta tranquillement :

— Mais je reconnais que votre cuisine surpasse ce genre de considération.

Il savoura ce repas, ainsi que sa présence, encore plus qu'il n'aurait pu le penser.

— Vous devez imaginer, observa-t-il, ce qui se dit en bas en ce moment ?

— Chez Joanie ?

— Oui. Les gens ont vu ma voiture garée devant l'entrée. Alors ça doit jaser : « Je l'ai aperçu qui montait chez Reece », dit l'un. « Ça fait un moment qu'il s'y trouve », ajoute l'autre.

Elle poussa un soupir fataliste.

— Qu'est-ce que ça peut faire ? Enfin… J'espère que ça ne vous ennuie pas ?

— Moi, je m'en moque. Mais vous, est-ce que vous attachez de l'importance à ce que les gens pensent de vous ?

— Parfois oui, trop même. D'autres fois, je m'en fiche éperdument. Je n'en ai rien à cirer que vous ayez perdu un pari contre Mac sur le fait que je couchais ou non avec Lou.

Sans cesser de manger, il esquissa une moue amusée.

— J'ai surestimé Lou et je vous ai sous-estimée.

— Il semblerait. Maintenant, si on croit qu'il se passe quelque chose entre nous, ça aura au moins l'avantage d'empêcher Lou de me draguer.

— Il vous harcèle ?

— Pas à ce point. D'autant qu'il s'est plutôt calmé depuis que j'ai mis les points sur les i. Mais après tout, s'il pouvait me ficher la paix, ce serait encore mieux. Ça me ferait une nouvelle dette envers vous.

— En effet. Ça me vaudra un autre dîner ?

— Je… euh… pourquoi pas ? Si vous voulez.

— Quand tombe votre prochaine soirée libre ?

— Euh…

Elle venait de donner tête baissée dans le piège !

— Euh… mardi. Je termine à 15 heures.

— Parfait. J'arriverai à 19 heures. Ça vous va ?

— Oui. Il y a des ingrédients que vous n'aimez pas, ou auxquels vous êtes allergique ?

— Tout ce qui est tripaille et organes internes en général.

— Donc, on oublie le ris de veau.

Et voilà ! pensa-t-elle. *Incapable de trouver un autre sujet de conversation.* Autrefois, elle savait remarquablement se tirer de ce genre de mauvais pas, sans compter qu'elle adorait sortir, rencontrer des hommes, bavarder, rire. Mais son cerveau semblait se refuser, désormais, à emprunter une telle voie.

— Il s'y risquera quand il y sera prêt.

Elle releva les yeux sur Brody.

— Si vous lisez à ce point dans mes pensées, je vais devoir installer des paravents.

— Vous vous faites du souci et c'est normal. J'ai juste pu constater à quel point vous parveniez à vous détendre lorsque vous prépariez la cuisine.

— Rick doit avoir retrouvé la victime à l'heure qu'il est. Son assassin ne l'a sûrement pas emportée bien loin, et s'il l'a enterrée…

— Il aurait été plus facile de la lester d'une pierre et de la jeter dans la rivière.

— Bravo ! Merci de m'avoir mis cette image en tête ! Maintenant, je ne vais plus pouvoir m'en débarrasser.

— Cela dit, le cadavre ne restera sûrement pas sur place, avec ce courant. Il finira par refaire surface, jusqu'à ce qu'un pêcheur tombe dessus, ou un promeneur, ou un kayakiste, ou un touriste venu d'Omaha, est-ce que je sais ? En tout cas, quelqu'un va avoir la surprise de sa vie.

— Arrêtez un peu !

Néanmoins, elle ne put s'empêcher d'embrayer sur cette voie :

— Et même s'il avait fait ça, on trouverait bien un signe de son passage, de son acte. Du sang. Il lui a violemment cogné la tête. Et puis il a dû bousculer des buissons, laisser des empreintes… Non ?

— Sans doute. Il ne savait pas qu'on l'observait, alors pourquoi se donner le mal de se cacher ? Pour moi, il aura surtout songé à se débarrasser du corps et à disparaître.

— Voilà. Donc, le shérif trouvera des empreintes.

Elle tressaillit, car elle venait d'entendre des pas dans l'escalier.

— Ce doit être lui, dit Brody en se dirigeant vers la porte.

7

Le shérif entra en ôtant son chapeau.

— Désolé d'interrompre votre dîner.

— On a fini, dit Reece.

Elle parvint à sauter de son tabouret malgré ses jambes flageolantes.

— Vous l'avez trouvée ? demanda-t-elle.

— Est-ce qu'on peut s'asseoir ?

Comment pouvait-elle avoir déjà oublié que les flics aimaient mieux s'asseoir quand ils venaient chez vous ? Et qu'il fallait leur offrir du café ? À l'époque, elle en avait fait d'importantes réserves, autant pour les amis que pour la police.

— Excusez-moi, dit-elle en désignant le canapé. Voulez-vous boire quelque chose ?

— Ça va, merci.

Il attendit qu'elle vienne prendre place à côté de lui tandis que Brody s'assit sur le bord du plan de travail.

Sans que Rick ait eu besoin d'ouvrir la bouche, elle avait déjà tout compris, tout lu dans son regard. Elle savait depuis longtemps déchiffrer les expressions soi-disant neutres de la police.

— Je n'ai rien trouvé du tout.

Pourtant, elle secoua la tête.

— Mais…

— Reprenons depuis le début, coupa Rick. Vous allez me redire exactement ce que vous avez vu.

— Mon Dieu !

Elle se prit le visage entre les mains, se frotta les yeux, avant de laisser retomber ses bras sur ses genoux. Voilà que ça recommençait. Toujours de la même façon.

— Bon, d'accord.

Elle répéta tout ce qu'elle se rappelait.

— Il doit avoir jeté le corps dans la rivière, ou il l'a enterré, ou…

— Nous vérifierons. Vous êtes sûre de l'endroit ?

Ce disant, il se tournait vers Brody comme pour demander confirmation.

— Je t'ai dessiné une carte selon les indications de Reece, intervint celui-ci. Juste devant les petits rapides.

— Et vous étiez sur l'autre rive, reprit Rick imperturbable à l'adresse de la jeune femme. À une telle distance, vous ne pouviez rien voir.

— Je voyais les arbres, les rochers, les eaux bouillonnantes. Très clairement.

— Je n'ai trouvé aucun signe de lutte, pas un indice.

— Il a dû les effacer.

— C'est possible.

Le shérif avait beau conserver un ton flegmatique, on percevait un petit doute dans l'inflexion de sa voix.

— J'y retournerai demain matin, annonça-t-il. Pour profiter de la lumière du jour. Brody, veux-tu m'accompagner pour me confirmer que je suis au bon endroit ? Entre-temps, je vais passer quelques coups de fil, pour vérifier si aucune femme de la région ou aucune touriste n'a été portée disparue.

— Il y a quelques chalets dans les alentours, précisa Brody en reprenant son vin.

— Je suis passé en voir un ou deux parmi les plus proches. Moi-même j'en possède un et Joanie aussi. Il y en a beaucoup à louer mais, à cette époque de l'année, ça ne marche pas très fort. Je n'ai vu personne, rien qui signale la présence d'un occupant quelconque. Je vais approfondir de ce côté-là, ne vous inquiétez pas, Reece. Brody ? Tu viens donc avec moi demain matin ?

— C'est entendu.

— Je peux demander ma matinée à Joanie pour me joindre à vous, proposa Reece.

— La présence de l'un d'entre vous me suffira largement. Et puis je préfèrerais que personne d'autre ne soit au courant pour le moment. Je voudrais mener mon enquête tranquillement.

Rick se leva, s'adressant à Brody :

— Je passe te prendre vers 7 h 30 ?

— D'accord.

— Dans ce cas, je vous souhaite une bonne fin de soirée à tous les deux. Reece, n'y pensez pas trop. Vous avez fait tout ce que vous pouviez.

— Je sais.

Elle resta assise tandis que Rick remettait son chapeau et sortait.

— Il ne me croit pas.

— Il a dit ça ? Je ne m'en souviens pas.

— Si ! s'emporta-t-elle. Il l'a clairement laissé entendre.

Brody reposa son verre.

— Et pourquoi ne vous croirait-il pas ?

— Parce qu'il n'a rien trouvé. Parce que personne d'autre n'a rien vu. Parce que je vis ici depuis moins de trois semaines. Parce que.

— Je dispose des mêmes informations exactement et je vous crois.

Ses yeux commençaient à la piquer. Elle éprouvait soudain un désir fou de se précipiter dans ses bras, d'appuyer la tête sur son épaule et de pleurer toutes les larmes de son corps. Néanmoins, elle parvint à rester assise, les mains crispées sur ses genoux.

— Merci.

— Je vais rentrer chez moi. Tâchez de suivre les conseils du shérif et de ne plus penser à tout ça. Prenez une pilule et couchez-vous.

— Comment savez-vous que j'ai des pilules pour dormir ?

Il esquissa un sourire.

— Prenez-en une et je vous dirai demain comment tout s'est passé.

— Si vous voulez. Merci.

Cette fois, elle se leva et ouvrit la porte elle-même.

— Bonne nuit.

Satisfait de la quitter fâchée plutôt que déprimée, il sortit sans prononcer un mot.

Elle ferma derrière lui, à double tour, vérifia les fenêtres. Machinalement, elle se dirigea vers la cuisine pour faire la vaisselle mais se ravisa soudain et ouvrit son ordinateur.

Tandis qu'elle pianotait sur son clavier, Rick rentrait dans son bureau, allumait, ôtait chapeau et blouson puis se dirigeait vers la cafetière.

Pendant que l'eau frémissait, il appela chez lui. Comme il s'y attendait, sa fille aînée décrocha dès la première sonnerie.

— Allô ? Papa ! Je pourrai mettre du mascara pour la fête du printemps ? Juste un petit peu ! Tout le monde le fait ! S'il te plaît !

Il se pinça le front. Pas encore treize ans et déjà à vouloir se maquiller.

— Que dit ta mère ?

— Qu'elle va y réfléchir. Papa…

— Je vais y réfléchir moi aussi. Passe-moi maman, poussin.

— Quand est-ce que tu vas rentrer à la maison ? Pour qu'on en discute un peu.

Miséricorde !

— Je travaille tard, ce soir. Mais on en discutera demain. Passe-moi maman, maintenant.

— Maman ? Papa au téléphone ! Il doit travailler tard et on discutera demain pour savoir si je peux mettre du mascara comme une personne normale.

— Merci pour le communiqué ! lança Debbie Mardson en prenant le téléphone. Rick ? J'espérais que tu rentrerais tôt.

— Je suis bloqué au bureau pour un bon moment. Comment se fait-il que cette gamine veuille mettre du mascara à son âge ? Elle a les cils les plus longs du Wyoming.

— Tu sais, toutes les femmes aiment ça.

— Tu vas la laisser faire ?

— Je réfléchis.

Cette fois, il se frottait la nuque. Il avait vite fait de se laisser dépasser par ces histoires de bonnes femmes.

— Ça a commencé par le rouge à lèvres.

— Par le brillant à lèvres.

— Brillant, rouge, je m'en fiche. Maintenant c'est le mascara. La prochaine fois, elle voudra un tatouage. Et puis quoi encore ?

— Disons qu'on restera fermes sur le tatouage. Tu pourras m'appeler avant de partir ? Je te réchaufferai ton dîner.

— Ce sera sans doute tard. J'ai acheté un sandwich chez Joanie. Ne m'attends pas. Je t'embrasse, ma chérie.

— Moi aussi.

Prenant son café, il s'assit tranquillement pour manger un sandwich en pensant à sa femme et à ses trois filles. Il n'avait aucune envie que l'aînée, encore si jeune, se barbouille de maquillage mais elle aurait le dernier mot, sans aucun doute. Elle était aussi têtue que sa mère.

Avec un soupir, il chiffonna la serviette en papier qu'il jeta dans la corbeille avant de se servir un autre café. Il relut alors les déclarations de Reece, retraçant le chemin qu'elle avait parcouru, les détails, le chronométrage de ses allées et venues.

Sa tasse à la main, il s'installa devant l'ordinateur. D'abord vérifier le casier judiciaire de Reece Gilmore, s'assurer qu'elle venait bien de Boston.

Il passa plusieurs heures à effectuer des recherches, à lire des documents, à prendre des notes qui finirent par constituer un véritable dossier qu'il rangea dans le dernier tiroir de son bureau.

La nuit était largement entamée lorsqu'il quitta son bureau en se demandant si sa femme dormait déjà.

À 7 h 30, alors que Reece préparait des pancakes et des œufs à la coque, Brody monta dans la voiture de Rick, armé d'une thermos de café.

— Bonjour, dit le shérif. Je te remercie de m'accompagner.

— Tu sais, ça m'intéresse. Je pourrais m'en inspirer.

— C'est sûr que nous avons là un sacré mystère ! Rappelle-moi donc combien de minutes se sont écoulées entre le moment où Reece dit avoir vu se produire ces événements et celui où tu t'es rendu sur les lieux.

— J'ignore le temps qu'il lui a fallu pour descendre vers moi. Elle courait, alors que j'étais déjà en train de grimper. Je ne l'évaluerais pas à plus de dix minutes, ensuite peut-être cinq pour me décider à la suivre et dix ou quinze pour arriver là où elle s'était arrêtée.

— Dans quel état d'esprit l'as-tu trouvée ?

— D'après toi ? Une femme qui venait d'en voir étrangler une autre…

— Attends, ne crois surtout pas que je sous-estime la situation. Seulement, je dois considérer les choses d'un autre point de vue. Je veux savoir si elle était cohérente, claire.

— Passées les premières minutes, oui. Il faut tenir compte du fait qu'elle se trouvait complètement isolée, sans âme qui vive à des lieues à la ronde, à part moi, qu'elle s'aventurait sur ce chemin sans le connaître, qu'elle était en état de choc, épouvantée, impuissante à aider cette malheureuse.

— Qu'elle avait vue à travers des jumelles, de l'autre côté de la Snake River. Il est possible que les choses se soient passées comme elle l'a déclaré, mais je dois prendre en compte les circonstances ainsi que le manque de preuves. Peux-tu affirmer, sans le moindre doute, qu'elle ne s'est pas trompée ? Elle n'a peut-être vu que deux personnes qui se disputaient, à la rigueur un homme qui battait sa femme.

Brody y avait réfléchi toute la nuit, reprenant tous les détails un à un. Il n'avait pas oublié l'expression de Reece lorsqu'elle était revenue, blême, moite de transpiration, les yeux écarquillés, vitreux.

On ne saurait éprouver une terreur aussi profonde devant une simple dispute.

— Je crois qu'elle a vu exactement ce qu'elle a décrit, ce qu'elle m'a raconté sur le chemin et qu'elle t'a répété trois fois dans sa déposition. Pas une fois, elle n'a changé de version.

— Je te l'accorde. Vous avez une liaison ?

— Pardon ?

— Tu me fais rire, Brody, avec tes airs offusqués !

— En quoi ça te regarde ?

— C'est capital dans ce genre d'enquête. Alors, tu couches avec elle ?

— Non.

— Parfait.

— Et si j'avais dit oui ?

— J'aurais tenu compte de cette information, comme tout enquêteur digne de ce nom. Tu fais ce que tu veux, tu n'empêcheras jamais ce genre de rumeur de se répandre à travers la ville comme une traînée de poudre. Rien n'intéresse tant les gens que les histoires de fesses.

— Je préfère les vivre qu'en parler.

— C'est ton point de vue, et le mien également, ajouta Rick avec un demi-sourire.

Ils poursuivirent leur chemin en silence, jusqu'à ce que le shérif se gare au bord de la route.

— D'ici, ce sera plus simple de rejoindre l'endroit que tu m'as indiqué sur ton croquis.

Brody prit son sac sur l'épaule. Même pour une petite marche à travers bois, il valait mieux s'équiper. Sur le sentier, il repéra des empreintes de cerf, d'ours et même de pas humains, sans doute celles de Rick laissées la veille.

— Je n'ai trouvé aucune trace humaine qui mène à la rivière, indiqua ce dernier. Celles-ci sont les miennes. Évidemment, le couple aperçu par Reece serait venu d'une autre direction, mais j'ai vérifié les alentours. Quand on doit se débarrasser d'un cadavre imprévu, on pare au plus pressé. Le premier réflexe serait de le jeter dans l'eau.

Regardant autour de lui, il progressait d'un pas lent.

— Ou de l'enterrer, poursuivit-il. Or c'est diablement difficile de creuser une tombe sans se faire repérer par les animaux sauvages du coin. En plus, tu peux constater que rien ne trahit le passage dans les parages d'un quelconque être humain, ces derniers temps. Alors je te repose la question : se pourrait-il que tu m'aies indiqué un endroit erroné ?

— Non.

À travers les longs pins, les buissons de mûres et de sureau, ils poursuivirent leur chemin jusqu'à la rivière. Le dégel rendait encore le sol humide ; impossible, nota Brody, qu'un homme chargé d'un cadavre n'ait laissé aucune trace. Ils contournèrent un fourré et, à la recherche d'un éventuel indice, l'écrivain se pencha pour mieux inspecter le sol.

— Je parie que tu as fait la même chose hier, lança-t-il à Rick qui attendait, mains sur les hanches.

— En effet. À la fin de l'été, on trouve d'excellentes baies dans les parages. Mais je te le dis, si on avait caché un cadavre par ici, ça se verrait. Ne serait-ce qu'à cause du passage d'animaux sauvages venus le renifler.

— Sans doute. Pas besoin d'être un coureur des bois pour savoir ça.

En dépit des circonstances, Rick sourit.

— Tu ne t'en tires pas mal pour un citadin.

— Quand cesseras-tu de me coller cette étiquette ?

— Peut-être dix ou quinze ans après ta mort.

— C'est bien ce que je pensais, marmonna Brody en reprenant sa marche derrière le shérif. Toi non plus, tu n'es pas né ici, que je sache. Tu es fils de militaire.

— Étant donné que ma mère s'est installée dans le coin avant mon douzième anniversaire, j'ai quelques longueurs d'avance sur toi. Tiens, tu entends les rapides ?

Le sourd grondement passait à travers les trembles, les peupliers et les saules. Le soleil semblait soudain briller plus fort. Au-delà, le canyon, ainsi que la corniche où, la veille, l'avait amené Reece.

— C'est là qu'elle était assise quand elle a assisté à la scène, expliqua-t-il en désignant les rochers.

Malgré la luminosité de l'air qui obligeait à chausser des lunettes noires, il faisait plus frais à proximité de l'eau.

— Tu as parcouru un sacré chemin ! s'étonna Rick. Drôlement long. Et drôlement éblouissant à cette heure de la journée.

— Rick, on s'entend plutôt bien, toi et moi.

— C'est vrai.

— Alors je te le demande tout net : pourquoi ne la crois-tu pas ?

— Reprenons les choses dans l'ordre : elle se trouve là-bas, voit ce qui se passe, dévale la colline et tombe sur toi. À ce moment-là, comment réagit le type avec la femme morte ? S'il la jette à l'eau, elle refera vite surface ; à l'heure qu'il est, nous devrions l'avoir déjà repérée. Or, si j'en crois ton rapport, il n'aurait guère disposé de plus d'une demi-heure pour se débarrasser du corps. S'il avait prévu le coup, il aurait eu besoin de davantage de temps – plus, à mon avis, qu'il ne vous en a fallu à tous les deux pour revenir sur les lieux.

— Il pourrait avoir traîné le corps derrière ces rochers, là, ou au milieu des arbres. On n'aurait pu l'apercevoir de là où nous nous tenions. Il a dû aller chercher une pelle ou une corde, Dieu sait quoi.

Rick étouffa un soupir.

— As-tu trouvé la moindre trace qui indiquerait son passage par ici ou par là, a fortiori s'il avait traîné ou enterré un cadavre ?

— Non, pas encore.

— Dans ce cas, je propose de refaire un tour ensemble, comme je l'ai effectué hier. Je ne vois pas l'ombre d'une tombe récente. Ça nous laisse l'option du corps emporté ou traîné vers une voiture ou vers un chalet. Il y a loin d'ici à la route ou au moindre bâtiment, beaucoup trop loin pour trimballer un cadavre sans laisser la plus petite trace. Tu m'assures que c'est bien ici que tout se serait passé selon Reece, moi je t'assure que rien ne permet d'imaginer que quiconque soit passé par ici, encore moins qu'il y ait agressé une femme.

— Il aura effacé ses empreintes.

— Sans doute, sans doute. Mais alors, quand ? Il l'emporte, la cache à l'abri des regards, revient, efface ses empreintes, le tout sans savoir que quelqu'un l'a vu commettre son forfait.

— En supposant qu'il n'ait pas repéré Reece là-haut.

À son tour, Rick chaussa ses lunettes de soleil pour contempler le refuge au sommet de la muraille baignée de soleil.

— Si tu veux. Disons que ça s'est passé ainsi. Comment a-t-il fait pour tout nettoyer en une demi-heure, au maximum quarante minutes ? Ça ne tient pas debout.

— Tu crois qu'elle ment ? Qu'elle a tout inventé ? Mais dans quel but ?

— Je ne dis pas ça, maugréa le shérif en repoussant son chapeau pour se frotter les sourcils. Vois-tu, en vous observant tous les deux ensemble, hier, d'abord chez toi puis chez elle, j'ai cru que vous aviez une liaison, que tu la connaissais mieux que ça.

— Mieux que quoi ?

— Faisons ce tour ensemble et je vais te raconter une histoire, dans la mesure où tu la garderas pour toi. Si quelqu'un peut tenir sa langue à Angel's Fist, j'imagine que c'est toi.

Guettant le moindre indice, Brody ne quittait pas le sol des yeux. Comme s'il tenait absolument à établir qu'une femme était morte, afin de démontrer que Reece ne se trompait pas.

— J'ai effectué quelques recherches sur son compte, poursuivait Rick. Ça fait partie de mon boulot. Quand une personne vient s'installer chez nous, je vérifie toujours qu'elle n'a pas de casier. J'en ai fait autant pour toi.

— Et j'ai réussi mon audition ?

— T'ai-je dit quoi que ce soit à ce sujet ?

Après un court silence, Rick ajouta, en désignant un chalet du menton :

— Tiens, voici l'une des maisons de Joanie. C'est la plus proche de la scène et il nous a fallu dix minutes pour l'atteindre en marchant d'un bon pas, sans nous charger d'un cadavre. Nous n'avons pu amener un véhicule plus loin que ça. D'une façon ou d'une autre, il y aurait des traces.

— Est-ce que tu es entré dans le chalet ?

— Ce n'est pas parce que je porte un insigne que je peux pénétrer dans n'importe quelle propriété. Mais j'ai inspecté les alentours, j'ai regardé par les fenêtres. Les portes sont fermées à clef. J'ai poussé jusqu'aux deux chalets voisins, dont le mien. Dans lequel je suis entré. Sans trouver personne.

Pourtant ils continuèrent, firent le tour de la maisonnette.

— Reece n'a rien à se reprocher, reprit Rick. Mais elle a été impliquée dans une sale affaire il y a quelques années.

Brody, qui tentait de distinguer quelque chose à travers les carreaux, se redressa lentement.

— Quel genre d'affaire ?

— Un massacre au restaurant où elle travaillait, à Boston. Elle en été la seule survivante, mais elle a quand même reçu deux balles.

— Bon sang !

— On l'a laissée pour morte dans une espèce de réduit, de placard à balais. C'est un flic de Boston qui me l'a raconté. Elle se trouvait à la cuisine alors que tous les autres étaient dans la salle, après la fermeture. Elle a entendu des cris, des coups de feu ; elle s'est rappelé, ou a cru se rappeler, s'être emparée de son téléphone. L'un des agresseurs est arrivé, lui a tiré dessus. Après, elle ne sait plus. Elle n'a pas bien vu l'homme qui l'a attaquée et elle est restée inconsciente dans l'arrière-cuisine jusqu'à ce que les policiers l'y découvrent, quelques heures plus tard. Mon contact dit qu'elle a failli y passer ; une semaine dans le coma, la mémoire en lambeaux.

Jamais, au grand jamais, Brody n'aurait imaginé une chose pareille.

— Que s'est-il passé, ensuite ?

— Une grave dépression. Elle a passé plusieurs mois en hôpital psychiatrique. Elle n'a jamais pu fournir assez de détails ni de description précise, si bien qu'on n'a pas pu arrêter les coupables. Puis elle disparu de la circulation. Elle a de la famille – une grand-mère –, mais tout ce qu'elle a pu dire c'est que Reece ne comptait pas revenir.

Rick s'arrêta, regarda autour de lui puis changea de direction, revint sur ses pas. Une fauvette entama son chant haut perché.

— De mon côté, continua le shérif, j'ai effectué quelques recherches ; on a parlé de ce meurtre à travers tout le pays. Je me souviens de m'être félicité alors de vivre ici, pas dans une grande ville.

— C'est ça. Ici, personne n'est armé ! railla Brody.

Rick éclata de rire.

— Cela dit, je m'étonne que tu n'aies pas entendu parler de cette histoire ; d'autant que tu devais encore être journaliste à l'époque.

Brody effectua un rapide calcul. Si ces événements s'étaient produits juste après son départ du journal, il devait se trouver alors sous le soleil d'Aruba, en train de soigner son écœurement. Il n'avait pas lu un quotidien ni écouté les infos pendant huit semaines. Par principe.

— J'ai pris deux mois sabbatiques.

— Pour en revenir à Reece, n'importe qui à sa place aurait pété un câble ; il n'y aurait rien d'étonnant à ce qu'elle ne s'en soit jamais remise.

— Et alors ? Elle aurait des hallucinations de meurtre ? Tu rigoles !

— Elle a pu s'endormir et faire un cauchemar. Le flic qui m'a parlé d'elle a dit qu'elle y était sujette. Elle venait d'effectuer une sacrée marche, plutôt harassante pour un débutant. D'autant qu'elle ne mange presque rien. Selon Joanie, il faut lui mettre une assiette sous le nez avant qu'elle se décide. Sans compter qu'elle a peur de tout. Il paraît qu'à l'hôtel elle bloquait la porte de sa chambre avec une commode et qu'elle n'y a jamais défait ses bagages.

— Ça n'en fait pas une cinglée pour autant.

— Je n'ai jamais dit ça, mais je pense qu'elle est émotionnellement perturbée, voilà tout. Tiens, je suis même prêt à retirer le mot « perturbée » pour le remplacer par « fragile ». Et je suis obligé d'en tenir compte. Ça ne m'empêchera pas de continuer mes investigations… mais, pour le moment, je préfère ne pas alerter toutes les polices de l'État. Je vais vérifier si une personne portée disparue correspond à la description qu'elle nous a donnée. Je ne peux rien faire de plus.

— Et tu vas lui dire ça ? Que tu ne peux rien faire de plus ?

Rick ôta son chapeau, se passa la main dans les cheveux.

— Tu vois la même chose que moi ici, non ? C'est-à-dire rien ? S'il te reste un peu de temps, j'aimerais que tu m'accompagnes pour vérifier les autres chalets du coin.

— Pourquoi moi plutôt qu'un de tes adjoints ?

— Parce que tu étais avec elle, ce qui fait de toi un témoin secondaire.

— On se couvre, Rick ?

— Écoute, je veux bien croire qu'elle a vu quelque chose, mais nous ne trouvons aucune preuve pour l'étayer. Tout me porte à croire qu'il devait s'agir d'un cauchemar. Nous ne trouvons aucune trace de la présence de quiconque dans les parages au moins au cours des dernières vingt-quatre heures. Je veux bien effectuer une dernière inspection des chalets le long du chemin du retour. Si nous tombons sur quoi que ce soit, j'appelle aussitôt des renforts. Sinon, il ne me reste qu'à vérifier de temps en temps du côté des personnes disparues.

— Tu ne la crois pas.

— Pour le moment ? Non.

Passé le coup de feu du petit déjeuner, Reece embraya sur la préparation de la soupe du jour. Elle fit bouillir des haricots, coupa en dés les restes de jambon, éplucha des oignons. Joanie n'ayant pas acheté d'herbes fraîches, elle se débrouillerait avec les aromates habituels.

Dommage, elle aurait préféré du basilic et du romarin frais ainsi que du poivre en grains à moudre, autrement goûteux que l'infâme poudre grise en réserve. Quant à l'ail lyophilisé, à quoi pouvait-il bien servir ? Elle regrettait aussi de ne pas disposer de sel marin. Et comment se faisait-il qu'on ne trouve nulle part, à cette époque de l'année, des tomates qui aient du goût ?

— Tu en fais des histoires ! marmonna Joanie en venant humer la marmite. Ta tambouille m'a l'air très bonne comme ça.

Je devais encore me parler à voix haute, se dit Reece.

— Pardon, ça ira. Je suis de mauvais poil ce matin.

— Je m'en suis rendu compte, tu n'as fait que râler depuis que tu es arrivée ! On ne fait pas restaurant trois étoiles ici. Si tu cherches du raffinement, va à Jackson Hole.

— Ça va bien. Excusez-moi.

— Et arrête de t'excuser sans arrêt ! Qu'est-ce que tu as dans le ventre à la fin ?

— Pas grand-chose en ce moment. Une partie de moi est restée à l'atelier de réparation.

L'attitude de la jeune femme devenait de plus en plus inquiétante.

— Je t'ai dit que tu pouvais mettre ce que tu voulais dans cette soupe, non ? Si tu ne trouves pas ce qu'il te faut, tu fais une liste et je te le commanderai, mais arrête de ronchonner sous prétexte que tu n'as pas eu le courage de me le demander avant !

— D'accord.

— Du sel de mer, je vous demande un peu…

Avec un soupir de dérision, Joanie alla se servir un café. De sa place, elle pouvait observer son employée sans en avoir l'air. Reece était pâle, avec les yeux cernés.

— J'ai l'impression que ton jour de congé ne s'est pas bien déroulé.

— Pas vraiment.

— Mac a dit que tu étais partie faire de la marche du côté du Little Angel Trail.

— Oui.

— Il t'a vue rentrer avec Brody.

— On… on s'est rencontrés en chemin.

Joanie but lentement une première gorgée.

— Tu as les mains qui tremblent tellement que tu vas finir par te couper.

Reece déposa son couteau, se tourna.

— Joanie, j'ai vu…

Elle s'interrompit car elle venait d'apercevoir Brody qui entrait.

— Est-ce que je peux prendre ma pause maintenant ?

Là, il se passe des choses, se dit Joanie en voyant l'écrivain s'arrêter, comme s'il l'attendait.

— Vas-y.

Sans aller jusqu'à courir, Reece pressa le pas, les yeux fixés sur ceux de Brody, le cœur battant, le bras tendu vers lui.

— Vous l'avez découverte…

— On va en parler dehors.

Elle se contenta de hocher la tête, ce qui valait mieux puisqu'il rouvrait déjà la porte.

— Vous l'avez découverte ? répéta-t-elle. Dites-moi ! On sait qui c'est ?

L'entraînant d'une main ferme, il lui fit contourner le bâtiment jusqu'à se retrouver au pied des marches menant au studio.

— On n'a rien découvert du tout.

— Mais… Il doit l'avoir jetée à l'eau.

Mille fois, cette nuit, elle avait cru revoir cette scène.

— Mon Dieu ! Il a jeté son corps dans la rivière.

— Je n'ai rien dit à personne, Reece. Pas un mot.

— Il doit…

Elle se reprit, respira profondément avant d'articuler lentement :

— Je ne comprends pas.

— Nous nous sommes rendus à l'endroit que vous nous avez indiqué. Nous avons parcouru tout le terrain de la route à la rivière, dans tous les sens. Nous avons inspecté les cinq chalets les plus proches. Vides, et rien ne laisse entendre qu'il en ait été autrement.

De nouveau, elle sentait son cœur se serrer.

— Sans doute parce qu'ils n'avaient pas loué de chalet…

— Non. Mais là où vous les avez vus, il fallait bien qu'ils viennent de quelque part. Or, ils n'ont laissé aucune trace, aucun indice.

— Vous vous êtes trompés d'endroit.

— Sûrement pas.

Elle se frottait les bras mais, malgré la brise, ce n'était pas à cause du froid.

— Ce n'est pas possible. Ils étaient là-bas. Ils se sont disputés, battus. Il l'a tuée. Je l'ai vu.

— Je ne dis pas le contraire, juste que rien ne le prouve.

— Alors il va s'en sortir ! Il va poursuivre tranquillement sa vie, comme si de rien n'était. Tout ça parce que je suis le seul témoin et que je n'ai rien pu faire.

— Le monde tourne toujours autour de vous ?

Elle leva sur lui un regard de chien battu.

— Et vous alors, qu'est-ce que ça vous ferait ? À ma place, vous passeriez à autre chose, au revoir et merci ?

— Le shérif va vérifier les listes de personnes disparues ; il va interroger les gens du ranch à touristes, ceux qui tiennent des chambres d'hôtes et des campings. Vous voyez autre chose ?

— Ce n'est pas mon boulot.

— Le mien non plus.

— Qu'est-ce qui l'empêchait de venir me le dire lui-même ? Il croit que je n'ai rien vu du tout, c'est ça ? Il croit que j'ai inventé.

— Si vous voulez savoir ce qu'il croit, vous n'avez qu'à le lui demander. Je vous rapporte ce que je sais.

— Je voudrais y retourner, voir ça de mes yeux.

— Ça vous regarde.

— Je ne sais pas comment m'y rendre. Vous êtes sans doute la dernière personne à qui je devrais demander un service, mais il se trouve que vous êtes également le seul que je ne puis soupçonner d'avoir tué cette femme. À moins que, parmi vos diverses aptitudes, vous ne cachiez celle de voler. Je suis libre à 15 heures. Vous pouvez passer me prendre ici.

— C'est vrai ?

— Parfaitement. Et je sais que vous le ferez, parce que sinon, vous risquez de vous poser autant de questions que moi.

Plongeant une main dans sa poche, elle en sortit un billet de dix dollars froissé et défraîchi qu'elle lui fit claquer sur la paume.

— Tenez. C'est pour ma part d'essence.

Là-dessus, elle repartit vers le restaurant, le laissant la suivre des yeux, l'air mi-amusé mi-agacé.

8

Comme la soupe frémissait, Reece décida de dresser la liste de tout ce qui lui manquait dans cette cuisine.

Restaurant cinq étoiles, petite gargote de campagne, cuisine dans un studio, même combat. Un plat restait un plat, pourquoi ne pas le confectionner le mieux possible ?

Elle prépara quelques commandes passées par des clients qui, pour une raison ou pour une autre, voulaient manger leur hamburger avant midi. Et elle lava le moindre recoin, le moindre placard.

Elle était à genoux, en train de nettoyer sous l'évier, lorsque Linda Gail s'accroupit près d'elle.

— Tu veux donc nous donner mauvaise conscience ?

— Non, je m'occupe.

— Quand tu auras fini, tu pourras peut-être continuer chez moi ? C'est Joanie qui t'a fait péter les plombs ?

— Non, c'est le monde entier.

Linda Gail baissa encore la voix.

— Tu as tes règles, ou quoi ?

— Non.

— Moi, ça me met d'une humeur massacrante pendant un jour ou deux. Je peux faire quelque chose pour toi ?

— Si tu parviens à effacer de mon esprit les dernières vingt-quatre heures, oui.

— Tu m'en demandes trop, mais j'ai du chocolat dans mon sac.

Poussant un soupir, Reece laissa retomber son éponge dans le seau plein d'eau savonneuse.

— Quelle sorte de chocolat ?

— De ces petits carreaux enveloppés que les hôtels mettent sur votre oreiller. Mon dealer, c'est Maria, qui bosse aussi comme femme de chambre.

— Reece !

La voix sèche de Joanie retentit.

— Viens tout de suite avec moi.

Les deux jeunes femmes échangèrent un regard.

— Ferme-moi cette porte, lança Joanie une fois qu'elle l'eut rejointe dans son bureau. Je viens d'avoir un coup de fil de mon fils. Il paraît que le shérif est passé au ranch pour une enquête au sujet d'une femme disparue. Lou n'en a pas tiré grand-chose, mais assez pour savoir qu'elle se trouvait du côté du Little Angel où quelqu'un aurait été témoin de quelque chose. Ce ne serait pas toi, par hasard ?

— Le shérif m'a priée de ne rien dire durant son enquête, mais comme il n'a rien trouvé du tout… Voilà : j'ai vu un homme tuer une femme. Il l'a étranglée et j'étais trop loin pour intervenir. On dirait maintenant qu'il n'a laissé aucune trace derrière lui. À croire qu'il ne s'est rien passé du tout.

Joanie alluma une cigarette.

— Quelle femme ?

— Je ne sais pas. Je ne l'ai pas reconnue, ni son agresseur. Mais j'ai vu... j'ai vu...

— Assieds-toi et parle calmement.

— D'accord, souffla Reece en essuyant une larme. Je les ai vus, j'ai vu ce qu'il lui a fait. Je suis la seule à avoir vu le meurtre.

Elle tapait machinalement des pieds contre le plancher.

Des Nike noires à semelles épaisses, au logo argenté, devant l'entrée de l'arrière-cuisine.

Sa veste sombre, sa casquette orange de chasseur.

Cagoule gris foncé, énorme pistolet noir.

— Je suis la seule à avoir vu quelque chose, répéta-t-elle. Pourtant, ça n'a pas suffi.

— Tu as dit que Brody était avec toi.

— Il était resté en bas. Ensuite, il est monté avec moi mais c'était trop tard.

Comme si elle manquait d'air dans ce minuscule bureau, elle se dirigea vers la porte.

— Je n'ai rien inventé.

— Ce n'est pas ce que j'ai dit, mais si ça doit te mettre dans un tel état, tu peux prendre ta journée.

— J'ai pris ma journée hier et voilà le résultat. Est-ce que Lou a dit... Est-ce qu'il y avait une femme parmi les touristes ?

— Tout le monde était présent.

Deux coups frappés à la porte et Linda Gail passait la tête.

— Excusez-moi, mais on commence à avoir du monde.

— Eh bien, dis-leur d'attendre ! lança Joanie.

Quand la porte se fut refermée, elle parla avec plus de douceur :

— Tu as la force de finir ta journée ?

— Oui, je préfère m'occuper.

— Alors va faire la cuisine. Et si quelque chose te bouffe les tripes, oublie Rick Mardson et viens me voir.

— Vous avez raison. Justement, je voulais savoir... J'ai posé la question à Brody mais il est ami avec Mardson ; alors je m'adresse à vous : qu'est-ce qu'il vaut, en tant que shérif ?

— Que du bon. J'ai voté deux fois pour lui. Ça fait douze ans que je les connais, lui et sa femme Debbie, depuis qu'ils sont arrivés de Cheyenne.

— Oui, mais... dans son travail...

— Il fait ce qu'il a à faire, sans histoire. On pourrait croire que, dans une petite ville, la charge est minime, mais je te garantis que chaque foyer d'Angel's Fist possède une arme, parfois deux. Rick s'assure qu'elles ne servent qu'à la chasse ou au tir à la cible. Il maintient le calme, même en été où la ville grouille de touristes. Alors laisse Rick s'occuper de cette affaire et retourne en cuisine.

— Vous avez raison. Au fait, j'ai dressé la liste des ingrédients nécessaires ; je précise que ça vous reviendrait moins cher d'acheter l'ail en gousses plutôt que lyophilisée.

— Je tâcherai d'y penser.

Autrefois, Reece ne visait que l'excellence. N'avait-elle pas appris, depuis lors, à se détendre ? Ici, les gens se moquaient que l'origan soit frais ou conservé depuis six mois dans des bouteilles en plastique. Alors pourquoi s'en faire ?

Rien ne l'attachait à ces lieux. En fait, elle avait sans doute commis une erreur en prenant le studio du premier. Beaucoup trop proche de son lieu de travail. Elle devrait plutôt retourner à l'hôtel.

Ou mieux : charger ses affaires dans sa voiture et filer.

Rien ne la retenait ici. Ni nulle part.

— Brody est là, annonça Linda Gail. Tiens-toi prête, il commandera une soupe, avec le Doc.

Pas de souci. Elle allait la leur préparer, cette soupe.

Rageusement, elle emplit deux bols qu'elle accompagna de pain et de beurre avant de les porter elle-même à la table.

— Voilà votre commande ! Et inutile de me proposer un examen médical. Je ne suis pas malade et j'ai toujours eu une très bonne vue. Je ne me suis pas endormie, je n'ai pas rêvé d'une femme en train de se faire étrangler.

Elle avait parlé assez fort pour interrompre les conversations des tables voisines. Si bien qu'au cours des instants qui suivirent, on n'entendit plus que la chanson de Garth Brooks dans le juke-box.

— Bon appétit ! conclut-elle avant de regagner la cuisine.

Elle ôta son tablier, prit sa veste.

— J'ai fini mon service, je monte chez moi.

— Vas-y, répondit Joanie en retournant un steak sur le gril. Demain, tu travailles de 11 à 20 heures.

— Je sais.

Dans son studio, elle commença par chercher cartes et guides afin de situer exactement l'endroit d'où elle avait assisté au meurtre. Elle ouvrit le plan, le vit trembler entre ses mains. Il était couvert de lignes, de boucles et de bavures rouges. Toute la région autour de l'endroit où elle s'était tenue la veille se retrouvait encerclée de dizaines de marques.

Ce n'était pas elle qui avait fait ça. Impossible. Cependant, elle contemplait ses doigts pour vérifier s'il ne s'y trouvait pas de tache rouge. La veille encore, cette carte était neuve et voilà qu'elle la retrouvait froissée, pliée et repliée, maculée de traces démentes.

Le souffle court, elle se précipita dans la cuisine, ouvrit le tiroir où elle trouva son feutre rouge. D'une main fébrile elle en ôta le capuchon, pour découvrir la pointe aplatie, comme écrasée.

Un feutre tout neuf, acheté quelques jours auparavant chez M. Drubber.

Précautionneusement, elle le reboucha, le rangea, ferma le tiroir. Puis elle parcourut le studio d'un regard circulaire.

Tout était comme elle l'avait laissé ce matin en bouclant la porte avant de partir. Elle avait vérifié deux fois le verrou, peut-être même trois. Elle commençait pourtant à douter. Et si elle avait fait ça cette nuit, entre cauchemars et tremblements ? Si elle était sortie du lit pour aller chercher le feutre ?

Dans ce cas, pourquoi ne s'en souvenait-elle pas ?

Peu importait au fond. Elle était alors bouleversée, quoi de plus naturel ? Elle avait juste voulu se souvenir de l'endroit où elle avait assisté au meurtre.

Ça ne faisait pas d'elle une folle pour autant.

Elle replia la carte. Elle en achèterait une neuve et jetterait celle-ci. Ce n'était qu'une carte. Pas de quoi s'affoler.

Cependant, quand elle entendit des pas dans l'escalier, elle la cacha vivement dans sa poche arrière.

Deux coups secs à la porte, irrités, pour autant qu'on puisse juger une façon de frapper. Ce ne pouvait être que Brody.

— Vous êtes prête ?

— J'ai changé d'avis, j'y vais toute seule.

— Parfait.

Néanmoins, il entra et claqua la porte derrière lui.

— J'ignore pourquoi je me donne encore cette peine. Je n'ai pas entraîné Doc chez Joanie pour vous examiner. Il se trouve qu'il venait juste déjeuner, comme souvent. Il nous arrive également de nous asseoir à la même table. Ça vous va comme ça ?

— Non, pas vraiment.

— Parfait, parce que je n'ai pas fini. Rick a interrogé certaines personnes, ce qui entre également dans le cadre de ses fonctions ; du coup, la nouvelle s'est répandue et Doc m'a demandé si je savais quelque chose. J'hésitais encore à lui répondre quand vous nous avez apporté cette soupe. Excellente au demeurant. Mais vous, vous êtes cinglée !

— J'ai passé trois mois dans un asile psychiatrique, alors si vous croyez m'impressionner...

— Vous devriez y retourner !

Elle se reprit à temps pour ne pas répondre, s'assit puis détacha ses cheveux dans un grand éclat de rire :

— Je ne sais pas pourquoi, mais votre grossièreté m'amuse. Sans doute parce que c'est plus agréable à entendre que : « Ma pauvre, comme je vous plains ! » Alors c'est vrai, je dois être malade, je dois perdre la tête...

— Et si vous cessiez de vous apitoyer sur votre sort ?

— Je croyais avoir passé ce cap, mais on dirait que non. Les gens qui me veulent du bien, les gens qui m'aiment passent leur temps à m'entraîner chez des médecins.

— Il faut croire que je ne vous veux pas de bien et que je ne vous aime pas.

— Je tâcherai de m'en souvenir. Bon, alors vous m'emmenez là-bas, oui ou non ?

— De toute façon, ma journée est fichue.

— Ça tombe bien.

Elle prit son sac.

Il la regardait en examiner le contenu, ouvrir et refermer la poche zippée, remuer ce qui s'y trouvait, hésiter, recommencer.

Une fois dehors, elle tourna la clef et resta plantée devant la porte.

— Allez-y, vérifiez la serrure, sinon vous ne penserez qu'à ça tout le long du chemin.

— Merci.

Non sans un bref coup d'œil en guise d'excuse, elle tourna de nouveau sa clef, deux fois, avant de s'estimer satisfaite et de commencer à descendre l'escalier.

— J'ai fait des progrès, assura-t-elle. Avant, il me fallait vingt minutes pour sortir de ma chambre, et un Xanax pour tenir le coup.

— Les médicaments, ça aide.

— Pas tant que ça. Moi, ça me… déconnecte, encore plus que vous ne le croyez.

Avant d'entrer dans la voiture, elle jeta un coup d'œil sur le siège arrière.

— Il fut un temps, ajouta-t-elle, où je me fichais d'être déconnectée, maintenant, je préfère prendre le temps de m'assurer que tout va bien plutôt que de prendre des pilules.

Elle enfila sa ceinture de sécurité, tira dessus pour en éprouver la solidité.

— Ça ne vous intéresse pas de savoir ce que je faisais dans un hôpital psychiatrique ? demanda-t-elle encore.

— Quoi ? Vous n'allez pas me raconter votre vie maintenant !

— Non, mais comme je vous ai entraîné dans cette histoire, vous avez le droit de savoir.

Il contourna le lac et sortit de la ville.

— Je connais déjà cet épisode. Le shérif a effectué quelques recherches.

— Il...

Elle s'interrompit, réfléchit.

— J'imagine que c'est dans l'ordre des choses, murmura-t-elle finalement. Personne ne me connaît et je déboule dans cette ville en criant au meurtre.

— On a attrapé le type qui vous a tiré dessus ?

— Non.

Machinalement, elle se frotta la poitrine.

— On pensait en avoir identifié au moins un, mais il est mort d'une overdose avant qu'on puisse l'interroger. Ils étaient plusieurs, je ne sais pas combien, plus d'un en tout cas. Obligatoirement.

— D'accord.

— Douze personnes. Des gens avec qui je travaillais et que j'aimais bien. Tous morts. Moi aussi, j'aurais dû y passer. Pourquoi ai-je survécu et pas eux ?

— Question de chance.

— Peut-être. Tout bêtement. Tout ça pour deux mille dollars. La plupart des gens paient par carte de crédit. Deux mille dollars et ce qui restait dans quelques sacs à main. Des bijoux sans grande valeur. Rien d'extraordinaire. Du vin et de la bière. On avait une bonne cave. Mais ils ne sont pas morts pour ça ; personne ne les aurait arrêtés, personne n'aurait résisté. Pas pour quelques billets, du vin, quelques montres.

— Pourquoi sont-ils morts, alors ?

Elle regardait les montagnes, si puissantes, si sauvages devant le ciel bleu vif.

— Parce que les gens qui nous ont attaqués sont venus pour ça. Pour s'amuser. Pour tuer. J'ai entendu les flics parler. Je travaillais là depuis l'âge de seize ans. J'ai grandi chez Maneo's.

— Vous travaillez depuis l'âge de seize ans ? Vous deviez être une gamine turbulente.

— Ça m'arrivait. Mais je voulais travailler. Je servais à table, je faisais la cuisine pendant le week-end et pendant les vacances. J'adorais ça.

Elle revoyait la scène comme si elle s'y trouvait encore. Le remue-ménage dans la cuisine, les déflagrations derrière la porte battante, les voix, les odeurs.

— C'était ma dernière soirée. Ils avaient organisé une soirée d'adieux en mon honneur. Ce devait être une surprise, aussi je traînais dans la cuisine pour leur donner le temps de tout installer. Tout d'un coup, il y a eu ces cris, ces coups de feu, ce vacarme. J'ai dû rester un moment paralysée, sans rien comprendre de ce qui se passait. À part Sheryl Crow.

— Pardon ?

— La radio de la cuisine diffusait une chanson de Sheryl Crow. J'ai attrapé mon téléphone mobile – du moins je m'en souviens. Et la porte s'est ouverte. J'ai voulu m'enfuir. Dans ma tête, quand j'y repense, ou quand j'en rêve, tout ce que je vois c'est un pistolet. Un énorme pistolet noir. Et un sweat-shirt gris foncé avec une capuche. C'est tout. Je vois ça et je tombe et la douleur surgit.

Deux fois, m'a-t-on dit. Une fois dans la poitrine, et l'autre balle m'a effleuré la tête. Mais je ne suis pas morte.

Comme elle marquait une pause, il jeta un coup d'œil dans sa direction.

— Continuez.

— Je suis tombée dans le placard où je rangeais les balais. C'est ce que les flics m'ont dit par la suite. Je ne pouvais plus respirer. Il y avait ce poids sur mon cœur, et cette douleur affreuse. J'entendais des voix et, au début, j'ai voulu appeler à l'aide. Mais je ne pouvais pas. Heureusement pour moi.

Elle reposa lentement les mains sur ses genoux.

— Et puis je n'ai plus tenté. Il fallait que je reste tranquille, que je ne bouge pas, que je ne manifeste rien du tout. Pour qu'ils ne viennent pas me tuer. Une détonation a retenti. Mon amie, mon aide cuisinière, est tombée de l'autre côté de la porte. Ginny. Ginny Shanks. Elle avait vingt-quatre ans. Elle s'était fiancée un mois auparavant, à la Saint-Valentin. Elle devait se marier en octobre et j'aurais été sa demoiselle d'honneur.

Comme Brody ne répondait pas, elle ferma les yeux et poursuivit :

— Ginny est tombée ; je voyais par l'entrebâillement son visage ensanglanté, tuméfié. Elle pleurait, elle suppliait. Et nos regards se sont croisés. Juste une seconde. Enfin je crois. Puis j'ai entendu le coup de feu. Elle a sursauté. Juste une fois, comme une marionnette. Ses yeux ont changé. En un claquement de doigts, elle était morte. L'un des agresseurs a dû donner un coup de pied dans la porte parce qu'elle s'est fermée. Tout est devenu noir. Ginny se trouvait de l'autre côté et je ne pouvais rien faire pour elle. Ni pour les autres. Je ne pouvais pas sortir. J'étais dans mon cercueil, enterrée vivante, et ils étaient tous morts. Je le savais… Jusqu'à ce que la police me découvre.

— Combien de temps avez-vous passé à l'hôpital ?

— Six semaines. Mais je ne me rappelle rien des deux premières et je n'ai que quelques lambeaux de souvenirs de la troisième. Je n'ai pas très bien assumé.

— Assumé quoi ?

— D'être une victime, d'avoir échappé à la tuerie.

— D'après vous, comment pourrait-on bien assumer de s'être fait tirer dessus, d'avoir été laissée pour morte, d'avoir vu tuer une amie ?

— En admettant que je ne pouvais rien faire pour empêcher ça, en remerciant le ciel d'avoir été épargnée. En m'étourdissant dans la religion ou dans les plaisirs de la vie. Est-ce que je sais, moi ? Mais je n'ai pas pu ou pas voulu jouer le jeu. Alors je passe mon temps à revoir des images terrifiantes, à faire des cauchemars atroces ; je suis devenue somnambule, à moitié hystérique, quand je ne m'enfonce pas dans une totale léthargie. J'ai l'impression qu'ils reviennent me chercher, j'aperçois ce sweat-shirt gris partout dans la rue. D'où cette dépression nerveuse qui m'a menée à l'hôpital psychiatrique.

— Ils vous ont fait enfermer ?

— C'est moi qui ai demandé à y aller quand j'ai vu que je ne me remettais pas. Je ne pouvais plus travailler, ni manger ni rien du tout. Mais j'ai fini par en partir lorsque j'ai compris à quel point il serait facile de rester assistée à jamais dans cet environnement aseptisé.

— Ainsi, vous n'êtes plus que maniaque et névrosée.

— C'est un peu ça. Claustrophobe, atteinte de troubles obsessionnels compulsifs, paranoïaque. Je me réveille la nuit, persuadée que tout ça va recommencer. Mais ces deux personnes au bord de la rivière, je les ai bien vues, je n'ai pas rêvé.

— D'accord.

Il se gara le long de la route.

— On va continuer à pied.

Elle sortit la première et se fit violence pour tirer la carte de sa poche.

— Tenez, tout à l'heure, j'étais furieuse à l'idée que vous aviez lancé le médecin à mes trousses, alors je suis montée chercher ceci afin de me débrouiller seule.

Elle l'ouvrit, la lui tendit.

— Je ne me rappelle pas avoir gribouillé ça. J'ai juste dû céder à une crise de panique cette nuit.

— Pourquoi me montrez-vous ça ?

— Parce qu'il vaut mieux que vous sachiez avec qui vous traitez.

Il examina la carte un instant, la replia.

— J'ai vu votre visage hier, quand vous avez dévalé la piste. Si vous avez inventé cette histoire de meurtre, vous perdez votre temps à la cuisine ; avec une telle imagination, vous devriez exercer plutôt mon métier. Vous vendriez plus de livres que l'auteur de *Harry Potter*.

— Vous me croyez donc ?

— Écoutez, si je ne vous croyais pas, je ne serais pas ici en ce moment. J'ai ma vie, mon travail et pas de temps à perdre. Une femme est morte, il faut que quelqu'un rende des comptes.

— Ne le prenez pas mal... souffla-t-elle soudain.

Là-dessus, elle s'approcha de lui, l'entoura de ses bras et lui effleura la bouche de ses lèvres.

— Comment est-ce que je pourrais le prendre mal ?

— En imaginant que c'est autre chose que l'expression de ma pure gratitude.

Et puis, l'air de rien, elle prit son sac sur l'épaule.

— Vous connaissez le chemin ?

— Oui.

Alors qu'ils s'éloignaient de la route, elle lui jeta un bref regard.

— C'est la première fois que j'embrasse un homme depuis deux ans.

— Pas étonnant que vous deveniez folle. C'était comment ?

— Relaxant.

— La prochaine fois, Slim, on tâchera de faire un peu mieux que juste relaxant.

— Si vous le dites…

Elle s'efforça de changer de sujet :

— Ce matin, je suis passée au bazar pour y acheter votre bouquin, Jamison P. Brody.

— Lequel ?

— *Chute libre*. Mac a dit que c'était votre premier titre. J'ai voulu commencer par là. Il le trouve très bien.

— Moi aussi.

Elle se mit à rire :

— Je vous ferai savoir si je partage cet avis. Personne ne vous appelle par votre prénom ?

— Non.

— Et le P, à quoi correspond-il ?

— C'est pour Pervers.

— Ça vous va bien.

Elle cala son sac à dos.

— Ils auraient pu venir de n'importe quelle direction.

— Vous confirmez n'avoir vu aucun sac, aucun équipement.

— Oui, mais ils pourraient les avoir laissés plus loin, hors de mon champ de vision.

— Il n'y avait aucune empreinte, Reece, si ce n'est celles laissées par Rick hier. Regardez.

Il s'accroupit.

— Vous voyez ? Pas besoin d'être un expert. Le sol est plutôt meuble.

— Ils ne se sont pourtant pas envolés.

— Non, mais pour peu que l'homme s'y connaisse, il peut fort bien avoir effacé ses traces.

— Pourquoi ? Qui viendrait chercher par ici un cadavre de femme que personne n'aurait vu tuer ?

— Vous l'avez vu. Qui sait si, de son côté, il ne vous avait pas repérée ?

— Il n'a jamais tourné la tête.

— Du moins pas tant que vous l'observiez. Et puis, vous vous êtes enfuie en courant, en laissant vos affaires sur place. Il peut vous avoir aperçue en train de fuir ou juste avoir remarqué votre sac sur le rocher ; il aura vite fait d'en tirer les conclusions qui s'imposaient et se sera couvert. Il nous a fallu deux heures pour rejoindre mon chalet et une heure à Rick pour vous parler et s'y rendre à son tour. En trois heures, on a le temps d'effacer un défilé d'éléphants.

— Il m'a vue !

Elle en avait la gorge sèche.

— Pas forcément. Quoi qu'il en soit, il a pris ses précautions. Assez intelligent et prudent pour se donner le temps de nettoyer la plus petite marque prouvant sa présence ou celle de sa femme.

— Il m'a vue. Pourquoi n'y ai-je pas songé plus tôt ? Le temps que je vous retrouve, il l'avait déjà emportée et cachée, peut-être même jetée à l'eau.

— J'opterais pour la première possibilité. Il faut du temps pour lester un cadavre.

— Donc c'est qu'il l'a emportée.

Percevant soudain les grondements de la rivière derrière les arbres, Reece s'arrêta. Elle apercevait à travers les branches les hautes murailles des canyons.

— Ici, murmura-t-elle, on se sent si… isolé. La rivière, sa seule présence vous coupe du reste du monde. Mais c'est tellement beau qu'on ne s'en inquiète pas.

— Un endroit magnifique pour mourir.

— Aucun endroit ne vaut la peine d'y mourir. Une fois qu'on a frôlé le néant, on n'a qu'une envie, c'est de s'en éloigner au plus vite. Mais cet endroit est tellement fabuleux et elle n'en a rien vu ! Elle était trop en colère. À ses yeux, plus rien ne devait exister que son compagnon et la rage dans laquelle il l'avait mise, avant qu'elle ne soit submergée par la peur et la souffrance.

— D'ici, est-ce que vous distinguez l'endroit où vous vous teniez ?

Elle s'approcha du bord de l'eau, s'avisa qu'il faisait plus frais, plus sombre ; d'épais nuages voilaient le soleil par à-coups.

— Là ! dit-elle en tendant le doigt. Je me tenais là-haut ; je m'y suis assise pour manger un sandwich, pour boire de l'eau. Le soleil me réchauffait. J'ai vu un faucon. Et puis je les ai vus, tous les deux. Elle se tenait face à lui, et il me tournait le dos. J'ai l'impression que lui aussi ne s'occupait que d'elle, mais j'ai prêté plus d'attention à la femme parce qu'elle s'agitait davantage. Elle écumait de fureur tandis que l'homme paraissait mieux se contrôler. Ne me dites pas que j'ai inventé tout ça !

— Vous savez ce que vous avez vu.

Le calme absolu avec lequel il avait répondu tranchait sur l'agitation de Reece qui gesticulait à l'appui de ses paroles.

— Oui, admit-t-elle, je le sais. Cette malheureuse le menaçait du doigt, comme pour dire : « Je t'avais prévenu ! » Et elle l'a poussé.

Joignant le geste à la parole, Reece posa les mains sur le thorax de Brody, poussa.

— Je crois qu'il a reculé, ajouta-t-elle. Si ça ne vous ennuie pas de faire de même…

— D'accord.

— Il a fait comme ça.

Elle étendit les bras en croix.

— J'ai pensé « *Safe* » ! Comme un signal de l'arbitre.

Il sourit :

— Vous vous croyiez au baseball ?

— Sur le moment oui. En fait, il voulait dire : « Ça suffit ! J'en ai marre. » Et il l'a giflée.

Comme Reece levait la main, Brody lui bloqua le poignet.

— C'est bon, j'ai compris !

— Je n'allais pas vous frapper. Puis elle est revenue à la charge. C'est à ce moment qu'il l'a poussée. Allez-y.

— Certainement.

Il la bouscula, mais pas suffisamment pour la faire tomber.

— Il a dû la pousser plus fort que ça. Voyons… C'est vrai, elle ne portait pas de sac à dos.

Elle se débarrassa du sien et mima une chute en arrière.

— Je crois qu'elle s'est cogné la tête sur le sol ou sur un rocher. Elle est restée par terre une minute. Elle n'avait plus son chapeau, j'avais oublié ce détail ; quand elle a secoué la tête, comme si elle était sonnée, j'ai aperçu une lueur, sans doute des boucles d'oreille… Je n'ai pas bien fait attention.

— Et lui, qu'est-ce qu'il faisait ? Il se penchait vers elle ?

— Non. Non. Elle s'est relevée, et elle a foncé sur lui. Elle n'avait pas peur, elle était hors d'elle. Elle criait, je n'entendais rien mais je la voyais. Il l'a repoussée à nouveau, pas d'une pichenette, cette fois, et quand elle est tombée, il s'est dressé au-dessus d'elle, à califourchon.

Reece s'allongea, leva les yeux sur Brody.

— Vous voulez bien ?

— Oui. Bien sûr !

Il planta un pied de chaque côté de la jeune femme.

— Il lui a tendu la main mais elle n'a pas voulu la saisir, elle s'est dressée sur les coudes en l'engueulant. Je voyais sa bouche remuer, et dans ma tête je l'entendais crier, le traiter de tous les noms. Alors il s'est assis sur elle, en pesant de tout son poids…

Comme il suivait ses instructions, elle poussa un soupir.

— Oui… Comme ça. N'y voyez aucune allusion sexuelle, du moins de mon point de vue. Elle l'a frappé, jusqu'à ce qu'il lui immobilise les bras. Non, arrêtez !

Une onde d'affolement la parcourut lorsqu'il lui saisit les poignets.

— Je ne peux pas ! Arrêtez !

— Calmez-vous.

Sans la quitter des yeux, il la relâcha, se releva.

— Racontez-moi ce qui s'est passé ensuite.

— Elle luttait pour se dégager, mais il était plus fort. Il lui a saisi la tête par les cheveux et l'a cognée violemment. Ensuite, il… Ensuite il lui a mis les mains autour du cou. Elle s'est débattue de plus belle, lui a immobilisé les poignets, mais je crois qu'il ne lui restait pas beaucoup de forces. Attendez… il lui a bloqué les bras avec ses genoux pour l'empêcher de se dégager. Bon sang, j'avais oublié ça aussi !

— Vous vous en souvenez, maintenant.

— Elle donnait des coups de pied, ses ongles s'enfonçaient dans le sol. Et puis, tout s'est arrêté. Pourtant, il continuait de lui serrer la gorge. Et c'est alors que j'ai couru. Vous pourriez vous lever, maintenant ?

Il se déplaça sur le côté, pour se retrouver assis près d'elle.

— Aucune chance qu'elle ait pu être encore vivante ?

— Il ne lui lâchait pas la gorge.

Reece s'assit à son tour, ramena ses genoux sous son menton.

Un instant, il respecta son silence, n'écoutant plus que les bruissements de la rivière, observant les jeux d'ombre et de lumière formés par les nuages sur les rochers.

— Je parie que vous êtes du genre à dire que le verre est à moitié vide.

— Pardon ?

— Le verre est sans doute plus qu'à moitié vide parce qu'il est fendu et qu'il fuit. En voyant ça, vous vous sentez abominablement coupable, vous vous lamentez : « Mon Dieu ! J'ai vu une pauvre femme se faire assassiner et je n'ai rien pu faire. Pauvre femme, pauvre de moi ! » Au lieu de penser : « J'ai vu une femme se faire assassiner et si je n'avais pas été là personne n'aurait jamais su ce qui lui était arrivé. »

Elle tourna les yeux vers lui, pencha la tête.

— Vous avez raison. N'empêche que vous non plus n'êtes pas du genre à trouver le verre à moitié plein.

— À moitié vide, à moitié plein, quelle différence ? S'il y a quelque chose dans ce verre, buvez-le et c'est tout.

— Excellent raisonnement ! Si seulement ce verre pouvait contenir un bon pinot grigio !

Elle se mit à rire et se leva.

— En tout cas, nous avons laissé des traces, observa-t-elle. Des empreintes de pas, la marque de mon dos et de mes mains sur le sable. On voit maintenant que deux personnes se sont battues ici.

Brody alla cueillir une branche de saule dont il se servit pour balayer le sol.

— Il est malin, observa-t-il. Il la traîne à l'abri des regards, loin du canyon, puis il revient armé d'une branche comme celle-ci, s'assure qu'il n'a rien oublié sur place. Et quand bien même des techniciens trouveraient un cheveu invisible à l'œil nu, qu'est-ce que ça prouverait ?

Il jeta la branche.

— Rien. Il ne lui reste plus qu'à effacer les empreintes de ses propres pas au fur et à mesure qu'il s'éloigne. Ce ne sont pas les endroits propices qui manquent pour planquer un corps. Ou alors, si j'avais une voiture, je le jetterais dans le coffre pour l'emporter plus loin. Quelque part où j'aurais tout le temps de creuser une tombe assez profonde pour que les animaux sauvages ne le déterrent pas. Vous en avez assez vu ?

Elle hocha la tête.

— Plus que mon content.

9

Comme ils revenaient sur leurs pas, Reece décapsula sa bouteille d'eau et en but quelques gorgées avant de la passer à Brody.

— On dit que le crime parfait n'existe pas.

— On dit beaucoup de choses et la plupart du temps on se trompe.

— Certes. Il n'empêche que cette femme habitait bien quelque part, qu'elle avait de la famille.

— C'est possible.

Agacée, Reece plongea les mains dans ses poches.

— En tout cas, elle connaissait au moins une personne. Ce type qui l'a tuée.

— On n'en sait rien. Ils auraient pu se rencontrer cinq minutes avant, ou se connaître depuis dix ans. Ils pouvaient venir de Californie ou de la côte Est. Qui sait s'ils n'étaient pas français ?

— Français ?

— On tue dans n'importe quelle langue. Il n'y a aucune raison qu'ils viennent du coin. Le Wyoming compte moins d'habitants que l'Alaska.

— C'est pour ça que vous vous êtes installé ici ?

— En partie. Quand on travaille dans un grand journal, on est enfoncé jusqu'au cou dans une population grouillante. Tout ça pour vous dire que ces gens, quels qu'ils soient, peuvent venir de loin.

— Et ils se sont battus à mort parce qu'ils étaient perdus et que monsieur refusait de demander son chemin à un autochtone ? C'est un défaut bien masculin, je vous l'accorde, mais ça m'étonnerait. Ils sont venus ici parce qu'ils avaient à discuter de quelque chose.

Il aimait sa façon d'aborder plusieurs sujets à la fois. Comme lorsqu'elle faisait la cuisine, jonglant avec les différents plats.

— Ce ne sont que des suppositions, objecta-t-il.

— Soit. Tout comme vous supposez qu'ils n'étaient pas français.

— Mais peut-être italiens, ou même lithuaniens.

— Bon. Alors un couple lithuanien se perd parce que lui, comme la plupart des mecs, prend son phallus pour une boussole.

Brody fronça les sourcils.

— C'est un secret masculin jalousement gardé. Comment l'avez-vous découvert ?

— Quoi qu'il en soit, le couple sort de sa voiture, marche à travers les arbres jusqu'à la rivière. Ils discutent, se battent ; il la tue. Puis, comme nous avons affaire à un montagnard lithuanien, il efface ses traces avec dextérité et emporte le cadavre dans leur véhicule de location afin de l'enterrer au pays.

— Vous devriez écrire des romans.

— Si c'est ce genre d'âneries que vous racontez, je m'étonne que vous soyez publié.

— J'aurais mieux fait de m'en tenir aux Français. Néanmoins, Slim, ils auraient pu venir de n'importe où.

En un sens, elle préférait examiner l'incident sous l'angle d'un problème théorique. Cela lui permettait de garder ses distances.

— S'il a vraiment effacé ses traces, c'est qu'il possède une sérieuse expérience de chasseur.

— Comme beaucoup de gens. Sans compter que ce n'était sans doute pas la première fois qu'ils venaient ici.

Brody regardait autour de lui. Il connaissait ce genre de terrain pour en avoir souvent parcouru. D'ici peu, il y pousserait des ancolies et des boutons d'or, ainsi que du chèvrefeuille à profusion qui parfumerait les coins ombragés.

— C'est encore un peu tôt pour les touristes, estima-t-il, mais certains viennent à cette époque de l'année parce qu'ils veulent éviter les foules de l'hiver ou de l'été. Ou bien, ils ne font que passer et s'arrêtent juste le temps d'une promenade. À moins que le couple que vous avez vu ne vive à Angel's Fist et ne soit déjà venu goûter à votre cuisine.

— Charmant !

— Vous avez vu comment il était habillé. Sauriez-vous le décrire ?

— Une casquette de chasseur orange, une veste noire de demi-saison. Non, un manteau. Non, finalement, une veste. Je n'ai pas fait assez attention à lui. J'aurais pu le nourrir à la petite cuillère sans le regarder une seule fois. Je ne sais pas comment… Oh, mon Dieu !

Il comprit tout de suite son cri. En fait, il avait aperçu l'ours une bonne dizaine de secondes avant elle.

— Il ne s'intéresse pas à vous.

— Vous êtes en communication télépathique avec les ours ?

La situation lui semblait tellement irréelle qu'elle n'avait même pas peur.

— Seigneur, qu'il est grand !

— J'ai vu pire.

— Tant mieux pour vous. Euh... je suppose qu'il ne faut pas courir...

— Non. Ça lui donnerait envie de nous poursuivre. Continuez de parler et de bouger ; on fera juste un petit détour. Maintenant il nous a vus.

Cette fois, elle commençait à sentir son cœur battre. Elle se rappelait l'illustration de son guide qui suggérait de faire le mort si un ours vous attaquait ; ça tenait de la posture de yoga à l'usage des enfants. Sans lui laisser le temps de vérifier les assertions du guide, l'ours leur jeta un regard indifférent avant de s'éloigner.

— Ils sont souvent timides, observa Brody.

— C'est bon à savoir. Je crois que je vais m'asseoir une minute, si ça ne vous dérange pas...

— Continuez de marcher. C'est la première fois que vous rencontrez un ours ?

— De si près, oui. J'avoue que je ne pense pas souvent à ces braves bêtes. C'est vrai qu'ils sont beaux...

— Sachez que s'il avait reniflé une odeur de cadavre dans les parages, il serait beaucoup plus agressif. Cela signifie que soit il n'y a personne d'enterré par ici, soit il l'est très profondément.

Elle déglutit.

— Charmante perspective ! Il me faut vraiment un verre de vin.

De retour dans la voiture, elle se sentit plus en sécurité. Et terriblement fatiguée. Elle rêvait autant de faire la sieste que d'avaler ce verre de vin.

Dans une chambre tranquille et obscure, sous une couverture tiède, les portes bien fermées. Pour tout oublier.

Quand il démarra, elle ferma les yeux et glissa insensiblement dans le sommeil.

Brody constata vite qu'elle dormait paisiblement, la tête calée entre le dossier et la fenêtre, les mains abandonnées sur ses genoux. Il poursuivit son trajet, non sans emprunter quelques chemins de traverse histoire de prolonger le voyage.

À son avis, elle assumait bien mieux qu'elle ne semblait le croire. Rares étaient ceux qui auraient pu supporter autant d'épreuves, encore plus rares ceux qui auraient estimé avoir accompli leur devoir en déposant leur témoignage sur ce crime et basta.

Mais pas elle.

C'était sans doute dû à ce qu'elle avait traversé auparavant. Ou à son caractère.

Entrer de son plein gré dans un hôpital psychiatrique, il fallait oser. À son ton, il devinait qu'elle n'y voyait qu'une défaite.

Il y voyait surtout du courage.

De même, elle semblait considérer son périple depuis Boston comme une fuite alors que pour lui c'était un voyage initiatique, tout comme lui, depuis qu'il avait quitté Chicago. Une fuite n'était due qu'à la peur, au refus d'affronter une vérité. Un voyage ? C'était un passage, n'est-ce pas ? Il lui avait fallu, à lui, ce passage pour prendre conscience de la vie qu'il désirait, de son propre rythme.

À première vue Reece Gilmore accomplissait le même parcours. Elle portait juste de plus lourds bagages que lui.

Jamais il n'avait craint pour sa vie, mais il imaginait ce que cela pouvait être. Après tout, c'était son métier. De même qu'il imaginait l'affolement qu'on devait ressentir à s'éveiller dans un lit d'hôpital, rongé par la souffrance et le désarroi. Le désespoir de douter de sa propre santé mentale. Cela faisait beaucoup pour une seule personne.

Et elle l'avait embringué là-dedans. Il n'était pas du genre à soigner l'aile brisée d'un oiseau tombé du nid. Pourtant, voilà qu'il s'impliquait et pas seulement parce qu'il avait failli être témoin d'un meurtre, ce qui en soi eût déjà été suffisant.

Elle l'attirait. Non par sa faiblesse mais par la force qu'elle mettait à se débattre, seule contre tous. Il ne pouvait que l'en admirer. Cette poigne de fer sous cette apparence fragile. Néanmoins, elle avait besoin de lui et il n'aimait pas les femmes dépendantes. En principe.

Il les aimait intelligentes et autonomes, trop occupées par leur propre vie pour empiéter sur la sienne.

Sans doute avait-elle été de ce genre avant le massacre au restaurant. Sans doute le redeviendrait-elle. Il serait intéressant d'observer sa progression.

Il continuait de conduire et elle continuait de dormir, parmi les prairies vertes peuplées de sauges, bordées par les montagnes aux neiges éternelles, à la puissance sereine si éloignée de leurs petites préoccupations humaines.

Il roulait vite sur la route déserte, passant devant une horde de bisons en train de brouter. Quelques têtes se levèrent et il remarqua deux veaux qui se blottissaient contre leurs mères. Reece aurait sûrement aimé les voir, mais il la laissa dormir.

Bientôt la plaine allait exploser de couleurs et de vie. Une tombe y passerait aisément inaperçue, tant des bêtes que des hommes.

Il arrivait en vue d'Angel's Fist lorsque Reece geignit doucement dans son sommeil et se mit à frissonner.

S'arrêtant en plein milieu de la chaussée, il lui secoua le bras.

— Réveillez-vous !

— Non !

Elle sortit de son sommeil tel un coureur jaillissant des starting-blocks. Il eut juste le temps de bloquer son poing qui lui arrivait en pleine figure.

— Frappez-moi, dit-il, et je vous le rendrai.

— Quoi ? Comment ? Ne me dites pas que je me suis endormie !

— En tout cas c'était bien imité.

— Je vous ai frappé ?

— Vous avez essayé et je ne vous conseille pas de recommencer.

— Pardon. Vous pouvez me rendre ma main ?

Il ouvrit les doigts pour libérer le poing qu'elle reposa sur ses genoux.

— Vous vous réveillez toujours comme si vous veniez d'entendre le gong du deuxième round ?

— Je l'ignore. Voilà longtemps que je n'ai plus dormi devant quelqu'un. Je devais me sentir relaxée en votre compagnie.

— Relaxée. Relaxant. Vous me donnez envie de vous faire changer d'avis.

Elle sourit.

— Vous n'êtes pas du genre à agresser les femmes.

— Vous croyez ?

— Je veux dire physiquement. Vous avez dû briser pas mal de cœurs, mais je ne vous vois pas maltraiter leurs propriétaires. À mon avis, vous avez dû vous contenter de leur asséner des paroles féroces, ce qui, en fin de compte, est aussi cruel qu'une baffe. Cela dit, je vous remercie de m'avoir laissée dormir. Je dois… Oh ! Regardez !

Écarquillant les yeux devant les montagnes qui barraient tout le pare-brise, elle défit sa ceinture et ouvrit sa portière, le visage aussitôt balayé par un coup de vent.

— Elles sont tellement puissantes, tellement éblouissantes, tellement angoissantes… On dirait une forteresse invincible qui viendrait de jaillir du sol.

Elle sortit de la voiture, s'appuya sur le capot.

— Je les regarde tous les jours de ma fenêtre et chaque fois que je vais au travail ou que j'en sors. Mais là, ce n'est pas la même chose que de les voir derrière des immeubles, avec du monde autour.

— Je suis là, ça fait bien du monde ça, non ?

— Vous avez compris ce que je voulais dire. Là, en pleine nature, on se sent pleinement humain.

Elle jeta un regard par-dessus son épaule, contente de constater qu'il l'avait rejointe.

— J'avais envie de partir, de chercher du boulot ailleurs. Mais tous les matins, quand je vois ce lac et ces montagnes qui s'y reflètent, je me dis que ce serait idiot.

— Il faut bien se fixer quelque part.

— Je pensais regagner l'est, tôt ou tard. Sans doute pas Boston, plutôt le Vermont. J'y allais à l'école, je connais bien. J'étais certaine que la verdure finirait par me manquer.

— Au printemps, la prairie devient verte, les fleurs s'épanouissent. C'est tout un spectacle.

— Je n'en doute pas. Pourtant ces montagnes aussi valent le détour. Encore plus qu'un verre de vin.

Renversant la tête en arrière, elle ferma les paupières, inspira une longue goulée d'air.

— Vous avez parfois cette attitude quand vous faites la cuisine.

Elle rouvrit ses grands yeux noirs.

— C'est vrai ? Quel genre d'attitude ?

— Décontractée et calme. Heureuse.

— Ce doit être quand je me sens sûre de moi. Ça ne m'arrive plus souvent ces derniers temps. J'ai eu du mal à retourner dans une cuisine après ce que j'ai subi. J'en avais perdu le goût, ou on me l'avait ôté. Mais ça me revient maintenant.

Elle se retourna et lui saisit la main.

— Oh ! Regardez !

À son tour, il aperçut la petite horde de bisons qui trottinait parmi les herbages.

— C'est la première fois que vous en rencontrez ? demanda-t-il.

— En liberté et d'aussi près, oui, comme l'ours tout à l'heure. Oh, là ! Des bébés !

Elle articula ce dernier mot avec attendrissement.

— Pourquoi les femmes prononcent-elles toujours le mot bébé sur ce ton ?

Pour un peu, elle lui aurait administré une tape sur le bras.

— Ils sont si mignons ! Alors qu'ils vont devenir si gros !

— Ça ne vous empêche pas de les manger en steak.

— Je vous en prie ! Ça me donne envie de parcourir la région à cheval, pas en 4 × 4. Ça me permettrait de voir une antilope. Elles ne craignent pas l'odeur des chevaux. Il faudrait juste que j'apprenne à monter.

— Lou ne vous a pas proposé de vous apprendre ?

Sans quitter la horde des yeux, elle glissa les mains dans ses poches.

— Je ne sais pas trop ce qu'il a derrière la tête. Si j'étais certaine qu'il se tienne bien, je me lancerais.

— Vous aimez que les hommes se tiennent bien ?

— Pas forcément. Seulement…

Elle n'entendit retentir son alarme interne que lorsqu'il se fut approché d'elle au point de l'emprisonner entre ses bras.

— Brody…

— Vous n'êtes ni bête ni lente à la détente, alors ne prétendez pas que vous ne m'avez pas vu venir.

Elle sentit son cœur battre la chamade, de peur, sans doute, mais pas seulement.

— Il y a longtemps que je ne réfléchis plus en ces termes. Ça ne m'est même pas venu à l'idée.

— Si ça ne vous intéresse pas, faites-le savoir clairement.

— Bien sûr que ça m'intéresse ! C'est juste que… Hé !

Sans lui laisser le temps d'achever sa phrase, il la soulevait pour la remettre sur ses pieds.

— Retenez votre souffle, la prévint-il. On va plonger.

Elle ne put retenir ni son souffle, ni ses pensées, ni son équilibre. Le baiser fut si soudain, si profond que malgré l'air frais elle se sentit prise d'une bouffée de chaleur. Il n'avait pas la bouche patiente ni douce, ne cherchait ni à persuader ni à séduire. Il prit juste ce qu'il voulait, et elle se sentit balayée par une sorte de tornade qui la laissa tout étourdie.

Il y va fort, songea-t-elle. Comme un affamé. Elle avait presque oublié ce que c'était que de laisser un homme assouvir le désir qu'elle pouvait susciter.

Malgré elle, ses bras lui entourèrent le cou, comme mus par une vie propre. De son côté, il posait les mains sur ses hanches pour mieux l'attirer contre lui.

Cette fois, elle sentit leurs deux cœurs battre ensemble, violemment. Et se mit à trembler. Pourtant, sa bouche le réclamait avidement, ses poignets s'entrecroisaient sur sa nuque pour le garder tout près d'elle. Ce ne fut pas de la peur qu'il goûta sur ses lèvres, mais une surprise mêlée de voracité.

D'un mouvement décidé, il la hissa sur le capot et revint s'emparer de cette bouche qu'il convoitait.

Sans doute avait-elle perdu la tête, mais elle s'en soucierait plus tard.

— Caresse-moi, murmura-t-elle en lui mordillant la lèvre. Caresse-moi partout.

Elle sentit les paumes impatientes se glisser sous le doux coton de son pull pour emprisonner ses seins, et gémit en s'arc-boutant vers lui afin d'en demander davantage. Davantage de contact, davantage de sensations, davantage de tout. Il avait les mains calleuses, dures comme le reste de sa personne, si fortes qu'elle en éprouva de délicieuses meurtrissures partout où il passait.

Cette réaction passionnée surprit Brody. Jamais il ne parviendrait à se contrôler assez s'il ne s'arrêtait pas immédiatement. Ou bien il allait la déshabiller là, sur ce capot de voiture, et lui ferait l'amour jusqu'à plus soif.

— On se calme, souffla-t-il. Juste une minute.

C'était à peine si elle l'entendait à travers les grondements qui lui emplissaient la cervelle. Elle se contenta de poser la tête sur son épaule.

— C'est bon. Ouf ! Il ne faudrait pas… on ne devrait pas…

— On n'a plus seize ans, n'est-ce pas ? Et on recommencera, mais pas là, au milieu de la route, comme des collégiens.

— Non, bien sûr.

Elle prit soudain conscience de l'endroit où ils se trouvaient. Sautant à terre, elle remit de l'ordre dans ses vêtements, dans sa coiffure.

— Tu es magnifique.

— On ne peut pas… Je ne suis pas prête…

— Écoute, Slim, je ne te demande pas de m'épouser ni de porter mes enfants. Ce n'était jamais qu'un baiser et on a eu bien raison. Ce sera encore mieux quand on passera toute une nuit ensemble.

Elle porta les mains à ses tempes.

— Je ne peux pas y penser pour le moment. Ma tête va exploser.

— Il y a quelques minutes, on aurait dit que c'était une autre partie de toi qui allait exploser.

— Arrête, tu veux ? Regarde-moi ça, on est là, tous les deux, à se chercher, à jouer au plus fin alors qu'une femme est morte.

— Et elle le restera, qu'on couche ensemble ou pas. S'il te faut du temps pour t'habituer à cette idée, très bien, prends un jour ou deux. Mais si, en fin de compte, tu conclus qu'on n'a rien à faire ensemble, c'est que je me serai trompé sur toute la ligne et que tu es idiote.

— Je ne suis pas idiote.

— Tu vois !

Il contourna la voiture.

— Brody. Tu ne peux pas attendre encore une minute ?

— Pour quoi faire ?

Elle ne put s'empêcher d'admirer le spectacle de ce grand gaillard dont la silhouette se découpait sur les montagnes enneigées.

— Je ne sais pas. Je n'en ai pas la moindre idée.

— Alors on rentre. J'ai envie d'une bière.

— Je ne couche pas avec tous les hommes qui m'attirent.

— Si je comprends bien, dit-il en revenant vers la voiture, tu n'as pas fait l'amour depuis deux ans.

— Exact. Et si tu crois que tu vas pouvoir profiter de la situation... Ne va surtout pas croire que je suis prête à tomber dans ton lit pour autant.

— Je n'ai pas l'intention de t'assommer à coups de gourdin et de te traîner par les cheveux au fond de ma grotte.

— Ça me surprendrait à peine, maugréa-t-elle en sortant ses lunettes de soleil. Et si je te suis reconnaissante de me croire, de me soutenir, je...

Il freina si violemment qu'elle partit en avant, bloquée de justesse par sa ceinture.

— Tu fais fausse route ! lâcha-t-il d'un ton glacial.

— Je...

Cherchant ses mots, elle retint son souffle alors qu'il repartait.

— D'accord, c'était insultant, autant pour toi que pour moi. Je t'avais dit que je n'arrivais pas à réfléchir. J'ai le corps tourneboulé, l'esprit pas mieux. En plus j'ai mal à la tête.

— Prends deux aspirines et couche-toi.

Reece regardait les montagnes.

— Je veux voir le shérif. Si tu me déposais à son bureau ?

— Rentre chez toi. Prends cette aspirine et tu lui téléphoneras.

— Je veux lui parler de vive voix. Dépose-moi ! Ensuite, tu n'auras qu'à rentrer boire ta bière.

Ils venaient de pénétrer dans la petite ville. Comme Brody ne répondait pas, Reece se tourna vers lui.

— Je ne te demande pas de m'accompagner. Je n'y tiens pas du tout. Si Mardson ne me croit pas capable de défendre seule mon point de vue, il ne m'accordera pas le moindre crédit.

Comme il s'arrêtait devant le bureau du shérif, il la regarda d'un drôle d'air.

— Qu'est-ce qu'il y a pour le dîner, demain ?

— Pardon ?

— Tu m'as invité.

— Ah oui ! J'avais oublié. Je vais inventer quelque chose.

— J'en ai l'eau à la bouche. Allez, va faire ce que tu veux et ensuite rentre te coucher. Tu as l'air épuisée.

— Ça suffit, les flatteries ! Tu vas me faire perdre la tête.

Elle attendit une seconde, deux, puis ramassa son sac et ouvrit la portière.

— Ça va ?

— Oui. Sauf que je croyais que tu allais m'embrasser.

Il haussa un sourcil.

— Hé, Slim ! Ne me dis pas que tu veux déjà régulariser !

— Enfoiré ! Et n'oublie pas de m'offrir des tulipes, ce sont mes fleurs préférées.

Ce fut dans cet état d'esprit guilleret qu'elle se présenta à la porte du shérif. Alors seulement, son angoisse prit le dessus.

Cela sentait le café froid et le chien mouillé. Deux bureaux métalliques se faisaient face, destinés aux adjoints.

Un seul était occupé. Touffe de cheveux sombres, bouc au menton, aimables yeux noisette, stature mince et jeune. Reece reconnut Denny Darwin qui aimait les œufs mollets et le bacon presque brûlé.

Voyant qui entrait, il rougit légèrement et se mit à pianoter sur son clavier avec une ardeur laissant entendre que son occupation précédente n'avait que peu de rapport avec son travail.

— Bonjour, madame Gilmore.

— Reece, corrigea-t-elle. J'aurais voulu parler au shérif.

— Il vient de rentrer. C'est par là.

— Merci. Quel beau chien !

— C'est Moïse, le chien d'Abby Mardson, la cadette du shérif.

Reece se dirigea vers la porte que Denny lui avait indiquée, donnant sur un corridor. Au fond, elle aperçut deux cellules inoccupées. Ainsi qu'un bureau ouvert où se trouvait le shérif, assis derrière une table qui semblait remonter à la guerre de Sécession. Outre l'ordinateur et le téléphone, il avait installé devant lui des photos de famille, des dossiers, une tasse rouge et un plumier.

Sur un vieux portemanteau trônaient son chapeau et sa veste marron. Des portraits de John Wayne, Clint Eastwood et Paul Newman dans leurs meilleurs westerns égayaient les murs.

Comme elle restait sur le seuil, hésitante, il se leva :

— Entrez, Reece ! Je venais d'appeler chez vous.

— Je vais me procurer un répondeur. Vous avez une minute ?

— Bien sûr. Asseyez-vous. Voulez-vous goûter un des pires cafés du Wyoming ?

— Sans façons. Je venais aux nouvelles.

— Disons, pour commencer sur une note positive, que toute la population d'Angel's Fist répond à l'appel. Idem pour les quelques touristes. Nous n'avons aucune personne disparue qui corresponde au profil de la femme que vous avez décrite.

— Au bout d'une journée, on ne s'est peut-être pas encore aperçu de sa disparition.

— C'est possible, voilà pourquoi j'ai l'intention de vérifier régulièrement ces données.

— Vous croyez que j'ai tout inventé, n'est-ce pas ?

Il se dirigea vers la porte, la ferma puis revint s'asseoir au bord de son fauteuil. Son visage n'exprimait que gentillesse et patience :

— Je ne peux rien vous dire d'autre. Pour le moment, toutes les femmes de la ville sont bien présentes et les touristes sont en vie. Je sais également, parce que ça fait partie de mon boulot, que vous avez connu de graves difficultés il y a deux ans.

— Ça n'a rien à voir.

— Néanmoins, j'aimerais que vous preniez le temps d'y réfléchir posément. Il se peut que vous ayez vu deux personnes en train de se disputer, comme vous l'avez dit. Peut-être même se sont-elles battues. Mais vous étiez très loin d'elles, Reece. Vous semble-t-il impossible que ces personnes soient parties ?

— Elle est morte.

— De l'endroit où vous étiez, vous n'avez pas pu lui prendre le pouls.

— Non, mais...

— J'ai vérifié vos déclarations à plusieurs reprises. Vous avez filé en courant pour revenir ensuite, accompagnée de Brody. Il vous a fallu à peu près une demi-heure pour regagner votre poste. Vous semble-t-il impossible que, dans ce laps de temps, cette femme se soit relevée, qu'elle soit partie ? En colère, je n'en doute pas, peut-être même couverte de bleus, mais saine et sauve ?

Le verre n'était ni à moitié vide ni à moitié plein, pensa Reece. *Ce n'était qu'un verre, et elle l'avait vu de ses yeux.*

— Elle est morte. D'ailleurs, si elle était partie à pied, pourquoi n'aurait-elle laissé aucune trace de son passage ?

Il ne répondit pas tout de suite, mais, quand il reprit la parole, ce fut avec la même patience :

— Vous n'êtes pas d'ici et c'est la première fois que vous vous promenez dans les parages. Vous avez été choquée, bouleversée. N'importe qui aurait pu se tromper sur l'endroit que vous avez indiqué à Brody. Il peut y avoir un kilomètre d'écart...

— Je n'étais pas si loin que ça.

— J'ai tout passé au peigne fin. J'ai contacté les hôpitaux des environs. Aucune femme n'y a été admise, ni traitée pour des blessures correspondant au traumatisme de la tête et du cou dont vous avez parlé. Je vérifierai encore demain.

Elle se leva.

— Vous croyez que je n'ai rien vu du tout.

— Erreur. Je crois que vous avez vu quelque chose qui vous a fait peur. Mais je ne dispose pas du moindre indice qui prouverait un quelconque homicide. Aussi je vous propose de continuer à enquêter si, de votre côté, vous me promettez de ne plus vous en préoccuper. Je m'apprêtais à retourner chez moi, pour y retrouver ma femme et mes enfants. Je vous dépose si vous voulez.

— Je préfère marcher, le temps de m'éclaircir les idées.

Sur le pas de la porte, elle se retourna.

— Cette femme est morte, shérif. Je n'en démordrai pas.

Quand elle fut sortie, Mardson laissa échapper un soupir. Il ferait tout ce qu'il pourrait, on ne saurait lui en demander davantage.

En attendant, il allait récupérer son chien et rentrer à la maison, dîner avec sa femme et ses enfants.

10

Brody se servit une bière et fourra une pizza congelée dans le four. Puis il écouta le message laissé sur le répondeur par son agent. Son roman programmé pour le début de l'automne intéressait déjà plusieurs éditeurs. Il s'octroya donc une seconde bière pour le dîner. Peut-être pourrait-il s'offrir quelque folie, genre écran plasma qu'il accrocherait au-dessus de sa cheminée ?

Il vida sa bouteille en regardant le soir tomber, puis s'avisa qu'il ne pourrait pas se payer cette belle télévision s'il ne se remettait immédiatement au travail. Il s'assigna deux heures devant son clavier avant d'aller se coucher.

D'autant qu'il avait une femme à tuer.

En attendant ces instants fatals, il allait penser à une autre. Reece Gilmore présentait trop d'aspérités pour tomber facilement dans les bras d'un homme, c'était sans doute ce qui faisait son charme. Il aimait ses contrastes, son cran mêlé de fragilité, sa prudence et son audace. Sans compter qu'il s'était impliqué au moins autant qu'elle dans cette affaire. Le temps d'y trouver une solution, il pouvait s'appliquer à la connaître davantage.

En attendant, il alluma son ordinateur puis sortit la pizza du four. Il coupa quatre parts qu'il disposa dans une assiette, prit deux serviettes en papier, une autre bière et alla s'asseoir.

Ce repas ne dut guère lui prendre plus de temps qu'il n'en fallut au shérif pour accéder aux dossiers de la police sur Reece. Quant à lui, il devrait se contenter de Google. Ce n'était déjà pas si mal.

Il récupéra un article sur les chefs cuisiniers de Boston où il était question de Reece, alors âgée de vingt-quatre ans. Avec cinq kilos de plus, elle était tout de même plus appétissante. En fait, elle paraissait même éblouissante.

Jeune, vibrante, souriant à l'objectif alors qu'elle brandissait une coupe bleue et un rutilant batteur à œufs. L'article faisait état de ses études ainsi que d'une année à Paris pour couronner le tout, sans oublier de mentionner qu'enfant elle préparait déjà des repas pour ses poupées.

Il citait également Tony et Terry Maneo, les propriétaires du restaurant où elle travaillait. Tous deux parlaient d'elle comme d'une perle inestimable mais aussi comme d'un véritable membre de la famille.

Entre cet article et quelques autres, Brody apprit ainsi que, orpheline à quinze ans, Reece avait été recueillie par sa grand-mère maternelle. Célibataire, elle parlait couramment le français, aimait recevoir des amis et s'était rendue célèbre par ses brunchs du dimanche.

Parmi les adjectifs qui revenaient le plus souvent : énergique, inventive, audacieuse mais aussi celui qui lui était déjà venu à l'esprit : vibrante.

Comment la décrire à présent ? Maniaque, nerveuse, déterminée.

Passionnée.

Une chronique du *Boston Globe* annonçait qu'elle prenait la tête d'un des restaurants « les plus courus pour sa cuisine profondément américaine et son atmosphère hautement conviviale ».

Ces textes s'accompagnaient de portraits d'elle, beaucoup plus raffinée avec ses cheveux courts (jolie nuque) et son tailleur noir sur de hauts talons de séductrice.

Toute ma vie, je chérirai ces années passées chez Maneo's, ainsi que ceux avec qui j'ai travaillé ici. Tony et Terry m'ont non seulement mis le pied à l'étrier mais ils m'ont offert un milieu familial que je ne connaissais plus. Autant je suis triste de quitter le bien-être et la bienveillance qui m'entouraient chez Maneo's, autant j'ai hâte de rejoindre l'équipe avant-gardiste de L'Oasis. Je compte rehausser la réputation déjà bien établie de ce restaurant et y apporter quelques surprises.

— Je suis sûr que tu aurais su t'étonner toi-même, Slim ! conclut-il à voix haute.

En vérifiant la date de l'article, il constata que cela remontait à l'époque où lui-même avait envoyé promener son rédacteur en chef du *Chicago Tribune*. Et le reportage sur la tuerie chez Maneo's arrivait trois jours après le panégyrique du *Globe*.

Fichue histoire. Seule survivante, Reece, atteinte de multiples blessures par balles, avait été transportée à l'hôpital dans un état critique. La police menait son enquête, etc. On parlait des propriétaires qui tenaient ce restaurant depuis plus de vingt-cinq ans. Amis et parents témoignaient, pleuraient, s'indignaient. Le journaliste utilisait des termes comme bain de sang, carnage, barbarie.

D'autres textes évoquaient les progrès de l'enquête, à peu près nuls, les divers enterrements et cérémonies funèbres. L'état de Reece s'améliorait peu à peu ; elle était sous protection policière.

Peu à peu, la tuerie ne fit plus la une ; elle gagna la page trois puis la dernière. Il n'y eut que quelques lignes pour annoncer que Reece sortait de l'hôpital, sans citation ni photo.

Il en allait ainsi de toutes les nouvelles, elles n'intéressaient que le temps d'être remplacées par d'autres. Pour Maneo's et Reece, cela dura trois semaines, et puis plus rien.

Les morts avaient été enterrés, les assassins oubliés, et l'unique survivante priée de rassembler les morceaux de sa vie brisée.

Tandis que Brody terminait sa pizza, Reece remplissait sa petite baignoire d'eau chaude qu'elle additionna de quelques gouttes de bain moussant. Elle hésita un moment à s'enfermer dans la salle de bains, mais la pièce était si minuscule qu'elle ne pourrait supporter de s'y trouver emprisonnée.

Et puis la porte principale était verrouillée, le dossier d'une chaise coinçant la poignée. Elle était parfaitement en sécurité. Cependant, une fois dans l'eau, elle ne put s'empêcher de se lever au moins deux fois pour jeter un coup d'œil vers le living.

Agacée contre elle-même, elle but deux longues gorgées de vin.

— Arrête ! Détends-toi. Tu aimais bien ça, avant. Souviens-toi. Traîne un peu dans ce bain avec un verre de vin et un bon bouquin. Il est temps d'arrêter de te décrasser en trois minutes sous la douche comme si Norman Bates t'attendait dans Psychose pour te hacher menu.

Elle ferma les yeux, but une autre gorgée, puis ouvrit le livre.

Cela commençait ainsi :

On racontait que Jack Brewster creusait sa tombe depuis des années, mais, alors que sa pelle mordait dans la dure terre hivernale, il s'agaçait à l'idée que ce commentaire puisse être, cette fois, pris au pied de la lettre.

Cela la fit sourire, autant qu'espérer que Jack n'allait pas bientôt finir six pieds sous terre.

Elle passa un bon quart d'heure à lire avant que ses nerfs ne viennent lui rappeler qu'elle ferait bien de vérifier ce qui pouvait se passer autour d'elle. Nouveau record. Fière de son exploit, elle parvint à tenir encore dix minutes.

La prochaine fois, se promit-elle en vidant la baignoire, elle tiendrait plus longtemps.

Elle aimait ce livre. Elle le déposa pour étaler sur sa peau la crème hydratante assortie au bain moussant. Ensuite elle se coucherait et lirait encore quelques pages. Le Jack Brewster de Brody lui permettrait d'empêcher son esprit de trop battre la campagne.

Ce soir, elle n'écrirait rien dans son journal.

Maintenant qu'elle s'était calmée, elle devait reconnaître que le shérif faisait effectivement de son mieux.

Qu'il la croie ou non, il l'avait écoutée. Aussi allait-elle s'efforcer de suivre ses conseils. Ne plus penser à cette histoire pendant quelques heures.

Elle enfila le pantalon de flanelle et le tee-shirt qui lui servaient de pyjama, détacha ses cheveux. Une petite tasse de thé et une soirée avec un bon livre.

Tandis que l'eau chauffait, elle chercha de quoi confectionner un sandwich mais ne parvint à penser qu'au dîner du lendemain.

De la viande rouge, évidemment. Pourquoi pas un rôti avec une sauce au vin ? Elle filerait au marché dès qu'elle aurait une minute puis préparerait une marinade. Rien de plus simple. Pommes de terre nouvelles, carottes, haricots verts frais si elle en trouvait. Un repas masculin.

Si elle en avait le temps, elle envisagerait des champignons farcis en guise d'entrée. Et terminer le tout par des fruits rouges à la crème. Non, trop féminin. Plutôt un crumble aux pommes, simple et traditionnel.

La soirée s'achèverait-elle au lit ? L'idée n'était pas mauvaise, elle était désastreuse. Pourtant, il avait trouvé le moyen de réveiller ses sens. Mieux valait laver ses draps, pour le cas où. Comme elle n'en avait qu'une paire, elle écrivit le mot lessive suivi d'un point d'interrogation sur sa liste. Il allait aussi falloir trouver un bon vin rouge. Et du cognac. Sans compter qu'elle n'avait pas de café.

Elle s'appuya les doigts sur les tempes, là où naissait un début de migraine. Elle ferait mieux d'annuler. Sinon, elle allait devenir folle. D'autant que Brody se contenterait certainement d'un steak haché et de frites.

Mieux encore, elle devrait faire ses bagages, laisser un mot d'adieu à Joanie et quitter Angel's Fist. Qu'est-ce qui la retenait ?

Pour commencer, on y avait assassiné une femme, ce qui constituait une raison sans appel de prendre ses jambes à son cou. Bientôt, toute la ville saurait qu'elle prétendait avoir assisté à un assassinat et qu'il n'existait pas le début de la plus petite preuve pour étayer ses dires.

Elle n'avait aucune envie que les gens se remettent à la regarder de travers. Comme si elle n'était qu'une bombe sur le point d'exploser. D'autant qu'elle avait déjà réglé quelques problèmes majeurs ; elle avait recommencé à cuisiner, elle s'était installé un studio, elle avait passé vingt-cinq minutes dans un bain. Et de nouveaux frémissements piquaient sa sensualité.

Encore une soirée avec Brody et elle allait bouillir, ce qui, en soi, n'était pas un mal. Ils étaient tous deux adultes et consentants, sans attaches particulières. Quoi de plus sain que le sexe ? Surtout avec un homme attirant.

Décidément, elle progressait.

Comme la bouilloire commençait à chantonner, elle reposa son crayon, sortit une tasse et une soucoupe. Elle éteignit le feu et, à l'instant où le sifflement s'apaisait, elle entendit frapper à la porte.

En temps normal, elle aurait poussé un cri, mais elle sursauta assez brutalement pour se cogner au plan de travail. Elle s'emparait d'un couteau lorsque retentit la voix de Joanie :

— Ouvre, bon sang ! Je n'ai pas toute la nuit !

Les jambes flageolantes, Reece traversa la pièce en hâte et, aussi calmement que possible, écarta la chaise de la poignée.

— Pardon, j'en ai pour une seconde.

Elle tira la chaîne de sécurité, ouvrit.

— J'étais dans la cuisine, expliqua-t-elle.

Joanie sentait les épices et la fumée de cigarette.

— Je t'ai apporté le reste de ta soupe. La prochaine fois, tu en feras davantage. Tu as dîné ?

— C'est que je…

Joanie déposa le bol sur le comptoir.

— Mange maintenant. Allez !

Comme Reece hésitait, elle eut un geste impatient de la main.

— Elle est encore chaude. Je prends ma pause.

Sur ces paroles, elle se dirigea vers la fenêtre centrale, l'ouvrit de quelques centimètres, sortit un briquet et son paquet de Marlboro Light.

— Tu ne vas pas me pondre une pendule si je fume ici ?

En guise de réponse et de cendrier, Reece lui tendit sa soucoupe.

— Ça se passe bien, les clients sont contents ?

— Pas mal. Ta soupe marche très fort. Tu pourras en refaire demain si ça te dit.

— Pas de souci.

— Assieds-toi et mange.

— Vous n'êtes pas obligée de rester près de la fenêtre.

— J'ai l'habitude. Ça sent bon ici.

— Je viens de prendre un bain moussant. Mangue tropicale.

— Bien. Tu attends du monde ?

— Pardon ? Non, non, pas ce soir.

Joanie tira une bouffée avant de lancer d'un ton absent :

— Lou est en bas. Il voulait te monter lui-même ta soupe, accompagné de Linda Gail, je te rassure. Mais j'ai préféré m'en charger.

— C'est gentil de sa part.

— Il s'inquiète pour toi, il pense que tu dois avoir peur.

— J'ai l'habitude, soupira Reece en s'asseyant devant son bol. Mais je vais bien.

— Il n'y a pas que lui qui s'inquiète. Le bruit s'est répandu à travers la ville, sur ce que tu as vu hier.

— Que j'ai vu ou cru avoir vu ?

— À toi de le dire.

— Que j'ai vu.

— Bon. Linda Gail est prête à passer la nuit ici avec toi, si tu ne veux pas rester seule. À moins que tu ne préfères dormir chez elle.

Reece s'immobilisa, la cuillère à mi-chemin vers sa bouche.

— Vraiment ?

— Non, j'ai inventé ça pour te voir ainsi, bouche bée.

— Elle est adorable. Mais ça ira.

Joanie jeta ses cendres.

— Tu as l'air en meilleure forme, je dois le reconnaître. En tant que patronne mais aussi que propriétaire, j'ai dû répondre aux clients qui demandaient de tes nouvelles. Mac, Carl, Doc, Bebe, Pete, Beck, etc. C'est sûr que certains étaient venus par curiosité, dans l'espoir de t'apercevoir ou d'obtenir une information croustillante de ma part, mais presque tous s'inquiétaient sincèrement. J'ai pensé que tu aimerais le savoir.

— J'apprécie cette gentillesse, d'autant que le shérif n'a rien trouvé du tout.

— Certaines choses prennent plus de temps que prévu. Rick n'a pas clos son enquête.

— Sans doute. Mais il ne me croit pas vraiment. Et comment le lui reprocher ? À lui ou aux autres ? Surtout que tout le monde sera bientôt au courant de ce qui m'est arrivé à Boston. Et... enfin, je suis sûre que c'est déjà le cas.

— Quelqu'un murmure à quelqu'un qui murmure à quelqu'un... Oui, on a déjà parlé de ce qui s'est passé, de tes blessures.

— Ça devait arriver, soupira Reece. On ne pourra pas empêcher les gens de parler : « La pauvre petite !

Elle a connu tellement de malheurs ! Pas étonnant qu'elle ait des hallucinations. »

— La prochaine fois, j'apporte mon violon ! grommela Joanie en écrasant sa cigarette. À Boston tu as eu ton lot de pitié, jusqu'à l'écœurement. Tu dois tourner la page.

— Parfaitement. Quand vous avez frappé à la porte, j'envisageais de m'en aller. Et je me retrouve là, à manger cette soupe – qui serait bien meilleure avec des herbes fraîches, en passant. Je sais maintenant que je ne partirai pas. Pourtant, dès que vous descendrez, je vérifierai la fermeture des fenêtres, la serrure de la porte, la tonalité du téléphone.

— Et tu vas bloquer la chaise sous la poignée ?

— Rien ne vous échappe.

— Pas grand-chose, répliqua Joanie en portant le cendrier improvisé au bord de l'évier. J'ai soixante ans dans les dents et…

— Soixante ans ? N'importe quoi !

Amusée par l'étonnement de Reece, Joanie haussa les épaules.

— J'atteindrai ma soixantième année en janvier prochain, alors je tâche de m'habituer. Bon, je ne sais plus ce que je voulais te dire.

— Je vous en aurais donné dix de moins.

— Tu cherches une augmentation ou quoi ? Il y a certainement des curieux à Angel's Fist, mais il y a aussi des gens bien, sinon voilà belle lurette que je me serais taillée, moi aussi. Alors si tu as besoin d'un coup de main, demande.

— Promis.

— Maintenant, il faut que je redescende.

En se dirigeant vers la porte, Joanie regarda autour d'elle.

— Tu ne veux pas une télé ? J'en ai une en rab, si ça te tente.

Reece allait refuser, lui dire de ne pas se donner cette peine, mais sa logeuse n'était pas du genre à s'encombrer d'inutiles politesses. Alors elle se ravisa :

— J'aimerais bien, si vous pouvez m'en prêter une.

— On t'installera ça demain. On dirait qu'il va pleuvoir. Allez, je t'attends à 6 heures précises.

Reece alla fermer la fenêtre et barricader la porte. *Comme n'importe quelle femme seule*, se dit-elle. Elle ajouta quand même la chaise sous la poignée, ça ne pouvait faire de mal à personne.

L'orage se déclara peu après 2 heures du matin et la réveilla. Elle s'était endormie sur le livre de Brody, la lumière allumée. Malgré la pluie qui tambourinait sur le toit, elle entendit le tonnerre dans le lointain.

Elle se pelotonna, bâilla, remonta ses couvertures sous le menton ; alors qu'elle inspectait machinalement la pièce avant de refermer les yeux, elle se figea.

La porte d'entrée était entrouverte.

Frissonnante, elle s'empara de sa torche qu'elle tint à deux mains comme une matraque. S'enveloppant de sa couverture, elle courut vers la porte.

Elle la claqua, la verrouilla avant de se précipiter, le cœur battant, vers les fenêtres pour s'assurer qu'elles étaient bien fermées, puis jeta un rapide coup d'œil à travers la vitre.

Personne ne traînait dehors sous la pluie. Le lac était noir, la rue déserte et luisante.

Comment croire qu'elle ait pu laisser la porte ouverte par erreur ? Ou que le vent ait suffi à faire sauter le verrou ?

À quatre pattes sur le sol, elle aperçut les traces de la chaise qui avait raclé le bois.

Jamais le vent n'aurait déployé une telle force.

Assise par terre, elle s'adossa au mur, la couverture drapée autour d'elle.

Elle parvint à sommeiller un peu, puis finit par s'habiller et descendit travailler. Dès l'ouverture du bazar, elle prit une pause pour aller s'acheter un verrou.

— Vous ne voulez pas que je le pose ? interrogea Mac. De toute façon, j'avais l'intention de venir déjeuner. Je n'en aurai pas pour longtemps.

Ne pas hésiter à demander de l'aide, avait dit Joanie.

— Je vous remercie infiniment, monsieur Drubber.

— C'est comme si c'était déjà fait. Je vous comprends. On se sent plus en sécurité avec un bon gros verrou.

— J'en suis sûre.

Comme le carillon de la porte sonnait, elle se retourna, salua le nouvel arrivant :

— Bonjour, monsieur Sampson.

— Bonjour. Comment ça va ?

— Bien. Euh… je suppose que le shérif vous a déjà parlé, mais je me demandais si l'un d'entre vous avait vu par ici une femme aux longs cheveux noirs et en veste rouge, ces derniers temps ?

— J'ai eu quelques randonneurs, indiqua Mac, mais c'étaient tous des hommes, quoique certains aient porté des boucles d'oreilles ou même un anneau dans le nez.

— Ça arrive souvent en hiver avec les snowboarders, commenta Carl. De nos jours, les garçons portent plus de bijoux que les filles. J'ai eu aussi un couple de retraités du Minnesota venus en camping-car il y a quelques jours.

— La femme avait les cheveux gris, lui rappela Mac, et le type devait peser dans les cent vingt kilos. Rien à voir avec la description du shérif.

— C'est peut-être eux que vous avez vus se battre. On ne sait jamais. Les gens font des trucs si bizarres parfois !

— C'est vrai, commenta Reece en sortant son portefeuille. Je vous laisse le verrou, monsieur Drubber ?

— Très bien. Et gardez votre argent. Je le mettrai sur le compte de Joanie.

— Oh non ! c'est pour moi...

— Vous avez l'intention de faire un trou dans la porte pour l'emporter avec vous ?

— Non, mais...

— Je le mets sur le compte de Joanie. Vous faites une soupe du chef, aujourd'hui ?

— À l'ancienne, avec des nouilles et du poulet.

— Parfait. Vous avez besoin d'autre chose ?

— En fait oui, mais je reviendrai plus tard. Ma pause est terminée.

— Annoncez-moi la liste, dit-il en prenant un crayon. Je vous apporterai tout ça en venant déjeuner.

— Il me faut un petit rôti, une livre de pommes de terre nouvelles, une de carottes...

Quand elle eut terminé, Mac haussa les sourcils.

— On dirait que vous allez recevoir des invités.

— Je dois un dîner à Brody. Il m'a rendu service récemment.

— Il n'y perd pas au change.

— S'il y a des restes, je vous les apporte. Pour vous remercier de poser le verrou.

— Marché conclu.

Elle sortit dans l'air resté frais après l'orage de la nuit. Une bonne chose de faite.

Quand elle se coucherait, cette nuit, seule ou non, elle aurait un solide verrou pour la protéger.

Lou roulait vers Angel's Fist dans son pick-up en écoutant un CD de Waylon Jennings. Juste avant, il avait écouté Faith Hill qu'il considérait comme la meilleure chanteuse de country, toutefois il ne pouvait décemment entrer en ville avec une fille braillant dans son habitacle.

Sauf en chair et en os, en train de se débattre.

Il en avait une dans la tête en ce moment. En fait, il en voyait même plusieurs. Il en aperçut une en jean moulant et sweat-shirt rouge, occupée à peindre ses volets en jaune vif. Dans l'espoir d'attirer son attention, il lança son moteur à plein régime, mais elle parut ne pas le remarquer, alors il vint se garer près d'elle.

C'était le genre de fille avec laquelle il fallait se donner de la peine pour obtenir des miettes.

— Hé, Linda Gail !

— Salut !

Elle n'en cessa pas de peindre pour autant.

— Qu'est-ce que tu peins ?

— Les ongles de mes pieds, ça ne se voit pas ?

Il sortit du pick-up d'un mouvement nonchalant.

— C'est ton jour de congé ?

Il avait déjà vérifié son emploi du temps et savait qu'elle allait répondre par l'affirmative.

— Oui. Et toi ?

— J'ai du monde, mais j'allais faire un tour. Tu as vu Reece ?

— Non.

D'un coup de pinceau plus violent sur le volet, elle manqua de lui envoyer quelques éclaboussures à la figure.

— Hé, attention !

— Dégage !

Quel fichu caractère ! pensa-t-il.

— Écoute, je voulais juste savoir comment elle allait, c'est tout.

— Ta mère t'a dit de lui foutre la paix, je te rappelle.

Cependant, elle poussa un soupir avant d'ajouter :

— Je voudrais bien savoir ce qui s'est passé. Un meurtre, tu te rends compte ? D'après Bebe, ce devaient être des gens qui avaient cambriolé une banque et qui s'étaient fâchés, alors il l'aurait tuée afin de garder le magot pour lui seul.

— C'est une théorie comme une autre.

Abaissant son pinceau, elle s'appuya à l'échelle.

— Moi, je crois que c'était un couple adultère qui s'enfuyait. Et puis elle a changé d'avis, voulu retourner chez son mari et ses enfants, alors il l'a tuée dans le feu de la passion.

— Ça tient debout aussi. Il aurait planqué le corps dans un nid de castors.

À son tour, Lou s'appuya à l'échelle. Il respirait l'odeur de la peinture, mais aussi celle de la peau un peu moite de Linda Gail. Elle reprit sa peinture, son joli petit postérieur juste à la bonne hauteur.

— Tu veux aller la voir ?

— Qui ?

Lou dut se concentrer pour retrouver le fil de leur conversation.

— Ah, Reece ! Je n'en sais rien. Si tu viens avec moi…

— Ta mère t'a dit de lui foutre la paix. Et puis il faut que je termine ça. Tu pourrais m'aider au lieu de rester planté là !

— C'est mon jour de congé.

— Moi aussi.

Il n'avait aucune envie de peindre des volets. D'un autre côté, il n'avait rien de mieux à faire.

— Bon, tu as un autre pinceau ?

Elle lui en désigna un qui portait encore l'étiquette sur le manche.

— Si on termine avant la nuit, on pourrait aller au ranch. Je sellerais deux chevaux. C'est une belle journée pour se balader.

Sans cesser de peindre, Linda Gail sourit.

— Peut-être. C'est une très belle journée.

DÉTOURS

La douleur a une part de vide
On ne peut se souvenir
Quand elle a commencé, ou s'il y avait
Un jour où elle n'était pas.

Emily DICKINSON

11

Reece profita de la pause suivante pour foncer à l'étage. À l'aide de la clef que Mac avait déposée chez Joanie, elle actionna le nouveau verrou.

À ce seul bruit elle se sentit déjà mieux et répéta ce geste à plusieurs reprises avant de pousser un soupir de soulagement.

Néanmoins, elle devait préparer sa marinade et y plonger le rôti avant de redescendre en quatrième vitesse terminer son service.

Sous la nouvelle poêle à frire qu'elle lui avait commandée, elle trouva une note rédigée par Mac, de son écriture claire et soignée :

J'ai pris la liberté de ranger vos provisions pour qu'elles ne risquent pas de s'abîmer. Je vous ai ouvert un compte, vous me paierez à la fin du mois. Bon dîner. J'espère qu'il y aura des restes pour moi.

M.D.

Qu'il était gentil ! Comment se faisait-il qu'aucune femme ne lui ait mis le grappin dessus ?

Elle sortit le rôti du réfrigérateur, puis ouvrit le meuble sous le comptoir à la recherche d'un saladier.

Il ne se trouvait pas là. Ni aucun ustensile de cuisine d'ailleurs. À la place, elle découvrit ses chaussures de marche et son sac à dos.

Lentement, elle s'agenouilla.

Jamais elle ne les aurait rangés là ! Précautionneusement, comme si elle désamorçait une bombe, elle les sortit, les examina, défit le sac, y vit sa bouteille d'eau, sa boussole, son canif, sa moleskine, son écran total. Bien à leur place.

Tremblant légèrement, elle porta le tout vers le dressing, où elle trouva les saladiers sur l'étagère, au-dessus des portemanteaux.

Un moment d'étourderie, rien de plus. Tout le monde commettait ce genre d'erreur idiote.

Elle déposa les souliers à terre, accrocha le sac à une patère et se revit accomplir exactement les mêmes gestes en revenant de la rivière avec Brody : juste avant de prendre une aspirine, avant de se faire couler un bain, elle avait ôté ses chaussures et les avait rangées dans le dressing avec le sac.

Elle pouvait le jurer.

Comme lorsqu'elle avait gribouillé sa carte. Elle avait de ces vides, de ces égarements… Non, impossible de croire qu'elle se remettait à oublier certaines choses, certains événements, comme lors de sa dépression. Pourtant, elle avait bien retrouvé les saladiers dans le dressing.

Ce n'était tout de même pas Mac Drubber qui lui faisait une farce ! Impensable.

Non, elle ne pouvait qu'accuser le stress. Elle avait subi un traumatisme qui lui polluait l'esprit au point de mal ranger certains objets. La belle affaire !

Elle remit les saladiers à leur place, déposa celui dont elle avait besoin sur le comptoir et, refusant de s'attarder davantage sur la question, elle entreprit de couper oignons et carottes, de mesurer, de mélanger.

Son service terminé, elle rouvrit sa porte et, cette fois, vérifia toutes ses affaires. Meuble bas, placards, armoire à pharmacie. Tout se trouvait exactement à sa place, aussi estima-t-elle l'incident clos.

Voilà longtemps qu'elle n'avait préparé de repas pour deux. À ses yeux, c'était comme une redécouverte de l'amour. Textures, formes, odeurs, tout n'était que sensations, impressions émotionnelles, quasi spirituelles.

Tandis que les légumes blondissaient dans le jus du rôti, elle ouvrit une bouteille de cabernet pour le chambrer. Elle avait sans doute eu tort d'acheter des serviettes en tissu si chères, mais elle ne pouvait se résoudre à utiliser des serviettes en papier pour des invités. Même si elle servait son dîner sur un comptoir.

Et puis elles égayaient tellement ses assiettes blanches ! Quant aux bougies, elles se révélaient aussi pratiques que jolies. En cas de panne d'électricité et si Reece venait à manquer de piles pour sa torche, elle aurait toujours cette solution, d'autant que les petits bougeoirs de verre bleu ne lui avaient pas coûté cher.

Tout bien considéré, elle resterait encore un peu. Ça ne ferait pas de mal d'acheter certains objets pour rendre le studio plus confortable, pour qu'elle s'y sente davantage chez elle. Tant qu'elle ne dépensait pas toute sa paye en tapis, rideaux et œuvres d'art. Quoique un joli tapis aux couleurs vives…

Elle se surprit à chantonner tout en préparant la farce des champignons. Un signe qui prouvait qu'elle se sentait bien. Peut-être devrait-elle acheter un petit lecteur de CD, histoire de se donner l'illusion de la compagnie.

Et si elle louait ou empruntait un bateau pour explorer le lac ? Cela lui ferait du bien de ramer un peu. Un bon moyen de redevenir une personne normale. D'autant qu'elle avait un rendez-vous ce soir. Quoi de plus normal ? De même que les dix minutes de retard accusées par Brody. Ça aussi, c'était normal.

À moins qu'il ne vienne finalement pas du tout. À moins qu'il n'ait réfléchi, et préféré en rester là. Avant que les choses ne se compliquent davantage. Pourquoi s'encombrer d'une compagne aussi tordue ? Qui vérifiait trois fois la fermeture de sa porte pour finalement trouver le moyen de la laisser ouverte ? Qui ne se souvenait pas d'avoir gribouillé une carte au marqueur rouge ? Qui rangeait ses chaussures de marche dans un meuble de cuisine ?

Elle s'arrêta, ferma les yeux, poussa un soupir. Respira l'odeur des champignons, des poivrons et des oignons. À cet instant précis, elle perçut des pas dans l'escalier.

Le temps d'évacuer un instinctif mouvement d'affolement, elle entendit frapper à la porte. Elle s'essuya les mains au torchon accroché à sa ceinture et alla ouvrir. Avant de déverrouiller, cependant, elle ne put s'empêcher de demander :

— Brody ?

— Tu attends quelqu'un d'autre ? Qu'est-ce qu'il y a pour le dîner ?

Si bien qu'elle souriait quand elle le fit entrer.

— Croquettes de saumon, asperges à la vapeur accompagnées de polenta.

Il entra les yeux écarquillés, renifla un bon coup et lui décocha un large sourire.

— Ça sent plutôt la viande. Tiens, tu nous garderas ça au frais pour une prochaine fois.

Elle prit le vin qu'il lui offrait, un beau pinot grigio. Ainsi, il écoutait ce qu'elle disait, même quand il n'en avait pas l'air.

— Merci. J'ai ouvert du cabernet, si tu en veux tout de suite un verre.

— Je ne dis pas non.

Il ôta sa veste qu'il jeta sur le dossier d'une chaise.

— Nouveau verrou ?

Décidément, il remarquait tout.

— Mac Drubber est venu le poser. Je suppose que c'est un peu excessif, mais je dormirai mieux.

— Et tu as une télé maintenant ! On dirait que tu t'ouvres un peu au monde.

— J'ai décidé de me lancer dans la technologie.

Elle lui versa un verre de vin puis, dans un même mouvement, se tourna pour sortir le rôti du four et le déposer sur le réchaud.

— Ah ! Comme celui de maman !

— C'est vrai ?

— Non. Ma mère est du genre à brûler les plats tout préparés.

Amusée, Reece finit de farcir les champignons.

— Que fait-elle dans la vie ?

— Psychiatre. Elle a son propre cabinet.

Malgré le nœud qui venait de se former dans son estomac, Reece déposa doucement les chapeaux sur les champignons.

— Ah !

— Et elle fait du macramé.

— Du quoi ?

— Une espèce de dentelle à base de bouts de ficelle. Un jour, elle en a meublé tout un studio, les fauteuils, les rideaux, les abat-jour. C'était une obsession.

Reece glissa les champignons dans le four, tourna le minuteur.

— Et ton père ?

— Il adore préparer des barbecues, même en plein hiver. Il est prof d'université. Linguistique romane. Il y a des gens pour trouver qu'ils forment un drôle de couple. Elle est vive et sociable, lui timide et rêveur. Mais ça marche. Tu prends un peu de vin ?

Elle sortit un ravier d'olives.

— Tu as des frères et sœurs ?

— Deux, un de chaque.

— J'ai toujours rêvé d'en avoir moi aussi. Pour pouvoir me disputer avec quelqu'un, ou pour former une alliance contre l'autorité. Je suis fille unique, comme mes deux parents d'ailleurs.

— Ça fait davantage de dinde pour Thanksgiving.

— Tu vois toujours le bon côté des choses. L'une des raisons pour lesquelles j'ai adoré travailler chez Maneo's, c'était le bruit incessant. Ma grand-mère est adorable. Solide, gentille, équilibrée. Et si patiente avec moi !

Elle leva son verre avant de boire.

— Je lui ai donné beaucoup de soucis depuis deux ans.

— Elle sait où tu es ?

— Oui, bien sûr ! Je lui téléphone toutes les deux semaines, je lui envoie régulièrement des courriels. Elle adore ça. C'est une femme moderne. Elle avait divorcé de mon grand-père avant ma naissance. Elle a monté une entreprise de décoration.

Elle promena un regard absent sur le petit studio.

— Elle serait offusquée de constater que je me suis si peu occupée de cet endroit. Cela dit, elle aime voyager. Après la mort de mes parents au cours d'un accident de la route, quand j'avais quinze ans, elle a dû ralentir le rythme pour s'occuper de mon éducation.

— Solide, gentille, équilibrée. Elle tient sans doute davantage à ton bonheur qu'à te voir vivre à Boston.

Reece réfléchit un instant puis prit un plat.

— Tu as raison, mais j'ai eu largement le temps de culpabiliser là-dessus. Enfin, je suis parvenue à la convaincre que j'allais bien. En ce moment, elle est à Barcelone. Pour y acheter des tissus et des meubles.

Elle sortit les champignons, les parsema de parmesan, les passa sous le gril.

— Ce serait meilleur avec du fromage frais, mais je n'en ai pas trouvé.

— Je me ferai violence.

Une fois qu'elle les trouva grillés à point, elle les sortit et les déposa sur le bar.

— C'est la première fois en deux ans que je prépare un repas pour une personne particulière.

— Tu en prépares tous les jours en bas.

— Oui mais ça, c'est du travail. C'est le premier que je prépare pour le plaisir. L'autre soir, ça ne compte pas, j'avais improvisé. Figure-toi que ça me manquait. Je ne m'étais pas rendu compte à quel point.

— Ravi d'avoir pu te rendre ce service, dit Brody en goûtant le plat. Excellent !

Elle se servit à son tour, sourit.

— C'est vrai.

Ce n'était pas si difficile. Elle pouvait se détendre, goûter le plaisir de parachever la préparation du repas et, singulièrement, se réjouir du plaisir qu'elle procurait à son invité.

— Pour cette recette, ce sera plus facile si je la présente directement sur les assiettes. Ça te va ?

— Vas-y. Et ne lésine pas.

Pendant qu'elle dressait les assiettes, il remplissait leurs verres. Il avait remarqué les bougies, les jolies serviettes, le gros moulin à poivre. Tout cela était nouveau depuis sa dernière visite. Il avait aussi remarqué son roman sur la table de nuit.

Cette femme s'installait. Bientôt il allait voir apparaître un vase de fleurs et quelques tableaux aux murs.

— J'ai commencé ton livre, dit-elle en levant les yeux vers lui.

Des yeux qu'elle avait magnifiques.

— Qu'en penses-tu ?

— C'est bien.

Elle vint s'asseoir à côté de lui, mit une serviette sur ses genoux.

— Ça fait peur, continua-t-elle. J'aime assez. Jack me plaît – quel enfoiré ! J'espère qu'il ne terminera pas dans cette tombe. Et puis je crois que Léa va le remettre dans la bonne voie.

— C'est à ça que servent les femmes, selon toi ?

— Si elles se donnent cette peine, c'est qu'elles tiennent à la personne pour qui elles le font. J'espère qu'ils vont vivre ensemble, tous les deux.

— Qu'ils seront heureux et qu'ils auront beaucoup d'enfants ?

— Si la justice ne triomphe pas, si l'amour n'existe même pas dans les romans, à quoi bon ?

— Ce n'est pas avec ce genre de fin qu'on obtient le prix Pulitzer.

Elle se mordit les lèvres.

— C'est ça que tu cherches ?

— Si c'était ça, je travaillerais toujours pour le *Tribune*. Et ce n'est pas en préparant des soupes maison dans le Wyoming ou en grillant des steaks de bison que tu te feras remarquer comme un grand chef de la nouvelle cuisine.

— C'est vrai qu'à une époque je visais ça. Des prix, la reconnaissance de mes pairs. Aujourd'hui, je préfère préparer un bon rôti chez moi.

Elle laissa passer une minute avant de demander :

— C'est bon ?

— Je te décerne un prix perso. Où as-tu trouvé ces petits pains ?

— Je les ai faits.

Elle lui passa le panier pour qu'il en prenne un autre.

— C'est autrement meilleur que ceux qu'on sert habituellement avec les hamburgers.

— J'espère bien. Je suis très snob en ce qui concerne la nourriture. Quant à toi, je parie que tes placards débordent de soupes en conserve et de céréales en boîte, que ton congélateur est plein de pizzas, de hot-dogs et de plats minute.

— Ça vous tient au ventre.

Il piqua sa fourchette dans une petite pomme de terre sautée.

— Tu veux me remettre sur la bonne voie, Slim ?

— Je te préparerai de temps en temps un repas digne de ce nom. Je pourrai…

Elle fut interrompue par une explosion stridente.

— Le camion de Carl, indiqua calmement Brody.

Elle prit son verre des deux mains.

— Ah oui ! Ça me fait chaque fois sursauter. Qu'est-ce qu'il attend pour faire réparer son moteur ?

— Tout le monde à Angel's Fist se pose la même question. Tu écris parfois ces trucs-là ?

— Quels trucs ?

— Tes recettes ?

— Oh !

S'obligeant à piquer sa fourchette dans la viande, elle se mit à manger malgré le poids qui lui nouait encore l'estomac.

— Oui. J'avais rempli un petit cahier avant de devenir folle. J'en ai aussi plein mon ordi. Pourquoi ? Tu voudrais te lancer dans la confection des petits pains ?

— Non, je me demandais juste pourquoi tu n'avais pas encore rédigé ton propre livre de cuisine.

— Il fut un temps où je l'ai envisagé, surtout quand on m'a proposé une émission télé. Tu sais, des trucs branchés et sympas, pour le brunch des jeunes cadres dynamiques.

— Ça ne sert à rien d'envisager. Quand on veut faire quelque chose, on le fait.

— Je n'ai plus d'émission en vue, je te signale.

— Je parlais du livre de cuisine.

— Ah oui ! Je n'y ai plus vraiment repensé…

— Prépare un projet, je pourrais en parler à mon agent si tu veux.

— Pourquoi ferais-tu ça ?

Il avala son dernier morceau de viande.

— Délicieux, ton rôti ! Écoute, si tu avais rédigé un manuscrit pour un roman, le seul moyen de me le faire lire aurait été de me placer le canon d'un revolver sur la tempe ou à la rigueur de coucher avec moi. En revanche, comme j'ai personnellement goûté à ta cuisine, je peux te conseiller ça. À toi de voir.

— Pourquoi pas ? Au fait, combien de manuscrits as-tu déjà soumis à ton agent ?

— Aucun. La question se pose de temps à autre, mais j'ai toujours réussi à me défiler.

— Il va falloir que je couche avec toi si je veux présenter un projet à ton agent ?

— Parfaitement !

— Bon, je vais y réfléchir.

Amusée par la tournure badine que prenait la conversation, Reece reprit du vin.

— Je te proposerais bien de te resservir, mais premièrement j'ai promis les restes à M. Drubber, deuxièmement je n'aurais plus assez de rôti pour que tu emportes chez toi de quoi te faire des sandwichs, troisièmement, il faut que tu gardes de la place pour le dessert.

Brody releva le premier point :

— Comment se fait-il que Mac ait réclamé les restes ?

— Il m'a installé mon verrou et n'a pas voulu être payé.

— Il est drôlement gentil avec toi !

— Je suis drôlement gentille avec lui. Pourquoi n'est-il pas marié, d'abord ?

Brody poussa un soupir d'une infinie tristesse.

— Question typiquement féminine. J'attendais mieux de toi.

— Tu as raison. N'empêche qu'il mériterait une bonne épouse pour lui concocter de bons petits rôtis pendant qu'il s'épuise au magasin.

— On dit qu'il a eu une grosse déception amoureuse il y a vingt-cinq ans. Sa fiancée l'aurait plaqué quelques jours avant le mariage… pour filer avec son meilleur ami.

— C'est vrai ?

— C'est ce qu'on dit en tout cas. Il doit bien y avoir un fond de vérité.

— Quelle peau de vache ! Elle ne méritait pas un type comme lui.

— Il doit avoir oublié jusqu'à son nom.

— Ça m'étonnerait. Quant à elle, elle doit en être à son quatrième mari à l'heure qu'il est, et elle doit se droguer suite à des complications dues à son troisième lifting.

— Tu ne serais pas un peu méchante ? J'adore ça !

— Quand on s'attaque aux gens que j'aime bien, je deviens féroce. En attendant, installe-toi au salon avec ton vin. Je vais débarrasser.

— Je préfère te regarder. J'ai vu des photos de toi qui remontaient à plusieurs années, sur Internet.

— Tu as fait des recherches sur moi ?

— Par pure curiosité, rassure-toi. Tu avais les cheveux plus courts.

Reece prit les assiettes qu'elle plongea dans l'évier.

— Oui, je fréquentais un coiffeur huppé. Je n'ai plus les moyens depuis… Alors je les laisse pousser.

— Tu as de beaux cheveux.

— J'aimais bien me faire pomponner, qu'on s'occupe de moi. On me servait du thé et je sortais toute belle du salon de coiffure. C'est dans ce genre de circonstances que j'apprécie d'être une femme.

Elle divisa les restes en deux parts qu'elle déposa dans des barquettes en aluminium.

— Quand je suis sortie de l'hôpital, ma grand-mère m'a offert une journée de soins dans mon institut préféré. Coiffure, manucure, nettoyage de peau et massage. Mais j'ai été prise d'une crise de panique dans le vestiaire. Je ne parvenais même pas à déboutonner mon chemisier pour enfiler le peignoir. Je me suis enfuie en courant.

Elle rangea les boîtes dans le réfrigérateur.

— C'est complètement idiot.

— Peut-être. En fin de compte, la phobie des instituts de beauté n'est pas la pire de toutes, loin de là.

— Tu devrais essayer de nouveau.

Elle se retourna vivement.

— Je suis si moche que ça ?

— Non, tu as de bons gènes. Mais ce serait bête de te priver de ce que tu aimes.

Bons gènes, pensa-t-elle en déposant les assiettes sur l'égouttoir. Le compliment n'avait rien de poétique. Cependant, il la rassurait sur son apparence. Elle s'essuyait les mains lorsqu'il repoussa son tabouret. Elle ne recula pas. D'autant qu'elle n'était pas certaine d'avoir envie de bouger.

Il lui prit son torchon des mains, le jeta d'un mouvement qui la fit frémir. Plaçant les mains de chaque côté de l'évier, il lui bloquait toute issue, comme il l'avait fait sur le capot de la voiture.

— Qu'est-ce qu'il y a pour le dessert ?

— Du crumble aux pommes avec de la glace à la vanille. Je l'ai mis à tiédir au four pendant qu'on...

Il la bâillonna de ses lèvres et elle goûta sa langue impérieuse et tentante. Elle sentit son sang bouillonner dans ses veines.

— Ouf ! murmura-t-elle. J'ai l'impression que les câbles de mon cerveau viennent de griller.

— Tu devrais peut-être t'allonger.

— J'aimerais bien. Crois-moi. J'ai même lavé les draps pour le cas où…

Il se mordit les lèvres.

— Tu as lavé les draps ?

— Normal, non ? Cela dit, tu ne voudrais pas reculer un peu ? Je ne peux pas respirer.

Il obtempéra :

— Ça va mieux comme ça ?

— Oui et non.

Il ne demandait qu'à bien faire. Elle restait sur sa première impression, sans être spécialement beau, il possédait une folle séduction, une extraordinaire virilité.

— Je voudrais coucher avec toi, j'ai envie de retrouver toutes ces sensations. Mais j'ai encore besoin de temps pour me sentir un peu plus sûre de moi.

— Et de moi.

— C'est un aspect que j'aime chez toi. Tu vas au cœur des choses. Cela te paraîtrait normal, bien, peut-être génial, mais normal. Pour moi, si je reprenais une relation avec quelqu'un, ce serait énorme. Alors je préférerais qu'on soit tous les deux sûrs de nous, parce que je ne serai pas une compagne de tout repos.

— D'accord. C'est pour mon bien que tu ne couches pas avec moi.

— Dans un sens, oui.

— Trop aimable.

Il la secoua légèrement, s'empara de nouveau de sa bouche. Cette fois, en promenant les mains sur ses hanches, sur sa taille, sur ses seins. Mais, de nouveau, il recula.

— Ce n'est pas tout ça, où est mon crumble ?

— Va t'asseoir. Tu veux du café ?

— Tu n'en as pas.

Elle brandit triomphalement une thermos.

— Si. J'en ai pris en bas. Léger, avec un sucre, c'est ça ?

Pour le coup, il parut surpris.

— Oui. Merci.

Elle servit le dessert dans le coin salon.

— Quand on ne fait pas l'amour, commenta-t-elle, c'est une agréable façon de terminer un repas.

Il goûta une première cuillerée.

— Tu le réussis très bien.

— Mon père adorait ça.

— Un homme de goût.

Elle sourit, chipotant dans sa propre assiette.

— Tu n'as strictement rien dit sur... je ne sais pas trop comment il faut l'appeler.

— Quoi ? Le meurtre ?

— C'est le terme. D'après le shérif, je me serais trompée d'endroit et la femme ne serait pas morte. J'aurais sans doute vu un couple se battre, sans plus. Cela expliquerait pourquoi personne n'est venu signaler la disparition d'une femme.

— Et tu n'es pas d'accord.

— Pas du tout. Je sais ce que j'ai vu et où je l'ai vu. On ne l'a peut-être pas signalée parce qu'elle ne manque à personne. Ou bien parce qu'en fin de compte elle venait effectivement de France.

Cette fois, Brody sourit :

— D'où qu'elle vienne, il faut bien que quelqu'un l'ait vue. Prendre de l'essence, faire ses courses, dans un camping ou dans un motel. Comment la décrirais-tu ?

— Je te l'ai déjà dit.

— Non, je veux dire : tu pourrais la décrire à un dessinateur ?

— Pour un portrait-robot ?

— On ne fait pas ces choses-là à Angel's Fist, mais nous avons plusieurs bons dessinateurs dans le coin. Par exemple Doc.

— Doc ?

— Il fait des croquis au fusain. C'est son passe-temps. Il se débrouille bien.

— Et ce serait pour lui décrire une victime de meurtre, pas pour passer une visite médicale ?

— Si tu n'as pas confiance en lui, on peut s'adresser à quelqu'un d'autre.

— J'ai confiance en toi.

Le voyant se renfrogner, elle ajouta :

— Tu vois, quand je disais qu'avec moi ce ne serait pas de tout repos... Mais j'ai confiance en toi. Alors je veux bien aller voir le Dr Wallace. Si tu m'accompagnes.

Juste ce qu'il avait prévu. Néanmoins, il continua de faire la grimace, tout en avalant son dessert.

— Tu veux que je t'accompagne, alors qu'est-ce que tu m'offriras en échange ? Je songe à un plat qui irait avec le vin que tu as mis au frais tout à l'heure.

— J'ai mon dimanche. Je m'occuperai du menu.

Il vida son assiette.

— Je compte sur toi. Je vais parler à Doc.

12

— Alors, comment ça s'est passé ? demanda Linda Gail en décochant un coup de coude à Reece.

— Quoi ?

— Ta soirée avec Brody.

Reece retourna les hamburgers commandés par une tablée d'adolescents.

— Je lui ai offert un dîner, pour le remercier de m'avoir aidée.

Linda Gail adressa un regard moqueur à Pete qui essuyait la vaisselle.

— Juste un dîner ?

— Elle n'y peut rien, elle est amoureuse de moi, expliqua Pete.

— C'est vrai. J'ai un mal fou à me contrôler.

— Tu as acheté des bougies, insista Linda Gail. Et des serviettes en tissu. Et du bon vin.

Reece ne savait s'il fallait en rire ou en pleurer.

— On ne peut pas garder un secret à Angel's Fist ?

— Allez, raconte ! Ma vie amoureuse à moi est aussi clairsemée que les cheveux de Pete.

— Hé ! Mes cheveux prennent un peu de repos entre deux saisons.

— Ils auraient besoin d'engrais. Il embrasse bien ?

— Pete ? rétorqua Reece en sortant les frites. Super bien.

— Je finirai bien par te faire parler, assura Linda Gail.

Elle prit les assiettes à mesure que celles-ci étaient prêtes et alla les servir.

— Si tu veux tout savoir, marmonna Pete à l'adresse de Reece, j'embrasse comme un dieu.

— Je n'en doute pas un instant.

Soudain tout se mit à tourner. Elle vit du sang couler des mains de Pete et tomber en grosses gouttes à ses pieds.

— Ça m'apprendra à faire attention à ce qui se trouve dans l'eau. Je me suis bien coupé. Hé ! Hé ! Ho !

Elle entendait Pete crier comme s'il l'apostrophait du sommet d'une montagne, jusqu'à ce que ses appels se transforment en lointains murmures, puis les murmures en silence.

Des petites tapes sur sa joue lui firent reprendre conscience. Lorsque le visage de Joanie lui apparut, Reece se sentit prise de nausée.

— C'est le sang.

— Elle va bien ? Elle est tombée d'un seul coup. Je n'ai pas pu la rattraper. Elle va bien ?

— Cesse de me casser les oreilles, Pete ! Elle va bien.

Néanmoins, Joanie passait une main sur le crâne de Reece pour vérifier qu'elle n'avait pas de bosse.

— Pete, va voir Doc, qu'il te soigne cette coupure.

— Je veux d'abord savoir si elle va bien. Elle pourrait avoir un traumatisme.

— Combien de doigts ? demanda Joanie à Reece.

— Deux.

— Là, tu vois ? Elle va bien. Maintenant, va te faire soigner. Tu peux t'asseoir, ma fille ?

— Oui. Pete, ça va, ta main ?

— Doc va s'en occuper.

Il l'avait enveloppée dans un linge, mais Reece voyait le sang passer au travers.

— Ce n'est rien, je vous assure. Je dois juste reprendre mon souffle. Il ne faudrait pas laisser Pete partir seul. Il s'est salement coupé.

— Assieds-toi et reste tranquille, dit Joanie en se levant. Hé, Tod ! Tu emmènes Pete chez le médecin. Ton hamburger attendra cinq minutes et il sera offert.

Joanie sortit un morceau de glace du congélateur, l'enveloppa dans une serviette.

— Tiens, mets ça sur ta bosse, ordonna-t-elle à Reece. Dès que tu tiendras sur tes jambes, tu monteras chez toi. Je prends la relève en cuisine.

— Non, ça va. Je préfère travailler.

— Tu ferais mieux de sortir prendre un peu l'air et de boire un verre d'eau. Quand tu auras repris des couleurs, tu pourras te remettre au travail.

— Merci, je vais faire quelques pas dehors.

Linda Gail accompagna sa collègue à la porte arrière.

— Les araignées me font le même effet, assura la serveuse pour distraire Reece. Pas seulement les grosses bien velues, tu sais, celles de la taille d'un gros matou, mais aussi les petites. Un jour je me suis pris une porte en pleine figure parce que je venais d'en apercevoir une dans la même pièce que moi.

— Pauvre Pete…

— Tu lui as fait tellement peur en t'évanouissant qu'il en a oublié d'avoir mal à la main.

— C'était une bonne action, quoi.

— Et Joanie s'est tellement inquiétée pour vous deux qu'elle n'a pas eu le temps de s'énerver. Deuxième bonne action.

— Appelle-moi mère Teresa.

— Non, parce que je vais te proposer de sortir boire une bière après le boulot. Ça te dit ?

— Eh bien, figure-toi que oui !

Le bar de chez Clancy's n'était pas désagréable, du moins il n'empestait pas trop la bière. Beaucoup plus important aux yeux de Reece : elle venait de franchir une nouvelle étape. Elle s'était installée à un bar avec une amie.

Un authentique saloon du Far West : des trophées ornaient les murs, têtes d'ours, d'élan, de caribou et de cerf, et ce que Linda Gail identifia comme des truites saisies en plein saut. Toutes ces bestioles semblaient contempler d'un air las les clients. Le plancher avait dû être mille fois souillé par des chopes renversées à dessein ou non. Au fond, on avait transformé une partie de la salle en piste de danse.

Quant au bar, il était énorme, noir, hanté par Michael Clancy. Arrivé de County Cork quelque douze années auparavant, il avait épousé une femme qui prétendait avoir du sang cherokee et disait s'appeler Rainy, Fille de la pluie.

On servait de la Bud et de la Guinness à la pression, ainsi que des bouteilles de cuvées locales dont une certaine Buttface Amber que Reece déclina. Derrière le patron était aligné un étalage imposant d'alcools, qui se composait essentiellement de toutes sortes de whiskies.

Linda Gail avait prévenu Reece que le vin servi au verre tenait plutôt du pipi de chat.

— Comment va la tête ? s'enquit Linda Gail.

— Elle est toujours sur mes épaules et sans doute en meilleur état que la main de Pete.

— Sept points de suture ! Mais il était content que tu te jettes sur lui à son retour, et que tu lui serves une truite grillée.

— Il est gentil.

— C'est vrai. À propos, dis-moi tout maintenant que je t'offre une bière. Brody, c'est un bon coup ?

Si elle voulait compter une amie parmi son entourage, Reece avait intérêt à jouer le jeu.

— Torride, affirma-t-elle.

— Je le savais ! s'exclama Linda Gail en tapant du poing sur le bar. Ça se voit. Ces yeux, cette bouche ! Et puis la carrure, tout, quoi ! On en mangerait.

— Je dois reconnaître que tu as bien vu.

— Et alors, qu'est-ce que tu as mangé ?

— De tout, mais je suis loin d'avoir fini.

Les yeux écarquillés, bouche bée, Linda Gail remua sur son siège.

— Tu as une volonté surhumaine !

— C'est ce que j'appellerais un sous-produit de la peur. Tu dois connaître mon histoire à l'heure qu'il est.

Linda Gail s'accorda le temps de boire une gorgée de bière, avant de répondre :

— Je ne sais pas quoi dire. Surtout après que Joanie...

Elle ne termina pas sa phrase.

— Quoi, Joanie ?

— Normalement je ne devrais pas te le dire. Mais comme j'ai commencé… Elle nous a passé un savon à tous quand Juanita s'est mise à bavarder. Joanie lui a remonté les bretelles et nous a ordonné de te foutre la paix avec cette histoire.

— C'est difficile pour moi d'en parler.

— Je te comprends, répliqua Linda Gail en lui serrant la main. À ta place, je crois que je serais encore planquée dans mon coin en train d'appeler ma mère.

— Ça m'étonnerait, mais merci de le dire.

— Bon, alors on va se contenter de parler des hommes, de l'amour, de la bouffe et des chaussures. Comme toutes les filles du monde.

— Ça me va.

— Bon, puisqu'on en est aux confidences sur les mecs, je vais épouser Lou.

— C'est pas vrai ! s'exclama Reece. C'est super ! Je n'aurais jamais cru…

— Lui non plus. Ça va sans doute me prendre un certain temps. Il va falloir que je lui fasse comprendre, mine de rien, où je veux en venir. Mais ma décision est prise.

— Alors comme ça tu es amoureuse !

Le joli visage de la serveuse s'adoucit, sa fossette se creusa.

— Je l'aime depuis toujours, enfin, depuis que j'ai dix ans. Il m'aime aussi, mais il a tendance à nier l'évidence et à sauter toutes les filles qu'il croise. Je le laisse mûrir un peu, le temps joue pour moi.

— Lui et moi on n'a jamais… pour le cas où tu te poserais la question…

— Je sais. Et quand bien même, je ne t'en voudrais pas, enfin pas trop. Juanita et moi on s'entend bien, pourtant elle a été raide dingue de lui. Mais toutes les femmes le sont.

Linda Gail éclata de rire.

— Enfin, je ne t'offrirais pas cette bière s'il t'avait baisée. On sortait déjà ensemble, Lou et moi, quand on avait seize ans, mais on n'était pas prêts. À seize ans, c'est normal, non ?

— Maintenant vous l'êtes.

— Oui. Il faut juste qu'il le comprenne. Si ça t'intéresse, sache que Brody n'a jamais dragué personne à Angel's Fist. Il paraît qu'il a fréquenté une avocate à Jackson et qu'il aurait passé quelques nuits par-ci par-là avec des touristes, mais rien de durable.

— Merci de me le dire, mais je ne sais pas trop ce que ça va donner.

Durant un court silence, Reece enroula des mèches sur ses doigts. Soudain elle demanda :

— Tu connais un bon salon de coiffure ?

— Coupe rapide ou grand tralala ?

— Le grand tralala.

— Bon, on va s'arranger pour que Joanie nous donne le même jour de congé la semaine prochaine.

— D'accord mais je te préviens tout de suite : la dernière fois que j'ai eu rendez-vous dans un institut de beauté, j'ai filé comme un lapin.

— Pas de souci, dit Linda Gail en suçant son doigt. J'apporterai une corde.

Reece souriait encore lorsqu'un cow-boy du coin se dirigea d'un pas nonchalant vers la petite scène. Un mètre quatre-vingt-cinq, tout en jambes dans un jean moulant et portant des bottes western. Le cercle blanc sur sa poche arrière provenait, Reece le savait depuis peu, de sa blague de tabac à priser.

— On a droit à un spectacle ? demanda-t-elle en le voyant monter un micro.

— Tout dépend de ce que tu appelles un spectacle. Clancy's organise du karaoké chaque soir. Ce type, c'est Ruben Gates. Il travaille au Circle K avec Lou.

— Café noir, œufs au plat avec des toasts, bacon grillé et frites. Chaque dimanche matin.

— C'est ça ! Tu verras, il est excellent.

Il possédait une voix profonde de baryton, et visiblement le public l'appréciait car il s'était mis à siffler et à taper dans ses mains.

En l'écoutant chanter, Reece s'efforça de l'imaginer sur les rives de la Snake River en veste noire et casquette de chasseur orange. Ce pourrait être lui. Il devait avoir les mains puissantes et il semblait posséder un calme inquiétant. Ce pourrait être lui, un client pour lequel elle avait préparé des œufs et des pommes de terre le dimanche matin. Lui ou n'importe lequel des consommateurs accoudés au bar ou assis à une table.

N'importe lequel. Elle en avait la gorge sèche.

Elle vit le visage de Linda Gail, la bouche de son amie qui remuait mais l'anxiété lui bouchait les oreilles. Elle s'efforça de pousser un soupir, puis un autre.

— Quoi ? Pardon, je n'ai pas entendu…

— Ça va ? Tu es toute pâle. Tu as mal à la tête ?

— Non, non, je vais très bien, assura Reece en regardant la scène. J'ai encore un peu de mal avec la foule.

— On n'est pas obligées de rester.

Chaque fois qu'elle fuyait, c'était un pas en arrière, une retraite de plus.

— Non, non, ça va. Euh… Ça t'arrive de chanter, toi aussi ?

Linda Gail joignit ses applaudissements à ceux du public tandis que Ruben saluait.

— Oui. Tu veux essayer ?

— Ah non ! Pas pour un million de dollars. Enfin, pas pour un demi-million.

Un autre homme grimpait sur la scène, mais comme il devait peser dans les cent vingt kilos pour un mètre soixante-quinze, Reece l'élimina de sa liste.

Il ne l'en surprit que davantage avec sa voix de ténor, légère mais bien placée.

— Je ne le reconnais pas, commenta-t-elle.

— T.B. Unger. Prof au lycée. T.B. pour Teddy Bear, le nounours. Et là, c'est sa femme, Arlene, la brune en chemisier blanc. Ils ne viennent pas souvent chez Joanie, ils préfèrent déjeuner chez eux, avec leurs deux enfants. Mais ils viennent chez Clancy's pour chanter, une fois par semaine. Arlene travaille aussi au lycée, à la cafétéria. Ils sont adorables.

C'était bien le mot, pensa Reece en regardant le nounours psalmodier sa chanson d'amour les yeux dans les yeux de sa femme.

Ainsi, on trouvait encore de la douceur dans ce monde brutal, de l'amour, de la tendresse. Et aussi de la bonne humeur lorsque la concurrente suivante, une blonde platinée, vint massacrer sans vergogne un classique de Dolly Parton.

Reece avait tenu une heure entière, ce qui faisait de sa soirée un incroyable succès.

En regagnant son studio par les rues paisibles, elle se sentit presque en sécurité, presque à l'aise, ce qui ne lui était plus arrivé depuis longtemps.

Lorsqu'elle ouvrit la porte, elle se crut presque chez elle. Après avoir verrouillé, vérifié la poignée, bloqué une chaise derrière la porte, elle alla prendre sa douche.

À l'entrée de la minuscule salle de bains, elle s'immobilisa. Aucun de ses articles de toilette ne se trouvait plus sur la tablette au-dessus du lavabo. Elle ferma un instant les yeux mais, quand elle les rouvrit, la tablette était toujours vide. Elle se rua sur l'armoire à pharmacie où elle gardait ses médicaments, son dentifrice. Vide, également.

Avec un gémissement de détresse, elle entreprit d'inspecter tout le studio. Son lit était impeccable, tel qu'elle l'avait laissé ce matin. La bouilloire attendait sagement sur la plaque électrique. En revanche, elle ne trouva plus le sweat-shirt à capuche qu'elle avait laissé sur son portemanteau.

Et au pied du lit, son sac de voyage traînait.

Les jambes tremblantes, elle s'en approcha et son gémissement vira au cri étouffé quand, en ouvrant la fermeture à glissière, elle y trouva ses vêtements bien pliés. Comme si elle avait préparé ses bagages pour partir.

Pourquoi aurait-elle fait une chose pareille ?

Incapable de tenir plus longtemps sur ses jambes vacillantes, elle se laissa tomber au bord du lit. Il fallait voir les choses en face. Personne n'avait pu lui jouer ce tour. Pas avec le nouveau verrou.

Donc c'était elle qui avait fait ça. Forcément.

Pourquoi ne s'en souvenait-elle pas ?

Ce n'était pas la première fois que ça lui arrivait. Elle se prit la tête dans les mains ; elle s'était bien bercée d'illusions quand elle avait cru voir le bout du tunnel, pouvoir enfin s'installer…

Pourtant, le message était clair : elle n'avait plus qu'à ramasser son sac, le jeter dans sa voiture et filer. N'importe où.

Alors qu'elle s'était fait une place ici, qu'elle sortait avec un homme, qu'elle allait boire une bière avec une amie, qu'elle avait un emploi, un appartement.

Elle alluma son ordinateur et s'enveloppa dans une couverture pour lutter contre le froid qui la dévorait du dedans. Puis elle commença à écrire :

Je n'ai pas fui. Pete s'est ouvert la main en faisant la vaisselle et la vue de son sang m'a choquée. Je me suis évanouie mais je ne me suis pas enfuie. Après le travail, je suis allée boire une bière avec Linda Gail. On a parlé d'hommes, de coiffures et de toutes ces choses normales dont parlent les femmes entre elles. Il y a un karaoké chez Clancy's et les murs sont pleins de têtes d'animaux morts. Un élan, un caribou, un cerf et même un ours. Les gens viennent chanter, surtout du country, avec des talents divers. J'ai eu un début de crise de panique, pourtant je ne me suis pas enfuie et ça s'est calmé. J'ai une amie à Angel's Fist. En fait, j'en ai plus d'une, mais celle-ci, je peux lui confier mes petits soucis.

Aujourd'hui, je ne sais ni quand ni comment, j'ai dû préparer mes bagages. Ça a dû se passer pendant ma pause, après la blessure de Pete. Sans doute. En voyant ce sang, je me suis crue de retour chez Maneo's.

Demain, j'irai voir le Dr Wallace pour lui décrire, du mieux que je pourrai, l'homme et la femme que j'ai vus au bord de la rivière.

Aujourd'hui je n'ai pas fui. Et demain je ne fuirai pas non plus.

13

Doc Wallace leur servit du thé et du café, ainsi que des biscuits. Il déposa le tout au milieu de ses cadres et photos de famille, tassa les coussins du canapé avec les attentions d'une grand-mère recevant son club de lecture hebdomadaire.

Il n'aurait su trouver meilleure attitude pour mettre Reece à l'aise. Voilà un médecin qui savait traiter sa clientèle.

Elle avait beau savoir qu'il aimait la pêche, elle ne trouva pas de truite empaillée au-dessus du foyer, mais une jolie glace au cadre en cerisier. Sa grand-mère aurait approuvé.

— C'était la pièce préférée de ma Suzanne, expliqua-t-il en servant le thé. Elle aimait venir s'asseoir ici. Elle lisait beaucoup. J'ai laissé les lieux tels quels.

En souriant, il tendit une tasse à Brody.

— Je me suis dit que sinon elle viendrait me tirer les pieds dans mon sommeil. D'ailleurs…

Il marqua une pause, et derrière les verres de ses lunettes, son regard s'attendrissait.

— Je peux passer ici de longues heures après une journée de travail, et bavarder avec elle. Il y en a peut-être qui trouvent un peu fou de parler à son épouse morte, moi je trouve ça humain.

Beaucoup de petites folies n'ont au fond rien que de très humain.

— Dans ce cas, je suis humaine, conclut Reece.

— Il est bon de se connaître, observa Brody en mordant dans son cookie. La plupart des gens ne se rendent pas compte qu'ils sont dingues.

Après lui avoir jeté un rapide coup d'œil, Reece se tourna vers Doc Wallace.

— Pourtant je sais aussi que ce que j'ai vu au bord de la rivière était bien réel. Il ne s'agissait ni d'un rêve, ni d'une hallucination, ni de délires de mon esprit dérangé, ni d'un excès d'imagination. Quoi qu'en pense le shérif, quoi que tout le monde en pense, je sais ce que j'ai vu.

— Il ne faut pas trop en vouloir à Rick, dit doucement Doc. Il exerce son métier le mieux possible et protège bien Angel's Fist.

— Vous me croyez ?

— Je n'ai aucune raison de ne pas vous croire. Je ne vois pas pourquoi vous auriez inventé une histoire pareille si vous teniez à la discrétion. D'autant que Brody n'est pas du genre à gober n'importe quoi. Alors…

Après avoir déposé sa tasse, Doc prit un bloc à dessin et un crayon.

— Je dois reconnaître que c'est assez passionnant. J'ai l'impression de me retrouver dans une série policière. Brody sait que j'aime dessiner. Cela dit, comme je n'ai jamais rien fait de ce genre, j'ai effectué quelques recherches sur la question. Je vais vous demander tout d'abord de ne plus réfléchir qu'aux formes, si vous le pouvez. Commençons par son visage. Carré, rond, triangulaire. Vous croyez que vous y arriverez ?

— Oui, je crois.

— Fermez les yeux un instant, représentez-vous cette image.

Elle revit alors la femme en esprit.

— Je dirais ovale. Mais un ovale long, étroit. Comme une ellipse ?

— Très bien. Elle était plutôt mince ?

— Oui. Avec des cheveux longs et sa casquette rouge était rabattue sur son front. Mais j'ai aperçu un long visage étroit. Au début, je ne voyais pas ses yeux parce qu'elle portait des lunettes de soleil.

— Et son nez ?

— Son nez ? Alors là… Je ne crois pas pouvoir vous en dire grand-chose.

— Faites de votre mieux.

— Je crois… Je dirais étroit et long, comme son visage. Pas proéminent. J'ai davantage remarqué sa bouche parce qu'elle remuait. Cette femme parlait, ou même criait, à peu près tout le temps. Je lui ai trouvé la bouche dure. D'ailleurs, tout en elle était dur. Je ne sais pas comment l'expliquer, mais…

— Lèvres minces ?

— Je ne sais pas, peut-être. Elles étaient… mobiles. Elles en avaient beaucoup à raconter. Et quand elles ne parlaient pas, elles grimaçaient, ricanaient. Elles n'arrêtaient pas de remuer. Il y avait les boucles d'oreille… enfin, il me semble… Je jurerais les avoir vu scintiller. Ses cheveux dansaient sur ses épaules, ondulés, très sombres. Elle a perdu ses lunettes quand il l'a frappée, mais tout ça est arrivé si vite… Elle était tellement furieuse ! J'ai eu l'impression de grands yeux, seulement elle était si en colère, et puis si choquée, et puis…

— Avez-vous remarqué des signes distinctifs ? poursuivit Doc d'un ton toujours aussi détaché.

Des cicatrices, des grains de beauté, des taches de rousseur ?

— Je ne vois pas. Ah si ! Elle était maquillée. Très. Du rouge à lèvres. Oui ! Très rouge, et… bon c'était peut-être dû à la colère, mais je dirais qu'elle avait mis trop de blush. C'était vraiment loin, même avec les jumelles…

— Très bien. Si je vous demandais son âge ?

— Oh là ! Disons trente-cinq, quarante ans, à dix ans près en plus ou en moins.

— Dites-moi si ceci confirme votre première impression.

Reece se pencha vers le bloc que Doc venait de retourner.

Le croquis était meilleur qu'elle ne l'aurait imaginé. Ce n'était pas la femme qu'elle avait vue, mais il y avait de ça.

— Je crois que son menton était un peu plus pointu. Juste un peu. Et, euh… ses yeux pas aussi ronds, un petit peu plus étirés, peut-être. Enfin, peut-être.

Reece reprit son thé, histoire de se calmer pendant que Doc opérait quelques corrections.

— Je ne saurais préciser la couleur de ses yeux, mais je crois qu'ils étaient foncés. Je ne dirais pas que sa bouche était si grande. Et ses sourcils… pourvu que je ne sois pas en train d'inventer ça… ses sourcils étaient plus minces, vraiment arqués. Comme si elle les avait trop épilés. Quand il lui a tiré la tête vers le sol, elle a perdu sa casquette. Je n'avais pas oublié ça ? Elle avait un large front.

— Reprends ton souffle, conseilla Brody.

— Pardon ?

— Reprends ton souffle.

En s'arrêtant pour suivre ce conseil, elle se rendit compte à quel point son cœur battait ; ses mains tremblaient à en faire vibrer le thé dans sa tasse.

— Elle avait les ongles faits. Vernis rouge. J'avais également oublié ce détail. Je les vois s'enfoncer dans le sol pendant qu'il l'étranglait.

— Elle ne l'aurait pas griffé ? s'enquit Brody.

— Non, elle ne pouvait pas. Je ne crois pas… Il était à califourchon sur elle, il lui bloquait les bras avec ses genoux. Elle n'avait aucune possibilité de se débattre.

— Et ça ?

Reece observa le dessin. Il manquait des choses, des choses qu'elle n'avait su expliquer ou que l'artiste n'avait su représenter. La fureur, la passion, la peur. Mais ça se rapprochait.

— Oui, oui, c'est bien. Je la reconnais assez là-dedans. C'est ce qui compte, n'est-ce pas ?

— Voyons si on peut améliorer encore les choses. Prenez un petit gâteau avant que Brody ne les avale tous. C'est Dick qui les a faits.

Elle en mordilla un tandis que Doc lui posait d'autres questions, elle but une autre tasse de thé tout en regardant le portrait s'affiner.

— C'est ça ! finit-elle par déclarer en reposant bruyamment la tasse dans sa soucoupe. C'est elle ! Bravo, vous l'avez bien cernée. C'est ainsi que je me la rappelle. Enfin je crois…

— Arrête de te remettre en question, ordonna Brody. Si c'est l'impression qu'elle t'a laissée, c'est déjà très bien.

— Elle ne vient pas d'Angel's Fist, observa Doc. Elle ne ressemble à personne de ma connaissance, à première vue.

— Non, mais si elle était passée par ici, si quelqu'un l'avait aperçue… qui prenait de l'essence ou faisait des courses. On va montrer ce croquis partout.

— En tout cas, moi je ne la reconnais pas. J'ai soigné à peu près tous les habitants d'Angel's Fist et des environs, y compris des touristes et des visiteurs de passage. Tiens, tous ceux qui sont nés dans le coin depuis vingt ans, ce doit être moi qui leur ai donné leur première claque sur les fesses. Elle n'est pas des nôtres.

— Et s'ils ne sont jamais venus ici, conclut tranquillement Reece, on ne saura pas qui c'était.

— C'est ce que j'aime en toi, Slim, intervint Brody. Ton optimisme débordant. Tu ne voudrais pas essayer de décrire aussi l'homme ?

— Je ne l'ai pas vu. Pas vraiment. Juste de profil un quart de seconde. Son dos, ses mains, mais il portait des gants. Je dirais qu'il avait de grandes mains, mais je ne fais peut-être qu'extrapoler. Casquette, lunettes noires, veste.

— Et les cheveux sous la casquette ?

— Non, je ne crois pas. Je n'ai pas remarqué. C'était elle que je regardais. Et puis quand il l'a jetée à terre, j'étais tellement sonnée... ça ne m'a pas empêché de continuer à la regarder. Et même je ne pouvais m'en empêcher.

— Vous n'avez pas vu la forme de sa mâchoire ?

— Tout ce qui me vient à l'esprit, c'est le mot « dur ». Il semblait dur. Mais je l'ai déjà dit pour elle, je crois ?

Elle se frotta les yeux, tâcha de réfléchir.

— Il est resté immobile à peu près tout le temps. Il donnait l'impression de bien se contrôler. Tandis qu'elle était véhémente, qu'elle gesticulait, en allant et venant, en lançant les bras en l'air. Il l'a poussée, mais c'était comme s'il écrasait une mouche. Enfin, je tire des conclusions...

— Peut-être que oui, peut-être que non, commenta Doc de sa voix tranquille. Et sa carrure ?

— Maintenant que j'y repense, je dirais qu'il paraissait large, que tout en lui était large, sans plus. Davantage qu'elle, c'est certain. Alors quand je l'ai vu l'enfourcher, j'ai compris qu'il savait très bien où il voulait en venir. À l'immobiliser complètement. Il aurait pu se contenter de ça, le temps qu'elle se calme, avant de la libérer et de partir. Ce geste m'a paru si délibéré, si calculé…

Doc tourna de nouveau vers elle son bloc de dessin. Et Reece frémit.

Elle avait sous les yeux une image en pied, le dos tourné, n'offrant qu'un quart de visage de cet homme imprécis qui aurait pu correspondre à peu près à tous les habitants de la ville. Cela ne l'en fit que frémir davantage.

— Ce pourrait être n'importe qui, soupira-t-elle.

— On peut déjà éliminer pas mal d'habitants d'Angel's Fist, commenta Doc. Pete, par exemple, trop petit, trop maigrichon. Ou Little Joe Pierce, qui trimballe cinquante kilos de trop et de l'hypertension.

— Ou Carl. Il est bâti comme une barrique. Vous avez raison. Et je ne crois pas qu'il était très jeune. En tout cas, il avait largement dépassé les vingt ans. Son allure, son attitude correspondaient davantage à un homme mûr. Merci. Ça m'éclaircit les idées.

— Ce n'était pas moi, observa Brody. À moins de m'être transformé en Superman et d'avoir traversé la rivière d'un coup d'aile.

Pour la première fois depuis le début de la séance, elle sourit.

— Non. Ce n'était pas toi.

— Je vais faire des copies, en installer une dans mon cabinet. Il y a beaucoup de gens qui y passent. J'en déposerai également un stock chez le shérif.

— Merci beaucoup.

— Comme je vous l'ai dit, ça me donne l'impression de jouer les détectives. Ça me change un peu. Brody, vous ne voudriez pas emporter ce plateau à la cuisine ?

D'après le regard qu'il lui jeta, Reece comprit que Doc voulait éloigner son ami. Elle s'efforça de ne pas s'en agacer.

— Je ne suis pas venue ici en consultation, lâcha-t-elle.

— Vous devriez pourtant. Le fait est que je suis un vieux médecin de campagne et que vous vous retrouvez là, dans mon salon. Vous avez le regard fatigué. Vous dormez bien ?

— Par à-coups. J'ai des nuits meilleures que d'autres.

— Comment va l'appétit ?

— Comme ci comme ça. Plutôt mieux. Je sais que ma santé physique est liée à mon état mental.

— Des maux de tête ?

— Oui, soupira-t-elle. Pas aussi fréquents qu'auparavant, certainement pas aussi violents. Mais oui, j'ai encore des crises d'anxiété, plutôt plus rares et moins intenses qu'avant. J'ai encore des flash-back, des douleurs fantômes quelquefois. Mais je vais mieux. Je suis allée prendre une bière chez Clancy's avec Linda Gail. Ça faisait deux ans que je n'étais pas retournée dans un bar avec une amie. J'envisage de coucher avec Brody. Voilà également deux ans que je ne suis pas sortie avec un homme. Chaque fois que je décide de quitter la ville, je me ravise. Hier soir, j'ai même dû défaire mes bagages et tout ranger dans mes placards.

Le regard du médecin se durcit derrière ses lunettes.

— Vous aviez fait vos bagages ?

— Je…

Elle hésita puis se lança :

— Je ne me rappelle pas les avoir faits et je sais que c'est mauvais signe pour ma santé mentale, mais je compense avec l'idée que j'ai tout remis en place. En plus, je suis venue ici. J'assume. Je suis opérationnelle.

— Et sur la défensive. Vous ne vous rappelez pas avoir fait ces bagages ?

— Non. Et oui, ça m'a terrifiée. Une autre fois, j'avais mal rangé mes affaires, ce que j'ai aussi totalement oublié. Mais j'ai tenu bon. Il y a un an, je n'aurais pas réagi ainsi.

— Quels médicaments prenez-vous ?

— Aucun. Voilà six mois que je ne prends plus rien. Ça m'aidait quand j'en avais vraiment besoin. Mais je ne vais pas en prendre toute ma vie non plus. Je veux redevenir moi-même.

— Est-ce que vous viendriez me voir si vous aviez de nouveau besoin d'une aide médicale ?

— Sans doute.

— Est-ce que vous me laisseriez vous examiner ?

— Je ne…

— Un bilan de santé, Reece. À quand remonte le dernier ?

— À peu près un an.

— Si vous passiez à mon cabinet demain matin ?

— Je suis de service pour le petit déjeuner.

— Alors demain après-midi. À 15 heures. Pour me faire plaisir.

Elle se leva.

— Il faut que je retourne travailler.

Il l'imita :

— Alors à demain 15 heures.

Il lui tendit la main comme pour sceller leur accord.

— Je viendrai.

Il l'accompagna à la porte à l'instant où Brody sortait de la cuisine. Une fois dehors, il prit la direction de sa voiture.

— Je préfère marcher un peu, annonça Reece. J'ai juste le temps avant de prendre mon service.

— Bon. Je t'accompagne, comme ça tu me prépareras un bon déjeuner.

— Tu viens de manger deux cookies.

— Et alors ? Je prendrais bien un sandwich au poulet grillé, presque brûlé, avec des rondelles d'oignon. Ça va mieux ?

— Oui. Le Dr Wallace a une façon bien à lui d'arrondir les angles.

Elle plongea les mains dans les poches du sweat-shirt à capuche qu'elle avait enfilé pour résister à la fraîcheur de ce début de printemps.

— Il m'a un peu forcé la main pour faire un bilan de santé demain. Mais tu dois t'en douter.

— Il y a fait allusion. Il est du genre à fourrer son nez partout, sans arrière-pensée, rassure-toi. Il m'a demandé si je couchais avec toi.

— Pourquoi ?

— C'est sa façon d'agir. Tu habites Angel's Fist, tu dépends de lui. C'est pourquoi je peux affirmer que si cette femme avait passé quelque temps ici, il le saurait. Tiens, le chien du shérif barbote de nouveau dans le lac. Il préfère l'eau à la terre ferme.

Tous deux s'arrêtèrent pour regarder l'animal patauger avec enthousiasme, troublant la surface calme dans laquelle se reflétaient les montagnes.

— Si je reste, je m'achèterai un chien et je lui apprendrai à rapporter les balles lancées dans l'eau. J'achèterai un chalet pour qu'il puisse jouer dehors pendant que je travaillerai. Ma grand-mère a un caniche nommé Marceau qui voyage toujours avec elle.

— Je parie qu'il porte des petits manteaux grotesques.

— Non, ce sont de ravissants pull-overs. Mais même si j'adore Marceau, j'en voudrais un plus grand, qui ressemblerait plutôt à Moïse et préférerait l'eau à la terre ferme.

— Si tu restes.

— Si je reste.

Imitant Moïse, elle se jeta à l'eau :

— Je préfèrerais venir chez toi, demain soir. Je te préparerais le dîner et je resterais dormir.

Il marcha encore un peu avec elle, passant devant une maison où une femme plantait des pensées au milieu d'une pelouse gardée par des nains à chapeau pointu. Il s'interrogeait toujours sur les gens qui ornaient leurs jardins de gnomes et d'animaux en plâtre.

— Quand tu dis que tu resterais dormir, dois-je comprendre qu'il s'agit d'un euphémisme pour « faire l'amour » ?

— Je ne te promets rien, mais j'espère.

— D'accord, dit-il en ouvrant la porte de Joanie. Je laverai les draps.

Elle se rendit chez le médecin, exploit qu'elle considéra comme une nouvelle victoire. Elle n'avait vraiment aucune envie de se retrouver en petite tenue sur une table d'examen.

Et qu'en serait-il avec Brody ?

Elle se déshabillerait dans le noir. C'était là l'objet de ses pensées alors que l'infirmière prenait sa tension. Toutes lumières éteintes. Elle fermerait les yeux et elle espérait qu'il en ferait autant.

Et si elle pouvait se saouler avant, ce ne serait pas plus mal.

— Tension un peu élevée, ma petite, observa Willow, l'infirmière.

— Je suis angoissée. Comme chaque fois que je dois voir un médecin.

Willow lui tapota la main.

— Ne vous inquiétez pas. Il faut que je vous prélève un peu de sang. Fermez le poing et pensez à quelque chose d'agréable.

Reece sentit à peine l'aiguille et félicita mentalement Willow pour son adresse. Elle n'aurait su dire combien de fois elle s'était sentie agressée par une simple aiguille. Certaines infirmières avaient des mains d'ange, d'autres de brutes.

— Doc arrive dans une minute.

Étonnamment, ce fut exactement ce qui se produisit. Le médecin avait une tout autre allure dans sa blouse, son stéthoscope autour du cou. Néanmoins, il lui adressa un clin d'œil à son entrée.

— Je vous le dis tout de suite, il faudrait prendre cinq kilos.

— Je sais, il y a quelques semaines, c'étaient huit kilos qui me manquaient.

— Vous n'avez pas subi d'autres opérations que celles consécutives à l'agression ?

Elle s'humecta les lèvres.

— Non, j'ai toujours eu une bonne santé.

— La tension pourrait être un peu plus basse, vous devriez mieux dormir. Vos règles sont régulières ?

— Oui. Je n'en ai plus eu pendant quelques mois, mais elles sont revenues grâce à la pilule.

— Pas d'antécédents familiaux de maladie de cœur, de cancer du sein ou de diabète ? Vous ne fumez pas, buvez peu ? Bien, ce sont là d'excellentes bases.

Durant tout le temps pendant lequel il l'examina, il ne cessa d'évoquer tous les potins qui circulaient en ville.

— Vous savez que le fils aîné de Bebe et deux de ses amis ont été pris en train de voler des sucreries au bazar ?

— Oui, il est consigné pour soixante jours. Il va à l'école, il rentre chez lui et il doit encore deux heures par jour de travail chez M. Drubber.

— Tant mieux pour Bebe. J'ai entendu dire que Maisy Nabb avait de nouveau jeté par la fenêtre tous les vêtements de Bill, et qu'elle y a ajouté son trophée de meilleur joueur de football.

Bonne technique, se dit-elle. Ce genre de conversation vous détournait effectivement les idées de l'examen.

— On raconte, répondit-elle, qu'il a perdu au poker l'argent qu'il mettait de côté pour lui acheter une bague de fiançailles.

— Elle balance ses affaires trois ou quatre fois par an. Ça doit faire cinq ans, maintenant, qu'il met de l'argent de côté, ce qui nous fait une vingtaine de scènes au cours desquelles ses vêtements ont atterri sur le trottoir. Le petit-fils de Carl, à Laramie, a obtenu une bourse pour l'université de Washington.

— C'est vrai ? Je ne savais pas.

— C'est tout récent, affirma Doc, les yeux brillants d'annoncer un scoop. Carl l'a appris cet après-midi. Il éclate de fierté. Bon, je vais procéder à un examen gynécologique.

Résignée, Reece serra les dents en regardant le plafond.

— Tout m'a l'air normal, conclut le médecin.

— Tant mieux, parce que ça fait un moment que je ne prends plus d'exercice de ce côté-là.

Quand elle entendit Willow éclater de rire, elle ferma les yeux en se maudissant de réfléchir à haute voix.

Doc lui palpa les seins puis effleura la cicatrice de sa poitrine.

— Vous avez dû souffrir.

— Oui, j'ai pas mal dégusté.

— Vous avez parlé de douleurs fantômes.

— Ça m'arrive, pendant mes cauchemars, ou juste après. Je sais qu'elles ne correspondent à rien.

— Cela vous arrive souvent ?

— C'est difficile à dire. Deux fois par semaine à peu près. On est loin des deux fois par jour du début.

— Vous pouvez vous rasseoir. Vous n'avez pas l'intention de reprendre une thérapie ?

— Non.

— Ni aucun médicament ?

— Non. Comme je vous l'ai dit, ils m'ont aidé un certain temps, mais il faut que ça cesse maintenant.

— Très bien. Je ne vous apprendrai rien en vous disant que vous êtes fatiguée. J'imagine également que vos examens sanguins indiqueront un début d'anémie. Il faut manger de la viande rouge et des aliments riches en fer. Si vous voulez, Willow vous en donnera une liste.

— N'oubliez pas que je suis chef de cuisine.

— Dans ce cas, vous savez que faire. Je peux aussi vous indiquer certaines tisanes qui vous aideront à dormir. J'ai reçu là-dessus quelques notions de médecine shoshone de la part d'un chaman mort l'automne dernier dans son sommeil à l'âge de quatre-vingt-dix-huit ans.

— Jolie recommandation, en effet !

— Je vous préparerai un mélange que je vous apporterai demain chez Joanie avec le mode d'emploi.

— Sans vouloir vous commander, j'aimerais bien que vous m'indiquiez également la liste des herbes que vous utilisez.

— Certainement. Je veux vous revoir pour un contrôle d'ici à quatre ou six semaines.

— Mais...

— Pour vérifier votre poids, votre tension et votre état général. S'il y a de l'amélioration, nous reporterons la visite suivante à trois mois. Sinon je devrai sévir.

— Oui, docteur.

— Maintenant, allez vous rhabiller.

Cependant, elle resta plusieurs minutes assise sur la table d'examen après le départ du médecin.

14

Brody avait lavé les draps, mais comme il travailla ensuite à son roman six heures d'affilée, il en oublia de les faire sécher.

Lorsqu'il émergea de la boue dans laquelle il avait plongé ses personnages, il ressentit une vague envie de cigarette. Il n'avait plus fumé depuis trois ans, cinq mois et… douze jours, calcula-t-il en cherchant machinalement le paquet qu'il n'avait pas sous la main. Mais une bonne séance d'écriture, à l'image d'une bonne nuit d'amour, lui donnait souvent l'envie de replonger.

Alors il se contenta d'évoquer ce plaisir simple et tentateur qui consistait à sortir un mince cylindre blanc du paquet rouge et blanc, à saisir l'un des dix ou douze briquets jetables éparpillés à travers la pièce, à faire jaillir la flamme, à tirer une première bouffée. C'était comme s'il la goûtait vraiment, un peu âcre, un peu douce.

Rien ne l'empêchait d'ailleurs d'aller en ville s'acheter un paquet. Rien du tout, si ce n'était sa fierté. Il avait arrêté, point. Exactement comme avec le *Tribune*.

Il ferait mieux de manger un paquet de chips ou un sandwich. Cela lui rappela que Reece arriverait chez lui dans quelques heures et que les draps attendaient toujours dans la machine à laver.

— Et merde !

Quittant d'un bond son bureau, il dévala l'escalier vers la buanderie pour mettre en route le minuscule sèche-linge. Ensuite, il jeta un coup d'œil sur l'état de la cuisine.

La vaisselle du petit déjeuner gisait dans l'évier, ainsi que celle du dîner de la veille. Le journal local et le dernier numéro du *Chicago Tribune,* auquel il restait abonné (les vieilles habitudes ne se perdaient pas aussi facilement), traînaient sur la table avec quelques cahiers, des stylos, des crayons et du courrier encore fermé.

Impossible d'y couper : il devait ranger un peu – l'idée n'était pas si déplaisante quand il songeait au bon repas qui l'attendait ce soir, et plus si affinités…

Autant prouver qu'il n'avait rien d'un célibataire malpropre. Il remonta les manches de son vieux tee-shirt préféré, lava tout en se maudissant de n'avoir pas encore acheté de lave-vaisselle.

Et puis il pensa à Reece.

Il se demandait ce qu'il allait lire dans ses grands yeux noirs lorsqu'elle franchirait sa porte, ce soir. Gaieté ou angoisse, décontraction ou tristesse ?

Quel effet cela lui ferait-il de la voir travailler dans sa cuisine ? De manier la nourriture avec ses gestes d'artiste ? D'équilibrer ainsi formes, couleurs et textures ?

Une fois la vaisselle terminée, il s'avisa qu'il n'avait jamais partagé un repas avec quiconque dans ce chalet, à part sans doute des bretzels lorsque Doc, Mac ou Rick passaient par là. Une ou deux fois, il avait organisé une partie de poker accompagnée de bière, de chips et de cigares.

Mais guère plus. Si : des œufs brouillés à 2 heures du matin avec la délicieuse Gwen de Los Angeles, venue faire du ski et qui avait passé avec lui une mémorable nuit de janvier.

Il déposa les journaux dans la buanderie, sur la pile de paperasses à recycler, puis nettoya la cuisine. Sans doute devrait-il ranger la chambre pour le cas où…

Il se passa une main sur le visage et s'avisa qu'il ferait mieux de se raser. Elle voudrait peut-être des bougies, c'était le moment ou jamais de les sortir. Pour un dîner aux chandelles avec une jolie femme…

Néanmoins, il s'interdit de sortir acheter des tulipes. Ce serait idiot. Donc, pas de tulipes.

D'autant qu'il n'avait pas de vase.

Une cuisine propre, ce ne serait déjà pas si mal…

— Le vin ! Bon sang !

Inutile de vérifier, il n'avait que de la bière et une bouteille de Jack Daniel's. Il prenait déjà les clefs de sa voiture lorsque lui vint une idée.

Ouvrant son carnet d'adresses, il appela le caviste.

— Salut ! Est-ce que Reece Gilmore est passée chercher du vin aujourd'hui ? Oui ? Qu'est-ce qu'elle a… Ah ! Très bien. Ça va, merci. Et vous ?

La précieuse information qu'il venait de récolter, à savoir que Reece et lui allaient dîner autour d'un chenin blanc, valait bien un brin de conversation.

Cependant, il se raidit lorsque son interlocuteur lui annonça que le shérif était passé un peu plus tôt, armé d'une copie du dessin de Doc Wallace.

— Vous avez reconnu la femme ? Non. Non, je ne trouve pas qu'elle ressemble à Penelope Cruz. Non Jeff, je suis sûr que Penelope Cruz n'est pas morte. Évidemment, si j'ai quoi que ce soit de nouveau, je vous le dirai. À plus.

Il raccrocha en secouant la tête. Les gens avaient parfois de ces idées ! Penelope Cruz…

Après une expédition à la recherche de chandelles présentables, en l'occurrence deux cierges blancs ainsi qu'une bougie parfumée reçue à un quelconque Noël, il se rappela les draps et les monta dans la chambre pour refaire le lit. Il commit juste l'erreur de regarder un instant par la fenêtre.

Poussés par le vent, deux voiliers longeaient le bord du lac. Il reconnut le canoë de Carl. Cet homme n'avait que deux intérêts dans la vie : pêcher et bavarder avec Mac.

Et puis il y avait la fille de Rick avec Moïse. L'école devait être terminée. Le chien semblait presque voler derrière la balle jetée sur l'eau. Des nuées d'oiseaux planaient autour du lac.

Charmant tableau, songea distraitement Brody. *Joli, paisible et…*

Quelque chose dans la lumière et les ombres l'interpella soudain. Plissant les yeux, il revit Moïse trottiner sur la rive, la balle entre les dents.

Et s'il ne s'agissait pas d'une balle ?

Abandonnant les draps sur le lit, Brody redescendit dans son bureau pour transcrire cette scène à sa façon. Il ne lui faudrait ensuite guère plus d'une demi-heure pour s'occuper de la chambre, prendre une douche, se raser et enfiler un vêtement dans lequel il n'ait pas l'air d'avoir dormi.

Deux heures plus tard, Reece déposait une caisse de provisions sur le seuil du chalet de Brody, frappait puis retournait à sa voiture chercher l'autre caisse.

Elle frappa de nouveau, plus fort cette fois. L'absence de réponse lui fit froncer les sourcils puis tourner la poignée de la porte.

Elle avait sûrement tort de s'inquiéter pour sa santé, de se demander s'il ne s'était pas noyé dans sa baignoire ou cassé le cou en tombant dans l'escalier, ou s'il n'avait pas été assassiné par un rôdeur. La maison semblait tellement tranquille, tellement vide… Reece n'osa pas moins entrer, car elle ne pouvait plus supporter l'idée de le trouver ensanglanté gisant quelque part sur le plancher.

Elle l'appela.

Lorsqu'elle entendit le sol craquer à l'étage, elle sortit un couteau de cuisine d'une des caisses et le brandit des deux mains.

Il apparut, l'air maussade, sain et sauf, en haut de l'escalier.

— Quoi ? Quelle heure est-il ?

Elle en fut tellement soulagée qu'elle ne sentit plus ses genoux mais parvint cependant à sauver la face en s'appuyant au chambranle.

— À peu près 18 heures. J'ai frappé mais…

— Bon sang ! Je... j'ai été retenu.

— Ce n'est pas grave.

L'angoisse qui lui avait étreint la poitrine faisait place à une autre oppression. Il semblait si gêné, si fort, si viril… Si elle avait été plus sûre de ses jambes, elle aurait escaladé les marches pour se jeter sur lui.

— Tu veux que je revienne une autre fois ?

— Non, non ! Reste. Tu as besoin d'un coup de main ?

— Sûrement pas ! Je me débrouillerai seule. J'en ai pour deux petites heures. Tu vois, tu as tout ton temps.

— Bon. Qu'est-ce que tu comptais faire avec ce couteau ?

Bien qu'elle le brandît toujours avec autant de conviction, elle l'avait oublié et le considérait maintenant d'un regard aussi surpris qu'embarrassé.

— À vrai dire, je n'en sais rien.

— Si tu le rangeais pour que je n'aille pas prendre ma douche avec l'impression de jouer dans *Psychose* ?

— Bien sûr.

Elle s'exécuta et, quand elle se redressa, ce fut pour constater que Brody avait disparu.

Elle emporta les deux caisses. Elle mourait d'envie de verrouiller la porte d'entrée. Elle n'était pas chez elle, mais cet homme ne se rendait-il pas compte que n'importe qui pouvait entrer ? Comment pouvait-il prendre une douche là-haut en oubliant de fermer ?

Si seulement elle pouvait avoir une telle confiance, que d'aucuns appelleraient foi ou stupidité… Comme ce n'était pas le cas, elle verrouilla la porte. Et elle en fit autant de celle donnant sur l'arrière.

Satisfaite, elle sortit le gratin, mesura du lait qu'elle mit à chauffer sur feu doux. Ensuite, elle récupéra la cocotte où elle avait laissé mariner un filet de porc depuis la veille.

Elle entreprit d'inspecter l'équipement de la cuisine. C'était pire que tout ce qu'elle avait imaginé. Heureusement qu'elle avait apporté le nécessaire.

Il y avait juste deux œufs, une plaque de beurre, quelques tranches de fromage, des cornichons, du lait périmé et huit bouteilles de bière Harp. Deux oranges achevaient de se ramollir dans le bac à fruits. Et pas un seul légume en vue.

Lamentable. Absolument lamentable.

Cependant, elle perçut une odeur de détergent au pin. Se serait-il donné la peine de nettoyer les lieux avant son arrivée ?

Elle mit le gratin au four, régla le minuteur.

Lorsque Brody entra, une demi-heure plus tard, elle joignait la cocotte au gratin. Le couvert était mis avec les assiettes qu'elle avait trouvées dans la cuisine et les chandelles qu'elle avait apportées ainsi que des serviettes bleu marine, des verres à vin et un petit bol de verre où il crut apercevoir des roses miniature.

Comme il s'y était attendu, des odeurs délicieuses émanaient du four, mais aussi de la pile de légumes frais sur le comptoir. Et elle le fixait d'un regard aussi attirant que paisible.

— Je comptais… oh !

Ce fut une douce tiédeur qu'il cueillit sur ses lèvres, légèrement pimentée par un rien de nervosité. Irrésistible.

Relâchant son étreinte, il recula.

— Bonjour !

— Bonjour. Où suis-je au juste ?

Il sourit.

— Où voudrais-tu être ?

— En fait, ici. J'avais quelque chose à faire. Ah oui ! Je voulais préparer du Martini.

— Pas vrai !

— Si.

Elle sortit du freezer les cubes de glace qu'elle avait apportés. Soudain elle s'immobilisa.

— Tu n'aimes pas le martini ?

— Qui a dit ça ? C'est juste que Jeff n'en avait pas parlé.

— Le caviste, répéta-t-elle en hochant la tête. Et alors ? On publie mes listes d'achats dans le journal du coin ? Pour me décerner le prix de la pocharde de service ?

— Mais non ! Dans cette catégorie, Wes Pritt reste sans rival. J'ai téléphoné parce que je pensais acheter du vin au cas où tu n'en aurais pas prévu toi-même.

— Eh bien tu as gagné ! J'ai emprunté les verres et le shaker à Linda Gail.

Là-dessus, elle entreprit d'ajouter la glace, d'emplir les verres. Elle remua le tout avec des olives vertes embrochées sur des piques bleues.

Ils trinquèrent et elle attendit qu'il goûte.

— Délicieux ! s'exclama-t-il en reprenant aussitôt une gorgée. Tu es extraordinaire.

— Essaie ça.

Elle lui présenta une petite assiette de ce qu'il prit pour des céleris formant des dessins géométriques.

Elle but une gorgée, reposa son verre.

— Je vais préparer la salade.

Il ne s'assit pas, trop intéressé par ces pignons qu'elle mettait à frire. Inimaginable ! D'autant que, peu après, elle y ajoutait des espèces de feuilles vertes.

— Tu fais cuire de la laitue ?

— Je prépare une salade d'épinards et de chou rouge agrémentée de pignons et d'un peu de gorgonzola. Je n'aurais jamais cru que Mac allait en commander quand je lui ai fait remarquer, la semaine dernière, que j'en cherchais.

— Il est vraiment gentil.

— J'ai beaucoup de chance de tomber sur un commerçant qui s'approvisionne en fonction de mes désirs. Sans compter que le Dr Wallace a dit que j'avais besoin de fer. Les épinards en regorgent.

— Comment ça s'est passé avec Doc ?

— Il me trouve un peu fatiguée, anémiée aussi, sinon ça va. Les médecins, j'en ai vu assez pour le restant de mes jours mais cette visite m'a moins éprouvée que je ne l'aurais cru. Au fait, Jeff m'a dit que le shérif avait diffusé le portrait-robot.

— Il t'a parlé de Penelope Cruz ?

Elle sourit.

— Oui. Le shérif a également envoyé une copie à Joanie. Pour l'instant ça n'a rien donné.

— Qu'est-ce que tu croyais ?

— Je ne sais pas trop. Quelque part, j'espérais susciter un commentaire du genre : « Tiens, ça me rappelle Sally Jones. Elle en voit des vertes et des pas mûres avec son salaud de mari. » Ainsi, le shérif serait allé arrêter le mari. Et on n'en parlerait plus.

Elle but un peu de martini.

— Et j'ai fini ton livre. Je suis contente que tu n'aies pas enterré Jack vivant.

— Lui aussi.

Elle rit.

— J'apprécie également que tu ne l'aies pas totalement racheté. Il garde ses défauts, toujours prêt à faire les pires bêtises, mais je pense que Léa va l'aider à s'améliorer. Tu l'as laissé jouer son rôle, elle aussi. De mon point de vue de lectrice, c'était génial.

— Ravi que ça t'ait plu.

— Tellement que j'en ai acheté un autre cet après-midi. *Liens de sang.*

Le voyant se rembrunir, elle s'inquiéta :

— Quoi ?

— C'est… violent. Avec quelques scènes plutôt morbides. Ça pourrait te rappeler quelques douloureux souvenirs.

— Dans ce cas, je ne me forcerai pas, tout comme tu n'as pas à te forcer pour les épinards.

Elle vérifia le four, la poêle, reprit son martini.

— Alors, qu'est-ce qui t'a retenu aujourd'hui ?

— Retenu ?

— Tu as dit, quand je suis arrivée, que tu avais été retenu.

— J'écrivais.

Il alluma les bougies bleu marine, assorties aux serviettes, qu'elle avait disposées sur la petite table

— Ton nouveau livre avance bien ?

— Oui.

Il trouva le vin dans le réfrigérateur, chercha un tire-bouchon, prit celui qu'elle lui tendait.

— Tu vas m'en parler ?

— De quoi ?

— Du livre.

Tout en ouvrant la bouteille, il réfléchit à la question et finit par avouer :

— Je voulais la tuer. Tu te souviens ? Je t'en ai parlé le jour où on s'est retrouvés sur la piste.

— Oui. Tu as dit que le méchant allait la pousser dans l'eau.

— En tout cas, il a essayé. Il l'a attaquée, blessée, terrorisée, mais il n'a pas réussi à la faire passer par-dessus bord comme il l'avait prévu.

— Elle lui a échappé.

— Elle a sauté.

Tout en remuant les feuilles d'épinard, Reece tourna les yeux vers lui.

— Elle a sauté ?

Lui qui ne parlait jamais de son travail à quiconque s'aperçut qu'il avait envie de découvrir ses réactions.

— La pluie tombe, la piste est lourde, boueuse. La femme vient d'être rouée de coups, elle a une jambe qui saigne. Elle est seule avec lui, personne ne peut lui prêter main-forte. Elle n'a aucun moyen de lui résister. Il est plus fort, plus rapide. C'est un fou furieux. Alors elle saute. Je voulais toujours la faire mourir. Je n'avais pas l'intention de l'amener jusqu'au chapitre huit, mais elle m'a prouvé que j'avais tort.

Sans rien dire, Reece mélangeait la salade avec la vinaigrette qu'elle avait apportée.

— Cette femme est plus forte que je ne l'aurais cru, continua-t-il. Elle a un profond instinct de survie. Elle s'est jetée à l'eau parce qu'elle savait que c'était sa seule chance et qu'elle préfère mourir plutôt que de se laisser massacrer sans réagir. Et elle a réussi à sortir de la rivière.

— Oui. Elle m'a l'air assez forte pour ça.

— Elle ne voyait pas les choses sous cet angle. Elle a juste lutté, instinctivement. Elle s'est débattue bec et ongles. Elle est blessée, égarée, elle a froid, elle est seule. Mais elle est vivante.

— Elle va s'en sortir ?

— Ça dépend d'elle.

Hochant la tête, Reece disposa les salades sur les assiettes, les parsema des copeaux de fromage.

— Assieds-toi, j'aime voir la flamme des bougies dans tes yeux, dit Brody.

Un rien surprise, elle n'en obtempéra pas moins et une lueur d'or éclaira ses pupilles.

— Goûte à la salade. Je ne serai pas vexée si tu n'aimes pas ça.

Il s'exécuta de bonne grâce, fit la moue.

— Il semblerait que j'aime tout ce que tu mets devant moi.

— Et c'est ce qui me donne envie de te faire la cuisine.

— Tu as repensé à ton projet de préparer un livre de recettes ?

— J'y ai passé un peu de temps la nuit dernière après mon service.

— C'est pour ça que tu as l'air fatiguée.

— Ce n'est pas gentil de me dire ça, surtout après ton compliment sur la flamme dans mes yeux.

— J'apprécie tes yeux. Il n'empêche que tu as l'air fatiguée.

Sans doute se montrerait-il toujours aussi brutalement honnête avec elle. Si c'était un peu dur pour l'ego, cela valait mieux que toutes sortes de platitudes et de mensonges.

— Je n'arrivais pas à dormir. Du coup, j'ai réfléchi à cette idée de bouquin. Je crois que j'en ai trouvé le titre : *Simplement gourmet*.

— C'est parfait. Explique-moi seulement pourquoi tu ne pouvais pas dormir ?

— Comment veux-tu que je le sache ? Le médecin m'avait pourtant conseillé une tisane.

— L'amour est un excellent somnifère.

Elle se contenta de sourire et termina sa salade.

Elle préféra ne pas le laisser découper le rôti de porc, ce qui lui parut un peu vexant, d'autant qu'elle s'en chargea tout en cuisant les asperges à la vapeur. Brody préféra ne pas relever. La viande sentait fabuleusement bon et il put constater qu'un gratin de pommes de terre s'annonçait.

Elle versa une sauce hollandaise sur les légumes, et un jus odorant sur les tranches de porc.

— On va passer un marché tous les deux, proposa-t-il en attaquant son plat.

— Un marché ?

— Oui, voilà, je te propose un troc : l'amour en échange de la cuisine.

Haussant les sourcils, elle fit mine de réfléchir à la question.

— Intéressant. Bien que j'aie quand même la vague impression que tu gagnes sur les deux tableaux.

— Toi aussi, je te ferais remarquer.

Il goûta le gratin.

— Seigneur, tu mérites la canonisation !

— Sainte Reece, protectrice des gourmets ?

— Sauf que ton livre devrait plutôt s'appeler *Naturellement gourmet*. Parce que tu ne passes pas ta journée à transpirer devant tes fourneaux pour la préparer. Avec toi, on est gourmet naturellement, sans en mettre plein la vue.

Elle revint s'asseoir à sa place.

— Génial !

— C'est un peu mon boulot.

Il mangea et but sans cesser de la regarder.

— Reece ?

— Oui ?

— Tes yeux me rendent fou. Cela dit, la lumière des bougies te rend belle de partout.

Décidément, il pouvait vous sortir les compliments les plus inattendus. Elle lui sourit et se laissa réchauffer par une intense sensation de bien-être.

15

Elle insista pour débarrasser. Il s'y attendait, et son penchant pour l'ordre devait remonter bien avant le drame de Boston. De tout temps, chez elle, l'organisation avait dû être nette, au carré. Elle saurait toujours où trouver le grand saladier, mais aussi son chemisier bleu préféré, ses clefs de voiture. Et ses comptes devaient être à jour.

Ce qui lui était arrivé n'avait vraisemblablement fait que renforcer son penchant pour l'organisation. À cette période de sa vie, elle avait besoin de voir les choses à leur place. Cela lui donnait un sentiment de sécurité. En ce qui le concernait, il s'estimait heureux lorsqu'il trouvait du premier coup deux chaussettes assorties.

Il la laissa ranger tout ce qu'elle avait apporté, nettoyer la cuisinière. Son angoisse affleurait de nouveau, même si elle ne le montrait pas. Il avait l'impression de voir ses nerfs transpercer sa peau alors qu'elle rinçait le torchon, l'essorait et le mettait à sécher sur le double évier.

Maintenant que le dîner était fini, la vaisselle rangée, l'amour s'invitait et il ne la lâcherait pas. Il pouvait toujours la prendre dans ses bras et la monter dans sa chambre sans lui laisser le temps de réagir, mais il préféra rejeter cette idée, au moins pour le moment, et opter pour une approche plus subtile.

— Et si on allait se promener au bord du lac ?

Le mélange de surprise et de soulagement qu'il lut dans ses yeux le conforta dans son intention.

— Bonne idée !

— La nuit est claire, on aura assez de lumière. En revanche, tu vas avoir besoin de ta veste.

— Tu as raison.

Elle l'avait accrochée à la patère de la buanderie. Il l'y suivit, tendit le bras derrière elle pour prendre la sienne. Elle frémit en sentant son corps si proche du sien.

— Il fait un temps magnifique ! s'exclama-t-elle. Je n'ai pas encore osé sortir me promener seule la nuit. Ce n'est pourtant pas l'envie qui m'en manquait.

— Le coin est tranquille, tu ne risques rien.

— Un soir de la semaine dernière, j'ai voulu sortir me promener ; j'ai emporté une fourchette avec moi, pour le cas où j'aurais à me défendre contre les nombreux criminels imaginaires qui peuplent ma cervelle. C'était complètement idiot. Je suis idiote. Tu es sûr de te sentir bien en ma présence, Brody ?

— Je dois être attiré par les femmes névrosées.

— Mais non ! s'esclaffa-t-elle en levant la tête vers le ciel. Mon Dieu ! Il fait si clair qu'on aperçoit la Voie lactée. Et aussi la Grande Ourse et la Petite. Ce sont à peu près les seules constellations que je sache repérer.

— Ne compte pas sur moi. Je ne vois qu'un truc brillant et un croissant de lune.

Le lac tranquille reflétait les étoiles, l'air embaumait le sapin, l'eau, la terre et l'herbe.

— Parfois, Boston me manque tellement que j'en ai mal. Alors j'ai envie d'y retourner, de retrouver ce que j'avais là-bas. Ma vie, mon travail, mes amis. Mon appartement avec ses murs rouge de Chine et sa table en laque noire.

— Rouge de Chine ?

— J'avais de ces audaces, à l'époque. Et quand je me retrouve dans un endroit comme celui-ci, je me dis que même si je parvenais à effacer ce qui s'est passé, je ne suis pas certaine de retrouver là-bas quoi que ce soit qui me plaise encore. Je n'aime plus trop le rouge de Chine.

— Qu'est-ce que ça peut faire ? Ton coin, tu l'installes où tu te trouves et s'il ne te convient pas, tu vas voir ailleurs. Et tu utilises les couleurs qui te plaisent sur le moment.

— C'est exactement ce que je me suis dit en partant. J'ai vendu toutes mes affaires. Ma belle table de salle à manger noire et le reste. Je ne travaillais pas, j'avais des échéances à payer et des tas d'autres frais. Mais avant tout, je n'en voulais plus. Et maintenant, je suis là.

Elle s'approcha de l'eau.

— La femme, dans ton futur bouquin, celle que tu n'as pas tuée, comment s'appelle-t-elle ?

— Madeline Bright. Maddy.

— Maddy Bright. J'aime bien ce nom. J'espère qu'elle s'en sortira.

— Elle aussi.

Ils restèrent un moment côte à côte, admirant le lac scintillant de lumière blanche.

— Sur la piste, l'autre jour, alors que tu cherchais comment la faire mourir, ou comment la sauver, tu es resté un peu plus longtemps pour t'assurer que j'allais rentrer sans difficulté ?

— Il faisait beau, répondit Brody les yeux fixés sur la silhouette des montagnes. Je n'avais rien de spécial à faire.

— Tu arrivais dans ma direction alors que tu ne m'avais pas encore entendue m'enfuir.

— Je n'avais rien d'autre à faire, répéta-t-il.

Elle se tourna vers lui. Soudain, elle était prise de toutes les audaces, comme si elle se jetait à l'eau. Elle lui posa les mains sur les joues, se hissa sur la pointe des pieds et lui effleura la bouche de ses lèvres.

— Je risque de tout gâcher, mais j'aimerais retourner au chalet, dans ton lit.

— C'est une excellente idée.

— Il m'arrive d'en avoir. Tu devrais peut-être me prendre la main pour le cas où je perdrais la tête et chercherais tout à coup à m'enfuir.

— Bien sûr.

Elle n'essaya pas de s'enfuir ; pourtant, à mesure qu'ils approchaient, elle se sentait dévorée par le doute.

— Et si on prenait d'abord un verre de vin ?

— J'ai assez bu, merci.

Sans lui lâcher la main, il continuait d'avancer.

— On devrait peut-être commencer par discuter pour voir où tout ça va nous mener.

— Pour l'instant, ça nous mène à ma chambre.

— Oui, mais…

Soudain, ils franchissaient l'entrée.

— Euh… tu ne crois pas qu'il vaudrait mieux fermer à clef derrière nous ?

Il se retourna et ferma.

— Je t'assure qu'on devrait…

Elle s'interrompit, abasourdie, lorsqu'il se contenta de la soulever de terre pour la hisser sur son épaule.

— Je préfèrerais qu'on prenne le temps d'en discuter… Je voudrais juste te prier de ne pas trop m'en demander parce que je manque cruellement de pratique ces derniers temps et…

— Tu parles trop.

Comme il grimpait l'escalier, elle ferma les yeux.

— Ce n'est pas que je n'en aie pas envie mais je ne suis plus très sûre… Et d'abord, il y a un verrou dans ta chambre ?

Il claqua la porte, la verrouilla.

— Ça va mieux comme ça ?

— Je ne sais pas. Peut-être. Je dis peut-être des âneries mais je ne suis pas…

Il la déposa, sur ses pieds, devant le lit.

— Calme-toi, maintenant.

— Je te dis qu'on devrait…

Les idées se heurtèrent dans sa tête lorsqu'il la fit taire d'un baiser gourmand. La peur, le désir et la raison se livraient en elle un rude combat.

— Je crois qu'il faut…

— Se taire, acheva-t-il en l'embrassant de nouveau.

— Je sais. C'est toi qui devrais parler. En attendant, tu ne voudrais pas éteindre ?

— Je n'ai pas allumé.

— Oh ! là, là !

C'étaient donc la lune et les étoiles, si jolies au-dehors, qui lui semblaient maintenant trop brillantes.

— Fais comme si je te retenais encore pour t'empêcher de t'enfuir.

Cependant, ces paumes rudes qui couraient sur son corps lui donnaient des frissons partout.

— Regarde-moi, Reece. Là, comme ça ! Tu te rappelles quand je t'ai vue pour la première fois ?

— Chez Joanie ?

Tout en lui déboutonnant son chemisier, il lui mordillait le menton.

— Et ce jour-là, ajouta-t-il, j'ai eu un petit pincement au cœur. Tu comprends ?

— Oui, oui, Brody. Seulement…

— Parfois on réagit, continua-t-il en descendant vers ses seins. Parfois non, mais on sait exactement quand on le ressent.

— S'il faisait noir… Ce serait mieux s'il faisait noir.

Il souleva la paume qu'elle avait posée sur sa cicatrice pour la cacher.

— Tu as la peau très douce, Slim. Regarde-moi !

Il avait des yeux de chat, un mélange de vert et d'ambre. Et Reece ne se sentait pas du tout rassurée mais, quelque part, cela l'excitait. Tout en lui était fort, brusque, un peu bourru, exactement ce dont elle avait besoin.

Ces mains sur sa peau qui lui enseignaient des secrets oubliés, ces dents avides qui déclenchaient de délicieuses ondes de chaleur. Elle sentit bien qu'il desserrait sa ceinture avant de caresser sensuellement la peau de ses reins sous son jean.

Elle réagit, d'abord timidement, puis avec de plus en plus de voracité. Malgré ses états d'âme, ce fut elle qui l'entraîna, même si elle ne pouvait plus respirer, alors que le vent de sa passion l'entraînait dans de dangereux virages.

Alors il savourait, hasardait, attaquait tant qu'il parvenait à conserver encore quelque maîtrise. Lorsqu'il la souleva pour l'allonger sur le lit, elle poussa un petit cri étouffé contre sa bouche. Prise de frénésie, elle envoya promener ses chaussures et se cambra pour lui permettre de lui ôter son jean.

Comme il lui dévorait la poitrine de baisers, elle crut que son cœur allait exploser. Il pesait de tout son poids sur son corps et, malgré la brume argentée du désir, elle se sentit prise d'un début de panique. Elle eut beau lutter, tenter de se maîtriser, son esprit et ses nerfs finirent par l'emporter.

— Je ne peux plus respirer. Je ne peux plus… Attends…

Il fallut à Brody un moment pour comprendre qu'elle était affolée. Roulant sur le côté, il la prit par les épaules pour la faire asseoir.

— Mais si, tu respires ! Arrête de tousser, tu vas t'étouffer.

— D'accord, c'est bon !

Elle connaissait la procédure. Se concentrer sur chaque inspiration, expiration, jusqu'à ce que tout cela redevienne régulier.

Mortifiée, elle croisa les bras sur sa poitrine éclairée par un rayon de lune.

— Pardon, excuse-moi. Flûte ! J'en ai assez de passer pour une malade.

— Alors, arrête.

— Si tu crois que c'est facile ! Tu crois que ça me fait plaisir de me retrouver assise ici, toute nue, vexée comme un pou ?

— Je n'en sais rien, et toi ?

— Espèce de salaud !

Il ne put s'empêcher d'apprécier la lueur furieuse qui lui traversa les yeux. Néanmoins, il y vit un mauvais signe :

— Ne commence pas à pleurer, tu vas me mettre en pétard.

— Je ne vais pas pleurer, enfoiré !

Elle ravala une larme.

Il lui écarta les cheveux du visage.

— Je t'ai blessée ?

— Pardon ?

— Je t'ai blessée ?

— Mais non ! Je... je ne retrouvais pas mon souffle, c'est tout ! Je me sentais... piégée sous toi. Juste une crise de claustrophobie idiote...

— Si ce n'est que ça, je connais le remède.

La prenant doucement par les épaules, il s'allongea sur le dos et l'installa sur lui.

— Comme ça, c'est toi qui domines la situation.

— Brody...

— Regarde-moi.

D'une main sur la nuque, il l'amena à l'embrasser.

— Calme-toi, murmura-t-il contre sa bouche. On fera exactement comme tu voudras.

— Je me sens si sotte !

— Mais non !

Il se remit à la caresser doucement, vit les couleurs lui revenir aux joues.

— Tu es un peu fragile, mais sûrement pas sotte. Embrasse-moi encore.

Posant les lèvres sur les siennes, elle laissa ses craintes s'évanouir et suivit ses directives, aussitôt enivrée par son goût et son odeur qui réveillaient ses sens.

Pourtant, lorsqu'il lui souleva les hanches, elle tenta de se dégager. Mais il tint bon et la captiva de son regard jusqu'à ce qu'il se glisse en elle.

Un frémissement de soulagement, de plaisir, de sensualité la parcourut. Brody se mit à remuer doucement et elle sentit son corps commencer à vibrer.

Elle poussa un cri lorsque survint le premier transport, un choc qui la secoua violemment, une brusque vague de pur délice.

Sans réprimer un gémissement, elle se détendit avant de s'abandonner de nouveau à lui, encore et encore.

Elle atteignit son deuxième orgasme avec l'impression de revivre tandis que Brody bougeait en elle avec une joie non dissimulée.

Merci, mon Dieu ! songea-t-elle avec un soupir tremblé.

Lorsqu'il se raidit sur elle, les bras bandés, les dents serrées sur son épaule, ce fut elle qui le guida vers une troisième extase.

Elle restait immobile, repue, éblouie. Sans savoir que faire, ni que dire. Pour un peu, elle trahirait sa parole et se mettrait à pleurer.

Des larmes de joie.

Elle avait donné et elle avait reçu. Elle avait éprouvé un orgasme – pour la première fois depuis si longtemps – puissant, fabuleux comme un diamant taillé.

— J'ai envie de te remercier. C'est bête, non ?

Brody s'étira, lui caressa le dos.

— La plupart des femmes m'envoient d'énormes cadeaux pour mes services. Mais, pour une fois, je me contenterai de bonnes paroles.

Dans un éclat de rire, elle se hissa sur un coude pour le regarder. Il avait le visage détendu, une expression de pure satisfaction virile qui donnait envie à Reece de sortir du lit pour exécuter une danse de la victoire.

Elle avait bel et bien donné autant qu'elle avait reçu.

— J'ai préparé le dîner, lui rappela-t-elle.

— C'est vrai. Ça compte.

Il souleva paresseusement les paupières.

— Comment ça va, Slim ?

— Tu veux tout savoir ? Je croyais que je ne ressentirais plus jamais ça. Alors merci de m'avoir prouvé que je me trompais.

Elle lui passa la main dans les cheveux en songeant qu'elle n'avait d'autre envie que de se laisser aller à un bon gros sommeil.

— Il faudrait que je me rhabille et que je rentre chez moi.

— Pourquoi ?

— Il est tard.

— Tu as un couvre-feu ?

— Non… Tu veux que je reste ?

— Je me disais que si tu restais cette nuit, tu te sentirais obligée de me préparer un petit déjeuner demain matin.

Une légère vibration la transporta.

— Je pourrais peut-être me laisser convaincre.

Repoussant draps et couverture, il roula sur elle :

— Sans compter que je n'en ai pas fini avec toi.

— Dans ce cas, je crois que je vais rester.

Plus tard, alors qu'il dormait, elle resta allongée sans trouver le sommeil. Elle finit par se lever doucement.

Il fallait qu'elle vérifie, une fois, au moins une fois ; en guise de robe de chambre, elle enfila la chemise de Brody qu'il avait laissée traîner à même le sol, et sortit sur la pointe des pieds. Elle actionna d'abord la porte d'entrée. Bien verrouillée, mais il n'y avait pas de mal à s'en assurer, n'est-ce pas ? La porte de derrière était également fermée. Comme il se devait.

Néanmoins…

Ce n'était pas comme si elle était seule. Elle se trouvait en compagnie d'un homme grand et fort. De toute façon, personne n'essaierait de s'introduire ici et si cela devait se produire, Brody s'en occuperait.

Dans un ultime effort, elle parvint à s'éloigner de la porte, à quitter la pièce.

— Un souci ?

Elle ne cria pas mais recula si brutalement qu'elle se cogna la hanche contre une chaise.

— Tout est bien fermé ? s'enquit Brody.

— Oui. Je voulais juste... Il faut que je vérifie ce genre de choses avant de pouvoir m'endormir ; ce n'est pas grave.

— C'est ma chemise que tu portes ?

— Euh, oui. Je n'allais pas me promener toute nue.

— Tu aurais pu Mais puisque tu n'as pas eu la politesse de me demander si tu pouvais l'emprunter, tu vas ramener tes fesses par ici et me la rendre.

— Tu as raison, soupira-t-elle, soulagée. J'ai un peu honte.

— Tu peux.

La prenant par la main, il l'accompagna jusqu'au premier étage.

— Qu'est-ce que tu dirais si je me baladais dans tes vêtements sans ton autorisation ?

— Je crois que ça ne me plairait pas du tout.

Il ferma à double tour.

— Maintenant, tu me rends cette fichue chemise.

Un rêve l'éveilla, une jungle d'images, une douleur fulgurante. Ses yeux s'ouvrirent ; elle ne reconnaissait pas les ombres de cette chambre et il lui fallut quelques secondes pour se rappeler où elle était.

La chambre de Brody. Le lit de Brody. Le coude de Brody enfoncé dans ses côtes. Elle était en sécurité. Et elle profitait d'un charmant spectacle. Il dormait sur le ventre et s'étalait sans vergogne, au point de la repousser au bord du lit. Mais qu'importait ?

Quand elle sortit de la chambre, elle fut vaguement déçue que Brody ne la retienne pas. Mais c'était mieux ainsi. Elle voulait commencer à préparer le petit déjeuner. Ses habits serrés sur sa poitrine, elle se faufila dans la salle de bains. Et là, impossible de fermer à clef. Stupéfaite, elle contempla un instant la poignée de la porte.

Comment était-ce possible ? Il y avait une serrure dans la chambre mais pas dans la salle de bains ? C'était complètement idiot.

— Je ne suis pas obligée de fermer. Personne n'a tenté de m'assassiner cette nuit, personne ne le fera ce matin. Brody dort de l'autre côté du couloir. Trois minutes dans la douche et c'est bon.

La baignoire mesurait bien le double de la sienne. Des serviettes bleu marine, pas trop assorties au carrelage vert, mais propres, c'était tout ce qu'elle demandait. Elle jeta un regard vers la porte avant d'ouvrir les robinets.

Elle aimait ce sol d'ardoise. Il aurait dû choisir des serviettes grises avec ça, ou alors vertes.

Elle saisit le savon et commença de se réciter des tables de multiplications. Le savon lui échappa quand on frappa à la porte.

— Brody ?

— Qui veux-tu que ce soit ?

Il écarta le rideau de la douche. Il était nu comme un ver.

— Tu te demandes combien font huit fois huit quand tu prends ta douche ?

— Chanter, c'est trop ordinaire pour moi. Je te laisse la place dans une minute.

— Tu sais, j'ai vu tout ce qu'il y avait à voir de toi cette nuit... À moins que l'eau ne te rende timide ?

— Non.

Un bras bloqué sur sa poitrine, elle s'essora les cheveux de l'autre. Brody lui prit le bras et, comme elle tentait de résister, le retint fermement, jeta un coup d'œil à la cicatrice qu'elle tentait de cacher. Elle voulut se détourner, mais il se rapprocha encore, vint sous la douche avec elle.

— Tu crois que cette cicatrice te rend moins belle ?

— Non, enfin je ne sais pas...

— Parce que tu as d'autres défauts, tu sais ? Regarde-moi ces hanches squelettiques.

— Tu crois ça ?

— Oui, et avec tes cheveux mouillés je m'aperçois que tes oreilles ne sont pas tout à fait plantées droites par rapport à ton crâne.

— Quoi !

Instinctivement, elle y porta les mains.

— À part ça, tu n'es pas mal du tout. Je pourrais m'en contenter

Et il en profita pour l'enlacer.

16

Le mois de mai fut plutôt tumultueux et inonda Angel's Fist d'orages. Contre vents et tempêtes, les jonquilles faisaient éclore leurs trompettes jaunes. Reece se sentait un peu comme les fleurs ; malgré les coups qui l'avaient frappée, presque noyée, elle se sentait renaître.

En cette journée à marquer d'une pierre blanche, elle décida de se risquer au-dehors d'Angel's Fist.

Pour la plupart des femmes, une coupe et un brushing ne représentaient qu'une détente. Pour Reece, l'aventure tenait du saut en parachute, avec tout ce que cela comportait d'excitation et de terreur.

— Je peux changer mon rendez-vous, suggéra-t-elle à Joanie. Si vous êtes bousculée aujourd'hui…

— Je n'ai pas dit que j'étais bousculée, marmonna sa patronne en mélangeant la pâte pour ses crêpes. Et Beck est dans les parages, non ?

Solide comme un chêne, Beck leur adressa un sourire tout en continuant de couper son chou en lanières.

— Tu veux te rendre utile ? reprit Joanie à l'adresse de Reece. Sers son café à Mac en partant.

— D'accord. Je garde mon téléphone mobile allumé pour le cas où vous auriez besoin de moi. Je ne pars pas avant une bonne heure.

Traînant un peu des pieds, elle alla déposer la cafetière sur le bar où Mac attendait ses pancakes.

— Ça ne va pas avec Joanie ?

— Pardon ? Oh, si ! Je pars parce que c'est mon jour de congé.

— Très bien ! Qu'est-ce que vous comptez faire ?

— Linda Gail et moi allons à Jackson.

— Pour faire du lèche-vitrine ?

— Quelque chose comme ça. Et je dois aussi me faire couper les cheveux.

— On a pourtant de très bons coiffeurs ici !

Elle sourit.

— Linda Gail me fait le grand jeu. Moi, ce que j'en dis…

— Dehors ! s'exclama Joanie en apportant pancakes et sirop d'érable.

— Je m'en vais.

Reece prit son sac et le dossier qu'elle avait apporté.

— Je vais montrer là-bas le portrait robot exécuté par Doc. Vous n'avez encore rencontré personne qui la connaisse ?

— Non, répondit Mac. À tout hasard, je l'ai affiché devant mon comptoir.

— Merci beaucoup. Bon, c'est grand, Jackson. J'aurai peut-être davantage de chance là-bas.

— Tu ne viendras pas te plaindre s'ils te scalpent ! lança Joanie. Ça t'apprendra à claquer ton fric ailleurs qu'à Angel's Fist. En tout cas, je t'attends demain à 6 heures tapantes, même avec une tête de sorcière.

Dans la rue, Reece décida de laisser Linda Gail passer la première. Elle-même n'avait pas vraiment besoin d'une coupe. Ce n'était qu'une option. Une possibilité.

Cependant, elle était contente de visiter Jackson, ne serait-ce que pour y distribuer le portrait-robot. Si l'inconnue tuée sur la montagne s'était déplacée dans la région, il y avait de fortes chances pour qu'elle soit arrivée par Jackson Hole, ville autrement importante que la bourgade d'Angel's Fist.

En attendant, comme il lui restait un peu de temps, elle décida de rendre visite au shérif.

Voilà près d'une semaine qu'elle ne lui avait pas demandé s'il avait du nouveau. Certes, elle avait passé la majeure partie de cette semaine à dans la cuisine de Joanie, ou dans le lit de Brody. En tout cas, Mardson ne pourrait l'accuser de le harceler.

À la réception, elle fut accueillie par Hank O'Brian, le standardiste ; elle connaissait sa barbe noire et son goût pour les escalopes de poulet. Il buvait son café d'une main tout en pianotant sur son clavier de l'autre. Il leva la tête.

— Ça va, Reece ?

— Oui, merci. Dites-moi, le shérif est occupé ? Je voulais juste…

Un éclat de rire l'interrompit et Mardson sortit, bras dessus bras dessous avec sa femme.

Debbie était une jolie blonde athlétique, aux cheveux courts coiffés à la diable et aux yeux vert émeraude. Elle portait un jean moulant, des bottes western marron et un chemisier rouge sous une veste en jean. Un joli pendentif en forme de soleil brillait à son cou.

Elle tenait un magasin de sport à côté de l'hôtel et organisait des randonnées pédestres, vendait des permis de pêche et de chasse. Elle était amie avec Brenda, la réceptionniste. Le dimanche après-midi, elle emmenait ses deux filles manger des glaces chez Joanie.

Elle décocha un sourire amical à Reece.

— Bonjour ! Je croyais que vous alliez à Jackson, aujourd'hui.

— Euh… oui. Tout à l'heure.

— J'ai croisé Linda Gail hier. Vous voulez vous faire couper les cheveux ? C'est la mode, et puis ce doit être plus pratique avec votre métier. Pourtant, les hommes préfèrent les cheveux longs. Mon pauvre Rick, moi qui passe mon temps à couper les miens !

— Ils sont très bien comme ça, assura le shérif en lui caressant la joue. Qu'est-ce qu'il y a pour votre service, Reece ?

— Je venais juste aux nouvelles.

Marquant une pause, elle sortit l'un des portraits-robots.

— Pour elle.

— J'aimerais pouvoir vous répondre que j'ai du neuf. Mais on n'a aucun signalement de femme disparue dans la région qui corresponde à cette description. Et personne ne la reconnaît. Je ne vois pas ce que je pourrais faire de plus.

— Rien. Bon, j'aurai peut-être un peu plus de chance à Jackson. Je vais montrer ce portrait à tous les gens que je rencontrerai.

— Comme vous voulez, répondit Rick. Mais il faut préciser, et je n'attaque pas Doc en disant ça, que ce portrait n'est que très approximatif. Vous risquez de tomber sur des gens qui croiront l'avoir croisée hier et de vous lancer sur de fausses pistes.

En rangeant son portrait, Reece surprit l'air apitoyé de Debbie. Elle n'en avait suscité que trop souvent, ces deux dernières années.

— Vous avez sans doute raison. Mais je veux quand même essayer. Merci, shérif. À bientôt, Debbie. Au revoir, Hank.

En sortant, elle sentit les trois regards posés sur elle, sans doute aussi dubitatifs qu'attristés.

Qu'ils aillent tous de faire voir ! pensa-t-elle en retournant au Bistrot de l'Ange pour y récupérer sa voiture. Elle n'allait pas faire mine de n'avoir rien vu, classer une bonne fois ces portraits-robots et les oublier. Ce serait trop facile.

Elle n'allait pas non plus se laisser gâcher son escapade en ville et chez le coiffeur.

Les sauges n'attendaient que le moment de fleurir. Reece croyait presque les entendre prendre une longue inspiration avant de laisser éclater leurs couleurs.

Un trio de pélicans décolla en formation au-dessus du marais, mais ce fut en apercevant pour la première fois un coyote en train de dévaler une colline qu'elle pria Linda Gail de s'arrêter.

Bien que cette dernière n'y voie qu'une sorte de rat géant, elle obtempéra.

— Sales bêtes ! maugréa Linda Gail.

— Peut-être, mais je rêve d'en entendre un hurler comme dans les films.

— J'avais presque oublié que tu étais une citadine.

À Jackson, boutiques, restaurants et bazars s'alignaient dans des rues grouillantes de monde. Prospère était le mot qui venait à l'esprit. Mais, au-delà des contraintes imposées par la civilisation, on voyait encore se dresser les hautes montagnes, écrasant de leur éclatante splendeur tout ce que l'homme avait pu bâtir.

Il fallut à Reece moins de vingt minutes pour comprendre que, malgré le panorama à couper le souffle, elle avait eu raison de s'établir à Angel's Fist.

Trop de gens ici, trop de mouvement. Hôtels, motels, salles de jeu, sports d'hiver, sports d'été, agences immobilières. Elle avait déjà envie de s'enfuir.

— On va bien s'amuser ! s'exclama Linda Gail en se faufilant à travers la circulation. Si tu as un peu le trac, ferme les yeux et ça ira mieux.

— Tu ne voudrais pas que je rate l'accident ?

— Je suis une excellente conductrice.

Et la jeune serveuse de prouver ses dires en se glissant entre un 4 × 4 et une moto qu'elle doubla, avant de passer un carrefour à l'orange.

— On y est presque. On devrait s'offrir une journée entière en institut, un de ces quatre ; ils en ont d'extraordinaires où on te masse et on t'enduit de boue et d'herbes. Chouette ! Une place libre !

Après avoir dépassé une Ford avec une magnifique queue de poisson, elle s'y glissa sans autre forme de procès.

— On a encore un peu de marche à pied, mais je n'allais pas rater cette occasion. Allez, viens, on va se payer une nouvelle tête !

Sans doute les jambes de Reece tremblaient-elles, elles ne l'en propulsèrent pas moins sur le trottoir.

— Tu chopes combien d'amendes par an ? Non, combien de véhicules envoies-tu à la casse chaque année ?

Avec un claquement de la langue, Linda Gail prit son amie par le bras.

— Ne fais pas ta chochotte. Oh, mon Dieu ! Regarde ça ! Non, mais regarde-moi cette veste !

Elle entraîna Reece vers une vitrine pour y regarder avec avidité une veste en cuir d'un beau brun chocolat.

— Elle a l'air si douce ! Elle doit coûter un milliard de dollars. Viens, on va l'essayer. Non, on sera en retard. On l'essaiera avec notre nouvelle coiffure.

— Je n'ai pas un milliard de dollars.

— Moi non plus, mais ça ne coûte rien d'essayer. Elle est très cintrée, elle t'ira mieux à toi qu'à moi et ça m'énerve. N'empêche que si j'avais un milliard de dollars, je me l'achèterais.

— Il faut que j'aille m'allonger un peu.

— Tu vas très bien. Mais si tu veux, j'ai pris une bouteille de secours avec moi.

— Tu… bégaya Reece. Une bouteille de quoi ?

— De martini aux pommes, pour le cas où tu aurais besoin d'un coup de fouet. Tiens, mate-moi plutôt ça !

Prise de vertige, Reece se tourna dans la direction indiquée par Linda Gail pour découvrir de longs cow-boys en bottes, Levi's et Stetson.

— Miam ! commenta la serveuse.

— Je croyais que tu étais amoureuse de Lou ?

— Ouais, et ça n'y changera rien. Mais c'est comme cette veste, ma grande. Ça ne coûte rien de regarder. Je parie que tu as fait plus que regarder avec Brody. Il est comment au lit ?

— Si ça continue comme ça, je vais te réclamer cette bouteille…

— Juste un détail : il a un aussi beau cul nu qu'il en a l'air avec son jean ?

— Oui, oui, je confirme.

— J'en étais sûre ! Voilà, on est arrivées.

Resserrant son étreinte, elle entraîna Reece dans le magasin.

Sans avoir recours au martini malgré la tentation, Reece se déroba plusieurs fois en attendant son tour. Mais elle apprit quelque chose. Ce n'était pas aussi terrible que le souvenir qu'elle gardait de la dernière fois. Les murs ne semblaient pas se rapprocher dangereusement, chaque bruit ne l'agressait pas au point de lui en donner des palpitations. Lorsque son coiffeur annonça qu'il s'appelait Serge, Reece n'éclata pas en sanglots, pas plus qu'elle ne se rua sur la porte.

Il avait un léger accent slave, et son sourire charmeur s'altéra lorsqu'il lui prit la main.

— Pauvre chérie, vous êtes toute glacée ! Je vais vous offrir une bonne petite infusion. Nan ! Une tasse de camomille, s'il te plaît ! Venez avec moi, ma chère !

Elle le suivit avec docilité.

Il la fit asseoir dans un large fauteuil, l'emmaillota dans un peignoir qui sentait la menthe… et s'empara de ses cheveux avant que son cerveau ait eu le temps de se révolter.

— Quelle texture magnifique ! Et si épais ! En excellente santé ! Vous les soignez bien.

— Ah.

— Mais la coiffure, dans tout ça ? Le style ? Regardez-moi ce visage, et ces cheveux qui retombent comme des rideaux. Qu'est-ce que vous aimeriez qu'on leur fasse, aujourd'hui ?

— Je… franchement, je n'en sais rien.

— Parlez-moi de vous. Pas d'alliance ? Célibataire ?

— Oui. Oui.

— Et qu'est-ce que vous faites dans la vie, mon ange ?

— Je suis cuisinière.

Quelque part au fond d'elle-même, quelque chose se mettait à ronronner tandis qu'il lui massait le crâne, jouait avec ses mèches.

— Je travaille avec Linda Gail, précisa-t-elle.

— On ne la voit plus assez souvent.

Leurs regards se croisèrent dans le miroir.

— Vous me faites confiance ?

— Je... mon Dieu ! Bon, d'accord. Mais vous pourriez ajouter du valium dans la tisane ?

Elle avait oublié ces plaisirs, les mains dans ses cheveux, les infusions apaisantes, les magazines people, les bavardages étouffés.

Serge lui avait conseillé de se faire des mèches. Ce serait certainement trop cher, mais il les lui avait si chaudement recommandées ! Linda Gail passa devant elle, la tête couverte de plastique.

— Rouge sorcière, annonça-t-elle. Je me lance. Je fais aussi une manucure. Ça te tente ?

— Non, je ne tiendrai pas le coup.

En fait, elle s'était à moitié endormie sur un numéro de *Vogue*, si bien que le shampooing arriva plus tôt que prévu. Puis ce fut la coupe.

— Maintenant, vous allez me parler de l'homme de votre vie, lança Serge en faisant voltiger ses ciseaux. Vous en avez sûrement un.

— C'est un écrivain. On se connaît depuis peu.

— Désir. Excitation. Découverte.

Elle ne put réprimer un sourire.

— Exactement. Il est intelligent, autonome et il aime ma cuisine. Il... enfin, il cache une incroyable patience derrière des remarques acides. Il ne me traite pas comme une petite chose fragile, au contraire de la plupart des gens depuis quelques années. C'est pour ça que je me sens plus forte, même si je reste vulnérable. Oh ! J'avais oublié ça !

Serge releva ses ciseaux le temps qu'elle prenne son dossier.

— Est-ce que vous connaîtriez cette femme, par hasard ?

Il prit le temps d'observer le portrait-robot.

— Je ne pourrais rien jurer, mais je ne crois pas l'avoir coiffée. Je lui aurais conseillé de se couper les cheveux qui lui étouffent un peu le visage. C'est une amie ?

— Dans un sens, oui. Est-ce que je peux la montrer aux employés de ce salon, peut-être même vous en laisser une copie ? Quelqu'un pourrait la reconnaître.

— Absolument. Nan !

Toujours aussi efficace, Nan apparut et emporta le dessin. Reece aperçut alors sa tête dans le miroir.

— Hou là ! Ça en fait des cheveux qui s'en vont !

— Ne vous inquiétez pas. Regardez votre amie !

Il désigna Linda Gail devenue rousse.

— J'adore !

La serveuse se tourna obligeamment dans leur direction pour faire admirer son audacieuse couleur.

— Qu'est-ce que vous en pensez ? Reece, dis-moi tout ?

— C'est extraordinaire !

Ce roux explosif transformait la jolie blonde en une superbe fille.

— C'est vrai que ça me change ! Dès qu'on sera rentrées, je me lance à la poursuite de Lou. Il va souffrir ! Ça te va bien, ces mèches. Ça t'agrandit encore les yeux, comme s'ils avaient besoin de ça ! Surtout, ça met en valeur ton visage. Bravo pour la frange, Serge ! Ça en jette !

— Il fallait quand même bien montrer ces yeux magnifiques. Et puis ça vous dégage le cou, les épaules tout en restant assez naturel. Vous n'aurez pas de mal à vous recoiffer.

Je me reconnais, pensa Reece. *J'ai l'impression de me retrouver.*

Voyant ses yeux s'emplir de larmes, Serge s'interrompit dans son mouvement, jeta un regard inquiet à Linda Gail.

— Elle n'aime pas !

— Si, si, j'adore ! Mais ça faisait longtemps que je n'aimais plus me regarder dans la glace.

— Il faudra essayer un maquillage, suggéra Linda Gail.

Serge tapota l'épaule de Reece.

— Laissez-moi au moins finir comme il faut.

Reece venait de passer une journée délicieuse bien qu'elle regrettât de s'être laissé influencer par Linda Gail en achetant ce chemisier jaune ; au moins en avait-elle profité pour remettre à la vendeuse une copie du portrait-robot, ainsi qu'elle l'avait fait dans toutes les boutiques où l'avait entraînée son amie.

Et cette dernière avait raison : la veste de cuir allait mieux à Reece. Si elle ne valait pas un milliard de dollars, à leur niveau cela revenait au même. Ni l'une ni l'autre ne pouvait se l'offrir.

Une belle coupe et un chemisier neuf, c'était déjà très bien.

Reece comptait rentrer directement chez elle pour s'admirer à loisir, enfiler son chemisier, se faire belle. Alors elle appellerait Brody pour lui proposer de venir dîner.

Elle avait trouvé d'intéressants légumes frais dans un marché couvert de Jackson ainsi que des coquilles Saint-Jacques sauvages. Et aussi du safran, un peu cher pour elle mais qui lui permettrait d'assaisonner une purée, idéale pour accompagner les coquilles Saint-Jacques. Et des champignons pour accompagner le riz sauvage.

Ses paquets à la main, elle escalada les marches d'un pas dansant, déverrouilla sa porte en chantonnant. Elle se sentait si bien qu'elle alla jusqu'à déposer ses sacs sur le comptoir avant de refermer.

— Mine de rien, tu redeviens quelqu'un de normal !

Esquissant un pas de valse, elle retourna verrouiller la porte puis prit la direction de la salle de bains rien que pour le plaisir de sentir bouger ses cheveux au-dessus de ses épaules.

C'est alors que son visage blêmit, que tous les muscles de son corps s'affaissèrent.

Le portrait-robot accroché au miroir lui donnait l'impression de voir le visage d'une femme morte au lieu du sien. Sur les murs, par terre, gribouillée partout avec le même marqueur rouge, apparaissait cette question :

C'EST MOI ?

Frissonnante, elle se laissa tomber sur le seuil et se recroquevilla sur elle-même.

Elle devait être rentrée à l'heure qu'il était, se disait Brody en contournant le lac au volant de son 4 × 4. Combien de temps fallait-il pour se faire couper les cheveux ? Elle n'avait pas répondu au téléphone et il se sentait idiot d'avoir appelé quatre fois en une heure.

Comment s'avouer qu'elle lui avait manqué ? N'était-ce pas ça le plus ridicule ? Lui à qui jamais personne ne manquait. D'autant qu'elle n'était partie que quelques heures. Huit heures et demie.

Combien de jours s'étaient écoulés auparavant sans qu'il la voie ?

Seulement, ces derniers temps, il n'avait qu'à sauter dans sa voiture et se rendre de l'autre côté du lac pour la voir autant qu'il le voulait.

Il ne s'était pas encore abaissé jusqu'à lui téléphoner sur son mobile. Il allait faire un saut chez Joanie, traîner un peu, prendre une bière peut-être. Et vérifier si sa voiture était là.

Il repéra immédiatement la voiture de Reece à sa place habituelle. Autant en profiter pour monter chez elle lui annoncer qu'il passait en ville pour… pour quoi au fait ? Acheter du pain.

Il avait envie de la voir, de sentir son odeur, il avait envie qu'elle pose les mains sur lui. Prendre un air dégagé et frapper à sa porte un large sourire aux lèvres.

— C'est Brody ! cria-t-il. Ouvre.

Elle mit un certain temps à répondre.

— Excuse-moi. Je m'étais couchée. J'ai mal à la tête.

Il actionna la poignée. C'était fermé.

— Ouvre-moi.

— Je te jure que j'ai la migraine. Je voudrais dormir. Je t'appelle demain.

Il n'aimait pas le son de sa voix.

— Reece, ouvre !

Le verrou tourna et elle entrebâilla la porte.

— Tu ne comprends pas ce que je viens de te dire ? J'ai mal à la tête ; je ne veux voir personne, encore moins te faire une place dans mon lit.

Elle était tellement pâle qu'il préféra ne pas relever.

— Ne me dis pas que tu es du genre à faire la gueule pendant un mois sous prétexte que le coiffeur a raté sa coupe !

— Si, exactement. En l'occurrence, il a très bien réussi son boulot. Seulement ça m'a pris toute la journée et je suis fatiguée.

Il repéra les sacs sur le comptoir.

— Il y a combien de temps que tu es rentrée ?

— Je n'en sais rien. Peut-être une heure.

Jamais elle ne lui ferait avaler cette histoire de migraine. Il la connaissait assez maintenant pour savoir qu'elle aurait pu perdre un bras sans que ça l'empêche de ranger ses courses dès son arrivée.

— Qu'est-ce qui se passe ?

— Tu vas me ficher la paix ? On s'est envoyés en l'air, d'accord, et c'était super. On recommencera bientôt. Mais ça ne veut pas dire que je n'ai pas droit à un peu de tranquillité !

— Certainement. Je te ficherai la paix dès que tu m'auras raconté ce qui t'arrive. Qu'est-ce que tu as fait à tes mains ?

Craignant d'y trouver du sang, il en saisit une à la paume rougie.

— Qu'est-ce que c'est ? De l'encre ?

Sans un mot, elle fondit en larmes. Jamais il n'avait rien vu de plus émouvant que ce chagrin qui lui submergeait le visage sans qu'elle émît le moindre son.

— Dis quelque chose, Reece ! Qu'est-ce qui se passe ?

— Je n'arrive pas à l'effacer. Je n'arrive pas à l'effacer et je ne me rappelle pas avoir fait ça. Je ne m'en souviens pas et ça ne veut pas partir !

Plongeant le visage dans ses paumes rougies, elle n'opposa aucune résistance lorsqu'il la souleva puis la porta sur son lit.

17

Une partie des murs et du plancher était maculée de ce rouge qu'elle avait voulu effacer avec une serviette de toilette.

Elle avait arraché le portrait de la glace avant de le déchirer en morceaux qu'elle avait chiffonnés et jetés dans la poubelle sous le lavabo.

Brody imaginait sans difficulté comment Reece avait réagi en arrivant, attrapant une serviette qu'elle avait dû imbiber d'eau avant de tenter d'effacer les inscriptions sans prendre garde aux gouttelettes qui inondaient le sol, sanglotant, le souffle court.

Pourtant, le message apparaissait encore clairement en une dizaine d'endroits :

C'EST MOI ?

— Je ne me rappelle pas avoir fait ça.

Les yeux toujours fixés sur le mur, il ne se retourna pas vers elle.

— Tu sais où se trouve le marqueur rouge ?

— Je… je ne sais pas. J'ai dû le ranger.

Dans une brume de larmes et de migraine, elle se dirigea vers la cuisine, ouvrit un tiroir. Rien.

Prise de désespoir, elle fouilla, puis ouvrit un autre tiroir, et encore un autre.

— Arrête !

— Il n'est pas là. J'ai dû l'emporter avec moi, le jeter. Je ne me souviens pas. Comme les autres fois.

Le regard de Brody s'était durci, pourtant sa voix restait la même, ferme et posée :

— Quelles autres fois ?

— Je crois que je vais vomir.

— Sûrement pas !

Elle fit claquer le tiroir et ses yeux rouges étincelèrent de colère.

— Arrête de me dire ce que j'ai à faire.

— Tu ne vas pas vomir, clama-t-il en l'attrapant par le bras, parce que tu ne m'as pas parlé des autres fois. Assieds-toi.

— Je ne peux pas.

— Très bien, alors lève-toi. Tu as du cognac ?

— Je n'en veux pas.

— Je ne t'ai pas demandé ce que tu voulais.

À son tour, il entreprit d'ouvrir les tiroirs, jusqu'à ce qu'il trouve une petite bouteille.

— Avale-moi ça, Slim.

Malgré sa colère et son désespoir, Reece savait qu'il était inutile de discuter. Aussi vida-t-elle le verre que lui tendait Brody.

— Le portrait. Ce pourrait être moi. Il existe une ressemblance entre moi et ce dessin.

— Parce que vous avez toutes les deux les cheveux longs et bruns ? Du moins jusqu'à ce matin en ce qui te concerne.

Fronçant les sourcils, il effleura le bout de ses mèches qui lui encadraient les joues largement au-dessus des épaules.

— Ce portrait ne te représente pas.

— Mais elle, je ne l'ai pas bien vue.

Il ouvrit son réfrigérateur et fut agréablement surpris de voir qu'elle l'avait rempli de bières de la marque qu'il préférait. Il en prit une, fit sauter la capsule.

— Tu as vu deux personnes au bord de la rivière, affirma-t-il avec certitude.

— Comment peux-tu en être sûr ? Tu ne les as pas vues.

— Je t'ai vue, toi. Mais revenons à l'affaire de ce soir. De quelles autres choses ne te souviens-tu pas ?

— Par exemple d'avoir gribouillé ma carte de randonnée, ou d'avoir ouvert ma porte au beau milieu de la nuit, ou d'avoir rangé mes saladiers dans le dressing et mes chaussures de marche dans le meuble de la cuisine. Ou d'avoir préparé mes bagages. Sans compter d'autres incidents. Il faut que j'y retourne.

— Où ça ?

Elle se frotta le visage.

— Je ne vais pas bien du tout. Il faut que je retourne à l'hôpital.

— N'importe quoi ! Qu'est-ce que c'est que cette histoire de bagages ?

— Un soir, le soir où j'avais bu une bière avec Linda Gail, j'ai retrouvé mes bagages préparés, tout bien rangés dans mon grand sac. J'avais dû faire ça le matin, ou pendant une pause. Je ne m'en souviens pas. Une fois, ma torche se trouvait dans le réfrigérateur.

— Moi, un jour, j'y ai retrouvé mon portefeuille.

— Ce n'est pas la même chose. Je ne mets pas mes affaires n'importe où. Jamais. Du moins… quand je suis consciente, quand je me porte bien.

Il me paraît inimaginable de ranger des saladiers en dehors de la cuisine, surtout pour les emporter jusqu'au dressing. J'ai besoin de savoir où tout se trouve. Là, je déraille.

— Encore une fois, c'est n'importe quoi. Tiens, ajouta-t-il en regardant les sacs de marché, c'est quoi ces plantes vertes ?

— Des légumes.

Elle se frotta de nouveau les tempes et désigna la salle de bains.

— Tu as vu ce que j'ai fait là ?

— Et si ce n'était pas toi ?

— Qui veux-tu que ce soit ? explosa-t-elle. Je suis instable. J'imagine des meurtres, j'écris sur les murs.

— Et si ce n'était pas toi ? répéta-t-il du même ton. Écoute, les histoires tordues c'est mon rayon. Tu as vu *Hantise* ?

Elle écarquilla les yeux.

— Si tu crois que quelqu'un agit envers moi comme Charles Boyer dans le film, tu es aussi dingue que moi.

— Qu'est-ce qui te terrorise le plus, Reece ? dit-il en s'accroupissant à côté d'elle. Croire que tu fais une nouvelle dépression ? Ou que quelqu'un veut te le faire croire ?

Elle tremblait de partout.

— Je ne sais pas.

— Disons que tu as vu une femme se faire assassiner, que tu es le seul témoin du meurtre. Tu as fait une déposition à la police, comme il se doit, et la rumeur s'est répandue. Supposons que l'assassin l'ait appris ou, comme nous l'avons déjà envisagé, qu'il t'ait vue. Évidemment, il a effacé ses traces mais tu lui poses quand même un sérieux problème.

— Parce que j'ai témoigné.

— Oui. Sa chance, c'est qu'on ne te croit pas sur parole : tu es nouvelle, plutôt fragile. Alors pourquoi ne pas exploiter tes problèmes ?

— Tu ne crois pas qu'il aurait plus vite fait de me tirer une balle dans la tête ?

— Ce qui nous donnerait un second meurtre. Pour le coup, on te prendrait au sérieux.

— À titre posthume.

— Certes.

Bon, se dit-il, *elle garde un certain sang-froid. Elle va tenir le coup.*

— Tandis que s'il agissait plus subtilement, en laissant le doute s'insinuer en toi, il pourrait te faire réagir. Qui sait ? Tu t'en irais courir toute nue dans la rue en chantant à la lune, ou ficher le camp subitement. Quoi qu'il en soit, ton témoignage ne vaudrait plus un clou.

— Mais c'est...

— Dingue ? Pas du tout. C'est très malin, et très bien pensé.

— Au lieu de croire que je deviens folle, tu veux me fairc avalcr qu'un tueur cherche à me déstabiliser ?

Il but une gorgée de bière.

— C'est une théorie.

D'un seul coup, alors qu'elle prenait peu à peu conscience des implications de cette théorie, elle eut la gorge sèche.

— La première solution me semble plus plausible.

Il se redressa et, comme s'il se ravisait soudain, lui tendit la main pour l'aider à se lever. Après une courte hésitation, elle la prit. Et lui fit face.

— Et toi, qu'est-ce que tu en penses ?

— J'ai devant moi une femme qui a échappé au pire, dont les amis se sont fait tuer tandis qu'elle-même était laissée pour morte. Piégée dans le noir, perdant son sang. Elle se retrouvait seule, la raison vacillante. Et elle atterrissait là, deux ans plus tard, parce qu'elle se battait pour recouvrer un semblant d'équilibre. Pour moi, c'est l'une des femmes les plus fortes que j'aie jamais rencontrées.

— Tu ne dois pas sortir beaucoup, souffla-t-elle.

— Je préfère quand tu plaisantes ! Prends quelques affaires et viens passer la nuit chez moi. Ces sacs, c'était pour le dîner ?

— Oh, merde ! Les coquilles Saint-Jacques !

En la voyant se ruer vers ses provisions, il se sentit complètement rassuré.

— Heureusement, s'écria-t-elle, que j'avais demandé un sac de glace pour les conserver ! Elles sont encore fraîches.

— J'adore les coquilles Saint-Jacques.

— Je suis sûre qu'avec moi tu aimerais tout.

Soudain, elle s'agrippa au comptoir, ferma les yeux.

— Tu ne vas pas me laisser tomber, promis ?

— Je te l'ai déjà dit, les femmes hystériques m'agacent, mais il y a une différence entre hystérie et névrose. En outre, je ne te trouve pas assez névrosée à mon goût. Alors je vais continuer avec toi.

— Comme ça, ça me va.

— Et j'espère que ça ne t'empêchera pas de me préparer un bon dîner.

— Merci. Je t'aime. Je suis amoureuse de toi.

Pendant dix secondes, elle n'entendit plus rien. Lorsqu'il reprit la parole, elle crut percevoir une intonation d'appréhension mêlée d'agacement dans sa voix :

— Ça m'apprendra à vouloir faire ma BA.

Elle éclata d'un rire joyeux qui balaya une partie de ses craintes.

— C'est pour ça que je perds la tête. Ne t'inquiète pas, Brody !

Il semblait la considérer avec autant d'appréhension qu'une bombe sur le point d'exploser.

— Sous mes nombreuses névroses se cache une femme sensée. Tu n'es pas responsable de mes émotions, et encore moins tenu d'y répondre. Mais quand on a vécu ce que j'ai vécu, on apprend à relativiser. Le temps, les gens, les sentiments.

— Tu confonds la confiance et l'attirance.

Elle s'arrêta un instant de préparer son nécessaire pour la nuit.

— J'ai sans doute la tête qui divague mais sûrement pas le cœur. Maintenant, si ça te fait peur, je peux appeler Linda Gail, elle m'hébergera jusqu'à ce que je prenne une décision.

— Prends tes affaires, rétorqua-t-il abruptement. Y compris ce qu'il te faut pour préparer ce dîner.

Elle n'était pas amoureuse de lui, mais il s'inquiétait à la seule idée qu'elle puisse le penser. Il avait voulu l'aider, cela avait été sans doute sa première erreur, et voilà qu'elle s'arrangeait pour tout compliquer. Comme ces femmes qui mettent des rubans partout. À vous en étouffer.

Heureusement qu'elle n'en parlait plus, ni de ce qui s'était produit dans son studio.

Ainsi qu'il l'avait prévu, le fait de préparer un repas l'apaisait grandement, comme l'écriture agissait sur ses propres angoisses. On s'étourdissait de travail et on ne pensait plus au reste.

Cependant, si sa théorie était juste, elle était en danger.

— Tu veux du vin ? lui demanda-t-il.

— Non, merci. De l'eau suffira.

Elle disposa les légumes verts sur de petites assiettes, dispersa dessus des carottes râpées.

En deux jours, il avait dû manger plus de crudités qu'au cours des six derniers mois.

— Joanie fera une attaque quand elle verra l'état de sa salle de bains.

— Tu n'as qu'à la repeindre.

Reece picorait sa salade.

— Je ne peux pas peindre les carrelages ni le sol.

— Mac vend certainement du solvant ou un truc susceptible de nettoyer tout ça. Cet appartement n'a rien d'un palace, Slim. Il aurait bien besoin d'un petit rafraîchissement.

— C'est le bon côté de la chose !

— Écoute, telle que je te connais, je ne te vois pas redécorer les murs à coups de graffitis nés de ton inconscient. En fait, tu n'as rien accompli de plus extravagant que de réorganiser les tiroirs de ma cuisine.

— Organiser, corrigea-t-elle. Pour les réorganiser, encore aurait-il fallu qu'ils l'aient jamais été.

— N'empêche que je finissais par retrouver mes affaires.

Il se resservit de la salade.

— Est-ce que chez Joanie quelqu'un t'a jamais accusée d'avoir une attitude extravagante, de commettre des actes insensés ?

— Joanie trouvait bizarre que je tienne à mettre de l'okra dans mon minestrone.

— Un légume pareil, ça fait bizarre, en effet. Quand tu déraillais, à Boston, tu étais seule ?

Elle se leva pour mettre une dernière touche au reste du repas.

— Non. Ça pouvait m'arriver n'importe où, à n'importe quel moment. La première fois que je suis sortie de l'hôpital, je suis allée chez ma grand-mère. Elle m'a emmenée faire des courses. Le lendemain, j'ai découvert un affreux pull-over marron dans mon tiroir et je lui ai demandé d'où il venait. À la façon dont elle me regardait, j'ai compris que j'avais dit quelque chose de bizarre. Alors elle m'a expliqué que c'était moi qui l'avais acheté, qu'elle avait même essayé de m'en empêcher, parce qu'elle trouvait que ce n'était pas mon style ; que j'avais insisté en prétendant, auprès d'elle aussi bien que de la vendeuse, qu'il me le fallait parce qu'il était à l'épreuve des balles.

Elle retourna les coquilles Saint-Jacques d'un mouvement habile du poignet.

— Une autre fois, elle est entrée dans ma chambre au milieu de la nuit parce qu'elle avait entendu un bruit terrible. J'essayais de clouer ma fenêtre. Impossible de me rappeler où j'avais déniché ces clous et ce marteau.

— Ces deux incidents ressemblent à de l'autodéfense. Tu avais peur.

— Il y a eu d'autres incidents du même genre. J'avais des crises de terreur nocturne au cours desquelles j'entendais tout ce bruit, ces coups de feu, ces cris. J'essayais d'enfoncer des portes, de m'enfuir par la fenêtre, celle-là même que j'avais voulu clouer. Un voisin m'a trouvée sur le trottoir en chemise de nuit. J'ignorais comment j'étais arrivée là.

Elle servit une assiette à Brody.

— C'est alors que je suis retournée à l'hôpital. Ceci pourrait bien être une rechute.

— Qui tomberait comme par hasard seulement lorsque tu es seule ? Je n'y crois pas. Tu travailles tes huit heures chez Joanie, cinq ou six jours par semaine. Tu passes du temps avec moi, avec Linda Gail, tu traverses la ville. Mais tu n'as jamais connu… comment dire ? Aucun épisode de ce genre, sauf dans ton studio, sans personne autour de toi. *Hantise*.

— C'est toi, Joseph Cotten ?

— J'apprécie les femmes qui connaissent leurs classiques. Et là, je pense à un autre : *Fenêtre sur cour*.

Songeuse, elle reprit sa place, armée de sa propre assiette.

— Jimmy Stewart assiste à un meurtre perpétré dans un appartement en face du sien, de l'autre côté de la cour, alors que lui-même est bloqué derrière sa fenêtre avec une jambe cassée. Personne d'autre n'a rien vu, continua-t-elle. Même pas Grace Kelly, ni son copain flic… attends comment s'appelle-t-il, déjà ?

— Wendell Corey.

— C'est ça, flûte ! Personne ne croit que Raymond Burr a tué sa femme.

— Il n'y a aucune preuve pour étayer les déclarations de notre héros. Pas de cadavre, aucun signe de lutte, pas de sang. Et Jimmy a des réactions parfois étranges.

— Autrement dit, selon toi, je suis piégée dans un mélange de *Hantise* et de *Fenêtre sur cour* ?

— Méfie-toi des gens qui ressemblent à Perry Mason et/ou qui parlent avec un accent français.

— Tiens, je me sens mieux, tout d'un coup. Il y a deux heures…

Elle s'interrompit, se passa les doigts sur les paupières.

— J'étais effondrée par terre à me demander ce que j'allais devenir. Je touchais le fond.

— Mais non, tu avais juste un peu dérapé. Et tu t'es relevée. C'est ça le courage.

— Je ne sais pas quoi faire.

— Pour commencer, tu pourrais manger tes coquilles Saint-Jacques. Elles sont absolument délicieuses.

— D'accord.

Elle en goûta une. Il avait raison, elles étaient délicieuses.

— Tu sais que j'ai pris un kilo et demi ?

— Où ai-je mis mes confettis ?

— C'est parce que je me suis remise à la cuisine. Pas seulement chez Joanie, mais ici.

— Ravi de pouvoir t'aider.

— Et puis parce que je fais l'amour.

— Je répète : ravi de…

— Et puis parce que je me suis fait couper les cheveux.

— J'ai cru comprendre.

Tout sourire, elle pencha la tête de côté.

— Alors, finalement, tu apprécies ma coiffure ou pas ?

— Ça va.

— Moi, ça me plaît. Si ce n'est pas ton cas, dis-le.

— Si je n'appréciais pas, je le dirais. Ou je dirais que ça te regarde d'aimer paraître coiffée avec un pétard.

— Je n'en doute pas un instant. C'est même pour ça que j'aime tant ta compagnie. J'aime passer du temps avec toi, parler avec toi. J'aime te faire la cuisine, coucher avec toi… Mais nous savons tous les deux qu'il serait plus malin de nous éloigner un peu l'un de l'autre.

Les yeux sur son assiette, il se rembrunit soudain.

— Écoute, si c'est parce que tu te crois amoureuse de moi et que ça risque de nous empoisonner la vie…

— Mais non ! Tu devrais t'estimer heureux, au contraire. Il y a beaucoup de femmes qui pourraient te trouver attirant mais qui te rejetteraient à cause de ton caractère grincheux.

— Je n'ai plus quinze ans.

— Parfaitement. Aussi je ne parle pas de mes sentiments pour toi mais de ma situation. Si je pète les plombs, je ne serai qu'une source de problèmes. Si tu as raison, et qu'il s'agit d'interventions extérieures, c'est encore pire.

Il prit sa bière, avala pensivement une gorgée.

— Je n'ai aucune envie d'abandonner ni ta cuisine ni ton lit.

— Ça se défend. Mais si tu changes d'avis un de ces jours, je ne t'en voudrai pas.

Elle prit le pichet d'eau.

Brody lui saisit la main au passage, attendit qu'elle le regarde dans les yeux.

— Il n'y a pas que ta cuisine et ton lit. J'éprouve… Je me sens concerné par ce qui pourrait t'arriver, conclut-il.

— Je le sais.

— Bon. Dans ce cas, on ne va pas passer une heure et demie à disséquer et analyser tous les sous-entendus possibles.

Elle avait la main si douce, il n'allait pas la relâcher comme ça.

Quand ils eurent fini de dîner et de ranger la cuisine, alors que Reece venait de s'asseoir, une tasse de thé entre les mains, il lui lança :

— Est-ce que tu accepterais de passer une heure toute seule ici ?

— Pourquoi ?

— J'ai envie d'emmener Rick chez toi, qu'on regarde un peu à quoi ça ressemble.

— Surtout pas, murmura-t-elle en contemplant les flammes du feu qu'il venait d'allumer dans la cheminée. Il ne me croit pas. Je me suis rendue à son bureau ce matin. Je l'y ai trouvé, avec Debbie et Hank. Quand j'ai sorti le portrait-robot et annoncé que j'allais le montrer à Jackson Hole, je n'ai lu que de la pitié sur leurs visages.

— Si quelqu'un s'est introduit chez toi…

— Même si c'est vrai, on ne pourra jamais le prouver. Et comment voudrais-tu qu'un intrus soit entré alors que je venais de faire installer un verrou ?

— Un verrou, ça se trafique, des clefs ça se copie. Où gardes-tu les tiennes ?

— Dans la poche intérieure de mon sac ou, quand je n'ai pas de sac, dans la poche de ma veste. La droite parce que je suis droitière, si tu veux tout savoir.

— Où ranges-tu ton sac et ta veste quand tu travailles ?

— Dans le bureau de Joanie. Elle a un double de mes clefs dans une petite armoire accrochée au mur de son bureau. De là à conclure que Joanie se glisse dans mon studio pour me faire des misères…

— N'importe qui pourrait s'introduire dans son bureau pour copier ta clef.

Elle reposa sa tasse d'une main tremblante.

— Tu crois que c'est un habitant d'Angel's Fist ?

— Qui sait ? Ça pourrait être quelqu'un d'Angel's Fist ou quelqu'un qui y vient régulièrement. Ou quelqu'un qui campait, ou chassait ou faisait de la randonnée dans le coin. Quelqu'un qui sait effacer ses traces, ce qui, à mon sens, élimine les citadins. Qui était au courant de ton absence aujourd'hui ?

— Qui ne l'était pas ?

— Ouais. C'est ça l'ennui. On devrait établir un tableau chronologique. Tu as dit que tu tenais un journal ?

— Oui.

— Je voudrais le voir.

— Jamais de la vie !

Le ricanement qu'il lui opposa se transforma vite en sourire.

— Je m'y trouve ?

— Mais non ! Qui est-ce qui irait raconter à son journal ce qu'il ou elle fait avec son amant ? Quelle idée !

— Je jetterais bien un coup d'œil sur les galipettes pour m'assurer que tu n'as rien oublié.

— C'est moi qui vais vérifier les dates et les heures que je pourrais avoir notées.

— Bon, mais pas ce soir. Va te coucher.

— J'ai juste envie de traîner un peu.

— Et après c'est moi qui devrai te monter au lit ? Je vais m'enfermer dans mon bureau pour travailler.

— Ah…

Elle posa les yeux sur la porte d'entrée.

— Et si…

— Je vérifierai que tout est bien fermé. Monte te coucher, Slim.

À quoi bon prétendre qu'elle n'était pas fatiguée ?

— Demain, je suis de service pour le petit déjeuner. Je tâcherai de ne pas te réveiller en me levant.

— C'est gentil.

— Merci, Brody.

— De rien.

Elle se pencha pour lui donner un petit baiser.

— De beaucoup au contraire. Sans toi, je ne sais pas où j'en serais.

En passant dans le couloir, elle vit la lumière sous la porte du bureau et entendit le léger clac-clac des touches du clavier.

Il lui suffisait de savoir qu'il était là pour pouvoir se coucher sans verrouiller la porte de la chambre.

Il lui suffisait de savoir qu'il était là pour pouvoir fermer les yeux et dormir.

18

Brody s'accroupit devant le studio de Reece, armé d'une lampe torche et d'une loupe.

Il se sentait un peu ridicule.

Bien que les grasses matinées soient l'apanage de l'écrivain, il s'était levé tôt, en même temps qu'elle, refusant de la laisser partir à pied au restaurant.

Il n'aurait plus manqué que ça, alors qu'elle avait peut-être un assassin à ses trousses : une femme seule la nuit dans les bois.

En outre, chez Joanie, il avait eu droit non seulement à deux tasses de café mais aussi à des œufs au bacon accompagnés de frites, alors que les premiers clients n'étaient même pas encore arrivés.

Il n'y perdait pas au change.

À présent, il se retrouvait à jouer les détectives bien qu'il n'ait jamais, au contraire de ses héros, ouvert aucune porte par effraction. Sans pouvoir l'affirmer, il avait l'impression de ne trouver aucune trace de forçage de serrure.

De nouveau, il eut envie d'avertir le shérif. Cependant, il ne voyait pas ce que Rick pourrait faire de plus que lui pour le moment.

D'autant qu'il trahirait ainsi la confiance de Reece. Elle qui prétendait l'aimer… Encore une qui confondait attirance physique et amour.

Il se redressa, regarda la clef qu'elle lui avait donnée, posée au creux de sa main.

La confiance…

Il ouvrit la porte. Entra.

Il repéra tout de suite l'odeur, légère et subtile. Reece. Il l'aurait reconnue entre toutes. Une brusque rage s'empara de lui à l'idée que celui qui s'était introduit chez elle avait pu humer le même parfum.

La lumière du jour éclairait maintenant les fenêtres, le plancher nu, les meubles d'occasion, le couvre-lit bleu qu'elle avait jeté sur l'étroite couche.

Elle méritait mieux que ça. Sans doute pourrait-il l'aider, lui donner de quoi s'offrir un tapis, repeindre ses murs.

Et puis, elle attendrait la bague au doigt.

Il prit l'ordinateur portable, les fils, la clef USB, glissa le tout dans la sacoche rangée au pied de la table. Reece allait dormir au moins une nuit encore chez lui. Autant qu'elle ait son matériel avec elle.

À tout hasard, il ouvrit le tiroir du petit bureau. Il y trouva deux crayons cassés en deux, un marqueur et un album de photos qu'il ne put s'empêcher de feuilleter.

Le portrait d'une femme âgée à l'allure sévère assise sur un banc dans un jardin avait été barré d'un X au visage. Sur d'autres clichés, on revoyait cette femme en chemisier blanc et pantalon noir, portant un caniche de la taille d'un timbre poste. Un couple en tablier de garçon de café, un groupe brandissant des flûtes de champagne. Un homme aux bras ouverts face à un grand four encastré.

Tous marqués d'un X.

Sur la dernière photo, Reece se tenait au milieu d'un groupe. Le restaurant. Chez Maneo's. Elle seule n'avait pas le visage barré, et tous affichaient un large sourire.

Sous chaque personne, on avait écrit un mot : MORT. Et sous Reece : FOLLE.

Avait-elle vu ça ? Il espérait que non. Il glissa l'album dans la poche extérieure de la sacoche. Maintenant qu'il y était, il ouvrit tous les tiroirs du dressing.

Tâchant de ne pas trop se troubler en fouillant parmi ses sous-vêtements, il se rappela qu'il les lui avait ôtés plus d'une fois. D'ailleurs, elle n'en possédait pas beaucoup.

Les tiroirs de la cuisine, c'était autre chose. Dans ce domaine, elle ne lésinait pas ; et puis tout était impeccablement rangé, dans un ordre rigoureux. Il trouva des tasses graduées, des cuillères, des fouets (comment pouvait-on avoir besoin de plusieurs fouets ?) ainsi que quantité d'autres ustensiles dont il ne connaissait même pas l'usage.

Il repéra un ensemble de saladiers et de plats empilés les uns sur les autres. Pourquoi tant de saladiers ?

Dans le placard voisin, il découvrit ce qu'il identifia comme un mortier et son pilon, ainsi qu'une coupe pleine à ras bord de comprimés.

Il la sortit, la mit de côté.

Il se rendit dans la salle de bains. Dans l'armoire à pharmacie, il aperçut tous les flacons qu'il y avait déjà vus, bien à leur place. Mais vides.

Sa colère ne fit qu'augmenter.

Serrant les poings, il se mit à regarder autour de lui. Les inscriptions en lettres capitales n'avaient rien d'un griffonnage hâtif ; toutefois, certains mots plus grands que d'autres indiquaient une certaine frénésie. Surtout lorsqu'ils grimpaient directement du sol sur les murs.

Le salaud qui avait fait ça était d'une cruelle intelligence.

Brody sortit son appareil photo numérique et prit tous les clichés qu'il put, de tous les angles possibles dans ce minuscule espace. Et puis il s'adossa au montant de la porte.

Pas question que Reece revienne habiter le studio dans cet état. Il allait chercher chez Mac de quoi nettoyer le plancher, le carrelage et la baignoire. Il n'en aurait pas pour longtemps.

Pendant qu'il y était, il en profiterait pour acheter de la peinture. Cela lui prendrait quelques heures tout au plus.

Ce n'était pas comme s'il lui offrait un tapis.

Évidemment, Mac posa des questions. Sans doute pouvait-on acheter du papier toilette à Angel's Fist sans susciter la curiosité, mais ce devait être tout. Sinon, c'était aussitôt : pour quoi faire ?

Brody ne lâcha pas un indice sur ses intentions. Les gens avaient vite fait de se monter la tête. Lui qui considérait comme un calvaire toute tâche ménagère plus élaborée que la préparation d'un café, voilà qu'il se retrouvait à genoux dans ce studio, en train de frotter.

Reece actionna précautionneusement la poignée de la porte. Elle appréhendait de la trouver ouverte. Elle appréhendait de trouver à l'intérieur Brody gisant dans une mare de sang.

Pourquoi était-il encore là, d'abord ? Elle s'était attendue à ce qu'il lui rende sa clef. Mais il n'en avait rien fait et sa voiture était toujours garée dehors.

Et la porte du studio n'était pas fermée.

— Brody ?

— Je suis dans la salle de bains.

— Ça va ? J'ai vu ta voiture et je n'ai…

Elle s'arrêta, renifla.

— Qu'est-ce que ça sent ? La peinture ?

Il émergea de la baignoire un rouleau à la main, des taches sur les doigts et sur les cheveux.

— Ce n'est pas grand-chose, à peine trois mètres carrés.

— Un peu plus que ça, articula-t-elle d'un ton ému. Merci.

Elle entra pour jeter un coup d'œil.

Il avait déjà terminé le plafond de la salle de bains et toutes les bordures du carrelage, apprêté les murs. Il avait choisi un bleu très pâle comme si un nuage avait brièvement plongé dans le lac pour en capter la couleur.

Les lettres rouges avaient entièrement disparu.

Reece s'appuya contre lui.

— J'adore cette nuance !

— Je n'avais pas vraiment le choix si je voulais juste prendre ce qu'il y avait au bazar sans me faire remarquer. C'était ça ou un magnifique rose barbe à papa.

À présent, elle souriait franchement.

— Je vais te devoir beaucoup de repas.

— Ça marche. Mais si tu veux repeindre tout le studio, tu te débrouilleras seule, j'avais oublié que je détestais ce genre d'exercice.

Il se surprit à l'embrasser sur le front ; trop tard pour s'interrompre. Déjà elle penchait la tête en arrière, le regardait dans les yeux.

— Pour moi, ça vaut tous les diamants, murmura-t-elle.

— Tant mieux, parce que je suis à court de diamants en ce moment.

Quand elle se blottit contre son épaule, il fondit complètement.

— Je ne voulais pas que tu revoies ces horreurs.

— Je sais, mais j'aurais voulu savoir si tu pourrais encore m'accueillir cette nuit. Tu sais que cette odeur ne s'évapore pas vite.

Elle inclina de nouveau la tête et, cette fois, posa les lèvres sur les siennes, lui offrant un long baiser tellement doux qu'il lui en donna le tournis. De sa main libre, il lui caressa le dos, saisit sa chemise.

Elle recula en riant. Rayonnante. À croire qu'elle avait évacué tout le stress de la veille.

— J'ai juste besoin de récupérer deux trois affaires… Hé ! Tu avais l'intention de piler quelque chose ?

Encore tout à son baiser, il tomba des nues.

— Pardon ?

— Tu as sorti mon mortier.

Il se maudit intérieurement de l'avoir laissé dehors, avec toutes ces pilules…

— Reece…

— Qu'est-ce que c'est que ça ? On dirait…

D'un seul coup, la lumière avait disparu de ses yeux.

— Je ne les prends pas, assura-t-elle comme si elle s'excusait. Je les garde, on ne sait jamais, et aussi pour me rappeler ce à quoi je tente d'échapper. Je ne voudrais pas que tu croies que je…

— Ce n'est pas moi qui les ai mises là.

— Alors… oh !

— Ce ne sont que des pièges, Reece.

Déposant le rouleau dans la cuvette, il s'approcha d'elle :

— Il te tend des pièges, tu ne dois pas t'y laisser prendre.

— D'après toi, qu'est-ce qu'il veut dire par là ? murmura-t-elle en laissant les comprimés lui couler entre les doigts. Tu crois qu'il me suggère de les piler pour en faire une pâte homogène que je pourrais ensuite avaler en guise de passeport pour l'oubli ?

— Il peut dire ce qu'il veut tant que tu ne l'écoutes pas. Ça ne compte pas.

— Si, ça compte.

Elle se retourna vers lui, toute tendresse oubliée, laissant la place à des éclairs de fureur.

— Si je n'écoute pas, je ne peux pas répondre ! Je refuse de lui laisser croire qu'il peut me renvoyer à mon passé, aux médicaments, aux médecins.

Sans laisser à Brody le temps de réagir, elle attrapa la coupe, la vida dans l'évier et ouvrit le robinet.

— Je n'en ai pas besoin ! Je ne veux plus en entendre parler ! Merde !

Lui posant une main sur l'épaule, il regarda avec elle les pilules fondre puis disparaître.

Soudain, Brody se souvint de l'album de photos qu'il avait mis de côté afin de la protéger. Au fond, elle n'avait pas besoin qu'on la protège mais qu'on croie en elle.

— Il y a autre chose. Ça risque de te choquer.

— Quoi ?

Il ouvrit la sacoche, en sortit le petit album.

Elle le feuilleta sans trembler.

— Comment a-t-il pu leur faire ça ? Avec tout ce qu'ils ont souffert, tout ce qu'ils ont perdu, et il les barre, comme s'ils ne représentaient rien !

— Pour lui, c'est le cas.

— Je n'aurais jamais fait ça ! Même si j'étais complètement frappadingue. Là, il vient de commettre une erreur, parce que maintenant je suis sûre que ce n'est pas moi. Je les aimais trop. Quel salaud ! Quel enfoiré ! Il ne l'emportera pas au paradis !

Il la prit dans ses bras et, sans se faire prier, elle s'abandonna.

— Je pourrai remplacer la plupart des photos, ma grand-mère en a des copies. Sauf pour le groupe, là c'était la seule que j'avais.

— Tu en trouveras peut-être dans leurs familles.

— Sans doute. Je pourrais le leur demander. Excuse-moi, maintenant, il faut que je retourne terminer mon service.

— Je descendrai quand j'aurai fini. Si tu veux, on pourra se promener. Ou louer un bateau. Ou n'importe quoi.

— N'importe quoi, ça me va très bien.

Pete avait repris le travail ; il lui décocha un clin d'œil quand elle entra dans la cuisine.

— Ton poulet teriyaki fait un malheur ! On ne va pas en avoir assez.

— Tant mieux.

— Tu as pris une longue pause, lui fit remarquer Joanie.

— Pardon. Je resterai plus longtemps cet après-midi.

— Alors, comme ça, Brody fait de la peinture, là-haut ?

Reece qui se lavait les mains s'interrompit dans son geste.

— Comment le savez-vous ?

— Carl est venu prendre un café, et il a dit à Linda Gail que Brody était passé au bazar acheter de la peinture, des brosses et des pinceaux. En plus, sa voiture est toujours garée dehors.

— Oui, il me rend service.

— Pourvu que vous n'ayez pas choisi des couleurs trop criardes...

— C'est un bleu très pâle. Juste pour la salle de bains. C'est... elle en avait besoin.

— Comme tu dis !

Joanie posa un steak sur une tartine, coupa un œuf et entreprit de garnir son sandwich.

— C'est chouette d'avoir un homme qui se charge de ces tâches, conclut-elle.

— Oui.

Sans autre commentaire, Reece prit la commande suivante.

— Je n'ai jamais vu Brody se donner un tel mal pour une femme, insista Joanie. Et toi, Pete ?

— Pas vraiment.

Il avait raison au sujet du teriyaki. On lui en demandait deux autres, l'un accompagné de rondelles d'oignons, l'autre de soupe de haricots. Reece se mit au travail.

— Je couche avec lui, lâcha-t-elle d'un ton égal. Les hommes rendent souvent ce genre de service aux femmes qui passent la nuit avec eux.

— Tu n'es pas la première avec qui il a fait des galipettes, rétorqua Joanie, mais il n'a pas repeint leur salle de bains pour autant.

— C'est que je dois être meilleure au lit !

La patronne s'esclaffa, déposa une assiette de frites sur le bar à côté du sandwich, ajouta une salade.

— Commande prête ! Tiens, voilà Denny ! Comment ça va ?

— Super, Joanie !

Au lieu de s'asseoir, l'adjoint restait debout devant le comptoir.

— C'est le shérif qui m'envoie. Il voulait savoir si Reece pourrait passer cinq minutes.

— Elle vient de rentrer de sa pause, et ça va être l'heure de pointe pour le déjeuner ! protesta Joanie

Denny se gratta la tête sous son chapeau.

— C'est que... Je pourrais lui parler ?

L'air contrarié, Joanie acquiesça.

— Qu'est-ce qui se passe ? demanda Linda Gail en prenant un plat.

— Occupe-toi de tes commandes, toi ! Qu'est-ce qui lui prend à Rick de me priver de ma cuisinière à midi pile ?

— Le shérif me demande ? s'écria Reece en levant la tête de son fourneau.

— Il voudrait que vous passiez cinq minutes à son bureau, dit Denny, mais je comprends que ce n'est pas le moment avec tous les clients qui rappliquent... On a trouvé le corps d'une femme dans les marécages de Moose Ponds. Et le shérif a... euh... des photos à vous montrer. Pour vérifier si c'est celle que vous avez vue... je veux dire, dans la rivière...

— Vas-y ! ordonna brusquement Joanie.

— Bon. Je termine juste cette commande.

— Je m'en occupe. Pete, monte chercher Brody !

— Non, non ! Ne le dérangez pas. J'y vais.

Pete attendit que Reece ne soit plus à portée d'oreille :

— Vous voulez que je monte chercher Brody ?

— Elle t'a dit non ! Reece sait encore ce qu'elle fait !

Néanmoins elle se remit au travail l'air inquiet.

Denny avait allumé la radio dans la voiture, si bien que le trajet fut tranquille. Reece n'eut pas le temps de se tourmenter à l'idée de ce qui l'attendait. Tout serait réglé en cinq minutes, ensuite elle pourrait passer à autre chose et tâcher de ne plus y penser.

— Vous prendrez un café ? De l'eau ? proposa l'adjoint en sortant de la voiture

— Non, merci, ça ira.

Elle se sentait incapable d'avaler quoi que ce soit.

— Vous savez comment elle a été… comment elle est morte ?

— Vous verrez ça avec le shérif.

À la réception, Hank leva la tête de son téléphone, en boucha le récepteur.

— Une bande de touristes cinglés qui chassaient le bison en 4 × 4. Ils sont entrés dans le décor et ils n'osent pas bouger parce qu'un taureau les menace. Salut, Reece, ça va ?

— Oui.

— Denny, vas-y avec Lynt. Et confisque le véhicule de ces abrutis.

Quand elle entra dans le bureau du shérif, celui-ci se leva.

— Merci d'être venue.

— Alors c'est vrai ? Vous avez trouvé le corps d'une femme ?

— Asseyez-vous.

Il la prit doucement par la main, l'amena à une chaise.

— Ce sont des enfants qui l'ont découverte. Elle correspond à votre description. J'ai quelques photos. Je vous préviens, c'est un spectacle assez dur mais si vous avez le courage de les regarder, dites-moi si c'est la femme que vous avez vue.

— Elle est morte étranglée ?

— Il semblerait, en effet. Vous croyez que vous allez pouvoir regarder ces clichés ?

— Oui.

Tandis qu'il sortait un dossier, elle joignit les mains sur ses genoux.

— Prenez votre temps.

Il s'assit à côté d'elle, sur l'autre chaise réservée aux visiteurs, lui présenta une photo. Reece ne la prit pas car elle ne parvenait plus à desserrer ses doigts agrippés les uns aux autres. Mais elle regarda.

Puis détourna la tête, le souffle court.

— Elle est… oh, mon Dieu !

— Je sais que c'est dur. Elle a passé un certain temps dans le marécage. Peut-être un jour ou deux. Le légiste nous donnera bientôt des précisions.

— Un jour ou deux ? Mais ça fait des semaines…

— Si elle a pu lui échapper ce jour-là, si elle a été juste blessée, ceci a pu se produire ensuite.

Alors qu'elle commençait à secouer la tête, Rick leva une main.

— Cette femme est-elle celle que vous avez vue ?

En se tordant les mains, elle parvint à jeter un nouveau coup d'œil sur la photo.

Le visage était tellement gonflé, tellement défiguré par les coups, tellement sali de boue et de sang, qu'il paraissait à vif. Les animaux du marais l'avaient largement attaqué. Reece avait entendu dire que les poissons et les oiseaux s'en prenaient d'abord aux yeux. Elle en voyait la preuve sur le cliché.

Cette femme avait de longs cheveux sombres, une carrure frêle.

Reece s'efforça d'y superposer ses souvenirs de la scène à laquelle elle avait assisté.

— Je ne... celle-ci semble plus jeune et ses cheveux... je crois qu'ils étaient plus courts. Je ne sais pas.

— Vous vous teniez très loin d'elle, je crois.

— Il ne l'a pas battue, tandis que celle-ci... l'autre l'a seulement poussée. Il ne lui a pas frappé le visage comme ça.

Rick resta un moment silencieux ; voyant Reece détourner les yeux, il rangea la photo.

— Et si elle n'était pas morte lorsque vous avez couru chercher de l'aide ? Il l'aurait juste entraînée, avant d'effacer ses traces. Et puis elle aurait pu revenir, ils se seraient réconciliés un certain temps, ils se seraient baladés dans la région avant de se disputer à nouveau, quelques semaines plus tard. Et ce serait là qu'il l'aurait achevée. Un homme qui a déjà posé les mains autour du cou d'une femme peut très bien recommencer.

— Et le reste ?

— Il va falloir attendre l'autopsie ainsi que l'examen d'autres indices. En ce qui me concerne, je pense qu'il y a de fortes chances pour que ce soit la femme que vous avez vue. Mais si vous pouviez regarder encore, sans idée préconçue, je suis sûr que ça nous aiderait. La victime ne portait aucune pièce d'identité. Ses empreintes digitales n'ont rien donné. On va essayer avec les empreintes dentaires ; on cherche également du côté des personnes disparues.

Reece le fixa droit dans les yeux.

— Vous ne m'avez pas crue jusqu'à aujourd'hui. Vous n'avez pas cru un mot de ce que je vous ai raconté.

— Il est vrai que j'ai douté, je ne vous le cache pas. Ça ne veut pas dire que je ne sois pas allé vérifier ou que j'aie classé l'affaire.

— Très bien.

Cette fois, ce fut elle qui tendit la main pour saisir une autre photo. Passé le premier choc, elle n'éprouvait plus qu'une immense pitié face à ce visage tuméfié.

— Navrée, mais je ne suis pas sûre. J'aimerais pouvoir vous répondre que c'est bien la femme que j'ai vue, mais je ne peux pas l'affirmer. Je crois qu'elle était plus âgée, que ses cheveux étaient plus longs, son visage plus étroit, mais je n'en suis pas certaine. En supposant qu'on parvienne à l'identifier, si je pouvais voir un portrait d'elle avant sa mort, là je pourrais vous dire oui ou non avec plus de certitude.

— D'accord.

Il ferma son dossier, prit les mains de la jeune femme, les serra. Elles étaient froides, presque glacées.

— Je sais que ça a été une épreuve pour vous. Voulez-vous un verre d'eau ?

— Non, merci.

— Quand on l'aura identifiée, on vous la montrera. Je vous suis reconnaissant d'être passée. Denny va vous ramener.

— Je crois qu'il est parti sur une affaire.

— Dans ce cas, je m'en charge avec ma voiture.

— Je peux marcher.

Cependant, elle s'aperçut en se levant qu'elle avait les jambes flageolantes.

— Enfin…

— Je vous dépose. Si vous voulez bien m'attendre ici quelques minutes ?

Reece secoua la tête.

— Si ce que vous dites est vrai… Admettons qu'elle était encore vivante il y a quelques jours. Pourquoi serait-elle restée avec cet homme alors qu'il a déjà tenté de la tuer ?

— Vous savez, dit-il en ouvrant la porte, les gens ont parfois de ces réactions… Hank ! Je raccompagne Reece chez elle. Et puis je peux me tromper. Ceci n'a peut-être aucun rapport avec ce que vous avez vu le mois dernier. Néanmoins, d'après votre description, je pense qu'il y a de grandes chances pour que ce soit ça.

— Elle n'a pas été portée disparue parce qu'elle se trouvait avec lui et qu'il n'aurait de toute façon rien dit.

— C'est possible.

Elle entra dans la voiture, appuya la tête au dosseret.

— Si seulement c'était bien cette femme ! soupira-t-elle. Ça me simplifierait tellement la vie ! Ça s'arrêterait là, on n'en parlerait plus.

Alors qu'il se garait devant le restaurant de Joanie, Reece aperçut Brody qui contournait le bâtiment.

— Qu'est-ce qui se passe ? demanda-t-il, l'air inquiet.

Jamais elle ne lui avait vu une telle expression.

— On a découvert un cadavre de femme… je ne sais pas si c'était elle. Elle avait le visage trop ravagé. Je ne crois pas que c'est celle que j'ai vue mais…

— On l'a trouvée dans les marécages, près de Moose Ponds, précisa Rick en sortant de voiture.

— Je vais m'asseoir un peu avant de monter, dit Reece en se laissant tomber sur l'escalier de son studio.

— C'est une inconnue brune, chuchota Rick à Brody. Longs cheveux sombres. Il semble qu'elle ait été étranglée, battue, violée. Peut-être noyée. Le légiste est en train de procéder à l'autopsie. Ce sont des enfants qui l'ont découverte. Nue. Pas trace de vêtements ni de papiers aux alentours.

— Ils l'ont découverte comme ça ?

— Hier. Je l'ai su aujourd'hui. J'ai reçu les photos de la scène du crime.

— Enfin, bon sang, Rick ! Comment veux-tu que Reece identifie un cadavre qui traîne dans les marais depuis presque un mois ?

— Un jour ou deux tout au plus, corrigea le shérif. Elle ne serait pas morte ce jour-là, mais plus tard. Reece s'en est bien sortie. Elle a été très courageuse.

— Tu aurais pu m'avertir, je l'aurais accompagnée.

Il désigna Reece du menton.

— Si elle avait voulu te prévenir, elle l'aurait fait. Qu'est-ce que tu as dans les cheveux ?

— Zut ! de la peinture… J'effectue quelques travaux là-haut.

Rick arbora un large sourire.

— Debbie m'a fait réparer son perron, puis acheter des trucs au marché. Je n'ai pas eu le temps de dire ouf que je me retrouvais en costume, à dire « oui ».

— Lâche-moi, Rick ! De la peinture !

— Il faut bien commencer par quelque chose.

Il se dirigea vers Reece, recroquevillée sur elle-même.

— Ça va aller, maintenant ?

— Oui. Très bien. Merci de m'avoir raccompagnée.

— C'était la moindre des choses.

— Shérif ? appela-t-elle alors qu'il se dirigeait vers sa voiture. Vous me préviendrez dès qu'elle aura été identifiée ?

— Promis.

À l'adresse de Brody, il murmura :

— Méfie-toi qu'elle ne te mette pas le grappin dessus !

Rick se glissait déjà au volant et claquait sa portière.

Revenant vers Reece, Brody se pencha sur elle.

— Viens, on va chercher les affaires dont tu pourrais encore avoir besoin et je t'emmène à la maison. Ensuite on ira se promener.

— Non. Il faut que je retourne travailler.

— Arrête ! Joanie ne va pas te virer !

— J'ai besoin de travailler, j'ai besoin de gagner ma vie. De toute façon, il vaut mieux que je travaille. On se baladera une autre fois, d'accord ?

— Si tu veux. Tiens, voilà ta clef. Je serai chez moi si... je serai chez moi.

— D'accord.

Comme il ne bougeait toujours pas, ce fut elle qui l'embrassa.

— Tiens, en guise d'acompte sur ce que je te dois pour la peinture.

— Je croyais que tu me rembourserais sous forme de repas.

— Aussi.

19

Joanie ne posa pas de question ; elle avait averti tous les employés qu'elle ne voulait rien entendre qui ne concerne pas le restaurant.

Passé le coup de feu du déjeuner, elle observa Reece qui émincait des oignons. Toute championne qu'elle soit dans sa spécialité, cette fille n'avait pas le cœur à l'ouvrage.

— Ton service est terminé, lui annonça-t-elle.

— Je vous dois une heure. Et on va manquer de salade de pommes de terre.

— Tu me devais dix minutes. Elles sont faites.

Reece continua de couper en secouant la tête.

— Je suis restée une bonne demi-heure avec le shérif.

Joanie serra les poings sur ses hanches.

— Et alors ? Je t'ai dit que je te retiendrais quelque chose là-dessus ?

— Je vous dois une demi-heure.

Reece jeta les oignons et le céleri dans les pommes de terre qu'elle avait déjà fait bouillir, coupées en carrés et mises à refroidir.

— Elles feraient plus d'effet avec de l'aneth frais.

— Moi, ce qui me ferait de l'effet, ce serait une partie à trois avec George Clooney et Harrison Ford, mais rien de tout ça ne risque jamais de nous arriver. Les clients ne se plaignent pas, et si je te dis que ton service est fini c'est qu'il est fini. Je ne paie pas les heures supplémentaires.

— Je ne vous ai rien demandé ! Je voudrais de l'aneth frais, du curry et du fromage qui ne ressemble pas à du mastic. Et si les clients ne se plaignent pas c'est parce qu'ils ont les papilles gustatives atrophiées.

Joanie regarda Pete quitter son évier et entamer une prudente retraite vers le comptoir.

— Dans ce cas, ils n'en ont rien à cirer de ton aneth frais.

— Eh bien, ils devraient ! marmonna Reece en faisant claquer un pot de sauce contre le comptoir. Et vous aussi. Pourquoi faut-il toujours se contenter de la médiocrité ? J'en ai marre de la médiocrité !

— Dans ce cas, tu te barres.

— Parfait !

Reece se débarrassa de son tablier. Furieuse, elle fila dans le bureau de Joanie, y récupéra son sac et se dirigea vers la porte. Elle s'arrêta devant un box où trois randonneurs achevaient leur repas en faisant semblant de n'avoir rien entendu.

— Cumin ! s'écria-t-elle en désignant un bol de chili. Ça manque de cumin.

Elle sortit en claquant la porte.

— Je t'en ficherais du cumin ! grommela Joanie.

Reece monta directement dans sa voiture. Tant qu'à faire, elle devrait reprendre tout de suite la route et filer droit devant elle. Rien ne la retenait dans cette ville, ni ses habitants ni cet emploi ridicule qui n'avait rien à voir avec la vraie cuisine. Elle devrait s'installer à Los Angeles, voilà ! Trouver une véritable place de chef dans un authentique restaurant, là où les gens comprenaient ce que signifiait le mot cuisine.

Elle s'arrêta devant le bazar. Elle devait du temps à Joanie, mais cette mégère ne voulait pas en entendre parler. Elle devait à Brody un repas pour avoir repeint sa salle de bains. Et elle comptait bien payer ses dettes.

Elle entra et fonça vers le comptoir où Mac préparait une commande pour Debbie Mardson.

— Il me faut des noisettes ! lança-t-elle.

— Ah ! Je ne suis pas sûr qu'on en ait en stock.

Comment préparer un poulet Fra Angelico sans noisettes ?

Elle fila inspecter les rayons épicerie à la recherche d'ingrédients et d'inspiration. Ridicule ! Absurde ! Comme si on pouvait trouver quoi que ce soit dans ce trou perdu !

— Oh, miracle ! s'écria-t-elle soudain. Des tomates séchées.

Elle les jeta dans son panier, y ajouta des tomates fraîches. De serre, malheureusement. Aucun goût. Elle ferait comme si.

Bien entendu, pas de champignons portobello. Ni d'aubergines, ni d'artichauts. Ni, évidemment, d'aneth frais.

— Salut, Reece !

Tout en prenant des poivrons chétifs, elle tourna vers Lou une mine renfrognée.

— Si c'est votre mère qui vous envoie, vous pouvez lui dire que c'est pas la peine.

— Maman ? Je ne suis pas encore passé lui dire bonjour. Donnez-moi ça, que je le porte.

— Pas la peine, je me débrouillerai toute seule. Je vous ai déjà dit que je ne coucherais pas avec vous.

Il en demeura bouche bée, se racla la gorge.

— Je sais, j'ai compris. Écoutez, si je suis entré c'est juste parce que je me disais que ça n'allait peut-être pas.

— Et pourquoi ça n'irait pas ? Des pommes de terre rosées ! Encore un miracle.

— J'ai entendu parler de cette femme qu'on a trouvée près de Moose Ponds. C'est le genre de nouvelles qui se répand vite. Ça a dû être dur pour vous.

— Comparé à elle, ce n'est rien du tout, grommela-t-elle en choisissant un paquet de blancs de poulet.

— J'imagine. N'empêche que ça a dû vous faire drôle de la revoir. Même en photo. De retourner tout ça dans votre tête comme quand vous étiez sur la piste...

Voyant qu'elle ne répondait pas, il se rapprocha.

— Au moins vous savez qu'on l'a retrouvée.

— Je ne sais même pas si c'est cette femme que j'ai vue.

— Bien sûr que si. Obligatoire !

— Je ne vais pas prétendre que la femme qu'ils ont trouvée est celle que j'ai vue rien que pour faire plaisir à tout le monde.

— Hé ! Attendez, ce n'est pas ce que je voulais dire !

— C'est extraordinaire comme il suffit que des gosses trouvent un cadavre pour qu'on s'avise finalement que je n'ai pas inventé cette histoire ! Après tout, Reece n'est peut-être pas complètement dingue.

Avec des gestes plus mesurés que d'habitude, Mac lui emballa ses achats. Elle sortit son portefeuille pour constater avec résignation que ses achats allaient encore une fois lui coûter jusqu'à son dernier billet.

— Personne n'a prétendu que vous étiez dingue, Reece. protesta Mac en lui rendant sa monnaie. C'est insultant de dire ça, pour vous autant que pour nous.

— Tout comme il est insultant de se voir considérée comme cette pauvre femme un peu dérangée qui vient de la côte Est, ou surveillée du coin de l'œil pour le cas où elle irait encore dérailler. Jurez-moi que ça ne vous ficherait pas en rogne si ça vous arrivait à vous.

Elle se tourna vers Lou.

— Et vous, allez rappeler à votre mère qu'elle me doit vingt-huit heures. Je passerai prendre mon chèque demain.

Brody fut arraché à une scène cruciale entre son héroïne et l'homme qu'elle était censée croire sur parole par le fracas de la porte d'entrée.

Poussant un juron, il saisit sa tasse de café pour s'apercevoir qu'elle était vide. Sur le coup, il faillit descendre la remplir mais s'arrêta en entendant claquer… les placards ? Mieux valait rester à l'écart de la zone de conflit, quitte à se passer de caféine.

Il se massa la nuque et le dos, ankylosés par les courbatures que lui avait valu sa petite séance de peinture du plafond de la salle de bains. Puis il ferma les yeux et replongea dans la rédaction de son roman.

Il travailla encore une heure avant de s'étirer, content de lui. Avec Maddy, ils venaient de parcourir un sacré chemin et, même si elle n'était toujours pas arrivée à bon port, lui, en tout cas, méritait une bière fraîche et une douche.

Alors qu'il descendait chercher une canette, il se passa la main sur le visage et l'entendit crisser. Il aurait quand même dû se raser. C'était bien joli de ne le faire que tous les deux ou trois jours quand on vivait seul mais, dès qu'une femme apparaissait dans le décor, il fallait songer à redevenir civilisé.

Il se raserait sous la douche.

Encore mieux, il y entraînerait Reece. Le rasoir, la douche, l'amour… ensuite une bonne bière et un bon dîner.

Excellentes perspectives.

Aussi tomba-t-il de haut en constatant qu'aucune casserole n'était sur le feu. Il s'attendait à trouver, comme d'habitude, une charmante animation dans la cuisine, à sentir des odeurs appétissantes. Mais rien de tout cela.

Pas de plat qui mijotait, pas de jolie décoration sur la table, et la porte du fond grande ouverte. Il en oublia de se raser et sortit en trombe.

Assise sur le perron du jardin, Reece avait ouvert une bouteille de vin, assez entamée pour permettre de conclure qu'elle s'y était mise depuis un moment déjà.

Il vint s'asseoir à côté d'elle.

— On s'amuse bien ?

— Ouais.

Elle leva son verre.

— Le pied ! On trouve du bon vin dans ce patelin, mais on peut toujours se brosser pour ce qui est de l'aneth frais ou des noisettes !

— Je m'en suis plaint auprès du maire pas plus tard que la semaine dernière.

— Je voulais te préparer un poulet Fra Angelico, mais pas de noisettes dans le secteur. Alors j'ai opté pour le poulet arrosto mais les tomates ici sont en plastique... quant à trouver du parmesan autrement qu'en poudre desséchée, tu oublies.

— Quelle tragédie ! Allez, Slim, tu es bourrée. On rentre maintenant et tu vas te reposer.

— J'ai pas fini la bouteille.

Pour lui rendre service autant que pour se faire plaisir, il but une longue rasade au goulot.

— Elle voulait préparer de la salade de pommes de terre avec de la sauce en bouteille et sans aneth. J'ai filé ma dem'.

Brody comprit qu'elle parlait de Joanie et répondit :

— Ça lui apprendra.

— J'en ai marre ! Ras le bol ! Ça ne sert à rien de prendre un boulot tellement inférieur à mes compétences que je pourrais l'exécuter d'une main, les yeux bandés. Je perds mon temps, c'est tout.

— Bon, c'est fini les récriminations ? Parce que si c'est tout ce que tu as à me dire, je te laisse ici, moi j'ai encore du travail.

— C'est bien des hommes ! Quand on ne parle pas directement de vous, ça ne vous intéresse plus. Qu'est-ce que j'en ai à faire de toi, de toute façon ?

— Je te signale que tu es en train de picoler et de râler sur le perron de ma maison ; ça commence à sérieusement m'agacer.

Elle leva sur lui un regard qui n'avait rien de vitreux.

— Espèce d'égoïste, mal élevé ! La seule chose que tu regretteras quand je m'en irai, ce seront mes bons petits repas. Va te faire foutre, Brody ! J'irai râler ailleurs.

Elle se leva, vacilla quelque peu.

— Je n'aurais jamais dû m'arrêter dans ce patelin, j'aurais dû t'envoyer paître le jour où tu m'as adressé la parole pour la première fois. J'aurais dû dire à Mardson que c'était bien la bonne femme que j'ai vue. Comme ça on n'y penserait plus. Tiens, d'ailleurs, c'est ce que je vais faire immédiatement.

Elle regagna la cuisine d'une démarche incertaine, chercha son sac. Mais Brody la devança.

— Hé ! s'écria-t-elle. C'est mon sac.

— Je te le rends. Sauf ceci.

Ce disant, il en sortit les clefs de voiture qu'il glissa dans sa poche.

— Maintenant, tu vas où ça te chante, mais à pied. Tu ne conduis pas.

— Très bien, je vais voir ce brave shérif Mardson, lui dire ce qu'il a envie d'entendre et ce qui se passera ensuite je m'en lave les mains. Autant que de toi et de cette ville de merde.

Elle allait atteindre la porte quand elle sentit son estomac se retourner ; elle eut juste le temps de filer aux toilettes.

Brody la suivit de loin. En fait, il était presque soulagé de la voir si vite malade ; elle avait un corps sain, qui se défendait contre les excès.

Quand elle eut fini, il lui tendit une serviette humide.

— Là, tu vas monter te coucher, maintenant ?

Elle resta immobile, la serviette plaquée sur le visage.

— Fiche-moi la paix !

— J'en serais ravi. Le temps de te sortir de là.

Il l'aida à se relever et ajouta, comme elle émettait un violent soupir :

— Et si tu dois encore vomir, préviens-moi.

Faisant non de la tête, elle ferma les yeux ; ses longs cils noirs s'abaissèrent sur sa peau blême. Il la porta jusqu'au lit, la coucha, la couvrit et, par précaution, apporta une cuvette qu'il posa devant la table de nuit.

— Dors, ordonna-t-il en sortant.

Demeurée seule, elle se pelotonna sur le côté en tremblant, remonta la couverture jusqu'à son menton. Dès qu'elle aurait un peu plus chaud, se promit-elle, elle partirait.

Elle s'endormit sans s'en rendre compte.

Elle rêva qu'elle se trouvait sur une grande roue. Couleurs et mouvements, et cette descente à vous soulever le cœur… Au début, elle poussa des cris de joie.

Waouh !

Mais, à mesure que la vitesse s'accélérait, que la musique augmentait, le plaisir vira au malaise.

Ralentissez un peu. S'il vous plaît ! Vous ne pouvez pas ralentir ?

De plus en plus vite, jusqu'à ce que ses cris n'expriment plus que terreur, tandis que la roue se mettait à tanguer dangereusement.

C'est dangereux. Je veux m'en aller. Arrêtez la roue ! Laissez-moi descendre !

Mais elle ne voyait plus rien qu'une masse confuse de couleurs entremêlées, jusqu'à ce que la roue s'envole, la plongeant dans une totale obscurité.

Éveillée par les cris qui lui retentissaient encore dans la tête, elle ouvrit les yeux d'un coup, les doigts agrippés à la couverture. Elle n'était pas en train de voler, ni de tourbillonner vers une mort certaine. Ce n'était qu'un cauchemar. Tout en régulant sa respiration, elle demeura immobile et s'efforça de faire le point.

Une lampe sur la table de nuit, de la lumière dans le corridor. Sur le moment, elle ne comprit rien et, peu à peu, des lambeaux de souvenirs lui revinrent. Alors elle n'eut plus envie que de se cacher sous la couverture et de tout oublier. À jamais.

Comment oserait-elle affronter de nouveau Brody ? Et les autres ? Il fallait qu'elle récupère ses clefs, ainsi elle pourrait partir en douce, comme un voleur.

Elle se souleva sur un coude, le temps de vérifier que son estomac tenait le coup, puis s'assit, aperçut une tasse isotherme au pied de la lampe. Étonnée, elle la prit, en écarta le couvercle, renifla.

Un thé. Il lui avait préparé du thé et l'avait déposé là pour qu'elle le trouve encore bien chaud en s'éveillant.

Il aurait pu lui réciter un poème de Keats et la couvrir de roses blanches qu'elle n'eût pas été plus émue. Elle lui avait dit des horreurs, s'était conduite de façon inqualifiable et lui, il lui faisait du thé !

Elle le but, lentement, gorgée après gorgée pour apaiser son estomac encore barbouillé. C'est alors qu'elle perçut le cliquetis du clavier et ferma les yeux pour se donner du courage. Enfin, elle parvint à se lever, prête à affronter l'orage.

Quand elle apparut sur le seuil du bureau, Brody leva la tête, haussa un sourcil, comme il savait le faire.

L'étonnant, c'était le nombre de sentiments que parvenait à véhiculer cette seule expression. Intérêt, amusement, irritation. Et en ce moment ? Un total ennui.

Elle eût préféré une bonne gifle.

— Merci pour le thé.

Il ne répondit pas, comme s'il attendait la suite ; elle se rendit alors compte qu'elle n'avait pas le courage de poursuivre.

— Je peux prendre un bain ?

— Tu sais où est la baignoire.

Il se remit à taper tout en sachant qu'il effacerait le charabia qu'il écrivait en ce moment. Reece avait l'air d'un fantôme aux yeux tristes, d'un enfant qui viendrait de commettre une bêtise. Il n'aimait pas cela.

Il la sentit s'éloigner plus qu'il ne l'entendit, attendit que l'eau coule pour cesser de taper, effaça tout. Et descendit lui préparer de la soupe.

Qu'on n'aille pas dire non plus dire qu'il était en train de la chouchouter. Il était encore trop exaspéré pour se l'avouer. Il ne faisait que s'occuper d'une personne malade. De la soupe, peut-être même un toast. Le strict minimum.

Si elle s'avisait encore de lui vomir dessus, il allait…

Non, rien. Elle avait remarquablement tenu le coup jusque-là, malgré les divers chocs qui n'avaient cessé de la frapper. Néanmoins, elle s'était efforcée de ravaler sa peur, sa colère, sa souffrance. Tôt ou tard, il fallait bien les recracher. Cela venait de se produire, aujourd'hui.

Cette ignoble guerre psychologique qu'un salaud menait contre elle, ces photos d'une femme morte qu'il lui avait fallu regarder… Il ignorait totalement à quoi ressemblait l'aneth frais mais, visiblement, c'était la goutte d'eau qui avait fait déborder le vase.

Elle venait de lui présenter des excuses et il les avait refusées. Elle allait sûrement lui dire qu'elle partait, qu'elle se trouverait un autre refuge contre ses tempêtes intérieures. Or il ne voulait pas qu'elle s'en aille.

L'affaire se présentait mal.

Reece apparut, les cheveux mouillés ; elle sentait le savon. Elle avait fait ce qu'elle pouvait pour cacher ses larmes ; à l'idée qu'elle ait pu pleurer là-haut dans sa baignoire, il se sentit honteux.

— Brody, je suis tellement…

— J'ai préparé de la soupe, coupa-t-il. Pas au poulet arrosto ou je ne sais quoi, mais il faudra faire avec.

— Tu as préparé de la soupe ?

— La recette de ma mère. Ouvrez une boîte, jetez-en le contenu dans un bol, passez au micro-ondes. C'est universel.

— Ça m'a l'air délicieux. Brody, je suis désolée et j'ai tellement honte…

— Arrête ! Je te jure que je ne supporterai pas une minute de plus de pleurs ! Tu veux de la soupe, oui ou non ?

— Oui, lâcha-t-elle. Oui, j'en veux. Et toi ?

— J'ai mangé un sandwich pendant que tu cuvais ton vin.

Elle émit un son bizarre entre rire et sanglot.

— Je t'ai dit des trucs… je ne voulais pas…

— Alors, boucle-la et mange ta soupe !

— Je t'en prie ! Laisse-moi m'expliquer.

Haussant les épaules, il déposa le bol sur la table, la vit écarquiller les yeux quand il y ajouta une assiette de toasts beurrés.

— Je n'en pensais pas un mot. Tu es mal élevé, mais ça ne me dérange pas. Tu es égoïste, mais je trouve ça très sain. Je ne sais plus si je t'ai dit autre chose de désagréable, parce que je n'avais pas toute ma tête. Si tu veux que je m'en aille, je m'en vais.

— Si je voulais te mettre dehors, pourquoi est-ce que je me donnerais la peine de te préparer la célèbre soupe de ma mère ?

Elle se précipita dans ses bras, posa la tête sur sa poitrine.

— J'ai craqué.

— Mais non !

Il ne put s'empêcher de l'embrasser sur le front.

— Je m'en suis prise à tous ceux qui me tombaient sous la main. Heureusement qu'il n'y a pas beaucoup d'habitants dans cette ville ! À cause de cette crise, j'ai perdu mon boulot et, vraisemblablement, mon studio ; j'ai été à deux doigts de perdre aussi mon amoureux. Heureusement que c'est un dur à cuire.

— Tu voudrais les récupérer ? Ton boulot et ton studio ?

— Je ne sais pas.

Elle cassa un morceau de toast, le mit en miettes dans son assiette.

— Je devrais tenir compte de ces signes… J'y crois beaucoup, tu sais. Il est sans doute temps que je m'en aille.

— Où ça ?

— Bonne question ! Je pourrais sans doute aller me prosterner devant Joanie en jurant mes grands dieux que je ne mentionnerai plus jamais aucune herbe fraîche.

— À moins que tu ne retournes travailler demain, comme si de rien n'était.

Reece croqua dans son toast.

— Bon, j'irai parler à Joanie demain, voir où j'en suis.

— Ce n'est pas la question. Tu veux t'en aller ou tu veux rester ?

Elle se leva pour aller rincer son bol.

— J'aime bien me balader dans cette ville, j'apprécie ce que j'y vois, les gens qui me saluent ou viennent me dire un mot. J'aime entendre Linda Gail rire en prenant ses commandes, et Pete chanter en faisant la vaisselle.

Elle s'adossa à l'évier.

— L'air est pur ici ; d'un jour à l'autre, la prairie va refleurir. Mais ce n'est pas le seul endroit où les paysages sont beaux et les habitants aimables. Sauf que tu n'es qu'ici. Alors, oui, je veux rester.

À son tour, il se leva pour la rejoindre et, d'un geste plus tendre qu'elle ne l'en aurait cru capable, il lui dégagea le visage.

— C'est ce que je veux moi aussi. Que tu restes.

Quand il l'embrassa, doucement, tout doucement, elle l'entoura de ses bras. Ensemble, ils sortirent de la cuisine, serrés l'un contre l'autre.

— Fais-moi plaisir, souffla-t-elle.

— C'était bien mon intention.

— Non, sourit-elle. Fais-moi plaisir, répète-moi que tu veux que je reste.

Avec un baiser, il l'entraîna dans le living.

— Je veux que tu restes.

Le feu qu'il savait allumer en elle depuis tant de jours et tant de nuits restait à l'état de charbons ardents et ce fut ce qu'elle ressentit ce soir-là, l'incandescence d'un brasier au lieu de flammes bondissantes.

L'amour s'épandait en elle par vagues lentes et denses. Cette fois, pourtant, il voulait surtout la réconforter, apaiser ses angoisses. Jamais personne n'avait suscité en lui une telle tendresse.

Chaque soupir qu'elle lui offrit en retour ne fit qu'augmenter son propre plaisir.

À mesure qu'il la déshabillait, ses mains, ses lèvres venaient caresser chaque centimètre de peau ainsi dénudée. L'odeur de son propre savon sur sa peur à elle suscita un nouvel élan ; cette simplicité avait quelque chose de familier, de rassurant. Et puis elle-même l'étreignait, le cajolait, s'offrait à lui sans retenue.

Elle était bouleversée de sentir que cette force, ces muscles, ces grandes mains lui étaient tout acquises en ce moment. Elle n'en revenait pas qu'il puisse la toucher avec une telle douceur, une telle patience, qu'il puisse l'embrasser avec tant de délicatesse.

Tout en elle se liquéfiait, pourtant il parvenait encore à la surprendre.

Son sang se mit à palpiter aux premiers émois du plaisir. Comme s'il n'attendait que ce signal, il entra lentement en elle, laissant leur jouissance s'épanouir au rythme langoureux de leurs mouvements. Elle laissa échapper un soupir, ouvrit les yeux, se perdit dans les siens.

Ce fut lui qui se noya dans la sombre magie de son regard, qui se laissa couler cœur et âme sans pouvoir ni vouloir s'arrêter.

— Regarde-moi, souffla-t-il.

Le rythme s'accéléra, les respirations se firent plus courtes et elle le rejoignit soudain. Il lui prit les mains et vit ces prunelles auxquelles il ne pouvait résister se voiler tandis qu'elle s'agrippait à lui. Elle articula son nom.

Sa propre vision se troubla quand elle l'attira plus loin encore.

Et puis ils restèrent longtemps allongés l'un près de l'autre et la nuit s'éloigna, et les braises s'éteignirent. Quand il la sentit s'assoupir, il se contenta de tirer le plaid sur eux pour les en couvrir.

Alors il ferma les yeux et sourit. Elle ne lui avait pas demandé de vérifier les serrures.

Lou avait posé une main sur le chemisier de Linda Gail. Comme toujours, il gardait un préservatif dans sa poche. La partie de son cerveau qui demeurait encore au-dessus de la ceinture retournait à l'époque de leurs seize ans. La situation n'avait guère changé depuis. À cette différence près qu'ils se trouvaient maintenant dans la maison de la jeune fille, et non à l'arrière du vieux pick-up Ford que sa mère l'avait aidé à payer. Il y avait une chambre à côté, mais le canapé ferait l'affaire.

Depuis ce fameux été, il n'avait plus vu cette jolie poitrine qu'il caressait avec délectation. Elle avait toujours la bouche aussi tiède, avec son petit goût de bonbon épicé.

Et dire qu'elle sentait si bon !

Et dire qu'elle possédait des formes si renversantes ! Plus rondes qu'à l'époque de l'adolescence, tout ce qu'il fallait, où il fallait. Si au début il avait été effaré, et même un peu contrarié qu'elle se soit teint les cheveux, il trouvait cela maintenant des plus excitant. Comme s'il avait affaire à une autre fille.

Cependant, quand il entreprit de déboutonner son jean, elle l'arrêta d'un geste, comme lorsqu'ils avaient seize ans.

— Pas ça !

— Ma puce, c'est bon ! insista-t-il en lui caressant le nombril. Je veux juste...

— On ne fait pas toujours ce qu'on veut.

Bien que sa voix tremble un peu, elle ne céda pas.

— Tu sais que j'ai envie de toi ! insista-t-il. Ça fait si longtemps ! Et toi aussi, d'ailleurs. Alors pas la peine de me provoquer comme ça, ma puce.

— D'abord ne m'appelle pas « ma puce » à tort et à travers, ensuite je ne te provoque pas.

Elle dut faire appel à toute sa volonté pour s'écarter de lui mais y parvint. À quoi il réagit avec une stupéfaction teintée d'un rien de colère.

— Ça ne se passera pas comme ça entre nous, expliqua-t-elle.

— Comme quoi ?

— Tu ne vas pas me sauter pour me laisser tomber ensuite.

— Tu rigoles, là ? C'est pourtant toi qui m'as dit de venir !

— Pour parler de Reece.

— Arrête ton cinéma ! Tu n'as pas crié à l'aide quand je t'ai embrassée !

— J'aimais bien ça. Je trouve ça chouette. Depuis toujours, Lou.

— Et alors ?

— On n'est plus des gosses et je ne cherche pas à tirer un ou deux coups, au revoir et merci ! Si c'est tout ce qui t'intéresse, tu n'as qu'à aller retrouver une de tes petites amies qui ne demandent que ça.

Avec des gestes mesurés, elle se reboutonna.

— Moi, je suis plus exigeante.

— C'est nul de dire ça ! explosa-t-il. Tu m'amènes ici pour m'allumer et puis tu me laisses tomber ! Tu sais comment on appelle les femmes qui font ça ?

L'air offensé, elle se redressa, le fusilla du regard.

— Si c'est tout ce que tu as à dire, tu peux te casser.

— C'est exactement ce que je vais faire ! s'écria-t-il en se levant. Qu'est-ce que tu veux, à la fin ?

— Quand tu comprendras, tu reviendras.

Là-dessus, elle lui envoya son chapeau.

— Tiens n'oublie pas ça et si j'entends dire que tu es allé te réfugier chez une de tes conquêtes, tu ne remets pas les pieds ici.

— Autrement dit, je ne peux pas coucher avec toi ni avec personne d'autre tant que tu n'auras pas changé d'avis ?

— Non, Lou, tu ne peux pas coucher avec moi ni avec personne d'autre tant que tu n'auras pas compris. En attendant, tu connais le chemin de la sortie.

Linda Gail alla s'enfermer dans sa chambre en claquant la porte.

Lou resta un instant immobile. Il avait encore l'impression de sentir sa peau sous sa main, ses lèvres sous les siennes. Et voilà qu'elle s'en allait et le jetait dehors ?

À son tour, il sortit avec fracas. Les bonnes femmes comme ça, qui s'amusaient à mener les hommes par le bout du nez, ne méritaient qu'une belle correction.

En démarrant, il jeta un dernier regard vers la maison aux volets jaunes. Si elle croyait le tenir, elle se trompait lourdement.

20

Finalement, entrer chez Joanie s'effectua sans grande difficulté. Reece n'avait rien à perdre. Au cours de ses thérapies, elle avait au moins appris à affronter ses problèmes, à prendre ses responsabilités.

Un peu d'embarras, qu'est-ce que cela coûtait comparé à une bonne santé mentale ? D'autant que cet embarras pourrait lui rendre son emploi. Quitte à ramper s'il le fallait.

D'ailleurs, son horoscope lui conseillait d'assumer ses charges qu'elle trouverait finalement moins lourdes que prévu.

Excellent signe.

Néanmoins, elle préféra passer par la porte de derrière, dix minutes avant l'ouverture. Inutile de prendre les clients à témoin de son humiliation.

Chaussée de ses éternelles semelles orthopédiques, Joanie mélangeait sa pâte à crêpes dans une énorme jatte. Cela sentait le café et les biscuits chauds.

— Tu es en retard ! clama-t-elle en la voyant entrer. Sauf si tu as une lettre de Doc, tu ne t'en tireras pas comme ça.

— Mais...

— Pas d'excuse ! Je veux pouvoir compter sur mes employés – et j'ai besoin d'oignons, de piments et de tomates prêts pour mes *huevos rancheros* ! Et que ça saute !

— D'accord.

Plus mortifiée que si Joanie lui avait montré la porte, Reece fila dans le bureau où elle échangea son sac et sa veste contre un tablier.

— Je voudrais m'excuser pour hier, dit-elle en regagnant la cuisine.

— Tu t'excuseras par ton travail. Je ne te paie pas pour bavarder.

Reece se glissa derrière le comptoir.

— Désolée pour mon sale caractère hier. Je n'avais pas le droit de vous insulter, même si des herbes fraîches et d'autres ingrédients ne feraient qu'améliorer vos plats.

Du coin de l'œil, elle vit Joanie hausser les sourcils.

— Ne me dis pas que c'est ce foutu aneth qui t'a mise dans cet état.

— Non. Je me suis jetée sur le premier prétexte venu.

— Moi aussi, j'ai eu un jour affaire à un mort.

— C'est vrai ? Je ne savais pas.

— J'avais loué un de mes chalets à un type d'Atlanta. Ça faisait trois ans d'affilée qu'il venait y passer quinze jours en été avec sa famille. Ça remonte à une dizaine d'années. Sauf que, cet été-là, il était tout seul. Sa femme avait demandé le divorce. Sors-moi des saucisses, Lynt va venir tout à l'heure, il en veut avec ses œufs.

Docilement, Reece alla ouvrir le réfrigérateur pour préparer cette commande.

— Alors, continua Joanie, quand je me suis aperçue que mon locataire ne venait pas me rendre mes clefs le jour dit, je suis montée voir ce qui se passait. C'était moi, à l'époque, qui nettoyais les chalets et les préparais pour les nouveaux locataires. J'ai frappé à la porte, d'autant plus fumasse que j'avais quelqu'un d'autre qui arrivait à 15 heures. Comme il ne répondait pas…

Elle marqua une pause pour boire un peu de café.

— Je suis entrée. Je m'attendais à le trouver ivre mort parce que le caviste m'avait raconté qu'il était passé lui acheter deux bouteilles de bourbon le jour de son arrivée. En fait, c'est son cadavre que j'ai trouvé, devant la cheminée. Du coup, j'ai compris pourquoi il avait apporté son fusil depuis la Géorgie. C'était pour se faire sauter la cervelle.

— Mon Dieu !

— Il ne s'est pas raté. Il y avait du sang et de la matière cervicale partout. Il s'est tiré dessus depuis la chaise où il était assis.

— C'est affreux ! Ça a dû vous faire un choc épouvantable.

— Ça n'a pas été une partie de plaisir. Surtout que j'ai dû tout nettoyer une fois que les flics ont emporté le corps.

— C'est vous qui avez nettoyé ?

— Et qui d'autre ? J'ai frotté, frotté, en pestant tout ce que je savais. Il avait bousillé mon chalet, cet enfoiré ! J'ai jeté des seaux et des seaux de sang et je n'ai jamais pu rattraper le tapis qui m'avait coûté cinquante dollars. Sans compter que j'ai envoyé promener tous ceux qui ont proposé de m'aider, à commencer par Lou.

— Je vois, dit Reece.

Elle voyait effectivement très bien.

— Il y avait de quoi se fiche en pétard, non ? C'est mon fils qui a tout pris, sinon je n'aurais jamais tenu le choc.

Joanie alla jeter le reste de son café qui avait refroidi.

— Du coup, je ne loue plus jamais ce chalet à des inconnus, juste à des gens de la région qui n'en ont besoin que pour dormir le temps d'une partie de chasse ou de pêche.

Elle se versa un autre café.

— Alors tu vois, je comprends ce qui a pu t'arriver hier.

— Joanie...

— Si tu avais besoin d'une journée après ta visite au bureau de Rick, si tu avais besoin de faire une pause, c'était complètement idiot de ta part de croire que je t'en voudrais.

— Vous avez tout à fait raison. Surtout que je m'en suis plutôt prise à vous et à Brody, les gens qui comptent le plus pour moi.

— Ça, c'est un compliment !

— Est-ce que Lou est passé ici après que je l'ai vu au bazar ?

— Oui. Va ouvrir à Linda Gail. Et comme je n'ai d'ordres à recevoir de personne, tu auras ton chèque le jour prévu, comme tout le monde.

— Je... j'ai passé mes nerfs sur lui et aussi sur M. Drubber.

— Si les hommes ne sont pas capables de remettre certaines femmes à leur place, tant pis pour eux.

Ce fut Linda Gail qui répondit, derrière elle :

— Il y en a qui restent des enfants gâtés toute leur vie. Reece, si tu voulais vraiment blesser Lou, il aurait fallu taper en dessous de la ceinture. Il n'y a que ça qui l'intéresse.

— C'est peut-être un imbécile, intervint Joanie, mais je te rappelle que c'est quand même mon fils.

Linda Gail n'en haussa pas moins les épaules.

— Ça n'y change rien du tout. Mais ne t'inquiète pas, Reece, il avait compris que tu étais dans tous tes états. Il ne t'en veut pas.

La porte s'ouvrit en carillonnant.

— Bonjour Doc, bonjour, monsieur Drubber ! s'écria Linda Gail en saisissant le pot à café. Vous avez l'air en pleine forme, ce matin !

Rentrant la tête dans les épaules, Reece s'empressa de préparer des œufs au bacon comme prévu.

— Je ne crois pas que Mac t'en veuille non plus, ajouta Joanie en lui tapotant le bras. Si tu veux prendre ta pause dans mon bureau tout à l'heure, ne te gêne pas. Tu pourras appeler mon fournisseur et lui commander les herbes que tu voudras. Je t'accorde un budget de cinquante dollars, pas un centime de plus.

— C'est plus qu'il ne m'en faut ! assura Reece émue.

— Tu as intérêt.

Dans son box, Doc attaqua la pile de pancakes qu'on venait de lui servir. En principe, ce n'était pas le jour des petits déjeuners plantureux, mais comment refuser alors que Mac venait de l'inviter ? Et pour une fois, il s'accorda un vrai café au lieu d'un décaféiné.

— Vous savez très bien, Mac, que je ne peux pas parler du dossier de Reece. Secret médical.

— Je vous demande juste ce que vous pensez d'elle. Cette fille n'est pas nette. Si vous l'aviez vue, hier !

— J'en ai entendu parler.

— Vous l'auriez vue entrer dans le magasin comme une furie ! souffla Mac en baissant la voix. Je vous jure, j'étais tellement inquiet pour elle qu'après la fermeture je suis venu ici prendre de ses nouvelles. Son studio était fermé, sa voiture partie. J'ai cru qu'elle ne reviendrait pas.

Il attaqua son omelette.

— Je voulais vous en parler, continua-t-il. J'avoue que ça me stupéfie de la revoir ici ce matin. Bien sûr, ça me soulage. Je ne pouvais pas l'imaginer en train de conduire je ne sais où dans l'état où elle était.

— Les gens ne réagissent pas tous de la même façon. Certains s'emportent plus que d'autres. C'est sûr qu'elle a reçu un choc, hier.

— Il y a autre chose.

Mac jeta un coup d'œil vers la salle pour s'assurer que Linda Gail n'entendait pas. Bien que le juke-box reste silencieux – pas de musique avant 10 heures, avait décrété Joanie –, les conversations suffisaient à couvrir sa voix.

— D'abord, Rick aurait mieux fait de ne pas la laisser venir seule voir ces photos. Déjà que la plupart des femmes n'auraient pas pu supporter ça, alors elle ! Il aurait au moins dû vous avertir.

— Je ne vois pas pourquoi. Je suis médecin de famille, pas psychiatre.

— N'empêche. En plus, d'après ce qu'elle a dit dans mon magasin, ce ne serait même pas la femme qu'elle a vu tuer. Enfin, à quoi ça rime ? On n'est pas à New York, ici ! On n'a pas un meurtre à tous les coins de rue.

— Je ne vois pas où vous voulez en venir.

— Je me demande si ce n'est pas elle qui préfèrerait avoir affaire à deux cadavres différents, comme ça, ça lui donnerait de l'importance.

Doc eut un mince sourire.

— Et qui joue les psy, en ce moment ?

— À force de servir des clients, on devient soi-même un peu psy, croyez-moi. Il n'y en a pas beaucoup qui l'ont crue quand elle a raconté cette histoire d'assassinat près de la rivière. Moi si. Tout comme je crois maintenant que c'est la même malheureuse qu'on vient de trouver dans les marécages.

— Qu'est-ce que vous complotez tous les deux ? plaisanta Linda Gail en remplissant leurs tasses de café.

— On discute entre hommes, répondit Doc avec un clin d'œil.

— De sexe, de sport ou de chevaux ?

Le sourire aux lèvres, Doc se contenta de planter sa fourchette dans un pancake.

— Comment va Reece aujourd'hui ? demanda Mac à Linda Gail.

— Mieux qu'hier en tout cas.

Elle jeta un coup d'œil par-dessus son épaule avant d'ajouter :

— Vous savez si le shérif connaît finalement l'identité de cette femme ?

— On ne sait pas encore, répondit Doc, mais il est un peu tôt. C'est terrible !

— Et ça fait peur quand on se dit qu'il y a un malade qui tue des femmes dans les parages. Moose Ponds est assez loin d'Angel's Fist, mais quand même !

Mac fit la grimace.

— Des femmes ?

— Si ce n'est pas celle qu'a vue Reece, alors c'est qu'on a deux victimes. Un tueur en série, quoi !

— Ça va, Linda Gail ! marmonna Mac en secouant la tête. Vous regardez trop la télé.

— Vous croyez qu'on diffuserait tant d'émissions sur les criminels s'il n'y en avait pas partout ? Et vous savez quoi ? Si Reece ne s'était pas trouvée sur cette piste, ce jour-là, personne ne serait au courant pour cette pauvre femme. Qui sait si son assassin n'avait pas déjà tué d'autres gens ? Moi, je vous le dis, je serai prudente jusqu'à ce qu'on le retrouve.

Là-dessus, Linda Gail s'éloigna pour servir d'autres clients.

— Voilà autre chose ! dit Mac en se grattant la tête. Bientôt, les gens vont tous se regarder de travers par ici, en se demandant s'il n'y a pas un tueur parmi nous. Ou alors c'est un journaliste qui va nous pondre un article à la noix et les touristes ne s'arrêteront plus ici ; la saison sera fichue. Sans parler des abrutis qui auront trop bu chez Clancy's et qui vont finir par se taper dessus.

— Sur ce dernier point, répondit Doc songeur, vous avez sans doute raison.

Comme il avait encore une heure devant lui avant d'ouvrir son cabinet, Doc rendit visite au shérif. Denny l'accueillit d'un large sourire.

— Ça va, Doc ?

— On fait aller. Votre mère se plaint toujours de sa cheville ?

— Non, elle s'est remise à trotter comme un lapin.

— Dites-lui de ne pas exagérer. C'était une sacrée entorse. Votre chef est arrivé ?

— Pas encore. Il est rarement là avant 10 heures le matin. Ces temps-ci, surtout. Vous avez sûrement entendu parler de ce cadavre qu'on a découvert ?

— Oui. On sait qui c'est, au fait ?

— Non, pas encore de nouvelles, ce matin. C'est une sale histoire. Ce salaud a dû la garder vivante une quinzaine de jours. Dieu sait ce qu'il lui a infligé tout ce temps-là.

— Si on part du principe que c'est la femme que Reece a vue.

— Évidemment, répondit Denny perplexe. Qui voudriez-vous que ce soit ? En tout cas, c'est ce que pense le shérif.

— Vous pourriez me montrer les photos ?

— Je ne sais pas, Doc. Le shérif…

— Des cadavres, j'en ai vus dans ma vie. Qui sait qui je ne la reconnaîtrais pas ? Je l'ai peut-être soignée un jour ou l'autre. Et n'oubliez pas que c'est mon dessin qui sert de point de comparaison à Rick.

— C'est vrai. Salut, Hank !

Le standardiste entra en quête d'une tasse de café.

— Comment vont les genoux ? demanda Doc.

— Pas mal, merci !

— Ils iraient encore mieux si vous perdiez quinze kilos. Pour ça, il faudrait commencer par ne pas manger les beignets que vous apportez dans ce sac.

— Avec ce boulot, j'ai besoin d'aliments énergisants.

— Ce n'est pas le sucre qui entretient l'énergie.

Comme Denny sortait du bureau de Rick, un dossier à la main, Doc rajusta ses lunettes. Il ouvrit le dossier, se mordit les lèvres avec un mélange d'intérêt et de pitié.

— On dirait que l'homme n'a pas ménagé cette malheureuse.

— C'est sûr, commenta Denny. En plus elle a été violée. Le shérif n'a pas montré toutes les photos à Reece, il ne voulait pas trop la bouleverser. Vous voyez, là, les traces sur ses poignets et sur ses chevilles ? Il l'avait ligotée.

— Oui, je vois.

— Il l'a amenée de la rivière, avec un camion, un camping-car ou un 4 × 4. Il l'a ligotée et il a fait ce qu'il en a voulu avant de la jeter dans le marais. Vous la reconnaissez, Doc ?

— Non, je ne peux pas dire ça. Désolé, Denny, j'aurais voulu pouvoir vous aider. Bon, je vais voir mes patients maintenant. Hank, allez-y doucement avec ces saletés de beignets.

— Oui, Doc.

En rentrant chez lui, Wallace réfléchit. À sa conversation avec Mac, aux photos qu'il venait de voir, à la ville depuis le temps qu'il y était installé.

Il tourna la porte d'entrée qu'il n'avait pas fermée à clef depuis dix ans. Au lieu d'entrer dans son cabinet, il se dirigea vers le téléphone du living. Willow saurait faire patienter les premiers patients.

Un peu après midi, Brody faisait les cent pas dans le living de Doc. Ce dernier lui avait conseillé d'arriver à l'heure, ce qui le contrariait quelque peu car il était en veine d'inspiration ces temps-ci.

S'il avait voulu une coupure au milieu de la journée – ce qui n'était d'ailleurs pas le cas –, il aurait préféré employer ce temps chez Joanie, pour déjeuner. Et pour voir Reece.

Du moins supposait-il qu'elle travaillait encore là-bas. Elle n'avait pas téléphoné et sa voiture restait garée à sa place habituelle. Néanmoins, il préférait vérifier de visu.

Non qu'il courût après elle, il voulait juste vérifier…

Le docteur avait su, au téléphone, piquer la curiosité de Brody et il avait quitté son héroïne Maddy alors qu'elle l'entraînait dans des sentiers imprévus. Dire qu'au début il l'avait conçue comme une victime ! Quelques scènes, une mort affreuse et adieu !

Apparemment, elle ne l'entendait pas de cette oreille.

Il avait envie de retrouver Maddy au plus vite mais, puisqu'il avait traversé le lac, autant manger un morceau avant de retourner à son récit. Il en profiterait pour proposer à Reece de rester chez lui cette nuit.

Encore qu'il ferait peut-être mieux de ne pas trop précipiter les choses de ce côté-là. Autant la laisser retourner chez elle avant qu'elle s'installe avec lui plus ou moins officiellement.

Jusqu'à présent, il était parvenu à ne laisser aucune femme franchir ce pas. Il regarda par la fenêtre, inspecta les livres de la bibliothèque. Comme chaque fois, il fut surpris d'y voir l'un de ses romans, son nom sur la tranche.

Les nombreuses photos éparpillées à travers la pièce finirent par attirer son attention. Il en prit une au hasard, qui représentait Doc et la femme qui avait été si longtemps son épouse. Un cliché pris en plein air, dans un camping, Doc brandissant un poisson au bout d'un fil, sa femme souriant.

Ils paraissaient bien assortis. Heureux, même si, à en juger par leur âge, ils étaient déjà mariés depuis vingt ans quand on avait pris cette photo.

Brody en regarda une autre, un portrait de famille. Toute la tribu. M. et Mme Wallace, encore jeunes, portant un bambin dans les bras. Et puis d'autres clichés, des souvenirs d'école, le mariage, les grands-parents.

L'existence quotidienne d'un homme et de sa famille.

Brody n'avait rien contre le mariage. Ça marchait pour certains. À l'évidence, ç'avait été le cas pour Doc Wallace. C'était encore le cas pour les parents de Brody.

Seulement cela semblait si… absolu. Quand on y mettait les pieds, c'était pour la vie. Mais que se passait-il si on changeait d'avis en cours de route ou si les choses n'allaient plus aussi bien qu'au début ? Ce qui semblait advenir une fois sur deux ?

Et même en supposant que l'entente soit parfaite, il fallait s'adapter, accepter des compromis. On ne pouvait plus faire ce qu'on voulait quand on voulait.

Par exemple, s'il décidait de retourner à Chicago ? Ou de s'installer à Madagascar ? Non pas qu'il en ait l'intention, mais si l'envie le prenait ? Plus question de larguer les amarres au premier coup de tête quand on était marié.

De toute façon, il n'était pas amoureux d'elle, pas plus qu'elle ne l'était de lui. Ce n'était guère qu'une… liaison. L'intensité n'était pas la même.

À l'entrée de Doc, il se retourna.

— Désolé, j'ai pris du retard avec mes deux derniers patients. Pendant que nous discuterons, je vais nous préparer un déjeuner rapide. Ça ne sera sûrement pas aussi bon que ce que vous mangez ces derniers temps, mais ça vous nourrira.

— Je ne suis pas difficile.

— J'ai appris ce qui s'était passé avec Reece, hier.

— Vous lui avez parlé ?

— Pas aujourd'hui.

Doc sortit de la dinde, une tomate, une demi-laitue et un pot de cornichons.

— En revanche, j'ai bavardé avec Mac. Il s'inquiète pour elle.

Il coupa des tranches de pain complet.

— Et vous ? ajouta-t-il. Elle ne vous inquiète pas ?

— Pourquoi ?

— Je tâche d'assembler les morceaux. Je ne peux pas vous répéter ce qu'elle m'a confié en tant que patiente, de même que vous ne me rapporterez rien de ce qu'elle vous révèle en tant que... qu'amie. Toutefois, si ce n'est pas le cas, je voulais vous demander si elle vous avait raconté des choses que vous ne trouveriez pas normales.

— Un soir, en regagnant son studio, elle a trouvé ses bagages prêts alors qu'elle ne se rappelait pas les avoir préparés. Vous le savez ? Pour moi, ce n'est pas elle qui a fait ça.

— Et qui d'autre ?

— La même personne qui a barbouillé sa salle de bains à l'aide d'un marqueur rouge, versé toutes ses pilules dans un bol, déplacé ses affaires, et autres facéties du même acabit.

Doc reposa le couteau avec lequel il coupait la tomate en rondelles.

— Brody, si Reece a des trous de mémoire, elle doit se faire soigner.

— Je crois que quelqu'un cherche à la déstabiliser.

— Vous ne lui rendez pas service en soutenant ses délires.

— Ce ne sont pas des délires, mais la réalité. Comment se fait-il qu'elle ne souffre de ces situations que lorsqu'elle est seule ?

— Je ne suis pas compétent pour…

— Pourquoi tout cela ne lui est-il arrivé qu'après avoir vu assassiner une femme ?

Poussant un soupir, Doc entreprit de préparer les sandwichs.

— Vous ne pouvez affirmer qu'il n'y a pas eu d'épisode semblable auparavant. Toutefois, je vois une explication toute simple au fait qu'ils n'aient commencé qu'après. Le choc aurait pu déclencher ces symptômes.

Doc déposa les sandwichs dans deux assiettes, y ajouta des cornichons et une poignée de chips. Puis il emplit deux verres de lait.

— J'ai passé beaucoup de temps avec elle, reprit Brody. Je n'ai jamais assisté à aucun des symptômes que vous mentionnez.

— Mais vous avez vu quelque chose.

— Je n'aime pas la position où vous me mettez.

— Je n'aime pas la position où elle pourrait se trouver.

— D'accord, alors voici ce que j'ai vu. J'ai vu une femme qui luttait pour émerger des abysses. Qui tremble dans son sommeil à peu près toutes les nuits mais qui se lève tous les matins et part travailler. Je vois une survivante qui s'en sort à force d'énergie, d'audace et d'humour, qui s'efforce de reconstruire une vie qu'on lui a bousillée.

— Asseyez-vous et mangez, suggéra Doc. Est-ce qu'elle sait que vous êtes amoureux d'elle ?

À ces mots, Brody sentit son estomac se tordre. Néanmoins, il s'assit, prit son sandwich et mordit dedans.

— Je n'ai pas dit ça.

— Ça se lit entre les lignes. En tant qu'écrivain vous devriez comprendre ça.

— Je tiens à elle, je me fais du souci à cause de ce qui lui arrive…

Lui-même se rendait compte à quel point il restait sur la défensive. Comme s'il avait peur…

— Mais je ne suis pas là pour ça, conclut-il.

— Parfait. Si je comprends bien, vous croyez que ce qui arrive à Reece est provoqué par une personne qui lui veut du mal.

L'air soucieux, Doc saisit son verre de lait.

— Pour autant qu'on sache, la seule personne qui voudrait lui faire du mal serait l'homme qu'elle prétend avoir vu étrangler la femme qu'elle prétend avoir vue.

L'air toujours aussi soucieux, Doc but son lait.

— En supposant que ce soit vrai, reprit-il, vous êtes allés voir le shérif ?

— Rick se hâtera de conclure que Reece est bonne à enfermer. Pour le moment, je veille sur elle. Tout ce que je viens de vous dire doit rester entre nous.

— Comme vous voudrez ! N'allez pas vous mettre dans tous vos états. Je suis passé chez le shérif ce matin pour voir les photos.

— Alors ?

— Je ne peux me baser que sur la description de Reece et sur le portrait-robot qu'elle m'a fait réaliser. Pourtant, il me paraît possible que ce soit la femme qu'elle a vue.

— Et le décalage de plusieurs semaines, qu'en faites-vous ?

— Ça m'a gêné un certain temps, comme ça a dû gêner les autorités. La victime portait des traces de liens sur les chevilles et sur les poignets. Il se peut qu'elle ait été retenue prisonnière tout ce temps-là. Ça n'explique pas pour autant pourquoi ces gens n'ont laissé aucune trace à l'endroit où Reece les a vus. Pourquoi cet homme qui a tenté d'étrangler cette femme, avec une telle violence que Reece l'a crue morte, se serait-il donné la peine de l'emmener ailleurs, d'effacer ses traces au point que même les policiers n'en ont pas trouvé le moindre indice ?

— Parce qu'il l'a vue.

— Il a vu Reece ?

— Peut-être pas assez précisément pour la reconnaître, mais il a vu quelqu'un sur la corniche. Il savait que quelqu'un avait surpris la scène.

— Est-ce possible ? interrogea Doc. D'une telle distance ?

— Reece avait des jumelles. Pourquoi pas lui ? Après avoir étranglé cette femme, il aurait inspecté les alentours.

— Ça donne beaucoup de suppositions, Brody.

— Continuons dans ce sens : l'homme savait qu'il existait un témoin de son forfait. Sinon, pourquoi effacer ses traces, emporter le corps ? Donc il a attendu la nuit pour l'enterrer ou le cacher je ne sais où.

— Considéré sous cet angle, bien sûr… Et s'il savait qu'on l'avait vu, il n'a eu qu'à patienter un court moment, à garder les oreilles grandes ouvertes pour découvrir l'identité du témoin.

— Et depuis, il lui rend la vie impossible pour lui faire croire qu'elle perd les pédales. Je ne le laisserai pas s'en tirer ainsi.

— J'aimerais discuter encore avec elle. J'ai bien dit à Mac que je n'étais pas psy, mais je possède tout de même une certaine expérience.

— Ce sera à Reece de décider.

— Pour ceci et pour beaucoup d'autres choses. Ça fait un poids énorme à porter pour quelqu'un qui a déjà connu de telles épreuves. Est ce qu'elle vous fait confiance ?

— Oui.

— Rapportez-lui notre petite discussion. Mais attention à ne pas briser sa confiance. Comment était ce sandwich ?

— Excellent. Seulement vous n'avez rien d'un cordon bleu.

Il retourna à la rivière. Aucune trace de ce qui s'y était passé, il en était certain. Il avait pris ses précautions.

Tout ça n'aurait évidemment jamais dû se produire. Tout ce qu'il avait fait depuis, il l'avait fait parce qu'elle ne lui avait pas laissé le choix.

Il croyait encore entendre sa voix. Ses cris, ses menaces.

Ses menaces, comme si elle en avait le droit !

Sa mort, elle l'avait bien cherchée. Il ne pouvait en être tenu pour responsable, en aucun cas. Les autres ne comprendraient pas, c'est pourquoi il devait faire le nécessaire pour se protéger.

Rien de tout cela n'aurait été nécessaire sans ce caprice classique du hasard qui voulait que, parfois, on tombe mal...

Comment aurait-il pu deviner que quelqu'un se trouverait sur cette piste, là-haut, qui regardait justement dans leur direction à cet instant précis, avec des jumelles ? On avait beau être prévoyant, on ne pouvait pronostiquer un tel caprice du destin.

Reece Gilmore.

En principe, elle n'aurait pas dû être trop difficile à manipuler ; il suffisait de la discréditer à ses propres yeux. Mais elle ne s'était pas laissé faire, elle n'avait pas lâché prise.

Il restait cependant une solution pour tout arranger. Il restait toujours une solution. Les enjeux étaient trop importants pour permettre à cette échappée d'un asile de tout gâcher. S'il fallait augmenter la pression, il allait l'augmenter.

Regardez-moi cet endroit, pensa-t-il en s'agenouillant pour boire à la rivière, *regardez-moi ces collines, ces arbres*. Un lieu si parfait, si net, si familier ! Il s'y sentait chez lui, il ne désirait rien d'autre qu'y demeurer. Car il y avait ses racines, son âme, car il s'y abreuvait de ses eaux, protégé par ces montagnes.

Quel que soit le prix à payer pour conserver ses droits, il le paierait.

Reece Gilmore s'en irait.

D'une façon ou d'une autre.

CHEZ NOUS

Je m'y sentais bien ; je m'y sentirais mieux ; ici.

ANONYME

21

Comme son service ne commençait pas avant 14 heures, Reece décida de faire un peu de ménage dans le chalet. Inutile de déranger Brody tandis qu'il écrivait. Déjà habillée, elle faisait le lit lorsqu'il sortit de la douche.

— Tu veux quelque chose de spécial pour ton petit déjeuner ? J'ai le temps de te préparer ce qui te ferait plaisir. Gastronomiquement parlant, s'entend.

— Non, je vais juste prendre des céréales.

— Comme tu voudras.

Elle lissa le dessus de lit tout en se disant que quelques oreillers de couleurs vives relèveraient agréablement l'ensemble.

— Je dois accommoder une soupe de noces italiennes pour Joanie. Tu en auras pour le déjeuner, ça me permettra de vérifier si elle est bonne. Je peux prévoir un ragoût ou un plat facile à réchauffer pour ton dîner de ce soir. Oh ! Et pendant que j'y suis, je vais aussi lancer une lessive. Tu as quelque chose à laver ?

Une soupe de noces italiennes ? Fallait-il y voir un message subliminal ? Et voilà qu'en outre elle entreprenait de laver ses chaussettes…

— Écoute, je n'ai pas besoin que tu commences à planifier mes petits déjeuners, mes déjeuners et mes dîners et je ne sais encore quelle collation à longueur de journée !

Le sourire s'affaissa sous un regard abasourdi.

— Alors là…

— Et tu n'es pas là non plus pour faire la lessive ou le lit, ni même des plats à réchauffer.

— Non, dit-elle lentement, mais comme je suis là, autant que je me rende utile.

— Je ne veux pas que tu joues les ménagères. Je suis capable d'effectuer moi-même ces tâches. Je le fais depuis des années.

— Je n'en doute pas, et je suis sûre que tu fais ça très bien. Apparemment nous ne nous sommes pas compris. Je croyais que tu voulais que je te fasse à manger.

— Ce n'est pas la même chose.

— Par rapport à la lessive, par exemple ? Ça limite pas mal le genre de relation que tu ne voudrais pas nous voir dépasser. C'est complètement idiot !

Peut-être.

— Je n'ai pas besoin que tu me fasses le ménage ou que tu me laves mes chaussettes. Tu n'es pas ma mère !

— Certainement pas.

Elle recula jusqu'au lit qu'elle défit, ouvrant draps et couvertures.

— Si tu préfères… Tu crois que je vais essayer de t'attirer dans je ne sais quel piège en lavant tes chaussettes sales ? C'est toi, l'idiot, crois-moi !

Elle gagna la porte à grandes enjambées.

— Pas ta mère, et puis quoi encore ? Elle ne sait même pas faire la cuisine !

Devant le lit défait, il se frotta la nuque.

— Dans le mille, marmonna-t-il.

Cela ne l'empêcha pas de sursauter lorsque la porte claqua.

Attrapant les affaires qui lui tombaient sous la main, Reece les fourra dans sa voiture. Plus tard, elle récupèrerait le reste de ses vêtements – au fond pas grand-chose.

Quant aux ingrédients pour la soupe, elle les prendrait chez Joanie et dans ses propres réserves. Elle allait se changer et porter son linge sale – uniquement le sien – à la laverie de l'hôtel. Ce ne serait pas la première fois qu'elle emprunterait le chemin de ces sinistres sous-sols.

À moins qu'elle ne laisse tout tomber et s'en aille voir refleurir la prairie.

Néanmoins, elle suivit la route de la ville tout en se demandant pourquoi elle avait tant de mal à prendre ses virages.

Elle frappa le volant du plat de la main puis, résignée, se dirigea vers le garage de Lynt.

Par les portes ouvertes, on apercevait une vieille berline sur le pont élévateur. Lynt déplia sa longue carcasse en cotte bleue aux manches retroussées sur ses bras musclés. Un mouchoir taché de graisse dépassait de sa poche. Il repoussa sa casquette sans cesser de mâchonner sa chique.

— Encore des ennuis ? demanda-t-il.

— On dirait. J'ai l'impression que la direction ne répond pas bien.

— Pas étonnant ! Vos deux pneus arrière sont presque à plat.

— À plat ? répéta-t-elle surprise. Bon sang, ils étaient impeccables hier !

— Vous avez dû rouler sur quelque chose.

Il s'accroupit pour examiner la roue droite.

— On dirait une crevaison lente. Je vais voir ce que je peux faire.

— J'ai une roue de secours dans le coffre.

Seigneur ! Elle n'avait pas les moyens de se payer deux pneus neufs.

— Je m'y mets dès que j'ai terminé avec ces plaquettes de freins. Vous voulez qu'on vous dépose quelque part ?

— Non, non, je rentrerai à pied.

Elle prit son ordinateur portable sur la banquette arrière, tendit à Lynt son trousseau de clefs après avoir détaché celles du studio qu'elle glissa dans sa poche.

— Si je dois acheter de nouveaux pneus, combien est-ce que ça me coûtera, à peu près ?

— On verra ça le moment venu. Je vous téléphonerai.

— Merci.

Elle passa la bandoulière de son sac sur une épaule, celle de son portable sur l'autre.

Heureusement, il faisait beau ; elle n'était pas trop mécontente de marcher un peu. Après tout, la situation n'était pas si catastrophique. Elle avait un boulot, un toit sur la tête et, si elle était amoureuse d'un goujat, elle n'avait qu'à prendre les mesures qui s'imposaient.

Si elle avait besoin de nouveaux pneus, elle se déplacerait à pied, le temps de pouvoir les payer. La voiture ne lui était pas indispensable pour le moment. Pas plus qu'un amant, d'ailleurs. Tout ce qui comptait, c'était elle-même. L'important c'était d'avoir quitté Boston, d'avoir tiré un trait sur le passé. Elle se prouvait ainsi qu'elle pouvait guérir, se construire une nouvelle vie.

Elle avait besoin de se retrouver un peu seule, de reprendre son journal, de réfléchir à ce livre de cuisine. Et pas besoin de ce fumiste de Brody pour le faire publier. Avant tout, organiser ses recettes, préparer une introduction.

Quelque chose du genre : « Inutile d'être un chef de cuisine diplômé pour préparer des repas gastronomiques. Pas quand on se laisse guider par un expert. »

— Ringard et solennel, commenta-t-elle à haute voix.

« Fatiguée de chercher une réponse à l'éternelle question : "Qu'est-ce qu'il y a pour le dîner ?" Toujours à la recherche désespérée de menus nouveaux pour le brunch du dimanche ? Affolée de vous retrouver responsable des amuse-gueule de la prochaine vente de charité ? »

— Ça sonne faux. Pourtant il va bien falloir commencer quelque part.

— Hello !

Reece s'arrêta net en apercevant Linda Gail agenouillée devant le massif de son jardinet où elle plantait soucis et pensées.

— Tu te parles si bien à toi-même que tu n'entends plus les autres ?

— C'est vrai ? Je parlais haut fort ? Je laisse trop facilement déborder mes idées. Elles sont jolies, tes fleurs !

— J'aurais dû sortir les pensées plus tôt, dit la serveuse en repoussant son chapeau de cow-boy. Elles ne craignent pas le froid. Et toi, qu'est-ce que tu fais par ici ?

— J'ai un ou deux pneus à plat. Ma voiture est chez Lynt.

— Quelle poisse ! Mais il est encore tôt ! J'aurais cru que tu passerais la matinée avec Brody.

— Je lui ai proposé de me donner son linge sale pour qu'il profite de ma lessive. À croire que je venais de sortir un fusil d'une poche et un prêtre de l'autre.

— Les hommes ! J'ai viré Lou, l'autre soir. Monsieur n'était pas content parce que je refusais d'ôter ma culotte.

— Les hommes !

— Qu'ils aillent se faire voir ! Tu veux planter quelques pensées tout en continuant à maudire avec moi les chromosomes Y ?

— J'aimerais bien mais j'ai des trucs à faire.

— Dans ce cas, on ira chez Clancy's après le boulot se prendre quelques bières, entendre du karaoké et des chansons qui remettent les hommes à leur place.

Quel besoin d'un fumiste quand on avait une amie ?

— Génial ! On se retrouve chez Joanie.

Voilà un élément que je peux ajouter à ma liste de privilèges, pensa Reece en s'éloignant : *Linda Gail*.

Sans compter le lac, si bleu, si beau avec les saules qui se penchaient vers lui tels des danseurs, et les bourgeons des peupliers qui commençaient à déployer leurs feuilles.

Prise d'une impulsion, elle déposa ses sacs, ôta ses chaussures et ses chaussettes, retroussa les jambes de son pantalon et s'assit sur le rivage, les pieds dans l'eau.

Glaciale ! Mais peu lui importait. Avec les montagnes dans le lointain, elle profitait de la plus belle vue qu'on puisse rêver. Une petite pause avant de reprendre ses activités : le livre de recettes, la soupe, la lessive. Quoi de plus naturel ?

Allongée sur le dos, elle contemplait le ciel bleu, où paressaient quelques innocents nuages. Le soleil brillait mais, au lieu de sortir ses lunettes, elle se protégea d'un bras. Écouta.

Le clapotis des vaguelettes sur ses orteils, le chant guilleret des oiseaux, les aboiements d'un chien, le grondement d'une voiture qui passait. Elle se détendait complètement.

Le brusque fracas n'en fut que plus retentissant ; elle se redressa si vite qu'elle faillit glisser dans l'eau.

— Le camion de Carl ! C'est le camion de Carl, se rappela-t-elle alors en se laissant retomber sur l'herbe.

Le souffle court, elle le vit qui passait en brinquebalant sur le chemin du bazar. Et rougit en apercevant Debbie Mardson qui l'observait devant son magasin de sport.

— Ouais, marmonna Reece en lui adressant un signe, c'est la cinglée du coin.

À présent que ce moment de grâce était gâché, elle n'avait plus qu'à ramasser ses sacs, ses chaussures et remonter chez elle pieds nus.

Et qu'importait ce que pouvait penser Debbie Mardson ! Ainsi que tous les autres d'ailleurs ! Elle avait bien le droit de faire trempette au bord du lac, de sauter comme un cabri à la détonation du moteur de Carl.

Dans le studio, elle changea de pantalon ; elle avait aussi le droit de faire sa lessive. Elle prit du savon et les quelques vêtements qu'elle voulait nettoyer.

Lancer la machine, revenir pour préparer sa soupe. Mettre en route le sèche-linge. Travailler sur le livre de recettes.

Armée d'un panier à linge, elle prit le chemin de l'hôtel.

— Salut, Brenda ! C'est mon jour de lessive. Pourriez-vous me faire de la monnaie ?

— Bien sûr.

La réceptionniste lui sourit et haussa soudain les sourcils.

— Vous n'auriez pas besoin de chaussures pendant que vous y êtes ?

— Pardon ?

— Vous êtes pieds nus, Reece.

— Oh, mon Dieu !

En voyant ses pieds, elle se sentit rougir mais lorsqu'elle aperçut le sourire moqueur de son interlocutrice, elle s'emporta :

— Ça a dû m'échapper. Vous savez bien qu'il me manque une case. Alors, cette monnaie ?

Ce disant, elle fit claquer un billet sur le comptoir.

— Regardez bien où vous marchez, commenta Brenda.

— C'est ça !

Cela ne l'empêcha pas de descendre par l'escalier. Elle détestait ce sous-sol. Si Brody n'avait pas été un tel goujat, elle aurait utilisé sa machine pour son plus grand soulagement, cela lui aurait évité ces tracas.

— Sept fois un sept, récita-t-elle en passant devant l'atelier d'entretien. Sept fois deux quatorze.

Elle arrivait à la table des huit lorsqu'elle sortit de la laverie alors que la machine tournait.

Elle ralentit en passant devant le comptoir de Brenda, qui ne pipa mot ; en revanche, à la hauteur du magasin de sport, elle n'eut pas autant de chance qu'à l'aller.

— Reece ! lança Debbie en sortant dans la rue. Ça va ?

— Oui, et vous ?

— Il ne fait pas un peu frais pour se promener pieds nus ?

— Je compte devenir la première femme à traverser pieds nus les Rocheuses. C'est le rêve de ma vie, figurez-vous.

Surtout ne pas s'arrêter. La laisser méditer ces paroles historiques.

En sortant les boulettes qui allaient servir de base à sa soupe, elle se mit à penser à autre chose. Pour retourner à l'hôtel, elle se demandait si elle n'allait pas enlever ses chaussures, histoire de faire jaser davantage, mais ce serait une provocation inutile. Elle fila vers l'hôtel, affronta de nouveau Brenda et le sous-sol, pour passer ses vêtements du lave-linge au sèche-linge.

Plus qu'un voyage, se dit-elle en retournant en hâte vers le studio. Et tout le temps d'écrire une introduction à son bouquin.

Après avoir ouvert son portable, elle s'échauffa en ajoutant quelques notes à son journal :

Furieuse contre Brody. Je lui fais son lit et il croit que je guette déjà les noces. C'est ainsi que fonctionne le cerveau masculin ? Si oui, ils auraient tous besoin de se faire soigner.

À ce propos, j'ai l'impression d'avoir anéanti une bonne fois pour toutes notre relation. Il a fait plus pour moi que je n'étais en droit d'attendre de qui que ce soit. Je vais donc tâcher de lui en vouloir le moins possible et, surtout, de ne plus croiser sa route.

L'abruti.

Ça ne m'a pas empêchée de cimenter mon statut d'idiote du village en me baladant pieds nus jusqu'à l'hôtel pour faire ma lessive. J'essaie de ne pas y attacher plus d'importance que nécessaire. Je prépare de la soupe et je n'ai vérifié qu'une fois les fermetures de la porte.

Non, zut, deux fois !

Je vais peut-être devoir acheter de nouveaux pneus. C'est d'un déprimant ! Ce qui aurait dû ne représenter qu'une contrariété de second ordre prend des proportions énormes en la circonstance. Je n'ai pas de quoi les payer. C'est aussi bête que ça. Je n'aurai plus de voiture pendant au moins quinze jours.

Avec un peu de chance, je vais peut-être rédiger ce livre de recettes et le faire publier. Ça me rapporterait quelques sous qui seraient les bienvenus. Ne serait-ce que pour voir venir.

Linda Gail plante des pensées. Ce soir, nous allons chez Clancy's après le travail pour dire du mal des hommes. Ça me fera le plus grand bien.

Satisfaite, elle ouvrit un nouveau document tout en réfléchissant à la façon dont elle allait bâtir son introduction.

Lorsque le minuteur de la cuisine sonna, signalant que ses vêtements étaient prêts, elle sauvegarda le texte qu'elle avait rédigé, éteignit l'ordinateur et repartit vers l'hôtel.

Elle emporterait son linge en vrac dans le panier pour sortir au plus vite de ce satané sous-sol. Il serait toujours temps de le plier à la maison.

Elle traversa la réception en trombe, enchantée de constater l'absence de Brenda. Cette fois-ci, elle commença la table de douze, assez ardue pour occuper son esprit.

Elle ouvrit le sèche-linge, n'y trouva rien.

— Ça alors...

Sans doute confondait-elle avec l'autre. Elle l'ouvrit. Vide également.

— C'est complètement idiot ! Qui voudrait me voler mes affaires ?

Et pourquoi son panier se trouvait-il sur la machine à laver et non sur la table à plier le linge où elle l'avait laissé ? Elle le récupéra avec précautions, ouvrit le couvercle.

Ses vêtements s'y trouvaient, juste essorés.

— Je les ai mis à sécher ! s'écria-t-elle en fouillant dans sa poche.

Elle n'y trouva effectivement que la dernière pièce qui lui restait après avoir glissé les autres dans la fente des machines.

— Je les ai mis à sécher. C'est mon troisième voyage. Mon troisième ! Je ne les ai pas laissés dans le lave-linge.

Avec des gestes brusques, elle les jeta dans le panier. Un marqueur tomba à terre.

Un marqueur rouge. Le sien. En tremblant, elle le ramassa et s'aperçut alors que ses vêtements portaient des taches rouges.

Qui lui avait fait ça ? Quelqu'un qui voulait lui faire croire qu'elle divaguait de plus en plus.

Quelqu'un qui se trouvait peut-être encore là, à l'épier.

Réprimant un gémissement, elle fit volte-face, ramassa son panier et remonta les marches quatre à quatre. Le son métallique d'un tuyau la fit sursauter, lui arrachant presque un hurlement. Le claquement même de ses propres pas sur l'escalier de ciment lui étreignait la gorge.

Cette fois, elle se précipita vers le comptoir où, de retour à son poste, l'accueillit une Brenda aux yeux écarquillés.

— Il y a quelqu'un en bas ! Quelqu'un est descendu.

— Quoi ? Qui ? Ça va ?

— Mes habits. On les a mis dans la machine à laver.

— Mais… Reece, c'est vous qui les y avez mis, articula l'hôtesse comme si elle s'adressait à un enfant. Vous n'avez pas oublié. Vous étiez descendue les laver.

— Mais après ! Je les ai mis dans le sèche-linge, pourtant je les ai retrouvés dans la machine à laver. Vous m'avez vue revenir les mettre à sécher !

— Euh… oui, reconnut Brenda sans sourire cette fois. Je vous ai vue revenir, descendre. Vous avez peut-être oublié de les y mettre. Comme vos chaussures tout à l'heure. Moi ça m'arrive sans arrêt. On se laisse distraire et on oublie…

— Je n'ai rien oublié du tout ! Je les ai mis à sécher. Regardez !

Elle sortit la pièce de sa poche.

— C'est tout ce qui me reste parce que j'ai utilisé le reste pour laver et sécher mes habits, bon sang ! Qui est descendu, à la fin ?

— Calmez-vous ! Je n'ai vu personne d'autre que vous.

— Alors ce doit être vous.

— Reece, j'hallucine ! Pourquoi voudriez-vous que je fasse une chose pareille ? Il faut vous reprendre. Si vous avez encore besoin de monnaie, je…

— Je n'ai besoin de rien du tout.

Panique et rage l'habitaient au point de lui couper le souffle. Elle sortit en courant dans la rue, son panier de vêtements humides sous le bras.

Rentrer à la maison, aussi vite que possible. S'enfermer à double tour.

Un coup de Klaxon la fit virevolter, son panier devant elle comme un bouclier. Elle vit sa propre voiture venir se garer à sa place habituelle. Lynt en sortit.

— Je ne voulais pas vous faire peur.

Elle parvint à répondre d'un mouvement de la tête. Pourquoi la regardait-il ainsi, comme si elle débarquait de Mars ? Pourquoi les gens la regardaient-ils ainsi ?

— Ça va, les pneus, annonça-t-il. Ils étaient juste dégonflés. Presque à plat. J'y ai remis de l'air.

— Oh, merci ! Merci !

— Euh… pendant que j'y étais, j'ai voulu vérifier votre roue de secours. Mais…

Elle s'humecta les lèvres.

— Mais quoi ? Qu'est-ce qu'elle a qui ne va pas ?

— C'est que…

Il remonta le bord de sa casquette, se dandina d'un pied sur l'autre.

— Elle est à peu près inaccessible.

— Je ne comprends pas. Je ne garde à cet endroit que du matériel de dépannage.

Le voyant hésiter encore, elle prit la clef qu'il lui tendait, ouvrit le coffre.

Ce fut tout d'abord l'odeur qui lui sauta au nez. Une puanteur d'immondices. Le coffre en regorgeait, coquilles d'œufs, marc de café, papiers humides et souillés, boîtes de conserves vides. Comme si on y avait vidé une poubelle.

Elle recula d'un pas, puis d'un autre.

— Ce n'est pas moi, répéta-t-elle. Et vous ?

Le garagiste prit la même expression choquée qu'elle avait vue sur le visage de Brenda.

— Enfin, Reece ! Bien sûr que non ! Je l'ai trouvé tel quel.

— Je ne sais pas qui a fait ça, mais ce n'est pas moi ! insista-t-elle. Il y a quelqu'un qui m'en veut. Quelqu'un…

— Je n'aime pas qu'on crie devant mon restaurant ! lança la voix de Joanie dans leur dos. Qu'est-ce qui se passe ?

Plissant le nez, elle jeta un coup d'œil dans le coffre.

— Ce n'est pas moi qui ai fait ça, répéta Reece.

— Ce n'est pas moi non plus ! renchérit Lynt. Je voulais examiner sa roue de secours, et voilà ce que j'ai trouvé. Reece s'imagine que j'ai vidé ma boîte à ordures par-dessus.

— Ce sont sûrement des gosses qui ont voulu s'amuser bêtement. Tiens, j'ai des poubelles derrière, des gants en caoutchouc. Donne-moi un coup de main, Lynt, on va nettoyer ça.

— Je m'en charge ! intervint Reece d'un ton sans réplique. Je suis désolée, Lynt. C'est juste que je ne comprends pas…

— Monte chez toi ! ordonna Joanie. Allez ! Lynt et Pete s'occuperont de ta voiture. Je te rejoins dans une minute.

Comme Reece allait protester, elle lui cloua le bec :

— Pas de discussion !

— Je suis désolée, répéta alors la jeune femme d'un ton las. Pardon, Lynt. Je vais chercher votre argent.

— Vous ne me devez rien. J'ai gonflé vos pneus, c'est tout.

Joanie lui tapota le bras en guise de remerciement.

— C'est bon, va dire à Pete de t'aider. Ça te vaudra un repas gratis.

— Je ne vois pas comment des gosses auraient pu ouvrir ce coffre, Joanie ! Il n'a pas été forcé.

— Va savoir comment ils s'y sont pris ! Ou pourquoi ! Toujours est-il qu'il faut nettoyer cette voiture. Je compte sur toi et sur Pete.

En entrant dans le studio, Joanie trouva Reece assise au bord du lit, le panier de vêtements humides à ses pieds.

— Ta soupe sent bon ! lança-t-elle. En revanche, ces habits vont moisir si tu ne les pends pas tout de suite. Pourquoi ne les as-tu pas mis dans le sèche-linge ?

— Je croyais l'avoir fait. Je sais que je l'ai fait. Mais je les ai retrouvés dans la machine à laver.

— Qu'est-ce qu'il y a dessus ?

— De l'encre. Rouge. On a mis mon feutre rouge dans la machine avec mes habits.

Joanie souffla entre ses lèvres. Elle alla chercher une soucoupe dans le placard, alluma une cigarette et revint s'asseoir sur le lit à côté de Reece.

— J'en grille une pendant que tu me racontes ce qui se passe.

— À vrai dire, je n'en sais rien. J'ai mis ces vêtements à sécher, j'ai glissé une pièce dans la fente, j'ai appuyé sur le bouton. Pourtant, je les ai retrouvés humides dans la machine à laver. Je sais que je n'ai pas versé de poubelle dans le coffre de ma voiture, pas plus que je n'ai écrit sur les murs de la salle de bains.

— Ma salle de bains ?

Joanie se leva pour aller regarder.

— Je ne vois rien d'écrit ici.

— Brody a tout repeint. Je n'ai pas rangé mes chaussures de marche dans le meuble de la cuisine, ni ma torche dans le réfrigérateur. Je n'ai rien fait de tout ça, pourtant ça s'est produit.

— Regarde-moi, là, dans les yeux. Tu t'es déjà droguée ? Ne serait-ce qu'à coups de médicaments prescrits par le médecin ?

— Absolument pas, à part la tisane de Doc. Et du paracétamol. Sinon, tous mes cachets sont passés dans l'écoulement du lavabo.

— Mais pourquoi on te ferait des trucs pareils ?

— Pour me faire croire que je suis folle. Pour me rendre folle, ce qui commence à être le cas. Parce que j'ai vu ce que j'ai vu ; on ne tiendra jamais compte du témoignage d'une folle.

— Ils ont bien trouvé un corps...

— Ce n'était pas elle ! coupa Reece d'une voix de plus en plus aiguë. Ça n'avait rien à voir et...

— Arrête ! Tu te calmes ou je ne te parle plus.

— Essayez de garder votre calme quand on s'attaque à vous ! Mes habits sont fichus. Il me restait tout juste de quoi les nettoyer en attendant de toucher ma paye. Maintenant, ils sont fichus.

— Si tu as besoin d'en acheter d'autres, tu peux ouvrir un compte chez Mac, ou alors je te donne une avance.

— Là n'est pas la question.

— Non. Mais c'est mieux que rien. Ça dure depuis combien de temps, cette histoire ?

— Depuis... presque depuis le jour où j'ai vu cette femme se faire assassiner. Je ne sais plus que faire.

— Tu devrais en parler en shérif.

— Pourquoi ? Vous croyez qu'il trouvera des empreintes digitales sur les ordures déversées dans mon coffre ?

— Bon. Pour le moment, examine ces habits, vois si tu peux en récupérer quelques-uns et les faire sécher au-dessus de ta baignoire. S'il te faut un chemisier ou des sous-vêtements, tu iras chez Mac pendant ta pause. Là, il te reste cinq minutes avant de prendre ton service.

Joanie écrasa sa cigarette, se leva, sortit un billet de vingt dollars de sa poche.

— Ça, c'est pour avoir repeint la salle de bains.

— Ce n'est pas moi, c'est Brody.

— À toi de voir si tu es assez tarte pour les lui donner.

Entre fierté et nécessité, elle eut vite fait de choisir la nécessité.

— Merci.

— Brody est au courant de tes ennuis ?

— Oui, à part ce qui s'est produit aujourd'hui.

— Tu veux lui téléphoner avant de descendre travailler ?

— Non. Il semblerait que je sois un peu encombrante.

— Les hommes, railla Joanie. Allez, reprends-toi et descends nous rejoindre. Ce soir, on sert des côtes.

Reece s'étira, repoussa le panier du pied.

— Des côtes de quoi ?

— De bison. Tu auras peut-être une idée originale pour les accompagner.

— À vrai dire…

— Tu ramènes tes fesses et tu me les prépares. Je n'ai que deux mains.

Brody hésitait entre réchauffer une pizza ou des boulettes de poulet au micro-ondes.

Elle avait fait exprès. Pour l'obliger à ne plus penser qu'à elle. Il lui avait juste demandé de ne pas trop en faire, mais elle avait tout de suite dramatisé, comme le font souvent les femmes.

On avait quand même le droit de respirer un peu dans sa propre maison, non ? De prétendre à un peu de tranquillité sans une femme qui s'agite partout.

On avait le droit de manger une pizza surgelée si on voulait. De temps à autre, il préférait un bon repas chaud et il savait alors où en trouver un.

Après tout, pensa-t-il en entrant dans sa voiture, il fréquentait le Bistrot avant qu'elle y soit engagée. Ce n'était pas elle qui l'avait attiré là. Il s'agissait juste d'une coïncidence. Tout ce qu'il voulait, c'était un repas correct à un prix raisonnable.

Cependant, quand il se gara devant chez Joanie, cette dernière sortit l'accueillir.

— Je voulais justement vous parler, annonça-t-elle.

— Reece…

— Oui, Reece.

L'inquiétude qu'il venait de manifester confirma l'intuition de Joanie : ce type était mordu.

— Venez, on va marcher un peu. J'ai dix minutes devant moi.

Sans tenir compte des questions et de l'impatience de son interlocuteur, elle parvint à lui rapporter sa récente conversation avec Reece.

— Elle a promis d'en parler au shérif, conclut-elle. C'était vraiment dégueulasse ces ordures dans son coffre ! Je n'aime pas ça.

— Tout ce qui lui arrive est dégueulasse. Je voudrais lui parler.

— Passez par derrière. Je ne veux pas vous voir vous disputer au-dessus de mon bar.

Suivant les conseils de Joanie, il entra par la porte du fond, bouscula presque Pete pour aller prendre Reece par la main.

— On sort, lui souffla-t-il.

— Je n'ai pas le temps.

— Prends-le.

Il tenta de l'entraîner au dehors.

— Tu ne vois pas que je travaille ? On n'interrompt pas les gens en plein boulot !

— D'accord, je suis allé trop loin, mais tu ne pouvais pas m'appeler pour me raconter ce qui t'est arrivé aujourd'hui ?

— Comme d'habitude, le bouche à oreille fonctionne. Je n'avais aucune envie de t'appeler. Et j'ai du travail.

— J'attendrai que tu termines et je te ramènerai à la maison. Demain matin, on ira voir Rick ensemble.

— Je ne t'ai rien demandé. J'ai d'autres choses à faire après mon service.

— Quelles choses ?

— Ça ne te regarde pas. Et je me passerai de toi pour aller voir le shérif. Comme tu te passes de moi pour faire ton lit et ta lessive. En plus, ce n'est pas l'heure de ma pause.

Comme elle revenait vers la porte, il lui saisit le bras, la fit tourner sur elle-même.

— Bon sang, Reece ! siffla-t-il. Tu vas rentrer tout de suite chez nous.

Elle le contempla un instant, ferma les yeux.

— J'appelle ça un coup en traître. Reparlons-en demain.

— Je dormirai dans mon bureau, ou sur le canapé du living.

— Je ne vais pas chez toi pour que tu me protèges. Tu ferais bien d'y réfléchir avant qu'on en reparle.

Sur ces mots, elle le planta là.

22

Une bière. Si on ne pouvait même pas se payer une bière de temps en temps, à quoi bon s'échiner au travail ?

Clancy's grouillait d'habitués qui se mêlaient aux touristes. Le long et mince Ruben avait repris le micro pour interpréter une version sentimentale du *You Think of Me* de Keith Urban. Un groupe de cow-boys avait entraîné quelques filles de la ville dans une partie de billard, si bien que la salle retentissait du tintement des boules parmi les rires aguicheurs. Deux couples venus de la côte Est se prenaient en photo à leur table, brandissant leurs chopes sous les têtes empaillées d'un cerf et d'un bélier.

Au bar, la botte coincée dans la traverse du comptoir, Lou sirotait sa bière.

— On dirait qu'il souffre, commenta Reece.

Linda Gail haussa les épaules.

— Pas assez.

Elle prit un bretzel dans le bol en plastique posé sur la table, y mordit à pleines dents.

— Je lui ai laissé du temps. Je me doutais qu'un type comme lui aurait besoin de se faire les griffes. Avec ce genre d'homme, il y aura toujours une fille pour rappliquer dès qu'il claquera des doigts.

Reece leva la main.

— Pas moi.

— Oui, mais toi tu es folle.

— C'est vrai. J'avais oublié.

— Seulement là, je suis prête à passer au chapitre suivant. Alors il m'épouse ou il lâche prise.

— Les hommes sont vraiment des abrutis !

— C'est sûr. Mais ce n'est pas pour ça que je préfère les femmes. Et je vais avoir besoin de l'une d'elles pour m'aider.

— T'aider à quoi ?

Linda Gail se prit le menton dans les mains.

— À vivre ma vie. Je voudrais acheter ma maison à Joanie. Elle me la vendra sûrement si je le lui demande. Et quand elle voudra prendre sa retraite, je compte racheter le restaurant.

Reece hocha la tête d'un air entendu.

— Tu t'en tirerais très bien !

— J'en suis sûre. Et puis chez moi, je voudrais mettre des chandeliers d'argent sur la table de la salle à manger. De beaux objets que je pourrais un jour transmettre à ma fille, parce que j'aimerais avoir une fille et un garçon aussi, un de chaque. Et puis un homme qui travaille à mes côtés, qui s'essuie les pieds devant l'entrée quand j'appelle pour le dîner. Et qui, de temps en temps, pense à m'apporter des fleurs.

— C'est sympa !

— Mais au lit, je veux un conquérant qui sache régulièrement me rendre idiote, sourde et aveugle.

— Excellents objectifs ! Tu crois que Lou saura t'aider à les réaliser ?

— Côté sexe, je n'en doute pas, encore que je n'en aie eu qu'un avant-goût.

Avec un sourire farouche, elle engloutit un autre bretzel.

— Quant au reste... ajouta-t-elle la bouche pleine, il en a le potentiel. Mais s'il veut le gâcher, je ne pourrai pas l'en empêcher. Tu veux une autre bière ?

— Non, merci.

Tandis que les deux femmes de la côte Est grimpaient sur la scène, Linda Gail héla une serveuse.

— Et toi ? demanda-t-elle ensuite à Reece. Quels sont tes objectifs ?

— Pendant longtemps, je n'ai rêvé que de tenir le meilleur restaurant de Boston, d'être considérée comme l'un des cinq ou dix chefs les plus appréciés du pays. Je pensais vaguement à me marier, à avoir des enfants, mais je me disais que j'avais tout le temps. Ensuite, après ma blessure, je n'ai plus songé qu'à vivre au jour le jour.

— On ne se rend pas compte de ce que ça peut être tant qu'on n'y est pas passé, commenta Linda Gail. Mais je crois que c'était ce que tu avais de mieux à faire. Il faut surmonter tout ça et reprendre son chemin.

— Maintenant, je veux juste me faire une place au soleil. Une bonne journée de travail et le soir, boire un verre avec une copine.

— Et Brody ?

— Il est venu me chercher directement à la cuisine ce soir, il m'a entraînée dehors.

— Quoi ? Quoi ?

Linda Gail reposa si violemment sa chope que la mousse en déborda.

— Attends ! J'ai raté ça ! Qu'est-ce qui s'est passé ?

— Il voulait que je rentre « chez nous » avec lui.

— Et toi, tu bois une bière ici ! Tu écoutes de mauvaises chansons mal chantées ! Pourquoi ?

Reece serra les dents.

— Je n'y remets pas les pieds tant qu'il ne m'aura pas dit que c'est moi qu'il veut. Si j'ai besoin de protection, j'achèterai un chien.

— Là, je ne te suis plus.

— Je veux être son égale, pas son invitée. Il ne m'a même pas proposé un tiroir pour y ranger mes affaires !

Linda Gail fit la grimace.

— Les hommes !

D'un coup d'œil furtif vers le bar, elle remarqua que Lou racontait ses malheurs à une serveuse ; une de ces femmes qu'il baisait de temps à autre.

— On va danser.

Reece cligna des yeux.

— Pardon ?

— Viens, on va voir s'il n'y aurait pas des amateurs sur la piste.

La piste en question consistait en quelques lattes de plancher devant la scène.

— Ça ne me dit rien du tout.

— Bon, j'y vais toute seule et je m'en choisis un au hasard.

Avant tout, elle fouilla dans son sac à la recherche d'un rouge à lèvres qu'elle appliqua en deux temps trois mouvements, à la perfection, sans l'aide d'un miroir.

— Ça va ? Je suis présentable ?

— Un peu trop en fait. Tu devrais…

— C'est parfait.

Avec un geste pour remettre ses cheveux en place, elle s'avança en roulant des hanches sous le nez de Lou pour aller poser les paumes à plat sur la table où buvaient les trois hommes, se pencha en avant.

Sans entendre ce qui se disait, Reece n'avait qu'à regarder les sourires des intéressés. Ou l'expression assassine de Lou.

Jeu dangereux. Déjà, Linda Gail se mettait à danser langoureusement dans les bras d'un des hommes sous les sifflets de ses compagnons.

— Vas-y Chuck ! cria l'un d'eux.

Et Chuck de plaquer les mains sur les fesses de Linda Gail.

Malgré la distance, malgré la fumée, Reece vit distinctement le poing de Lou blanchir sur le goulot de sa bouteille.

Jeu très dangereux. Cela se confirma lorsque Lou planta sa bière sur le comptoir pour se diriger vers la piste.

Elle perçut quelques éclats de voix :

— Et alors, pauvre mec ? criait Linda Gail. Je fais ce que je veux de mes fesses !

— C'est pas tes oignons, mon pote ! ajoutait Chuck.

Sur la scène, les deux femmes interrompirent leur duo pour contempler la scène.

Chuck poussa Lou qui poussa Chuck. Linda Gail jeta ses cinquante-cinq kilos dans la bagarre et les bouscula tous les deux.

Tous les espoirs de Reece de voir les choses se calmer s'évanouirent lorsque les deux compagnons de Chuck repoussèrent leurs sièges. Les quelques cow-boys qui jouaient au billard s'approchèrent. Après tout, Lou était l'un des leurs. Reece comprit qu'elle allait se trouver au beau milieu d'une bagarre de saloon au fin fond du Wyoming ! À moins qu'elle ne parvienne à récupérer Linda Gail à temps. Elle chercha du regard le chemin le plus rapide vers la sortie, évalua les distances. Et aperçut, au milieu de la mêlée, un homme coiffé d'une casquette de chasse orange.

Son cœur bondit dans sa poitrine. En sursautant, elle fit tomber sa bière qui éclata au sol comme un coup de feu. Les jambes flageolantes, elle tomba à la renverse sur un des cow-boys et l'envoya heurter un pêcheur.

Les poings volaient en tous sens. Les hommes se jetaient gaillardement les uns sur les autres, envoyant rouler tables et chaises, tandis que les chopes et les bouteilles explosaient en mille morceaux. Autour de Reece, ça criait, ça rigolait, ça meuglait, jusqu'à ce qu'un coup de coude dans la jouc la propulse au milieu d'une flaque de bière.

Imprégnée d'odeurs d'alcool et de fumée, un sac de glace contre la joue, Reece attendait dans le bureau du shérif. Si elle avait été plus humiliée que ça dans sa vie, son cerveau refusait de faire remonter à sa mémoire l'incident qui en avait été la cause.

— Je n'aurais jamais cru que vous adoriez les bagarres de saloon.

— Ça n'était pas dans mes intentions d'y participer.

— Vous avez poussé Jud Horst sur un certain Robert Gavin. Vous avez lancé votre bière.

— Absolument pas ! J'ai trébuché sur ma bière quand j'ai voulu quitter ma table et j'ai dérapé sur Jud. C'était un accident.

— Vous buviez, continua Rick.

— J'ai avalé une demi-bière. J'ai encore le droit d'entrer dans un saloon, que je sache ! Je n'étais pas ivre. J'ai juste eu peur, c'est tout. J'ai vu…

— Quoi ?

— Un homme avec une casquette orange au milieu de la foule.

L'expression contrariée de Rick se durcit.

— L'homme que vous aviez vu au bord de la rivière ?

— Je ne sais pas. Ça s'est passé si vite ! Je me suis levée. Je voulais m'approcher. Je voulais le voir mieux.

Il laissa échapper un soupir excédé. Il venait tout juste de se coucher quand il avait été tiré du lit par un appel affolé des serveuses de chez Clancy's. À présent, il se retrouvait avec des plaintes pour coups et blessures en tout genre, dégâts matériels avec possibilité de poursuites civiles et criminelles sur les bras.

— Min Hobalt prétend que vous l'avez frappée. J'ai une autre déclaration qui affirme que vous avez renversé une table et envoyé une chope sur le pied de Mme Lee Shank, de San Diego. Ça nous fait une touriste avec un doigt de pied cassé.

— Je n'ai touché personne. En tout cas pas exprès. Je voulais seulement me sortir de là. Moi aussi j'ai reçu un coup de poing en pleine figure, j'ai vu trente-six chandelles. J'ai eu peur. Je suis tombée sur une table, ce n'est tout de même pas la même chose que de la renverser. J'ai été frappée. J'ai des bleus partout.

Il poussa un nouveau soupir.

— D'après vous, qui a commencé ?

— Je n'en sais rien. Chuck a un peu bousculé Lou qui a répondu. Et puis j'ai vu… j'ai vu la casquette.

— Vous avez vu la casquette.

— Je sais que ça a l'air idiot, qu'il y a des tas d'hommes qui portent ce genre de casquette. Seulement j'ai paniqué, voilà !

— Clancy a déclaré qu'il allait s'interposer lorsque votre bouteille a heurté le sol. Ça lui a fait l'impression du gong dans un match de boxe.

— Autrement dit, c'est ma faute ! Très bien. Accusez-moi d'incitation à l'émeute ou de ce que vous voudrez, mais donnez-moi de l'aspirine avant de me jeter en prison !

— C'est n'importe quoi ! Personne ne va vous jeter en prison ! Seulement, vous passez votre temps à provoquer des incidents. Qu'est-ce qui s'est encore passé à la laverie de l'hôtel, aujourd'hui ?

— Je…

Comment ne l'aurait-il pas su ? Brenda et Debbie s'entendaient comme larrons en foire. Sans doute Reece avait-elle constitué le principal sujet de la conversation durant le dîner des Mardson ce soir.

— On m'a joué un tour que je n'ai pas trouvé drôle du tout.

Comme il semblait attendre la suite, elle s'interrogeait sur le bien-fondé qu'il y aurait à lui raconter toute la vérité. Vérité qu'il risquait de considérer comme une nouvelle aberration.

— Enfin, conclut-elle, ce n'est pas grave. Vous interrogez tous ceux qui ont eu des mots avec la réceptionniste de l'hôtel ? Ou est-ce que ça m'est réservé en particulier ?

L'expression du shérif se durcit.

— C'est mon métier, Reece, que ça vous plaise ou non. Maintenant, il va falloir que j'y voie clair dans cette pagaille. Il est possible que je vous interroge à nouveau demain.

— Alors, je peux m'en aller ?

— Oui. Vous voulez que Doc examine votre joue ?

— Non.

Elle se leva.

— Je ne suis pour rien dans la bagarre de ce soir. Je m'y suis trouvée mêlée sans le vouloir, un point c'est tout.

— Vous passez votre vie à vous laisser entraîner malgré vous dans des événements fâcheux. En outre, si vous sautez au plafond chaque fois que vous voyez de l'orange, on n'a pas fini d'entendre parler de vous ici.

Elle préféra ouvrir la porte sans répondre. Rentrer le plus vite possible chez elle, pour y lécher ses plaies et soigner son amour-propre bafoué.

Néanmoins, elle allait d'abord devoir en passer par Brody.

En effet, il l'attendait, sagement assis dans un fauteuil du bureau attenant, les jambes étendues devant lui, les yeux mi-clos ; elle essaya de passer devant lui sans un mot.

— Minute, Slim ! lança-t-il en se levant d'un mouvement nonchalant. Montre-moi ton visage.

— Il n'y a rien à voir.

Il arriva le premier à la porte, posa la main sur la poignée et s'y adossa.

— Tu sens la bière.

— Je m'y suis vautrée, cette nuit. Tu permets ?

— Épargne-moi la comédie du « je veux rentrer seule à la maison ». Il est tard. Je suis en voiture.

Dans la mesure où elle avait mal partout, elle ne protesta pas.

— Merci, mais qu'est-ce que tu fiches là, d'abord ?

— Linda Gail m'a téléphoné pour le cas où tu aurais besoin d'une caution.

Il déverrouilla la voiture, la fit monter.

— Au moins, on ne s'ennuie pas, avec toi.

— Tu trouves ça drôle ? explosa-t-elle.

— Oh oui, je trouve ça drôle. Avant toi, la seule femme que j'aie récupérée chez les flics était une strip-teaseuse de Chicago ; elle avait assommé un type à coups de bouteille de bière parce qu'il se montrait trop entreprenant. Elle m'en a été autrement reconnaissante que toi !

— C'est Linda Gail qui t'a téléphoné, pas moi !

Croisant les bras, Reece ne rêvait plus que d'une aspirine et d'un sac de glace.

— En plus, ajouta-t-elle, c'est sa faute. Tout ça ne serait pas arrivé si elle n'avait pas cherché à rendre Lou jaloux.

— Pourquoi ça ?

— Parce qu'elle est amoureuse de lui.

— Elle est amoureuse de Lou, alors elle suscite une bagarre de saloon ?

Les femmes avaient parfois de ces raisonnements...

— Bon, Slim, on va chez toi ou chez moi ?

— Chez moi. Ta mission de bon Samaritain s'arrêtera là.

Il démarra en pianotant sur le volant.

— Tu sais pourquoi je suis sorti du lit dès que Linda Gail m'a appelé ?

— Parce que tu éprouves un besoin irrépressible de sauver les strip-teaseuses et les cinglées.

— Peut-être. Ou alors c'est que je tiens à toi.

— Ah.

— Bon sang ! Tu sais très bien que je tiens à toi. Je pense sans arrêt à toi. Ça me dérange. Tu me déranges.

— Et toi alors, tu ne me déranges pas ? Tu voulais que je sorte de ta maison. J'en suis sortie. Ce n'est pas ma faute si tu changes d'avis.

— Quel chameau ! maugréa-t-il. Ce matin, je me suis senti coincé. Tu avais commencé avec cette fichue soupe de noces italiennes.

— Et alors ? C'était une de mes spécialités quand... Oh ! C'est le mot « noces » qui te chiffonne ?

Il eut un haut-le-corps.

— Pas du tout !

— Je prépare une soupe et monsieur s'imagine que j'en suis à déjà composer le menu du mariage ? Crétin !

Elle allait ouvrir la portière quand il posa la main sur la sienne. Plutôt se faire envoyer sur les roses que de laisser traîner davantage ce malentendu.

— Tu fais mon lit, tu proposes de laver mon linge. Tu me demandes ce que je préfère pour mon petit déjeuner.

De son bras libre, elle le repoussa.

— J'ai dormi dans ce lit, donc je le fais. Tu m'as permis de me réfugier chez toi quand je ne savais où aller, de plus je devais laver mon propre linge. J'estimais que c'était une façon de te remercier. J'aime te préparer de bons petits plats, j'aime cuisiner. Voilà tout.

— Tu as dit que tu m'aimais.

— C'est vrai. Mais je n'exige pas de retour. Je ne t'ai même pas réclamé un tiroir pour y mettre mes affaires. En fait je ne t'ai jamais rien demandé.

— Bon, reconnut-il, je suis sans doute allé trop loin…

— Tu l'as déjà dit, Brody. J'ai sommeil.

— Attends, bon sang ! Je reconnais que j'ai exagéré, ce matin. Excuse-moi.

Elle ne répondit pas, mais lui effleura le bras avant de saisir à nouveau la poignée.

— Attends encore une seconde, tu veux ?

Elle le dévisagea un instant, puis :

— Je t'écoute.

— Tout à l'heure, tu as dit que tu ne voulais pas que je m'occupe de toi. Tant mieux, parce que c'est le genre de perspective qui me donne froid dans le dos. Mais j'ai quand même envie de vivre avec toi, toi et personne d'autre. Est-ce qu'on pourrait reprendre ?

Elle ouvrit la portière, s'arrêta. Se retourna. La vie était si courte ! Elle était bien placée pour le savoir.

— Je n'en demande pas plus. Tu veux monter ?

— Oui. Viens par ici.

Il se pencha doucement vers elle pour embrasser sa joue blessée.

— Aïe ! s'écria-t-il.

— Tu peux le dire. J'ai l'impression de sortir d'un match de football. Où j'aurais servi de ballon. Je ne rêve que d'un bain, d'un tube d'aspirine et d'un bon lit.

Comme elle ouvrait la porte de son studio, il la fit reculer, se plaça devant elle.

— Qu'est-ce que c'est que ce bruit ? interrogea-t-elle. Tu entends ? On dirait de l'eau qui coule.

— Reste ici.

— La salle de bains, murmura-t-elle. La porte est fermée, ce que je ne fais jamais. Il y a de l'eau qui coule. Oh, regarde, c'est l'inondation ! Ça passe sous la porte.

Il ouvrit en grand dans un sinistre clapotis. La baignoire débordait sous le robinet grand ouvert. Les quelques vêtements qu'elle avait pu sauver de la laverie flottaient comme des épaves.

— Je n'ai même pas pris de bain aujourd'hui. J'ai juste…

Sans rien dire, il ferma le robinet puis, relevant sa manche, il plongea la main pour tirer le bouchon.

— J'avais accroché ces vêtements sur la barre de douche avant d'aller travailler. Après mon service, je suis montée ici pour changer de chaussures.

Ensuite, je suis partie directement rejoindre Linda Gail.

— Je n'ai pas dit le contraire.

— Le plancher sera fichu, après ça ! Il va falloir que je… Oh non ! Chez Joanie, en bas ! L'eau a dû s'infiltrer, il doit y en avoir partout !

— Appelle-la. Dis-lui de venir tout de suite, qu'elle apporte les clefs du restaurant.

L'air sombre, Joanie arriva armée des clefs et d'une pompe à eau qu'elle plaça devant Reece.

— À toi l'honneur ! Quand tu auras fini là-haut, tu me la rapporteras.

— Joanie, je suis désolée…

— Ne t'inquiète pas et fais ce que je t'ai dit.

Elle ouvrit la porte du restaurant, entra, alluma. L'eau coulait à grosses gouttes par le plafond, et le mur en pierres sèches achevait de se décomposer comme un fruit mûr.

— L'immonde saloperie !

— Elle n'y est pour rien…

Joanie fit taire Brody d'un doigt impérieux.

— Je vais avoir besoin de ventilateurs pour sécher tout ça. De bâches en plastique pour couvrir ce foutu trou au plafond avant qu'un enfoiré d'inspecteur ferme mon établissement. Si vous voulez m'aider, amenez le grand ventilo que je garde dans la réserve. Ensuite, vous passerez chez moi, j'ai des bâches dans la remise. Et aussi une agrafeuse.

— Ainsi qu'un escabeau.

— Oui. L'immonde saloperie !

Reece épongeait en pleurant. Maintenant, on ne s'attaquait plus seulement à elle mais aussi à Joanie dont le seul crime avait été de lui donner un emploi, de lui louer un studio et de la soutenir.

Quel gâchis ! Elle vida la pompe, la remit en action.

Lorsque Joanie monta la rejoindre, elle tenta de s'expliquer, l'air navré.

— Arrête de pleurer ! coupa celle-ci. Il y a déjà assez d'eau comme ça !

Reece s'essuya les yeux d'un poing rageur.

— C'est moche ?

— Assez. Mais on va pouvoir réparer.

— Je vous rembourserai…

— J'ai une assurance, elle est là pour ça. C'est leur tour de cracher au bassinet.

Reece se remit au travail.

— Je sais que tout m'accuse et qu'aucune excuse ne pourra réparer ces dégâts. Mais je n'ai pas laissé couler l'eau de la baignoire. Je n'ai même pas…

— Je le sais bien !

Reece releva vivement la tête.

— Ah oui ?

— Tu n'oublies jamais rien. La preuve, il a fallu que je prenne ma clef pour ouvrir cette fichue porte. Tu avais bien dit que quelqu'un t'emmerdait. Maintenant, il s'en prend à moi, et là il commence à me gonfler !

Elle planta les mains sur ses hanches.

— Ce plancher ne va pas sécher tout seul. Ça t'ennuie de dormir chez Brody ?

— Non.

— Alors termine ici, emballe tes affaires. J'appellerai deux garçons pour s'occuper de ça demain matin.

Après avoir balancé un coup de pied dans le bureau, elle regarda plus attentivement Reece.

— Qu'est-ce que tu as à la joue ?

— Il y a eu de la bagarre chez Clancy's.

— Quelle soirée ! Prends un paquet de petits pois surgelés avant de t'en aller.

Il était 3 heures du matin lorsque Reece jeta ses affaires dans le coffre de la voiture de Brody.

— Je ne te proposerai pas de faire ta lessive. De toute façon, ça ne me réussit pas, ces derniers temps.

— D'accord.

— Joanie m'a crue.

— C'est une femme intelligente.

Elle regarda un moment les eaux calmes du lac qu'ils longeaient dans la nuit. Sa vie était un peu à l'image de cette surface ; trop sombre pour qu'on distingue ce qui se passait dessous.

— Si elle t'avait crue responsable, elle t'aurait virée et tu aurais quitté la ville. C'était assez malin de la part de ce salaud.

— Contente d'apprendre que celui qui me harcèle n'est pas un idiot. Dans l'ordre logique des choses, tu devrais être le prochain sur la liste. On ne peut pas dire que je sois un porte-bonheur.

— Je ne suis pas superstitieux.

Il se gara devant son chalet et alla chercher dans le coffre le carton où elle avait entassé le maximum d'ustensiles de cuisine. Il récupéra aussi son ordinateur portable dont il glissa la bandoulière sur son épaule.

Il déposa le carton dans l'entrée.

— Tu rangeras plus tard. Va donc prendre une douche.

— Je préfèrerais un bain, lâcha-t-elle en souriant.

— C'est vrai que tu empestes la fumée, la bière et l'humidité. Tiens, n'oublie pas tes petits pois.

Elle grimpa l'escalier, le paquet collé à sa joue. Brody la rejoignit dans la salle de bains où il ouvrit l'armoire à pharmacie.

— Ton aspirine, dit-il en lui tendant un tube.

Lorsqu'elle ressortit de la salle de bains, en tee-shirt gris plein de taches rouges et pantalon de flanelle, il se tenait devant la fenêtre.

— Jolie tenue ! observa-t-il.

— Je n'ai plus grand-chose à me mettre.

— Tu pourras déposer ici tes affaires, dit-il en désignant sa commode. Je t'ai libéré deux tiroirs.

— Oh !

— Ce n'est pas une demande en mariage.

— Compris ! Je… je m'en occuperai demain. Ce soir, je suis trop crevée. Pardon, Brody, mais est-ce que…

— Oui, les portes sont fermées.

— D'accord.

Elle se glissa dans le lit en poussant un soupir de délice. Enfin ! Quelques instants plus tard, les lumières s'éteignirent, le matelas s'abaissa et elle sentit le corps tiède de Brody contre le sien, son bras qui se glissait autour de sa taille.

Elle lui prit la main et s'endormit, trop épuisée pour faire le moindre rêve.

23

Brody se gara devant chez Joanie à 6 heures précises. Les lumières étaient allumées devant le restaurant. Un camion-benne attendait devant, déjà à moitié plein de débris de tapisserie détrempée.

À cette vue, Reece se raidit.

— D'après toi, combien ça va coûter ?

— Aucune idée.

Certes, l'assurance allait rembourser, mais jusqu'à quel point ? À l'intérieur, Joanie examinait le rideau d'épais plastique qui séparait la zone sinistrée du reste de la salle.

Derrière le rideau, deux hommes s'activaient sur un escabeau. Cela sentait l'humidité et le café. Le gros ventilateur continuait de fonctionner à plein tube, si bien qu'il faisait un froid de loup.

— Tu ne commences qu'à 11 heures aujourd'hui, signala Joanie.

— Je veux participer aux travaux et vous n'avez pas intérêt à m'en empêcher, sinon je déménage immédiatement pour Jackson Hole où je trouverai un autre emploi. Il vous manquera non seulement deux boxes mais aussi une cuisinière.

— Ces garçons sont arrivés il y a une heure. Va donc leur préparer un solide petit déjeuner.

— Comment aiment-ils leurs œufs ?

— Sur le plat.

— Avez-vous pu dormir un peu ? s'enquit Brody.

— Je dormirai quand je serai morte. Vous êtes venu pour accompagner Reece et lui jeter des regards énamourés, ou êtes-vous prêt à donner un coup de main ?

— Je sais faire plusieurs choses à la fois.

— Dans ce cas, donnez un coup de main à Ruben et Joe. Les premiers clients ne vont pas tarder. Reece, ce sera trois petits déjeuners.

Reece les servit elle-même au bar tandis que Joanie et Bebe installaient des tables supplémentaires pour remplacer les boxes inondés. Les habitués du petit matin arrivaient les uns après les autres.

Personne ne se plaignit de l'état du restaurant, mais ce fut le sujet de toutes les conversations jusqu'à midi. Reece avait préparé la soupe du jour, qui mijotait tranquillement dans sa marmite, et composait une sauce lorsque Linda Gail se glissa derrière elle.

— Quel désastre ! Tu dois m'en vouloir à mort.

— Tout bien considéré j'ai fini par comprendre que ce n'était pas ta faute. Enfin pas complètement.

— Oh, Reece, ma grande ! Ta pauvre figure !

— Entre la bagarre chez Clancy's et les dégâts ici, les gens vont avoir de quoi me casser du sucre dans le dos pendant une semaine.

— Ce n'est pas ta faute.

— Non. Je sais.

— En tout cas, reprit Linda Gail avec un demi-sourire, j'ai entendu Joanie dire qu'elle allait repeindre toute la salle. Ce sera toujours ça de gagné !

— Dommage de devoir en arriver là pour refaire la décoration.

— Lou me tire la gueule.

— Tu m'étonnes ! Maintenant, c'est à toi de faire le premier pas. Quand on désire vraiment quelque chose, la vie est trop courte pour hésiter.

Reece désigna Brody d'un coup d'œil par-dessus l'épaule.

— Il m'a libéré deux tiroirs.

— Alors là ! s'exclama son amie en écarquillant les yeux. C'est trop énorme !

Elle la prit dans ses bras.

— Linda Gail Case, je ne te paie pas pour danser ! maugréa Joanie en venant remuer la soupe. Reece, Rick veut te parler. Tu peux l'emmener dans mon bureau si tu veux être tranquille.

— Ce serait bien, merci.

Cependant, quand elle se retourna, elle considéra les gens attablés au bar.

— Non, finalement, je crois qu'on ferait mieux de parler dans la salle. Sinon, les bavardages ne feront que s'amplifier.

Joanie acquiesça :

— Tu as raison.

Ôtant son tablier, Reece s'approcha du shérif.

— Bonjour, Reece. On va s'asseoir au fond ?

— Ici, ça m'a l'air bien. Linda Gail, tu veux bien apporter du café au shérif ?

Elle s'installa en face de lui.

— Min Hobalt porte plainte contre moi, c'est ça ?

— Non, dit-il en sortant son carnet. Je l'ai revue ce matin et elle reconnaît que vous l'avez bousculée alors que vous-même aviez dû être frappée.

De même, les autres témoins sont revenus sur leurs déclarations : vous n'avez pas renversé une table, mais vous êtes tombée dessus au milieu de la cohue. Nous nous en tiendrons donc à la conclusion que cette affaire chez Clancy's n'est que le résultat d'une série d'âneries perpétrées par un certain nombre de gens.

— Dont moi.

Il esquissa un sourire.

— Maintenant…

Marquant une pause, il regarda de nouveau le rideau de plastique qui masquait les travaux.

— Si vous me parliez plutôt de ce qui se passe ici ?

— Après avoir quitté votre bureau, je me suis fait raccompagner chez moi par Brody. On est montés et, en entrant, on a constaté que la porte de la salle de bains était fermée, et de l'eau s'en échappait. Quelqu'un avait ouvert le robinet de la baignoire et bouché la bonde. Ça débordait.

— Quelqu'un ?

Certes, elle s'y attendait. Aussi ne cilla-t-elle pas, gardant une voix claire et ferme :

— Ce n'est pas moi. Je n'étais pas là. Vous le savez très bien puisque je me trouvais chez Clancy's et ensuite dans votre bureau.

— Vous pouviez l'avoir ouvert avant.

— Je n'ai pas fait couler d'eau. Après mon service, je suis juste montée changer de chaussures et…

— Et ?

— Vérifier les serrures, les fenêtres. J'ai rejoint Linda Gail. Je n'ai pas dû rester là-haut plus de trois minutes.

— Vous êtes entrée dans la salle de bains ?

— Oui, pour vérifier que les vêtements que j'avais étendus sur la barre de douche séchaient bien. C'est tout. Je n'avais aucune raison d'ouvrir le robinet de la baignoire.

— Les vêtements que vous aviez emportés à la laverie de l'hôtel un peu plus tôt ?

Et voilà !

— Oui. Et, oui, quelqu'un a bien pris ces vêtements que j'avais déposés dans le sèche-linge pour les remettre dans la machine à laver. Je m'étais donné la peine d'effectuer trois fois le trajet à pied. La troisième fois, je les ai retrouvés dans la machine.

Il leva les yeux car Linda Gail lui apportait son café et un œuf poché sur un toast pour Reece.

— Joanie veut que tu manges. Shérif, désirez-vous autre chose ?

— Non merci, juste le café.

— Linda Gail peut vous dire que je n'ai passé que quelques minutes là-haut avant d'aller chez Clancy's.

— C'est vrai, répondit la serveuse après un quart de seconde d'hésitation. Elle n'a fait que monter et descendre.

— Tu ne l'as pas accompagnée ?

— Non. Je suis allée aux toilettes, pour vérifier mon maquillage et me recoiffer un peu. Reece m'attendait devant la porte quand j'en suis sortie. Ça n'a duré que quelques minutes. C'est forcément quelqu'un qui a voulu lui jouer un sale tour.

— Pourquoi aurais-je fait couler l'eau alors que je m'en allais ? insista Reece.

— Je ne dis pas que vous l'avez fait ; quand bien même, je ne pense pas que vous auriez voulu provoquer tant de dégâts. Mais parfois, quand on a l'esprit occupé par beaucoup de choses, on oublie certains détails. Une casserole sur le feu, le téléphone décroché. C'est courant.

— Je ne vois pas ce qu'il y a de courant à se faire couler un bain quand on n'a pas l'intention d'en prendre un.

— Bien sûr ! affirma Linda Gail en lui posant une main sur l'épaule.

Cette caresse un rien appuyée perturba Reece : et s'il y avait un quelconque doute dans les affirmations de son amie ?

— Un intrus est entré dans mon studio ! insista-t-elle. Et ce n'est pas la première fois.

— Vous ne m'avez jamais parlé de ça. Merci, Linda Gail, je te ferai signe si j'ai encore besoin de toi.

— D'accord. Reece, mange. Tu n'as rien avalé de la journée, et si cette assiette revient intacte, Joanie va en faire tout un foin.

— Ça a commencé juste après que j'ai assisté à ce meurtre, expliqua Reece.

Tout en piochant dans son assiette, elle raconta tout au shérif : le guide, la porte, la salle de bains, ses bagages, ses chaussures et ses saladiers. Les pilules, l'album de photos.

Il prit des notes, posa des questions, toujours d'une voix calme et posée.

— Pourquoi ne l'avez-vous pas signalé ?

— Parce que je savais que vous penseriez ce que vous êtes en train de penser en ce moment.

— Vous ne lisez pas dans mes pensées, commenta-t-il d'un ton légèrement agacé. Qui a accès à votre clef ?

— Je la garde sur moi. Il y en a un double dans le bureau de Joanie.

— Brody en a une ?

— Non, non. Brody n'en a pas.

— Vous vous êtes disputée avec quelqu'un ces derniers temps ?

— Non, à part Min chez Clancy's cette nuit.

De nouveau, il lui décocha son demi-sourire.

— Je pense que nous pouvons écarter cette jeune femme de la liste des suspects.

— Je crois qu'il m'a aperçue.

— Qui ?

— L'homme de la rivière. Celui qui a étranglé cette femme.

Poussant un soupir, Rick s'adossa à son siège.

— À cette distance ?

— Il doit avoir aperçu quelqu'un sur la corniche. Ensuite, ma déclaration aura suffi à attirer son attention sur moi. Il s'efforce de discréditer mon témoignage.

Rick ferma son carnet.

— Qu'allez-vous faire ? demanda Reece.

— Mon travail. La prochaine fois qu'il vous arrivera quelque chose, il faudra me le dire. Je ne pourrai pas vous aider si j'ignore que vous avez des ennuis.

— D'accord. Est-ce qu'on a identifié la femme ? Le cadavre ?

— On n'a pas encore le résultat des empreintes dentaires. Et vous, de votre côté, est-ce que vous y avez réfléchi ? Pouvez-vous confirmer que c'est la femme que vous avez vue ?

— Non. Ce n'est pas elle.

— Très bien, dit-il en se levant. Vous savez où aller pendant les travaux ?

— Je suis chez Brody.

— Je reprendrai contact avec vous.

Reece débarrassa elle-même la table. À la cuisine, Joanie rouspéta en voyant qu'elle n'avait mangé que la moitié de son plat :

— Quoi ? Tu n'aimes pas mes œufs ?

— Si, mais il ne me croit pas.

— On s'en fiche ! Il est payé pour faire son boulot et il le fera. Quant à toi, lance du poulet grillé pour le plat du jour.

— Tout de suite.

— Et de la salade de pommes de terre. De l'aneth frais t'attend dans le frigo.

Doc Wallace ramenait son bateau à vigoureux coups de rames vers son mouillage au bord du lac lorsque Rick attrapa la corde.

— Vous avez un permis de pêche ?

Tout en descendant de son embarcation, Doc rétorqua :

— Vous connaissez l'histoire de ce garde-chasse qui chope une femme en train de lire dans un bateau ? Il lui demande si elle a son permis de pêche. Elle répond qu'elle n'est pas en train de pêcher mais de lire. Le garde-chasse observe qu'elle a pourtant tout un équipement autour d'elle et que ça lui vaudra une amende. À quoi elle répond qu'elle va porter plainte contre lui pour agression sexuelle.

Rick attendit patiemment qu'il ôte ses lunettes, les essuie à sa chemise.

— Là, reprit Doc, notre garde-chasse s'offusque : « Madame, je ne vous ai jamais agressée ! » À quoi la dame répond : « Pourtant, vous en avez l'équipement. »

Rick éclata de rire.

— Excellent ! Ça mordait aujourd'hui ?

— Pas une prise, marmonna Doc en jetant sa canne sur son épaule. Mais il faisait tellement beau que ça en valait la peine.

— Tant mieux. Vous avez une minute à m'accorder ?

— Tant que vous voulez. C'est mon jour de congé. Après deux heures passées assis dans ce bateau, je marcherais bien un peu.

Ce qu'ils firent, longeant tranquillement le bord du lac.

— Je me suis laissé dire que Reece Gilmore était venue vous voir. En tant que patiente.

— Vous savez que je suis tenu par le secret professionnel, Rick.

— Et je ne vous demande pas de le briser. Nous nous bornerons aux hypothèses.

— C'est risqué.

— Personne ne vous oblige à répondre si vous préférez garder le silence.

— Soit.

— Vous avez entendu parler de ce qui s'est passé chez Joanie ?

— Le dégât des eaux ?

— Reece dit qu'elle n'a pas ouvert le robinet de la baignoire, mais que quelqu'un se serait introduit dans son studio ; de même, en son absence, quelqu'un se serait emparé de son linge à la laverie de l'hôtel pour l'empêcher de sécher. On dirait qu'elle s'est fait un ennemi par ici, bien que ce soit une personne des plus estimable qui soit.

— Il y a toujours des gens pour mésestimer les personnes estimables.

— Certes. Hier elle a failli tomber dans le lac. Ensuite elle a couru pieds nus dans la rue, puis elle saute à la gorge de Brenda parce que quelqu'un aurait tenté de salir son linge à la laverie. Cette nuit, elle se trouve mêlée à une bagarre chez Clancy's.

— Linda Gail faisait du gringue à des touristes pour provoquer Lou. On peut dire qu'elle a réussi son coup.

Derrière le Doc, les voiliers glissaient sur l'eau bleue où se reflétaient les montagnes.

— Jamais on n'aura connu une telle agitation dans cette ville, conclut Rick.

— Vous croyez qu'elle en est la cause ? Mais pourquoi ?

— Si vous aviez un patient atteint de troubles mentaux, capable de fonctionner normalement la plupart du temps, pensez-vous qu'il pourrait néanmoins souffrir de... enfin de divagations et... disons de pertes de mémoire ?

— Bon sang, Rick, tout le monde peut souffrir de divagations et de pertes de mémoire, y compris vous-même !

— Est-ce que tout ceci ne se passerait pas simplement dans sa tête, Doc ?

— Dans l'absolu, ce serait possible. Quand je dis possible, je ne dis pas probable.

Ils marchèrent quelque temps en silence jusqu'à ce que Rick reprenne :

— Je vais faire un saut à l'hôtel, aller jeter un coup d'œil à cette laverie.

Pour commencer, il passa devant le studio de Reece. La porte en était grande ouverte et tout l'étage résonnait de coups de marteau et de burin.

À genoux, Brody s'efforçait d'arracher le linoléum de la salle de bains.

— C'est la première fois que je te vois faire ce genre de travail, observa Rick.

— Il faut un début à tout. Et crois-moi, je n'ai aucun talent particulier en matière de menuiserie.

Rick se pencha en avant.

— Le plancher est fichu !

— Il paraît.

— Tu aurais dû venir me rapporter ces incidents à propos de Reece, Brody.

— Elle ne voulait pas. Il faut la comprendre aussi. Rien qu'à te regarder, on pige que tu n'es pas enclin à la croire.

— Je ne suis enclin à rien du tout. Comment veux-tu que je mène une enquête sans la moitié des éléments ? Tu as peint par-dessus les inscriptions laissées ici.

— J'ai pris des photos. Je te les ferai parvenir.

— C'est déjà ça. Aucun de ces incidents ne s'est déroulé chez toi ou en ta présence ?

— Pas pour le moment. Écoute, je la connais bien et j'ai du mal à croire qu'elle ait pu laisser ce robinet ouvert. Elle vérifie le four chaque fois qu'elle quitte la cuisine, les lumières, les serrures. Une fille aussi maniaque n'oublie pas qu'elle s'est fait couler un bain. Et elle n'en fait pas couler un quand une amie attend en bas.

— Je n'ai pourtant pas l'impression qu'on ait forcé le verrou.

— Il a une clef. Je vais changer toutes les serrures.

— Bien ! Quant à moi, je vais passer à l'hôtel. Tu veux m'accompagner ?

— Et abandonner ce passionnant travail ?

Brody posa ses outils.

— Avec plaisir !

Brody n'eut aucun mal à imaginer le désarroi de Reece dans cette laverie en sous-sol. Une méchante lumière répandait des ombres dans les angles. La chaudière bourdonnait, les tuyaux vibraient et l'on entendait même ses propres pas retentir sur le sol de ciment.

Deux machines à laver, deux sèche-linge. Un distributeur de savon et d'adoucissant dans des emballages miniatures, à des prix exorbitants.

Une étroite jalousie dispensait un peu de lumière à travers une vitre au verre dépoli.

— Les ascenseurs n'arrivent pas ici, expliqua Rick. En revanche, il y a un accès direct par l'extérieur. Entre ça et les fenêtres, il est facile pour n'importe qui de s'introduire ici sans se faire repérer. Cela dit, comment aurait-on su qu'elle était descendue faire sa lessive ?

— Elle a traversé la ville à plusieurs reprises. Il suffisait de la suivre.

Le shérif étudia la disposition des lieux.

— Dis-moi, Brody. Si quelqu'un lui veut du mal, pourquoi ne pas s'en prendre directement à elle ? Elle s'est mis dans la tête que tout vient de l'homme qu'elle prétend avoir vu au bord de la rivière.

— C'est moi qui le lui ai mis dans la tête.

L'air soudain las, Rick s'adossa à une machine.

— Pourquoi as-tu fait ça ?

— Parce que ça tombe sous le sens. On veut jouer de sa faiblesse, lui faire peur, douter d'elle-même. S'arranger pour que tout le monde en fasse autant. C'est plutôt bien joué ; ça ne veut pas dire pour autant qu'il ne va pas s'en prendre physiquement à elle.

Pour cette raison, pensa Brody, *il ne la laisserait plus se promener seule nulle part.*

— J'ai l'impression que ça s'aggrave, continua-t-il.

— Brody, il ne t'est jamais arrivé d'oublier ton linge dans la machine à laver ?

— Si, mais je ne suis pas Reece.

Rick secoua la tête.

— Bon, je monte voir Brenda.

La réceptionniste se trouvait à son poste où elle répondait au téléphone d'un ton des plus professionnel :

— Nous vous attendons le 10 juillet. Je m'occupe de vos réservations et je vous envoie une confirmation. Avec plaisir, monsieur Franklin ! Au revoir.

Elle raccrocha.

— On sera complet cet été si ça continue comme ça. Comment allez-vous ?

— Très bien, répondit Rick. Tu as vu Reece, hier ?

— Oui. J'ai dit à Debbie…

— C'est à moi que tu en parles, maintenant. Elle est descendue dans la laverie.

— Avec son panier. Pieds nus. Elle m'a demandé de la monnaie pour les machines. Elle a dû rester dix minutes à peu près. Quand elle est revenue, une demi-heure plus tard, elle avait ses chaussures. Elle est restée en bas dix minutes comme la première fois. Je ne l'ai pas vue arriver la troisième fois, je devais être dans le bureau, mais elle est remontée comme une folle en hurlant qu'il y avait quelqu'un en bas.

— Tu n'as vu personne descendre ?

— Non.

— Mais tu n'étais pas à ton bureau, intervint Brody.

— Pardon ?

— Tu as dit que tu étais là quand elle est remontée, reprit Rick. Tu avais repris ta place depuis longtemps ?

— Je ne sais pas exactement. Dix minutes, un quart d'heure. En général, quand je me trouve au bureau, j'entends les portes.

— En général, souligna Rick.

— Peut-être pas si je suis au téléphone ou je ne sais quoi ; les clients font retentir la sonnette du comptoir. C'est à ça qu'elle sert.

— Personne n'est venu demander Reece ?

— Non. Écoute, je l'aime bien, elle est gentille, mais hier elle m'a fait un drôle d'effet. Je n'avais jamais vu personne faire un tel cinéma pour des vêtements mouillés. Et encore, je ne parle pas de ce qu'elle a raconté à Debbie, qu'elle s'entraînait pour un marathon pieds nus !

— Merci, Brenda.

En sortant, Brody ne put s'empêcher d'observer :

— Elle a subi une ablation du sens de l'humour ou quoi ?

— Voyons, Brody ! Avec toutes ces histoires, comment veux-tu que les gens ne se posent pas de questions sur Reece ?

— J'espère que tu te poses les bonnes.

— J'essaie. N'oublie pas de me faire parvenir tes photos et, puisque tu es écrivain, si tu en profitais pour me rédiger un compte rendu des événements de ces derniers jours ? Avec les dates et les heures chaque fois que tu le pourras.

— Si tu veux. Ça me convient mieux que de réparer un plancher inondé.

— Sois précis. Tâche d'utiliser les propres mots de Reece. Et indique quand tu as été le témoin oculaire de la scène.

— Entendu.

Devant la boutique de sa femme, Rick s'arrêta un instant. Il apercevait Debbie par la vitrine, mais elle avait des clients. Comme à son habitude, il frappa à la vitre et lui adressa un rapide salut de la main.

— Ça commence à s'agiter côté touristes, observa-t-il en reprenant le chemin. Euh... Ça devient sérieux entre vous, dirait-on ?

— Un peu.

— Arrange-toi pour que ça n'influence pas trop tes déclarations.

— Elle n'est pas folle, Rick. On ne peut même pas dire qu'elle soit excentrique. Rappelle-toi, on m'a regardé d'un drôle d'œil quand on a su que j'écrivais des romans policiers, que je ne pêchais pas, que je ne chassais pas et que je n'étais pas amateur de musique country.

Rick lâcha son demi-sourire.

— Brody, les gens te trouvent toujours un peu bizarre.

24

Linda Gail était perdue. Jamais elle n'avait à ce point cafouillé avec un homme – et aucun n'avait jamais autant compté pour elle. Ceci expliquant sans doute cela.

Lou ne répondait plus à ses appels et elle s'efforçait de lui en vouloir, mais elle se sentait plutôt triste et apeurée. Elle ne comprenait plus.

Plus la voiture approchait du ranch, plus Linda Gail se répétait que ce serait à prendre ou à laisser.

S'il décidait de laisser tomber, elle se demandait ce qu'elle deviendrait.

Quelque part, elle regrettait de ne pas avoir pu en parler à Reece avant de venir. Son amie avait de l'expérience, elle avait vécu dans une grande ville. Forcément elle savait comment s'y prendre, malgré ses innombrables difficultés personnelles ; mais elle devait encore lui en vouloir pour cette ridicule bagarre.

Linda Gail dut piler net devant un bison qui se tenait au beau milieu de la route, comme si celle-ci lui appartenait. Seul le Klaxon le décida à regagner sa prairie.

Mais qu'est-ce qui lui avait pris de danser avec un inconnu devant Lou ? Elle voulait juste le rendre un peu jaloux. L'ennui étant que cela avait trop bien fonctionné.

Les hommes ! Elle jura intérieurement, tout en contemplant les moutons qui broutaient l'herbe fraîche.

Elle avait juste voulu danser un peu.

Elle ferait mieux de faire demi-tour et de rentrer chez elle, de laisser Lou mariner encore quelques jours. Ou pour toujours.

Pourtant, elle continua, laissant le vent s'engouffrer par les vitres ouvertes. Elle ne ralentit qu'à l'approche du portail orné d'un K dans son cercle en fer forgé. Autant éviter de faucher un touriste.

Elle passa un corral où un poulain tétait sa mère, puis la véranda qui semblait remonter à deux siècles. La maison principale était construite en bois. Les hôtes disposaient de chambres au premier étage, à moins qu'ils ne préfèrent les bungalows tout confort éparpillés au milieu des pins. Ils pouvaient monter à cheval, s'entraîner au rodéo si le cœur leur en disait, suivre un guide en randonnée, descendre les rapides en radeau, pêcher, faire du canyoning. Bref, jouer aux cow-boys quelques jours durant, quitte à rentrer chez eux couverts de plaies et de bosses. Le soir, ils se racontaient leurs aventures devant une bière ou un whisky, avant de se glisser sous un édredon de plumes comme nul *rancher* n'en avait jamais connu.

Linda Gail prit la direction des écuries. Marian, qui travaillait aux cuisines, lui avait appris que, ce soir-là, Lou était occupé à panser les chevaux.

Elle se gara, baissa son pare-soleil pour jeter un coup d'œil dans le miroir, recoiffer ses cheveux emmêlés par le vent. Lorsqu'elle descendit de la voiture, le moniteur d'équitation la salua en effleurant son chapeau.

— Bonsoir, Harley ! lança-t-elle avec un large sourire.

Laisser croire que tout allait bien, qu'elle ne faisait que passer…

En entrant dans les stalles, elle fut saisie par la puissante odeur des chevaux et du foin, mêlée de cuir et de céréales. Elle adressa un autre sourire à Donna, l'une des femmes qui guidaient les promenades sur la piste.

— Linda Gail, comment ça va ? demanda celle-ci, l'air surpris. Lou est dans la sellerie. D'une humeur de chien.

Apparemment, les nouvelles se propageaient vite.

— Parfait, comme moi.

Linda Gail s'y rendit d'un pas ferme et entra, la tête haute.

Le chapeau repoussé sur l'arrière du crâne, il savonnait une selle. Il portait un vieux jean étroit et les manches de sa chemise étaient roulées jusqu'aux coudes. Son beau visage affichait une expression maussade qui n'en soulignait que davantage sa lèvre enflée et son œil au beurre noir.

En le voyant, Linda Gail oublia toutes ses récriminations.

— Bonsoir, Lou !

Il leva la tête ; l'expression boudeuse vira carrément à l'hostilité.

— Qu'est-ce que tu veux ? Je travaille.

— Je le vois bien, je ne te demande pas de t'arrêter.

Rester généreuse, garder le cap.

— Désolée pour ton œil.

Il soutint longtemps son regard avant de revenir au nettoyage de sa selle.

— Désolée, répéta-t-elle. Mais bon, ce n'est pas la première fois que tu te prends un coquard. Et moi, je ne faisais que danser.

Silence. Il frottait lentement le cuir odorant. Elle commençait à ressentir les picotements de l'angoisse.

— Tu ne veux plus m'adresser la parole ? Combien de fois t'ai-je vu danser avec une autre fille chez Clancy's ?

— Ce n'est pas pareil.

— Arrête tes conneries ! En quoi est-ce que ça n'est pas pareil ?

— C'est comme ça.

— Moi aussi j'ai le droit de danser avec qui je veux, et je ne te demande pas ton avis !

— Très bien. À partir de maintenant, je ne m'en occuperai plus. Si c'est tout…

— Je ne te conseille pas de m'envoyer promener, William Butler ! Pourquoi tu as mis cette pagaille ?

— Ce n'est pas moi, c'est lui.

— Tu lui as sauté dessus.

— Il avait posé les mains sur tes fesses ! s'écria Lou en jetant son chiffon d'un geste rageur. Et toi tu l'as laissé te tripoter en public.

— Il ne me tripotait pas. Et je ne l'aurais pas laissé me mettre les mains aux fesses si tu n'étais pas si con !

— Moi ?

— Parfaitement !

Elle posa un index accusateur sur son torse.

— Tu as un pois chiche en guise de cervelle ! J'en ai marre d'attendre que tu deviennes un homme.

Une lueur menaçante traversa les prunelles de Lou.

— Je suis un homme ! s'exclama-t-il en la secouant par le bras. Le seul qui ait le droit de mettre les mains sur toi, compris ?

— De quel droit ? Qu'est-ce que ça peut te fiche, qui me touche ? Si tu n'es pas capable de me le dire en face, je me tire !

— Tu restes ici !

— Alors dis-le ! exigea-t-elle les joues pleines de larmes. Regarde-moi dans les yeux et dis-le ! Je te croirai.

— Tu me fatigues, Linda Gail !

— J'ai bien compris.

— Je t'aime. C'est ça que tu veux entendre ? Je t'aime. Depuis toujours, je crois.

— Voilà ! C'est ce que je voulais entendre. Ça va, ça ne fait pas trop mal ?

— Un peu.

Les mains du cow-boy s'étaient desserrées pour lui effleurer les bras.

— Comme ça, je sais que tu dis vrai, murmura-t-elle en caressant sa joue bleuie. Toute ma vie, j'ai attendu que tu me dises ça.

— Tu as toujours compté pour moi.

Il l'attira contre lui, lui effleura la bouche de ses lèvres tuméfiées.

— Je voulais que tu le saches, j'ai essayé… souvent…

Elle lui prit les mains et les posa sur ses fesses.

— Là ! Plus aucun type ne pourra faire ça et tu ne pourras plus faire ça à aucune autre femme. Ça marche ?

— Ça marche.

— Tu travailles cette nuit ?

Il sourit.

— Faut voir.

— Si tu rentrais à la maison avec moi ?

— Ça peut se faire.

— Si tu me déshabillais et me faisais l'amour jusqu'au lever du soleil ?

— Seulement jusque-là ?

— Pour cette fois, conclut-elle en l'embrassant.

Il sut la combler. Linda Gail s'y attendait. Elle en rêvait depuis qu'elle avait l'âge d'imaginer ce qui liait un homme et une femme ensemble dans le noir. En mieux. Ses mains puissantes savaient exactement où se poser, quand il le fallait, sa bouche sensuelle était animée d'un appétit insatiable. Et puis ce corps si mince, si musclé…

Après la deuxième fois, elle laissa son cerveau enfiévré s'apaiser. Nue, détendue, moite de transpiration, elle gisait en travers du lit.

— Où est-ce que tu as appris tout ça ?

La tête sur son ventre, il répondit paresseusement :

— J'ai poussé mes études sur la question. Avec travaux pratiques et tout.

— Tu as bien travaillé ! Maintenant tu dois m'épouser.

— Je dois…

Il redressa la tête.

— Quoi ?

Elle ne bougeait pas, l'air d'un chat repu de crème.

— Je voulais m'assurer qu'on s'entendait bien au lit. Maintenant qu'on est renseignés là-dessus, on va pouvoir se marier.

Elle leva sur lui un regard entendu.

— Je ne suis pas une conquête parmi tant d'autres. Je suis la seule femme qui compte. Si tu ne cherches en moi qu'un bon coup, dis-le tout de suite. Je ne t'en voudrai pas. Mais je te promets qu'on ne m'y prendra plus.

Lentement, Lou s'assit, poussa plusieurs longs soupirs, comme pour reprendre ses esprits.

— Tu veux te marier ?

— Oui. Je veux un foyer, une famille, un homme qui m'aime. Je t'aime depuis toujours. Je t'ai attendu longtemps. Maintenant c'est fini. Si tu ne tiens pas assez à moi pour faire ta vie avec moi, je veux le savoir.

Les yeux dans le vague, il ne répondit pas tout de suite. À croire qu'il cherchait le moyen le plus rapide pour s'enfuir.

— J'ai vingt-huit ans, commença-t-il.

— Tu crois que c'est encore trop jeune pour s'établir et…

— Tais-toi, tu veux ? Laisse les autres parler de temps en temps.

— Pardon.

À son tour elle s'assit, ramena le drap sur elle.

— J'ai vingt-huit ans, répéta-t-il, un bon boulot que je fais bien. J'ai de l'argent de côté. Tu pourrais trouver pire.

Enfin, il posa les yeux sur elle.

— Linda Gail, veux tu m'épouser ?

Laissant échapper un énorme soupir, elle répondit :

— Je ne dis pas non.

Elle prépara des œufs brouillés qu'ils savourèrent au lit.

— Ma mère va se trouver mal, remarqua Lou.

Linda Gail secoua la tête :

— Tu ne la connais pas. Elle t'aime énormément.

— Ça, je le sais.

— Elle m'aime bien, moi aussi. Au fait, pourquoi est-ce qu'on ne t'a pas vu, ce matin, participer aux réparations avec les autres ?

— Elle a dit qu'elle n'avait pas besoin de moi. Qu'elle avait assez de gens dans les pattes.

— Elle a été très secouée. Qui a pu faire ça, Lou ?

— Je croyais que c'était un accident... Que Reece avait laissé l'eau couler dans la salle de bains.

— Pas du tout ! Quelqu'un est entré chez elle et a ouvert le robinet. Reece n'était même pas là.

— Mais... pourquoi est-ce qu'on ne m'a rien dit ?

— Peut-être parce que tu faisais la gueule dans ton coin. Un type joue de sales tours à Reece.

Linda Gail lui raconta ce qu'elle savait, ce qu'elle avait entendu dire et les conclusions qu'elle en avait tirées.

— Ça fait un peu peur quand on y pense. On essaie de la déstabiliser et elle ne sait même pas d'où ça vient. Et si c'est le type qui a tué cette femme...

— Ça remonte à des semaines. Il a fichu le camp depuis longtemps !

— Non, il est du coin.

— Tu plaisantes, là ? Ça se saurait quand même s'il y avait un tueur qui faisait ses courses au bazar ou qui venait prendre son café chez Ma.

— Rappelle-toi ce que les gens répètent quand ils découvrent que leur voisin était un tueur sadique : « Un homme si tranquille, si gentil ! Il ne faisait jamais d'histoires. » Je voudrais vraiment pouvoir la réconforter.

— C'est ce que tu as fait en devenant son amie.

Linda Gail lui répondit par un large sourire.

— Tu es plus intelligent que tu n'en as l'air.

Alors que Tim McGraw s'époumonait dans le juke-box, que les ouvriers s'activaient au fond de la salle, Reece jonglait avec les commandes du déjeuner. Tout se passait presque normalement, du moins tant qu'elle ne réfléchissait pas trop. Steak d'élan saignant, soupe de haricots blancs, sandwich à la viande, au poulet… Couper, trancher, griller, présenter.

Elle pouvait le faire les yeux fermés. D'ailleurs, peut-être était-ce le meilleur moyen de ne plus tenir compte du raffut derrière le rideau de plastique.

Elle disposa le sandwich à la viande sur une assiette, puis le steak, accompagnant le tout de salade et de frites.

— Commandes prêtes !

C'est alors qu'elle aperçut Debbie Mardson qui prenait place au comptoir et désigna sa joue en faisant la grimace.

— Ma pauvre !

— Ça va bien mieux.

— Je l'espère. Min Hobalt dit que vous avez une sacrée droite.

— Je n'ai…

— Elle plaisantait ! assura la femme du shérif en levant les deux mains. Son fils de quinze ans la trouve hyper cool maintenant qu'elle a participé à une bagarre de saloon.

— Ravie d'avoir pu l'aider à remonter sa cote.

— Votre soupe sent bon. J'en prendrais bien un bol avec une salade.

Sans doute un rameau d'olivier, que Reece accepta sans se faire prier.

— Ça vient.

Elle enregistra elle-même la commande.

Vingt minutes plus tard, alors que le coup de feu commençait à s'apaiser, Debbie était toujours là.

— Quand je pense que je me plains de préparer le dîner familial tous les soirs ! Comment faites-vous ?

— Question d'habitude.

— Vous pouvez faire une pause ? Je vous offre un café.

— Je ne bois pas de café.

Reece regretta aussitôt sa brusquerie.

— Mais je peux faire une pause.

Elle grimpa sur un tabouret. À côté de cette élégante jeune femme en chemisier blanc et veste rose, elle avait l'impression d'empester la sueur et le graillon.

— Votre soupe était délicieuse. Je suppose que la recette est secrète.

— En fait, j'envisage de divulguer beaucoup de recettes.

— C'est vrai ?

— Je vais peut-être écrire un livre de cuisine.

— C'est vrai ?

Agitant ses boucles d'oreilles, Debbie pencha la tête, l'air tout excitée.

— Mais c'est formidable ! Nous avons donc deux écrivains à Angel's Fist. Il semblerait que Brody et vous ayez beaucoup de points communs !

— Vous croyez ?

— Vous venez tous les deux de l'Est, vous êtes des créateurs. Pas étonnant que vous vous soyez tout de suite trouvés. Pourtant, je vous jure que, par ici, plus d'une femme lorgnait sur lui. Mais ça n'avait pas l'air de l'intéresser. Jusqu'à ce que vous arriviez.

— Je ne cherchais rien de la sorte.

— Justement, c'est toujours comme ça que ça se passe ! Il suffit de partir en chasse pour ne rien trouver. En revanche, si vous vous promenez tranquillement, là ça vous tombe dessus.

Histoire d'avoir l'air intéressée, Reece demanda :

— Vous aimez la chasse ?

— Oui. Tant que je peux profiter de la nature, je suis contente. Toujours est-il que Brody et vous avez l'air de bien vous entendre. Au début, j'ai cru que vous ne resteriez pas. Nous avons beaucoup de gens qui passent et puis s'en vont. Mais, au train où vont les choses, je suppose que vous songez à vous installer ici.

— J'aime bien cet endroit. Les bagarres de saloon sont irrésistibles.

— C'est vrai que cette ville est sympa. Un peu limitée au plan culturel mais solide. Si vous voyez ce que je veux dire. Les gens savent se rendre service mutuellement.

Elle désigna de la tête le rideau de plastique.

— Si ce genre d'événement s'était produit dans une grande ville, Joanie aurait sans doute dû fermer une semaine.

— Un coup de chance !

— Excusez-moi ! Je me doute que vous n'avez aucune envie de remâcher tout ceci. Je voulais juste dire que tout rentrera dans l'ordre au plus vite. Personne n'y pensera plus.

— Ce n'est pas moi qui ai ouvert le robinet là-haut. Ça ne m'empêche pas d'en vouloir à mort à celui qui veut me piéger et s'en prend maintenant à Joanie. Elle s'est montrée si bonne avec moi !

Dès le début, dès l'instant où j'ai franchi la porte de son restaurant.

— Elle a le cœur plus grand qu'elle ne veut l'admettre. Écoutez, je ne cherchais pas à sous-entendre que vous étiez la cause de ses ennuis. Mais juste que ça allait s'arranger. Tout comme l'autre jour je n'avais aucune arrière-pensée quand je vous ai vue rentrer pieds nus de la laverie. Moi aussi, parfois, j'ai tellement de trucs qui me trottent dans l'esprit que j'en perdrais la tête si elle n'était pas accrochée à mon cou.

Comme pour la rassurer, elle tapota doucement le bras de Reece.

— Vous devriez essayer l'aromathérapie. Quand je suis stressée, il n'y a rien qui m'apaise comme l'essence de lavande.

— J'y songerai. La prochaine fois qu'un meurtrier viendra inonder mon appartement, je me calmerai avec de l'essence de lavande. Merci pour le tuyau !

— Oh, je vous en prie !

— Il ne faut pas m'en vouloir, mais je dois retourner travailler. Merci pour ce petit intermède.

Après une courte hésitation, Reece décida de dire ce qu'elle avait sur le cœur :

— Debbie, vous êtes gentille et vous avez de gentils enfants ; c'est très gentil à vous de me témoigner votre amitié. Mais vous ne savez pas, vous ne pouvez pas savoir ce que je vis. Vous n'êtes pas passée par là.

Jusqu'à la fin de son service, elle ne cessa de remâcher sa rancœur. Elle n'était pas de meilleure humeur quand elle quitta le restaurant. Et sa voiture empestait tellement le désinfectant qu'il était hors de question de l'utiliser pendant une semaine.

Tant pis, elle marcherait ; ça la calmerait. Le soleil brillait encore assez pour qu'elle n'ait pas besoin de fermer sa veste. Le vent amenait des odeurs humides du lac, des prairies et des bois.

Pour une fois, elle regretta de ne pouvoir assister à la renaissance du printemps dans les arbres et les jardins de Boston, et elle avait presque envie d'en retrouver la circulation intense, l'agitation.

Que faisait-elle donc dans ce trou du Wyoming, à retourner des steaks d'élan, à se préoccuper de la mort d'une femme qu'elle ne connaissait même pas ?

Alors que douze personnes qu'elle aimait étaient mortes. Est-ce que cela ne lui suffisait pas ?

Elle avançait la tête basse, les mains dans les poches. Lorsqu'une voiture ralentit sur la route, elle n'y prit pas garde. Si bien que le léger coup de Klaxon la fit sursauter.

— Monte, fillette, je te donnerai des bonbons.

Reece tira la langue à Brody.

— Qu'est-ce que tu fiches là ?

— Je rôde à la recherche d'une femme. Allez, monte !

— Je ne voudrais pas gâcher ta soirée.

Il se pencha pour ouvrir la portière passager.

— Viens. Tu continueras de ronchonner en route.

— Je ne ronchonne pas. Franchement, Brody, tu as ta vie, tes habitudes…

— Justement, j'aime bien changer. En m'obligeant à me lever aux aurores, je suis devant mon clavier plus tôt que prévu. Alors, j'ai toute ma soirée libre. Boucle ta ceinture, Slim.

— Tu as passé une bonne journée ? La mienne était atroce.

— Pas possible ! Je n'aurais jamais cru. Avec ce petit nuage noir au-dessus de ta tête...

— J'ai entendu de la musique country sans discontinuer ; le shérif me prend pour une cinglée ; sa femme me cuisine à ton propos tout en jouant les bonnes amies. J'ai mal aux pieds et ce sera un miracle si je n'attrape pas le rhume de Pete. Et j'ai pourtant trouvé le moyen de briser tous les espoirs des femmes d'Angel's Fist parce que nous sommes tous les deux créatifs et citadins.

— Moi qui croyais que c'était pour mon talent au lit que...

D'un geste irrité, elle sortit ses lunettes de soleil, les chaussa.

— Elle ne s'est pas aventurée dans ce domaine, mais ce pourrait être notre prochain sujet de conversation.

— Tu n'oublieras pas de lui préciser que je suis le meilleur coup que tu aies jamais connu.

Elle se tourna vers lui :

— Alors comme ça, tu t'es bien amusé, aujourd'hui ?

— Parfaitement ! Et ça ne fait que commencer.

Sortant de la ville, il roula vers la prairie. Reece parut étonnée quand il s'arrêta sur les lieux de leur premier baiser.

Elle contempla la prairie brodée de fleurs multicolores jusqu'au pied des montagnes mordorées où se perdaient les rayons du soleil couchant. Rose, bleu, rouge vermillon, mauve, jaune vif vibraient sur l'herbe fraîche, dansaient sur le pourtour des marais habités par les saules et les peupliers.

— Je n'ai jamais rien vu d'aussi beau ! murmura-t-elle.

— Ça en valait la peine ?

— Oh oui ! Dis-moi, ce sont des pieds d'alouette ?

— Oui, et des orpins et des campanules.

— Tu connais les noms des fleurs des champs ?

— Ça sert dans mon métier. Au fait, j'ai tué un homme aujourd'hui.

— Ça tombe bien !

— Tu vois cet oiseau ? C'est un tohi à queue verte.

Elle pouffa de rire.

— Tu viens d'inventer, là !

— Pas du tout. De même que c'est une sturnelle qu'on entend chanter.

Il sortit une couverture du coffre, la lui lança.

— Si tu l'étalais sur l'herbe ?

— Pour quoi faire ?

— Rien qu'à ta voix, je sais déjà à quoi tu penses. J'aime ça ! Cela dit, je voulais juste te proposer de t'asseoir pour boire le vin que j'ai apporté. On a une heure avant le coucher du soleil. Je trouve qu'on sera très bien là.

Elle étendit la couverture, s'assit dessus, haussa les sourcils quand elle constata qu'il avait non seulement apporté du vin mais aussi du fromage, du pain et du raisin.

D'un seul coup, tous ses tourments, tous ses emportements, toutes ses inquiétudes s'envolèrent.

— Franchement, je n'aurais jamais cru finir la journée par un pique-nique !

— Tu finiras la journée en faisant l'amour avec moi. Ceci n'est qu'un prélude.

Tout en buvant son vin, elle se perdit dans la contemplation du paysage.

— Debbie trouve qu'on va très bien ensemble.

— Elle a raison. Tu es une belle femme dans ton genre, pas vraiment classique. Quant à moi, je suis un superbe type !

Elle lui décocha un regard en coin.

— Ça veut dire quoi « dans ton genre, pas vraiment classique » ?

— Pas le genre pleurnicharde, ni exotique, ni typiquement américaine. Tu es un peu de tout ça. Une combinaison remarquable.

Elle s'approcha de lui, trouva ses lèvres et lui offrit un long baiser avant de murmurer :

— Merci !

Il lui prit la nuque entre les mains, l'attira contre lui pour l'embrasser à son tour.

— De rien.

25

Les trois verres de vin lui tournèrent la tête, au point qu'à peine la voiture garée devant le chalet de Brody, Reece commença de lui mordiller l'oreille.

— Regardez-moi ce gros balèze !

— Regardez-moi cette maigrichonne !

— Tu m'aurais vue avant !

Ce disant, elle lui déboutonnait sa chemise ; il tentait d'ouvrir la portière.

— Porte-moi là-haut, susurra-t-elle en s'attaquant à la fermeture de son jean.

Il faillit trébucher sur les marches de l'escalier quand elle lui planta les dents dans le cou. Néanmoins, il parvint jusqu'au lit où il la laissa tomber sans ménagement. Elle riait quand il se coucha sur elle et entreprit de la déshabiller, ouvrit son chemisier qu'il écarta et lui baissa sur les bras pour les emprisonner derrière le dos. Elle poussa un petit cri de surprise qu'il fit taire d'un baiser.

— C'est toi qui as commencé !

Il baissa les bretelles de son soutien-gorge, dégageant ses seins qu'il dévora d'une bouche gourmande.

Elle frissonna violemment puis gémit lorsqu'il lui ôta son jean.

— Crie tant que tu voudras, personne ne t'entendra !

Et elle cria, de tout son saoul, tourmentée par ces mains, par cette bouche, par cette langue. Elle s'accrochait au lit qui semblait tanguer comme un bateau ivre. Pour la première fois depuis deux ans, sa vulnérabilité lui procurait du plaisir et non plus de la peur.

Brûlée de mille sensations, elle se laissa emporter par les exquises tortures qu'il imaginait avec un insatiable raffinement. Il lui ramena les bras autour de la tête pour qu'elle agrippe les barreaux du lit.

— Accroche-toi.

Et il plongea.

Ce fut un tremblement de terre, un dangereux tumulte d'exaltation, de puissance et de précipitation. Anéantie par la vigueur qui l'habitait, elle tint bon alors qu'elle tentait de le rejoindre dans sa quête effrénée.

Et puis elle lâcha prise, l'enveloppa de ses bras, afin qu'ils puissent planer ensemble. Soudain tout se décrispa, son esprit, son corps. Elle ne sentit même plus le poids de Brody sur elle, comme s'ils venaient de se fondre l'un dans l'autre. Rien n'existait plus que les battements de leurs cœurs.

Lorsqu'il se redressa, elle tenta de le retenir mais il roula sur le dos et ce fut à peine si elle sentit ses doigts prendre les siens. Alors elle laissa sa tête enivrée rouler sur l'épaule de Brody.

À l'ombre des arbres, il contemplait la maison. La fenêtre de la chambre où la lune dessinait des silhouettes, des ombres, des mouvements.

Trop tôt pour qu'ils dorment. Il saurait patienter. C'était la clef du succès, de la survie.

Plusieurs options s'offraient. Il les adapterait en fonction des possibilités qui se présenteraient à lui.

Elle ne s'était pas laissé impressionner aussi facilement qu'il l'aurait cru. Au lieu de fuir, elle semblait s'accrocher. Sur ce point-là aussi, il allait devoir intervenir.

Lorsque la lumière s'alluma dans la chambre, il aperçut Reece derrière la vitre. Nue, elle s'étirait avec une satisfaction évidente. Cela ne lui procura ni plaisir ni excitation. Il n'avait rien d'un voyeur. De toute façon, elle ne l'attirait pas. Trop maigre, trop compliquée. Rien d'une vraie femme, à ses yeux.

Il la vit rire, observa sa bouche tandis qu'elle enfilait une chemise. Visiblement, celle de Brody car dix fois trop grande pour elle. Il la suivit des yeux quand elle se dirigea vers la porte de la chambre.

À lui, désormais, d'adapter sa stratégie.

— Je veux de l'eau, insista Reece. Je meurs de soif.

— Il paraît qu'on en trouve sous la douche.

— Pas question de me doucher avec toi, sans ça c'est reparti pour un tour. Je vais faire sauter quelques légumes pendant que tu prendras la tienne.

Il parut presque déçu.

— Je croyais que tu voulais me nourrir.

— Tu vas aimer.

Elle sortit d'un pas quasi aérien. Déjà en train de composer son repas : couper en tranches les blancs de poulet, les faire revenir dans la poêle avec l'ail, l'oignon, les brocolis, les carottes et le chou-fleur. Accompagner de riz et de sauce au gingembre.

Dommage qu'elle n'ait pas sous la main quelques châtaignes d'eau, mais elle s'en passerait.

Elle se frotta la gorge en se disant qu'elle pourrait boire deux litres d'eau d'affilée. Pas étonnant quand on songeait avec quelle fougue ils venaient de s'abandonner l'un à l'autre !

Vraisemblablement, elle aurait des bleus en quelques endroits stratégiques, mais tant pis. À cette pensée, elle esquissa un pas de danse. Puis, remontant les manches de la chemise de Brody, elle se dirigea vers la cuisine.

D'abord, allumer, puis se précipiter vers la bouteille d'eau dans le réfrigérateur. La main encore sur la porte, elle but au goulot.

Quand elle reprit son souffle en s'essuyant la bouche, elle entendit un léger grattement du côté de la fenêtre au-dessus de l'évier et se retourna.

Une silhouette. Des épaules sous un pull noir, une casquette orange sur la tête. Des lunettes de soleil masquaient le haut du visage.

Étouffant un hoquet, Reece laissa tomber la bouteille de plastique dont l'eau se répandit sur le carrelage, sur ses pieds nus.

Un hurlement retentit en elle, qui ne passa pas la barrière de sa gorge, tant elle éprouvait d'effroi.

Déjà l'homme avait disparu. Reece restait clouée sur place, cherchant sa respiration. Elle vit la poignée de la porte tourner, à droite, à gauche.

Cette fois, elle cria, s'empara d'un couteau et ne cessa de crier tout en reculant et en agrippant l'arme des deux mains.

Lorsque la porte s'ouvrit, elle monta les escaliers en courant.

Brody était sous la douche quand il entendit le vacarme ; le temps qu'il écarte le rideau, il aperçut Reece sur le seuil de la salle de bains, brandissant un énorme couteau.

— Qu'est-ce qui se passe ?

— Il est dans la maison ! Il est dans la maison ! Il est entré par la porte du fond, dans la cuisine.

Brody attrapa une serviette.

— Reste là !

— Il est dans la maison !

Il ferma la serviette sur sa taille.

— Donne-moi ce couteau, Reece.

— Je l'ai vu !

— D'accord, donne-moi le couteau.

Il dut presque le lui arracher des mains.

— Reste derrière moi.

Il avait déjà changé d'avis : autant ne pas la laisser s'enfermer dans la salle de bains.

— On va d'abord dans la chambre, où il y a un téléphone. Quand je me serai assuré qu'il n'y a personne dedans, tu t'y enfermeras et tu appelleras les secours. Tu comprends ?

— Oui. Ne t'en va pas, supplia-t-elle en s'accrochant à son bras. Reste là avec moi. Ne descends pas !

— Tu ne risques rien.

— Mais toi ! Toi !

Sans répondre, il la poussa derrière lui et, tenant le couteau comme une arme de combat, ouvrit vivement la porte, ne vit rien à droite, rien à gauche. N'entendit que la respiration haletante de Reece.

— Il t'a suivie ?

— Non, je ne crois pas, non. Il était juste là, j'ai pris le couteau et je me suis enfuie.

— Ne t'éloigne pas.

Entrant dans la chambre, il commença par verrouiller la porte puis regarda sous le lit et dans le placard, les deux seules cachettes possibles. Satisfait, il posa le couteau et enfila son jean.

— Appelle les flics, Reece.

— Je t'en prie, ne sors pas ! Il a peut-être un pistolet. Ne me laisse pas !

— Je reviens tout de suite.

Il prit sa batte de base-ball dans le placard.

— Boucle la porte derrière moi. Téléphone.

Il n'aimait pas la laisser seule alors qu'elle avait si peur. Mais il devait la défendre. Et l'intrus devait avoir disparu depuis longtemps, se dit-il en vérifiant son bureau. Néanmoins, il devait s'assurer qu'ils ne risquaient plus rien, que la maison ne présentait plus de danger. Que Reece y était en sécurité.

Il inspecta la salle de bains. L'intrus pouvait s'y être glissé entre-temps. La batte appuyée sur l'épaule, il y jeta un rapide coup d'œil. Il se sentait un peu bête, même s'il avait le cœur serré.

Maintenant qu'il avait vérifié à l'étage, il descendit l'escalier.

Reece regarda la porte, puis s'étendit sur le lit pour atteindre le téléphone.

— Au secours ! cria-t-elle quand on décrocha. Il est là !

— De qui… Reece ? C'est Reece Gilmore ? Ici Hank ! Qu'est-ce qui se passe ? Vous êtes blessée ?

— C'est le chalet de Brody. Il l'a tuée. Il est là. Vite !

— Restez en ligne. J'envoie quelqu'un. Surtout, ne raccrochez pas.

Un fracas dans l'escalier lui arracha un cri. Elle lâcha le téléphone. Était-ce un coup de feu ? Le souffle court, elle s'empara du couteau.

Elle n'avait pas verrouillé la porte. Elle ne voulait pas que Brody reste bloqué de l'autre côté. Il pouvait être blessé. Il pouvait mourir sans qu'elle puisse rien faire. Comme Ginny.

Alors qu'elle s'approchait de la porte, Reece crut percevoir, à travers le bourdonnement qui lui envahissait le cerveau, des pas dans l'escalier.

Cette fois, ils l'avaient retrouvée et cette fois, ils savaient qu'elle n'était pas morte. Ils venaient l'achever.

— Reece ! Tout va bien. C'est Brody. Ouvre la porte.

— Brody !

Elle avait articulé son nom d'abord pour en goûter la saveur ; puis, dans un soupir de soulagement douloureux, elle ouvrit en grand, le regarda. Défaillit.

— Ça va, répéta-t-il en lui prenant le couteau de la main. Il est parti.

Elle croyait voir des taches danser devant ses yeux, blanches et noires. Il la porta sur un fauteuil, lui fit poser la tête entre les genoux.

— Là, respire fort.

La voix perçait à travers le vertige qui vrombissait dans ses oreilles.

— J'ai cru… J'ai entendu…

— J'ai glissé. Il y avait de l'eau sur le carrelage de la cuisine. J'ai heurté une chaise. Respire.

— On ne t'a pas tiré dessus ?

— D'après toi ?

Elle releva lentement la tête.

— Tu es ici, avec moi. Il est parti.

— Tu l'as vu ?

— Non. Il s'est dégonflé. Dis-toi que tu as affaire à un lâche.

Il lui prit le visage entre les mains.

— C'est un lâche.

Les sirènes qui s'approchaient ne l'empêchèrent pas de continuer à la fixer.

— Voici la cavalerie. Habille-toi.

Quand elle arriva en bas, ce fut pour trouver la porte du fond ouverte, inondée de lumière. Des murmures s'élevaient du dehors.

Pour se donner une contenance, elle prépara du café puis épongea le carrelage.

Elle fit chauffer de l'eau pour son thé, sortit des tasses, du lait et du sucre qu'elle déposait sur la table lorsque Brody et Denny entrèrent.

— Du café ?

— Volontiers. Êtes-vous prête à faire votre déposition, Reece ?

— Oui. Du lait dans votre café, je crois ?

— Pardon ?

— Un nuage de lait et deux sucres ?

— Oui. Vous avez le sens des détails, vous !

Le shérif adjoint s'assit et sortit son carnet.

— Veuillez me raconter ce qui s'est passé.

— Je suis descendue, j'avais soif et je m'apprêtais à préparer le dîner. Brody était sous la douche.

À la coloration rosée du teint de Denny, elle devina que Brody lui avait déjà dit ce qu'ils avaient fait avant, ou du moins l'avait laissé entendre.

— J'ai sorti une bouteille d'eau du frigo et je buvais quand j'ai cru entendre taper à la fenêtre. Alors je l'ai vu.

— Qu'avez-vous vu exactement ?

— Un homme. Veste noire, casquette orange. Lunettes de soleil.

— Pourriez-vous le décrire ?

— Il faisait nuit et les lumières de la cuisine se reflétaient dans la vitre. Je ne l'ai pas bien distingué. Et puis il est parti. J'ai vu la poignée de la porte bouger. Je l'ai entendue tourner. J'ai attrapé un couteau de cuisine. La porte s'est ouverte et il était là, il ne bougeait plus. J'ai couru dans l'escalier.

— Taille ? Poids ? Couleur des cheveux ?

Fermant les yeux, elle tâcha de se rappeler : il lui avait paru gigantesque, mais quelle était la part de la terreur dans cette évaluation ?

— Blanc, pas de barbe. Je ne sais pas trop. Ça s'est passé très vite et je mourais de peur.

— A-t-il dit quelque chose ?

— Non.

Le bruit d'une voiture la fit tressaillir.

— Ce doit être le shérif, dit Denny. Hank l'a prévenu.

Les mains sur les genoux, elle regarda l'adjoint sortir.

— C'est lamentable, non ? Il se tenait là et je suis incapable de dire à quoi il ressemblait.

— Il faisait sombre, argua Brody. Tu avais la lumière dans les yeux. Et puis tu avais peur. Qu'est-ce que je t'ai dit sur lui, Reece ?

— Que c'était un lâche. En plus, il sait très bien me manipuler. Personne ne me croira, tu vas voir. Je vais encore passer pour une hystérique. Je parie qu'avec Denny vous n'avez rien trouvé dehors. Pas un indice.

— Non, il est prudent.

— Mais tu me crois, soupira-t-elle. Quand j'étais seule là-haut, j'ai cru entendre un coup de feu. Je me suis affolée.

— Il n'y a pas de quoi rougir, tu as craqué, voilà tout.

— Il a dû nous surveiller. Il devait se trouver dehors, je ne sais pas où, à regarder la maison, à nous regarder.

L'expression de Brody se tendit. Puis il adressa un signe à Rick qui entra en ôtant son chapeau.

— Bonsoir. Il paraît que vous avez des ennuis.

— Juste un obsédé qui a pénétré chez moi par effraction, répondit Brody.

— Je prendrais bien un peu de café. Pendant que Denny jette un coup d'œil autour du chalet, Reece, montrez-moi où vous vous teniez exactement.

— Au début, j'étais là.

La jeune femme se dirigea vers le réfrigérateur, posa une main sur la porte.

— J'ai entendu un bruit et j'ai regardé derrière moi. Il était dehors, derrière la fenêtre.

— Les lampes de la cuisine se reflètent dans les carreaux, vous ne trouvez pas ? Vous vous êtes rapprochée ?

— Je… non. Pas à ce moment-là. J'ai vu la poignée tourner. J'ai pris un couteau.

S'avançant vers le plan de travail, elle mima son geste.

— Et je… je crois que j'ai reculé, j'avais peur.

— Je m'en doute.

— Puis la porte s'est ouverte et il était là, sur le seuil.

— Vous vous teniez à peu près à l'endroit où vous êtes en ce moment ?

— Je… je ne suis pas sûre. Non, plus près. Peut-
d'un pas ou deux. Alors je me suis retournée
fichu le camp.

C'était ce que vous aviez de mieux à faire.

Il se tourna vers Brody.

— Et tu étais sous la douche ?

— Oui.

— La porte du fond était fermée à clef ?

— Fermée. Je m'en étais assuré avant d'aller chercher Reece au restaurant.

— Compris.

Rick rouvrit la porte, examina l'encadrement et la serrure.

— Il portait des gants ?

Reece fouilla sa mémoire.

— Oui, je crois. Des gants noirs, comme ceux qu'il portait quand il a étranglé la femme.

— Autre chose ?

— Non, désolée.

Rick se redressa.

— Bien, reprenons : Brody, tu es resté chez toi jusqu'à quelle heure ?

— J'ai dû partir vers 18 h 30, 18 h 45.

— Tu as récupéré Reece chez Joanie et vous êtes rentrés ici.

— Non, on est partis dans la prairie.

Soudain, Brody éprouvait une folle envie d'une cigarette. Il la réprima.

— C'est fleuri en cette saison, commenta Rick.

— On s'est arrêtés, on a bu du vin, mangé du fromage en regardant le coucher du soleil. On est rentrés ici vers 20 h 30, 21 heures au plus tard. On est montés directement dans la chambre. Ensuite, Reece est descendue boire de l'eau pendant que je prenais une douche.

— Vers quelle heure ?

— Je n'ai pas fait attention. Mais je n'ai pas dû passer plus de deux minutes sous la douche avant que Reece ne remonte en courant. Je l'ai emmenée dans la chambre, j'ai mis mon pantalon, j'ai pris ma batte de base-ball et je lui ai ordonné de t'appeler.

Comme Denny entrait, Rick l'interrogea du regard. Son adjoint secoua la tête.

— Très bien, conclut-il. Disons que l'alerte est levée pour cette nuit. Je repasserai demain pour examiner les alentours à la lumière du jour. Denny, tu peux rentrer faire ton rapport. Quant à toi, Brody, si tu m'accompagnais à ma voiture ?

— D'accord. Reece, je reviens dans une minute.

Les deux hommes sortirent devant le chalet. Les mains dans les poches, Rick regarda le ciel plein d'étoiles.

— Quelle nuit magnifique !

— Tu ne m'as pas demandé de t'accompagner pour t'extasier sur le paysage.

— Non, Brody. La porte du fond ne porte aucune trace d'effraction. Or, tu affirmes qu'elle était fermée à clef.

— Il devait avoir un double. Ce ne serait pas la première fois qu'il s'en procurerait un.

— Et il s'arrange pour apparaître derrière cette petite fenêtre juste au moment où elle descend seule, pendant que tu prends ta douche ? Il est extralucide ou quoi ? ironisa le shérif.

— Il devait nous surveiller.

— Dans quel but ? S'il avait voulu l'agresser, il l'aurait fait quand elle était seule. S'il a jamais existé.

— Ça veut dire quoi, ça ?

— Écoute, je suis tolérant, ça vaut mieux quand on porte une arme et un insigne. Mais je ne suis pas complètement idiot : une femme sujette à des troubles psychiques, un peu ivre, prétend avoir vu le même homme qu'elle a déjà prétendu voir assassiner une inconnue… Comme par hasard, et encore une fois, à un moment où personne ne se trouve à ses côtés pour le confirmer. Aucune trace n'indique que quelqu'un se soit approché du chalet ou ait seulement traîné dans les parages. Pas plus qu'on n'en a trouvé au bord de la rivière, ni sur la porte de son studio ni dans la laverie de l'hôtel. Tu couches avec elle, alors tu es enclin à la croire.

Cette fois, Brody s'emporta :

— Arrête de raconter n'importe quoi ! Je te rappelle que ton insigne et ton arme te font une obligation de protéger les gens.

— Peut-être, mais j'ai fait mon boulot en ce qui concerne Reece Gilmore. Les vacanciers vont arriver, je n'ai plus de temps à perdre avec des menaces imaginaires. Je suis navré pour elle, crois-le, car c'est une gentille fille qui a subi une terrible épreuve.

— Je n'aurais pas cru ça de toi, Rick !

— J'en ai autant pour toi, Brody.

Le shérif monta dans sa voiture, claqua la portière.

— Si tu tiens à cette femme, ajouta-t-il, rends-lui service, emmène-la chez un psy.

Là-dessus, il démarra.

Lorsque Brody rentra dans la cuisine, Reece s'activait devant ses poêles.

— Qu'il aille se faire foutre ! marmonna-t-il en sortant une bière du réfrigérateur.

— Merci de m'avoir soutenue, dit-elle en retournant le poulet. Il ne me croit pas. Je lui ai fait perdre son temps et il a d'autres chats à fouetter. Dans un sens, je le comprends.

Elle ajouta les légumes qu'elle avait déjà coupés en tranches et en rondelles, arrosa le tout de vin blanc, secoua la poêle.

— Et tu as l'air de me soutenir juste parce qu'on couche ensemble.

Il but une longue rasade de bière.

— Et si on se barrait ? Si on essayait le Nouveau-Mexique, par exemple ? L'avantage de nos deux professions, c'est qu'on peut exercer où ça nous chante.

Elle avait les yeux qui piquaient, ça ne l'empêcha pas de continuer à remuer les légumes.

— Tu sais ? murmura-t-elle. Tu aurais pu tomber à mes genoux, brandir un énorme diamant, un chiot et une gigantesque boîte de chocolats en jurant tes grands dieux que tu m'aimais et en récitant des poèmes, que tu ne m'aurais pas fait plus plaisir.

— Tant mieux, parce que je suis incapable de réciter des poèmes.

— Je sais très bien que tu peux partir, mais j'aime les fleurs de cette région et j'ai envie de m'y installer.

Saisissant le saladier où elle avait mélangé sa sauce, elle y versa le contenu de la poêle.

— Ce sera prêt dans deux minutes. Si tu mettais le couvert ?

26

Dans le cabinet de Doc Wallace, Reece se sentait fatiguée. Ce devait être le somnifère que lui avait donné Brody. S'il avait repoussé les cauchemars, il lui laissait maintenant la tête lourde. Franchement, elle n'avait aucune envie de s'en remettre aux anxiolytiques. Elle n'était pas déprimée mais traquée.

Le médecin ouvrit la porte, le sourire aux lèvres.

— Félicitations ! Vous avez pris trois kilos. C'est un remarquable progrès. Encore deux et je cesse de vous harceler.

Cependant, son sourire s'évanouit en la regardant.

— Néanmoins, je vous trouve toujours aussi pâle et fatiguée que la dernière fois.

— J'ai mal dormi cette nuit ; en fait je viens de passer des moments épouvantables. J'ai pris un somnifère et maintenant je suis sur les genoux.

— Vous faites des crises d'anxiété ? demanda-t-il en lui soulevant le menton.

Il examina sa joue contusionnée.

— Des cauchemars ? interrogea-t-il en appuyant doucement sur l'ecchymose.

— J'ai vu le tueur hier soir.

Avec une moue, Doc s'assit en face d'elle sur son tabouret.

— Si vous me racontiez tout ça ?

Elle le fit sans lui épargner le moindre détail.

— Personne ne vous oblige à me croire, acheva-t-elle, mais voilà pourquoi j'ai mauvaise mine.

— Depuis combien de temps prenez-vous des somnifères ?

— Cette nuit, c'était la première fois depuis près d'un an.

— Avez-vous repris d'autres médicaments depuis votre dernière visite ?

— Non.

— Pas d'autres symptômes ?

— Genre pertes de mémoire, hallucinations ? Non.

— Je vais jouer les avocats du diable un instant. Et si l'homme que vous avez vu ne représentait en fait que la somme de vos peurs ? Vous n'avez pas discerné le visage de celui qui vous a tiré dessus à Boston. Pas distinctement. À moins que le traumatisme ne l'ait effacé de votre mémoire.

— Je ne crois pas. Tout s'est passé en un clin d'œil, répondit-elle calmement.. La porte qui s'ouvre, je me tourne, je vois le pistolet… et là… il a tiré, quoi !

D'un geste aussi bref que léger, il posa une main sur son bras.

— Si je comprends bien, vous n'avez pas vu les autres hommes qui ont tué vos amis ?

— Non, aucun.

Elle les avait juste entendus. Qui riaient.

— Avez-vous envisagé que la silhouette à la fenêtre de la nuit dernière, et peut-être aussi l'homme que vous avez vu dans la montagne, n'aient été qu'une manifestation de la peur et de l'impuissance éprouvées pendant et après l'attaque dont vous avez fait l'objet ?

Son cœur se serra. Lui non plus ne la croyait pas.

— J'aimerais bien ! Pourtant je sais qu'une femme est morte de ses mains. Je sais qu'il m'épie et qu'il fait tout ce qu'il peut pour me briser, saper ma crédibilité.

Doc poussa un soupir.

— Il y a une autre possibilité. Écoutez-moi jusqu'au bout. La première fois que vous avez vu cet homme, vous veniez de croiser Brody. Les incidents se sont multipliés à mesure que votre relation avec lui se développait. Plus vous vous engagiez, plus les incidents s'aggravaient. Est-il possible que votre remords d'avoir survécu à cette tragédie dresse des obstacles à votre bonheur ?

— Autrement dit, je jouerais la folie pour saboter ma relation avec Brody ? Sûrement pas ! J'ai connu la folie. Je sais ce que c'est, et ça n'a rien à voir !

— Fort bien, fort bien ! sourit-il en lui tapotant la main. Nous… comment dit-on déjà ? Nous allons éliminer le probable et considérer le reste, quoique improbable, comme la vérité. Nous allons vous prélever un peu de sang pour voir comment vous vous portez.

Reece retourna chez Joanie achever la deuxième moitié de son service. Mac Drubber et Carl terminaient leurs côtelettes de porc. À son passage, Mac leva la main.

— J'ai du parmesan frais si ça vous intéresse ! Un assez gros morceau.

— C'est vrai ?

— J'étais sûr que ça vous plairait. Mais c'est un peu cher.

— Je passerai tout à l'heure. Merci, monsieur Drubber.

Obéissant à son impulsion, elle se pencha pour l'embrasser sur le front.

— La prochaine fois que vous aurez besoin de quelque chose, faites-le moi savoir, assura-t-il, le rouge aux joues.

— Promis. Merci encore.

À la première occasion, elle mettrait les petits plats dans les grands et l'inviterait chez Brody.

En entrant dans la cuisine, elle trouva Linda Gail en train de jeter une cuvette d'assiettes sales devant Pete.

— Hé là ! grommela le plongeur.

— Tu vas te retrouver au chômage si tu me casses la vaisselle.

Linda Gail fit volte-face vers Joanie.

— Je me tiendrais tranquille si votre fils n'était pas un menteur doublé d'un infidèle.

Sans s'émouvoir, Joanie continua de griller son steak aux oignons.

— Mon fils est sans doute beaucoup de choses, mais rien de tout ça. Méfie-toi, Linda Gail !

— Il m'a dit qu'il restait au ranch cette nuit pour s'occuper d'une jument qui souffrait de coliques. Comment est-ce que vous appelez ça, si ce n'est pas le mensonge de l'année, alors que Ruben vient de se pointer il y a un quart d'heure en me demandant si le film que j'ai vu hier soir avec Lou m'avait plu ?

— Ruben a pu confondre.

— Vous êtes sa mère, c'est normal que vous le défendiez. Mais je ne supporterai pas qu'il me trompe ou qu'il me mente !

— Je suis d'accord et tu pourras lui mettre les points sur les i. Tout ce que je te demande c'est de ne pas le faire aux heures où je te paye.

— Il m'a dit qu'il m'aimait, balbutia la serveuse. Il a dit qu'il voulait vivre avec moi.

— Dans ce cas, je te conseille de lui en parler le plus vite possible. Mais maintenant tu as des clients qui attendent.

— Vous avez raison. Et j'ai perdu assez de temps avec lui. Les hommes ne valent pas cette peine.

La regardant sortir à pas rageurs, Joanie soupira.

— Si cet abruti la laisse partir, il est encore plus crétin que je ne l'aurais cru.

Devant l'inquiétude de sa patronne, Reece sentit l'angoisse lui étreindre l'estomac. Où était passé Lou cette nuit, pourquoi avait-il menti ?

— Et toi, tu surveilles tes grillades ? J'ai plein de boulot qui m'attend dans mon bureau et cette fichue peinture à payer !

Reece attrapa un tablier et se savonna les mains sous le robinet.

— La nouvelle peinture est très jolie. Très gaie.

— Et elle coûte bonbon !

Il avait fallu trois hommes pour terminer le travail durant la nuit, mais ce jaune vif bordé de moulures rouges égayait singulièrement la salle. Au fait, où se trouvaient ces peintres avant la fermeture ?

— Quand est-ce qu'ils ont commencé à peindre exactement ?

— À 23 heures. Et l'ami Ruben n'était pas assez fatigué pour la boucler. Il n'a pas cessé de bavasser jusqu'à 3 heures du matin.

Doucement, se dit Reece. Garder l'air le plus naturel possible :

— Ils sont arrivés à 23 heures ?

— Je viens de le dire, non ? Ruben, Joe et Brenda.

— Brenda ? La réceptionniste de l'hôtel ? Je croyais que c'était son frère qui devait...

— Dean avait autre chose à faire, paraît-il. Elle n'est pas mal non plus pour entretenir la conversation.

Reece se mit au travail, tout en essayant d'imaginer Ruben ou Lou, Dean ou Joe avec des lunettes noires, coiffés d'une casquette orange, derrière la fenêtre de la cuisine de Brody.

Après son service, Reece monta dans la voiture de Pete.

— Merci de me ramener chez Brody.

— Ce n'est pas loin, pas de problème.

— D'après toi, où traînait Lou, hier soir ?

— Il courait le jupon, comme d'habitude. Faut dire qu'il sait les embobiner. Mais ça ne marche pas avec Linda Gail, c'est une forte tête.

— Tu l'as dit ! Et Ruben, d'après toi ?

Attention ! se rappela-t-elle. *L'air de ne pas y toucher...*

— C'est un sacré dragueur, lui aussi ?

— Ça lui arrive, mais il est plus discret. Tiens, cet hiver, il s'est fait une touriste de la station de ski. Une femme mariée.

— Non ?

— Il ne disait rien, mais va te faufiler dans une chambre d'hôtel sans te faire repérer ! Brenda a du flair pour remarquer ce genre de choses. Il avait beau passer par le sous-sol, ça n'y a rien changé.

— Le sous-sol de l'hôtel, murmura-t-elle.

— En plus, ils se sont disputés si fort un soir que tout le monde en a profité. La femme hurlait et lui jetait des trucs à la figure ; il a reçu une bouteille de parfum sur la tête et il est parti à toute berzingue, les joues en sang, ses chaussures à la main.

— À quoi ressemblait-elle ?

— Quoi ?

— Cette touriste, j'essaie de me l'imaginer…

— Une jolie brune, je crois. Plus âgée que Ruben d'une dizaine d'années. Elle est passée au ranch plusieurs fois les semaines qui ont suivi, en faisant du scandale. Devant une bière, il m'a confié que ça l'avait guéri à jamais des femmes mariées.

— On le comprend.

Ils arrivaient en vue du chalet.

— Il paraît, se hâta-t-elle d'ajouter, que Dean, le frère de Brenda, avait un rendez-vous hier soir.

— Un poker, plutôt ! Ce mec, dès qu'il a dix dollars en poche, c'est pour les jouer. Il est toujours fauché, il réclame sans cesse du fric à Brenda. Pour moi, le jeu c'est aussi grave que la drogue quand on devient accro.

Il arrêta son pick-up devant l'entrée.

— J'ai cru comprendre que tu avais eu des ennuis cette nuit.

— J'ai l'impression que tout le monde est au courant…

— Ne te laisse pas impressionner, Reece !

Elle tourna vers lui un regard étonné.

— Tu ne me prends pas pour une folle, toi ?

— J'ai pas dit ça ! protesta-t-il en souriant. Tout le monde est un peu fou quelque part. Mais si tu racontes que quelqu'un rôde dans les parages, je suppose que c'est vrai.

— Merci.

Elle ouvrit la portière, lui rendit son sourire.
— Merci, Pete !
— De rien.
Cela faisait du bien. Les flics ne la croyaient pas, mais lui, oui. Et Brody, Linda Gail et Joanie. Doc Wallace la soupçonnait d'opérer des transferts psychologiques inconscients mais, au moins, il s'occupait d'elle. Mac Drubber semblait penser qu'elle avait besoin de se faire revisser les boulons, mais il avait acheté du parmesan.
Brody sirotait un Coca sur la véranda, un livre sur les genoux.
Il parut heureux de la voir, lui sourit.
— Comment ça s'est passé, aujourd'hui ?
— Pas trop mal. Doc était satisfait parce que j'ai pris du poids, mais il prétend que mon homme à la casquette orange n'est peut-être qu'une manifestation de mes peurs et de mon remords d'avoir survécu. Toutefois, il accepte de prendre mon point de vue en considération si je réfléchis au sien. M. Drubber m'a commandé du parmesan frais et Pete m'a raconté tous les potins qui couraient sur les célibataires.
— Que d'occupations !
— Et ce n'est pas fini. Lou a menti à Linda Gail sur son emploi du temps d'hier soir.
Brody reposa son livre avant de demander :
— Tu crois que c'est lui le tueur ?
— Ça ne me serait jamais venu à l'idée. Zut ! Je l'aime bien et mon amie est amoureuse de lui. Mais le coupable est souvent la dernière personne à laquelle on aurait pensé, pas vrai ?
— Dans les bons romans policiers, oui. Lou couche avec des tas de femmes, mais de là à les étrangler…

Elle se pencha au-dessus de son fauteuil.

— Suppose que l'une d'elles l'ait menacé ! Tiens, cet hiver, Ruben a connu une aventure qui a mal tourné avec une femme mariée.

— Et lui aussi serait un tueur en série ?

— Il serait intéressant de savoir où il était hier soir. Il n'est arrivé chez Joanie qu'à 23 heures pour commencer les peintures. Quant au frère de Brenda, il ne s'est pas manifesté du tout.

— Du coup, tu as dressé ta liste de suspects à partir de l'emploi du temps de ces trois hommes.

— Il faut bien commencer quelque part. Si on trouve où ils étaient, on peut les rayer de la liste.

— Et tu comptes soupçonner tous les hommes d'Angel's Fist ?

— Je peux d'ores et déjà en innocenter quelques-uns. Hank, à cause de sa corpulence et de sa barbe. Pete, parce qu'il est trop petit. On en a déjà parlé, toi et moi, sans jamais approfondir le sujet.

— C'est vrai.

— Donc on élimine tous les hommes de plus de soixante-cinq ans, à peu près, et de moins de vingt ans. Ce n'était ni un vieillard ni un adolescent. On élimine aussi les moustachus et les barbus, ainsi que les trop gros et les trop petits. Bon, je sais qu'il n'est peut-être pas d'Angel's Fist, mais…

— Si, je crois qu'il est d'ici.

— Pourquoi ?

— Tu n'as pas entendu de voiture hier soir. Comment se serait-il éloigné du chalet sans voiture ?

— En marchant ?

— Il en avait peut-être une, garée un peu plus loin. Mais si c'est un étranger, il a dû te suivre longtemps pour connaître tes horaires et tes habitudes, se renseigner mine de rien. Les gens auraient fini par le remarquer et faire des réflexions.

— C'est sûr qu'ils ne se gênent pas.

— Or personne n'est resté à l'hôtel plus d'une semaine depuis avril. On a loué quelques chalets, mais pas très longtemps, et toujours à des familles.

— Tu as effectué des recherches, on dirait.

— Cela dit, continua-t-il, il pourrait s'agir d'un campeur. Mais là encore, il devait entrer au restaurant pour te voir. Or, s'il vient plus d'une fois, il est repéré. À partir de ce raisonnement, on peut en conclure que c'est un type d'ici.

— Brody, je ne veux pas rappeler la police tant que je n'ai pas d'éléments... disons plus évidents. À moins que ce ne soit une question de vie ou de mort.

— Ça reste entre nous, Slim.

Pour se faire pardonner les légumes sautés de la veille, elle prépara un menu plus conséquent : côtes de porc, purée et haricots verts. Pendant la cuisson des pommes de terre, elle s'installa devant la table de la cuisine avec son ordinateur.

Tout d'abord elle lista tous les hommes d'Angel's Fist qui lui venaient à l'esprit et qui correspondaient au profil. Puis elle ajouta les éléments qu'elle connaissait sur chacun d'eux :

William (Lou) Butler, vingt-cinq, trente ans. A passé presque toute sa vie à Angel's Fist. Connaît très bien la région, en a arpenté toutes les pistes, fréquenté tous les campings, etc. (Est-ce que le couple de la rivière aurait pu y arriver à cheval ?) Genre cow-boy, coureur. Conduit un pick-up.

Accès facile au bureau de Joanie... et à mes clefs. Réagit violemment quand on le provoque, ainsi qu'il l'a démontré chez Clancy's.

Constatations des plus glaciale quand on les lisait ainsi, et sans doute injustes quand on pensait à ses manières si enjôleuses ; d'autant qu'il aimait sa mère.

Reece poursuivit avec Ruben :

La petite trentaine. Employé au ranch Circle K. Connaît bien la région, comme ci-dessus. Habile de ses mains. Pick-up, armes de chasse. Passe en ville au moins une fois par semaine. Aime chanter chez Clancy's. Récente aventure avec une femme mariée (victime possible).

Elle poussa un soupir. Elle savait qu'il appréciait sa viande saignante, ses pommes de terre frites et sa tarte à la mode. Hors sujet.

Elle continua, énumérant les noms et les faits puis s'arrêta avec un pincement au cœur en évoquant Doc Wallace. Il n'était pas loin d'atteindre la limite d'âge qu'elle avait définie, cependant il était robuste. Il aimait la marche, la pêche, connaissait tous les habitants.

Ensuite venaient Mac Drubber, Dean, Jeff, le caviste, le shérif modèle, l'aimable Lynt. Et tant d'autres encore. Cette idée de dresser la liste de tous les hommes qu'elle connaissait, qu'elle considérait parfois comme des amis, commençait à la dégoûter.

Elle se contraignit cependant à la terminer. Quand elle éteignit son portable, elle s'efforça de repousser tout sentiment de culpabilité.

De l'autre côté du lac, Lou frappait à la porte de Linda Gail. Il apportait une rose.

Lorsque la jeune femme ouvrit, il lui tendit la fleur.

— Bonsoir, ma puce.

Les poings sur les hanches, la serveuse ne se laissa pas émouvoir.

— Qu'est-ce que tu veux ?

— Toi.

De sa main libre, il fit mine de l'attirer vers lui mais elle le repoussa et tenta de lui claquer la porte au nez.

— Hé ! Qu'est-ce qui te prend ?

— Je n'accepte pas de fleurs d'un menteur. Tu peux rentrer chez toi.

— Qu'est-ce que tu racontes ? J'ai travaillé quatorze heures aujourd'hui pour passer ma soirée avec toi.

— Ah oui ? Ça fait beaucoup, surtout quand on pense que tu as aussi travaillé cette nuit. À cause d'un cheval atteint de coliques.

Le voyant grimacer, elle enfonça le clou :

— Espèce de menteur ! Tu t'es bien roulé dans le foin mais pas avec un cheval !

— Ce n'est pas du tout ça ! Écoute-moi une minute ! Viens, on va s'asseoir.

— Je ne te laisserai pas t'asseoir chez moi. Je t'ai donné ce que tu voulais. Maintenant c'est fini.

— Ne dis pas ça. Linda Gail. Ma puce… Ce n'est pas du tout ce que tu crois.

— Tu ne m'as pas menti ?

Il repoussa son chapeau.

— Si, mais…

— Fiche le camp !

Il jeta la rose, puis son chapeau.

— Je ne partirai pas comme ça. Oui, je t'ai menti pour hier soir, mais j'avais une bonne raison.

— Ah oui ? Et elle s'appelle ?

Déception et gêne firent bientôt place à la colère :

— Je ne te trompe pas ! Je ne triche pas, moi ! Ni aux cartes ni avec les femmes. Je ne vais sûrement pas commencer avec toi ; tu es la seule qui comptes à mes yeux.

— Comment veux-tu que je te croie ? marmonna-t-elle, les yeux pleins de larmes.

— Je n'étais pas avec une autre femme, Linda Gail, je te le jure. Si tu m'aimes, il va falloir me faire un peu confiance.

— La confiance, ça se gagne, William. Dis-moi où tu étais.

— Je ne peux pas. Pas encore. J'avais quelque chose d'important à faire. Je te promets que je te le dirai, mais pas avant samedi soir.

— Pourquoi samedi soir ?

— C'est comme ça. Donne-moi jusqu'à samedi. Et accorde-moi cette soirée.

Il s'agenouilla, lui essuya une larme sur la joue.

— Je te jure, Linda Gail, que je n'étais pas avec une autre femme.

Elle renifla.

— Tu as dévalisé une banque ?

Il sourit, avec ce charme qui la faisait craquer.

— Non, pas exactement. Tu m'aimes ?

— On dirait bien.

— Moi aussi, je t'aime. Et j'aime te le dire.

Elle lui prit le visage entre les mains, comme pour y déchiffrer la moindre arrière-pensée.

— Tu as jusqu'à samedi soir et j'espère que j'ai raison de te croire. Alors ne te fiche pas de moi !

Lui prenant les poignets, il se pencha pour l'embrasser.

— J'allais me réchauffer une pizza, annonça-t-elle. Tu en veux ? Si je dois attendre jusqu'à samedi soir pour connaître la vérité, tu attendras jusque-là pour faire l'amour.

— Comme tu voudras. C'est réglo. Tu as de la bière pour accompagner la pizza ?

Il arrivait, dans la nuit et dans le vent. Elle entendait ses propres pas résonner sur la piste. Et lui, les entendait-il ? Elle ne percevait que le souffle de la brise, les murmures de la rivière ; pourtant elle savait qu'il arrivait, qu'il se faufilait derrière elle comme une ombre, qu'il se rapprochait. Bientôt son haleine soufflerait sur sa nuque, bientôt sa main se fermerait sur sa gorge.

Elle avait perdu tout sens de l'orientation. Comment était-elle arrivée là ? Elle n'avait d'autre solution que de continuer droit devant elle, de grimper malgré la souffrance de ses jambes.

Le croissant de lune éclairait les courbes du chemin, les rochers lissés par l'érosion, le dangereux scintillement des eaux en contrebas. Elle risqua un coup d'œil derrière son épaule, ne vit rien que le ciel et le canyon. Cela lui arracha un sanglot de soulagement. Serait-elle parvenue à lui échapper ? Si elle pouvait encore courir, elle finirait par retrouver son chemin.

Cependant, quand elle se retourna, ce fut pour constater en trébuchant qu'il était là. Devant elle. Il lui bloquait la route. Pourtant, elle ne voyait toujours pas son visage.

— Qui êtes-vous ? cria-t-elle d'une voix qui dominait le vent. Qui êtes-vous, à la fin ?

Pendant qu'il s'approchait, les doigts de sa main gantée s'ouvraient et se refermaient. Soudain, elle prit une décision : elle sauta.

Le vent la gifla. Elle se retrouva dans la cuisine chez Maneo's. La porte qui s'ouvrait. Un autre homme sans visage. L'éclat d'un pistolet. La douleur qui jaillissait, l'impact de la balle, l'impact de l'eau.

Plus de lumière, plus d'air. Plus de vie.

Elle s'éveilla comme Brody lui secouait le bras.

— Réveille-toi ! ordonna-t-il. Plus vite que ça !

— J'ai sauté.

— En fait, tu es tombée du lit.

— Je suis morte.

La sueur détrempait son corps, son cœur sautait encore un battement sur deux.

— Tu m'as l'air drôlement vivante ! Tu as fait un cauchemar, c'est tout. Tu te débattais de toutes tes forces.

— Je… quoi ?

— Tu griffais, tu donnais des coups de pied. Allez, lève-toi, maintenant.

Le rêve était encore présent, d'une terrifiante acuité, dans tous ses détails.

— Je courais, expliqua-t-elle lentement. Tout d'un coup, il était là. J'ai sauté. Dans la rivière. Et tout s'est mélangé. Je tombais dans la rivière et j'atterrissais dans le placard chez Maneo's, mais je ne coulais pas.

Une main sur la poitrine de Brody, elle en éprouva la chaleur contre sa peau glacée.

— Je n'ai pas lâché prise, souffla-t-elle.

27

À force de s'arracher tôt à son lit le matin, Brody voyait plus souvent le soleil se lever. Il travaillait davantage, ce qui ferait le bonheur de son agent autant que de son éditeur. Cela lui permettait également de fureter dans son chalet, d'envisager quelques aménagements.

Cette maison lui plaisait et il avait déjà une ou deux fois songé à l'acheter.

Investissement, intérêts.

Hypothèque, entretien.

S'il était propriétaire, il pourrait agrandir son bureau, peut-être ajouter un balcon. La vue sur le lac était encore plus belle du premier étage. Ce serait sympathique d'y prendre le café du matin.

Acheter la maison était un pas en avant, mais garder la femme avec…

Il avait toujours aimé les femmes, tant pour leur corps que pour leur personnalité. Mais si on lui avait dit qu'un jour il voudrait passer toute son existence avec la même, il aurait tout de suite énuméré une liste de raisons meilleures les unes que les autres prouvant que c'était impossible.

Tandis qu'avec Reece, il n'en trouvait plus une seule.

Certes, cela l'obligerait à se lever tôt. Cependant, il n'aurait plus besoin de préparer son café. Sans parler des repas. Comment négliger un tel atout ?

Et puis il y avait sa voix, son odeur. Cette façon qu'elle avait de toujours tout arranger. Les ingrédients pour un plat, ses vêtements, les coussins sur le lit. Il s'était surpris à s'attendrir en la voyant disposer les serviettes dans la salle de bains.

D'accord, c'était assez ridicule. Mais quel homme pouvait résister à ce beau regard ? Elle lui donnait encore plus envie de sortir du lit que la perspective de n'importe quel lever de soleil.

Elle était tourmentée, compliquée et ne se débarrasserait sans doute jamais de toutes ses phobies ni de toutes ses névroses. Mais c'était là ce qui constituait son caractère, son charme. Tout en elle sortait de l'ordinaire.

Installé à son bureau, il brancha la clef USB qu'elle lui avait donnée. Il y découvrit deux documents. L'un appelé LC, l'autre LISTE.

— Le livre de cuisine, marmonna-t-il.

Il lut le texte qu'elle avait préparé en guise d'introduction.

Vos beaux-parents débarquent chez vous sans prévenir... C'est votre troisième rendez-vous avec elle et vous avez décidé de lui faire la cuisine. En espérant qu'au dîner succédera un petit déjeuner au lit... C'est votre tour de recevoir votre club de lecture... Votre irréprochable sœur s'est invitée avec son fiancé médecin à dîner... Votre fils vous a porté candidate à la fabrication de petits gâteaux pour toute la classe...

Pas de panique.

Malgré un emploi du temps surchargé, malgré votre manque d'expérience aux fourneaux, vous saurez vous en tirer. En fait, vous obtiendrez des résultats spectaculaires. Je vais vous montrer comment y parvenir, pas à pas.

Des plats les plus élémentaires aux plus somptueux, des pique-niques improvisés aux soupers élégants en passant par les dîners entre amis, c'est vous le chef.

D'accord, pour le moment, c'est moi le chef, mais vous allez devenir un véritable gourmet.

— Pas mal, estima-t-il.

Elle avait rédigé quelques paragraphes sur les produits nécessaires, les ustensiles indispensables. Le ton restait léger, un rien pétillant. Accessible.

Elle avait ajouté un sommaire ainsi qu'une petite dizaine de recettes. Les instructions, assaisonnées de paroles d'encouragement, semblaient assez claires pour que lui-même ne se sente pas complètement perdu.

Après un court instant de réflexion, il rédigea un courriel rapide à son agent, y joignit le fichier de Reece.

Puis il ouvrit la liste.

Elle était maligne, la petite Slim ! Ses portraits étaient perspicaces et bien cernés. Sans doute fut-il surpris d'y trouver des noms comme celui de Mac Drubber ou de Doc Wallace, mais elle se montrait méthodique. Il s'amusa beaucoup en lisant des commentaires tels que « un peu flirteur, aime les potins », à propos de Mac.

Il devrait demander à Reece ce qu'elle aurait mis sur lui si elle avait inclus son nom dans sa liste.

Il ajouta certaines observations de son cru. Elle ne pouvait savoir, par exemple, que Denny, le shérif adjoint, avait connu cet automne une grosse déception amoureuse : une serveuse de l'hôtel l'avait fait marcher pendant six mois avant de lui préférer un motard.

Il copia le fichier, ainsi que celui du livre de cuisine, sur son propre ordinateur.

Lorsqu'il eut terminé, il était à peine 8 heures du matin.

Plus rien d'autre à faire que de se mettre au travail.

Il s'accorda une pause à 11 heures, se rendit à la cuisine pour échanger son café contre du Coca, auquel il ajouta une poignée de bretzels. Il croquait le premier lorsque le téléphone sonna. Cela lui arracha un juron, comme chaque fois, mais il se ravisa en reconnaissant le numéro de son agent.

— Bonjour, Lydia ! Oui j'avance bien, répondit-il lorsque celle-ci lui demanda s'il travaillait à son livre.

Lydia pouvait aussi bien être sa meilleure amie que sa pire ennemie, selon les circonstances. Aujourd'hui, elle était son amie plus que jamais.

— Que pensez-vous de ma proposition ? demanda-t-il.

Brody entra chez Joanie alors que Reece enlevait son tablier. Elle s'était attaché les cheveux et la chaleur lui avait rosi le teint. Il lui trouva l'air appétissant.

— Tu as mangé quelque chose aujourd'hui ? lui demanda-t-il.

— Pas encore.

— Si tu nous concoctais un panier-repas ?

— Tu veux encore pique-niquer ?

— Non, juste déjeuner. Salut, Bebe, comment ça va ?

— Je suis enceinte.

— Ah… félicitations !

— C'est facile à dire quand on ne subit pas les nausées matinales !

Néanmoins, elle reprit en souriant :

— Jim espère que ce sera une fille, cette fois. Comment se fait-il que vous ne me proposiez jamais de prendre un panier-déjeuner, Brody ?

— Pour me faire botter les fesses par Jim ? Dites-moi plutôt pour quand est prévue cette naissance.

— Je vois que vous avez l'art de l'esquive. C'est pour novembre, aux alentours de Thanksgiving. Et votre prochain bouquin, il est prévu pour quand ?

— Deux mois plus tôt. Et ce sera moins dur.

Comme on l'appelait pour prendre une commande, Bebe leva les yeux au ciel.

— Allez, je retourne à mon boulot si excitant.

Reece sortit de la cuisine, armée d'un grand sac.

— Le déjeuner ! annonça-t-elle. Tu seras parmi les premiers à goûter nos paninis.

— Des paninis, chez Joanie !

— Qu'est-ce que tu crois, Brody ? Tu pensais que je ne préparais que des escargots et de la cervelle de veau… que je sais également cuisiner à merveille, note bien.

— Je préfère les paninis.

Il la fit sortir devant lui et la prit par le coude pour traverser la route, alors qu'elle cherchait du regard sa voiture.

— Où va-t-on ?

— Au lac.

— Oh ! Bonne idée ! C'est un jour de rêve pour déjeuner au bord du lac.

— On va déjeuner *sur* le lac.

Il désigna un canot du menton.

— Là-dedans.

Elle s'arrêta net, jetant un regard dubitatif sur l'embarcation.

— C'est la barque de Doc. Il nous la prête pour quelques heures aujourd'hui. On va ramer un peu.

Elle n'avait pas l'air très convaincu. Certes, elle aimait les bateaux, mais avec des moteurs, ou au moins des voiles. Pour les rames, elle n'avait jamais essayé.

— Je parie que l'eau est encore très froide.

— C'est pour ça qu'on ne va pas dedans, mais dessus. Monte dans la barque, Reece.

— Je monte dans la barque.

Elle enjamba le rebord, s'efforça de garder son équilibre et alla s'asseoir sur le banc arrière.

— Tourne-toi dans l'autre sens, lui conseilla Brody.

— Oh !

Il grimpa à son tour, lui tendit une rame, s'assit à l'avant. À coups de rames, il les éloigna de la rive.

— Tu n'as qu'à faire comme moi, dans le sens contraire.

Ses muscles protestaient déjà, mais elle devait reconnaître qu'elle aimait ce rythme de glisse. Soudain, les montagnes surgirent, d'une hallucinante beauté.

— Oh, mon Dieu !

À l'avant, Brody sourit.

Bloquant sa rame, il se tourna vers la jeune femme, lui prit la sienne qu'il rangea également.

— C'est différent d'ici, ajouta-t-il. On se croirait…

— On se croirait ?

— Chez les dieux, dans un paradis resplendissant de blanc et d'argent. La neige scintille au sommet et, au milieu, la forêt a repris ses droits. Par-dessus tout, le ciel bleu, d'une pureté absolue. Une aigrette prit son envol, scintillante comme un esprit par-dessus les marais.

D'autres bateaux paressaient alentour. Un petit Sunfish à la voile jaune, au centre du lac, non loin d'un kayak dont le rameur affinait sa technique. Reece reconnut aussi Carl qui pêchait dans un canoë, tandis qu'un couple de touristes sortait des marais pour rejoindre les eaux claires.

Reece se sentait toute petite, prise de vertige.

— Tu devrais venir tous les jours, murmura-t-elle.

— L'été dernier, Mac m'a proposé une balade de trois jours sur la rivière. Avec Carl et Rick. On a suivi la Snake, on a campé, on a grillé les poissons que nous pêchait Carl, on a bu du café de cow-boy. Et on s'est raconté des bobards sur nos exploits avec les femmes.

— Vous vous êtes bien amusés.

— Plutôt, oui. Si tu veux, on pourra partir quelques jours une fois que tu sauras maîtriser ta rame. Bon. J'ai lu ta liste.

Elle ouvrit le sac de sandwichs.

— Qu'en as-tu pensé ?

— Qu'elle était très complète. En posant discrètement les bonnes questions, on devrait pouvoir éliminer pas mal d'éléments. J'ai déjà découvert que ce soir-là, Ruben, Joe, Lynt et Dean jouaient au poker chez Clancy's. De 19 à 22 heures pour Ruben et Joe, jusqu'à ce qu'ils partent chez Joanie. Dean, Lynt, Stan Urick, qui n'est pas sur ta liste puisqu'il a soixante-dix ans et qu'il est maigre comme un clou, et Harley, qui porte un semblant de barbe, sont restés jusqu'à une 1 heure du matin. Aucun ne s'est absenté à part pour pisser. Dean a perdu quatre-vingts dollars.

— Trois de moins.

— Mon agent a aimé ton projet de bouquin.

— Quoi ?

Brody mordit dans un panini.

— Excellent, ce sandwich ! Elle aimerait te parler de vive voix.

— Mais rien n'est prêt !

— J'ai trouvé ça bon, alors j'ai demandé son avis à mon agent qui a aimé.

— Parce que tu es son client ?

— D'abord, elle a des clients autrement importants que moi ! Je ne suis qu'un petit poisson dans la mare. Et puis tu n'auras qu'à lui poser la question. Toujours est-il qu'elle a aimé la façon dont tu as structuré ton projet. Elle a trouvé l'introduction « amusante et enlevée », et elle a promis d'essayer une de tes recettes ce soir pour voir ce que ça donne.

— J'ai le trac.

— Je m'en doute, mais Lydia ne te racontera pas de craques. Elle a mené son enquête sur toi.

— Pardon ?

— Elle est intelligente et n'a pas de temps à perdre ; elle se tient au courant de l'actualité.

Brody ouvrit une canette de Coca, en but quelques gorgées avant d'ajouter :

— Elle a une mémoire d'éléphant. Elle m'a demandé si tu étais la Reece Gilmore de Boston qui avait survécu au massacre de Maneo's il y a deux ans. Je ne lui ai pas menti.

Tout d'un coup, Reece n'avait plus faim.

— Tant mieux, balbutia-t-elle. Mais qu'est-ce que ça peut lui faire ?

— C'est toi que ça peut affecter. Si tu es publiée, d'autres feront le rapprochement, Slim. Les journalistes, les questions. À toi de voir si tu te sens prête ou non.

— « Rescapée d'un massacre, une ancienne malade mentale rédige un livre de cuisine. » J'imagine ça d'ici !

Autour d'elle, le lac, les montagnes, les saules aux feuilles vert tendre. C'était si beau, si paisible...

— Rien ne dit qu'elle pourra me trouver un éditeur, objecta-t-elle soudain.

Il mordit à nouveau dans son sandwich.

— Pourquoi as-tu mis des paninis sur le menu de Joanie aujourd'hui ?

— Parce que c'est bon, amusant et vite fait. Et puis ça change.

— Tu vois, tu es créative. Tu ne peux pas t'en empêcher. Tu aimes régaler les gens, mais à ta façon ou, tout au moins, en y ajoutant ta touche personnelle. Si tu continues à travailler ici, tu prendras petit à petit l'ascendant sur ce restaurant, malgré toi.

En fait, elle avait déjà commencé.

— Je m'efforce de ne pas tout régenter.

— Tu dois comprendre qu'Angel's Fist ne sera jamais Jackson Hole.

— Je le sais.

— Pourtant, c'est une petite ville en pleine expansion. Regarde ces montagnes, cette vue, cet air pur, ce lac, ces arbres. Certains touristes viennent y passer le week-end, d'autres les vacances. Beaucoup rêvent d'y acquérir une résidence secondaire pour pratiquer la voile, le ski ou monter à cheval. Plus les grandes villes et les banlieues sont peuplées, plus les gens rêvent d'un endroit tranquille où se détendre. Et ils auront toujours besoin de se nourrir.

Elle déboucha la bouteille d'eau qu'elle avait apportée.

— Toutes ces circonlocutions pour me suggérer d'ouvrir un restaurant, c'est ça ?

— Non. D'abord, ça énerverait Joanie. Ensuite, tu n'es pas une gestionnaire. Toi, ce qui t'intéresse, c'est la cuisine. Tu sais qui est le plus grand entrepreneur d'Angel's Fist ?

— Aucune idée.

— Joanie Parks.

— Ce n'est pas vrai ! Je sais qu'elle possède quelques maisons, mais…

— Le Bistrot de l'Ange, la moitié de l'hôtel, mon chalet ainsi que trois autres, quatre maisons, rien qu'à Angel's Fist, et quelques hectares de terres. Sans compter l'immeuble qui abrite la galerie d'art et la boutique de souvenirs.

— Tu plaisantes ! Elle hurle dès que je veux dépenser quelques centimes de plus pour acheter de la roquette.

— C'est justement pour ça qu'elle possède une grande partie de la ville. Elle ne dilapide pas son argent.

— Je l'adore, mais avoue qu'elle est radine !

Il sourit.

— C'est comme ça qu'on parle de son associée ?

— Je ne vois pas comment je pourrais considérer ma patronne comme une associée.

— En lui proposant d'ouvrir un bistrot Pur Gourmet à l'autre entrée de la ville. Un petit restaurant intime où l'on sert de la bonne cuisine à des prix abordables.

— Elle ne voudra jamais… Quoique… Petit, intime, féminin ou pour célébrer un événement spécial… Pourquoi pas, au fond ? Rien que des déjeuners et des dîners…

Elle réfléchissait à voix haute, ce qui arracha un sourire à Brody. Elle était déjà concentrée sur le projet.

— Bien sûr, tout dépend de l'endroit où tu voudrais t'installer.

— Et combien de temps il me faudrait pour y arriver. Tu es quand même gonflé de m'avoir fourré cette idée dans la tête ! Maintenant je ne vais penser qu'à ça.

— C'est sûr que ça demande réflexion. Tu comptes terminer ce sandwich ?

Avec un large sourire, elle le lui tendit ; c'est alors que son mobile sonna.

— Tiens ! observa-t-elle. Personne ne me téléphone jamais. C'est à se demander pourquoi je le porte toujours sur moi. Allô ?

— Reece Gilmore ?

— Oui.

— C'est Serge. Le meilleur coiffeur de Jackson.

— Ah oui ! Comment allez-vous ?

— Merveilleusement bien. J'espère que vous allez bientôt revenir me voir, avec Linda Gail.

Instinctivement, Reece porta une main à ses cheveux. Un petit rafraîchissement ne leur ferait pas de mal.

— Je lui en parlerai.

— Et je vous appelais aussi à propos du papier que vous m'avez laissé. Le portrait-robot.

— Le dessin ? Vous avez reconnu cette femme ?

— Moi non. Mais je viens d'engager une nouvelle shampouineuse à qui ça dit quelque chose. Vous voulez son numéro ?

— Elle est là, en ce moment, la nouvelle ?

— Elle commence lundi. Mais j'ai ses coordonnées. Ça vous intéresse ?

— Oui. Attendez.

Elle chercha un crayon et un bout de papier dans son sac.

— Je vous écoute.

— Marlie Matthews.

Reece nota son nom, son adresse et son numéro.

— Merci, Serge ! Merci infiniment. On viendra dès que possible avec Linda Gail.

— Je vous attends.

Elle ferma son téléphone et annonça à Brody :

— Quelqu'un a reconnu le portrait-robot.

— J'ai cru comprendre. On ramène le bateau et on file à Jackson Hole.

28

Marlie Matthews vivait au rez-de-chaussée sur la Nationale 89. On avait essayé de donner à son immeuble un peu de style, à coups de faux stuc et de fer forgé. Dans la cour intérieure, trônaient des fauteuils tapissés de Nylon et deux tables métalliques récemment repeintes. L'ensemble paraissait propre et correctement entretenu.

Un gamin aux cheveux filasse tournait avec ardeur sur son tricycle rouge ; du premier étage s'échappaient les vagissements furieux d'un nouveau-né.

À peine Reece et Brody avaient-ils franchi le seuil de la cour, qu'une femme les interpella :

— Vous cherchez quelqu'un ?

Elle était petite, maigre, avec des cheveux courts noirs semés de mèches cuivrées, et s'accrochait à son balai comme si elle s'apprêtait à les en frapper si leur réponse ne lui convenait pas.

Reece s'avança, tout sourire.

— Nous cherchons Marlie Matthews.

La femme adressa un signe au petit garçon qui s'approcha aussitôt.

— À quel sujet ? insista-t-elle.

— Je viens de la part de Serge, du salon de coiffure. Je suis Reece, Reece Gilmore. Et voici Brody.

— Bon, d'accord, c'est moi Marlie.

Apparemment la mention de son nouveau patron constituait un mot de passe suffisant.

Là-haut, le nourrisson cessa de pleurer au son d'une berceuse chantée en espagnol.

— Ma voisine vient d'avoir un bébé, expliqua-t-elle en voyant Reece lever les yeux. Vous n'avez qu'à entrer cinq minutes. Rory, ne t'éloigne pas, que je te voie !

— Maman, je peux avoir un jus de fruit ?

— Oui, va te servir.

L'enfant fonça vers la cuisine séparée du living par un bar, ouvrit le réfrigérateur.

— Vous voulez boire quelque chose ? proposa Marlie à ses visiteurs. Un rafraîchissement peut-être ?

— Non merci.

L'appartement était d'une propreté parfaite. Malgré un manque certain de moyens, elle était parvenue à donner à l'ensemble un aspect coquet avec un vase rouge empli de marguerites jaunes, une plante verte sur une table. Un coin du living avait été aménagé pour le petit. Sur le mur, un tableau en liège avec des dessins d'enfant ; au sol, un coffre en plastique débordant de jouets.

Visiblement plus intéressé par les visiteurs que par son tricycle, Rory se planta devant Brody.

— J'ai une voiture de course et un camion de pompiers, annonça-t-il.

— C'est vrai ? Lequel va le plus vite ?

Enchanté, le gamin alla les chercher.

— Asseyez-vous, proposa Marlie.

— Je peux me mettre là ? proposa Brody.

Il se dirigea du côté du coffre à jouets et s'assit par terre à côté de Rory qui entreprit de lui détailler chacun de ses bolides.

— J'avais déposé ce portrait-robot au salon de coiffure il y a quelques semaines, commença Reece. Serge m'a dit que vous aviez peut-être reconnu cette femme.

— Je n'en suis pas certaine, mais quand j'ai vu ce dessin sur le comptoir, j'ai pensé : « Qu'est-ce que Deena fait ici ? »

— Deena ?

— Deena Black.

— Une amie à vous ? lança Brody tout en faisant rouler le camion de pompiers.

— Pas vraiment. Elle habitait juste au-dessus, dans l'appartement qu'occupe maintenant Lupe. Celle qui vient d'avoir un bébé. Elle est partie il y a à peu près un mois.

— Elle a déménagé ?

— Si on veut.

Marlie ne quittait pas son fils des yeux.

— Elle a juste emporté ses vêtements, en abandonnant ses meubles.

— C'est ce qu'elle vous a dit ?

— Non. En fait, on ne s'entendait pas bien, toutes les deux. Mais elle a laissé un mot au gérant, il habite à côté. Elle partait s'installer dans un coin plus sympa. Elle l'avait toujours annoncé, d'ailleurs. Alors elle a pris ses habits, sa moto et elle s'est barrée.

— Sa moto ? répéta Brody.

— Elle pilotait une Harley. Ça lui allait bien. D'ailleurs, il y avait toujours des motards chez elle. Vous savez, elle travaillait dans un club de strip-tease, le Rendez-vous. Quand on était encore copines, elle me conseillait souvent d'aller me faire des sous là-bas au lieu de gagner des cacahouètes comme serveuse au Smiling Jack's Gril. Mais je n'avais aucune envie de travailler à poil, d'autant qu'il fallait rester jusqu'à pas d'heure. Et qu'est-ce que j'aurais fait de mon Rory ?

— Elle vivait seule ? demanda Reece.

— Oui, mais elle amenait souvent du monde. Désolée s'il s'agit d'une amie à vous, mais elle était comme ça. Elle avait de la compagnie à peu près tous les soirs jusqu'à il y a six, huit mois.

— Qu'est-ce qui s'est passé ?

— Certainement un homme, un en particulier. Je les entendais, il venait à peu près une fois par semaine. Alors elle se barrait pour toute la journée, parfois deux jours d'affilée. Elle disait qu'elle avait ferré un gros poisson… c'était comme ça qu'elle parlait. Il lui apportait des cadeaux. Une veste de cuir, un collier, de la lingerie. Et puis je crois qu'ils se sont brouillés.

— Qu'est-ce qui vous fait penser ça ?

— Un matin, elle est rentrée comme une furie. Je m'apprêtais à déposer Rory à la garderie. Elle fulminait, jurait tout ce qu'elle savait. Je lui ai dit de baisser le ton, que mon fils l'entendait. À quoi elle a répondu qu'il allait grandir et devenir un salaud comme tous les autres. Non, mais vous vous rendez compte ?

— Oui. Elle devait en vouloir à quelqu'un.

— Ce n'était pas une raison pour parler de mon Rory comme ça ! Ça m'a fichue hors de moi. On s'est disputées dans la cour, mais j'ai lâché prise la première. J'avais mon gosse ; et puis j'avais entendu dire qu'elle avait un jour rossé un type en plein bar avec une bouteille de bière. Pas la peine d'insister.

— Je comprends.

Reece se rappelait comment Deena avait giflé son assassin, comment elle lui avait sauté dessus.

— Oui, mais figurez-vous qu'elle, elle a continué ! En hurlant qu'on ne lui parlait pas sur ce ton, qu'elle ne se laisserait pas baiser comme ça et qu'il allait le payer cher. Quand elle en aurait fini avec lui, elle s'en trouverait un autre, beaucoup mieux que ça... Enfin je l'ai plantée là et j'ai emmené mon gosse.

— C'est la dernière fois que vous l'avez vue ? interrogea Brody.

— Non, je l'ai encore aperçue deux ou trois fois, mais j'ai préféré l'éviter. J'ai aussi entendu sa moto plusieurs fois.

— Est-ce que vous vous souvenez de la dernière fois où elle l'a prise ?

— Plutôt, parce que ça se passait en pleine nuit ! Ça m'a réveillée. Le lendemain, le gérant m'a annoncé qu'elle était partie. Elle avait fourré ses clefs dans une enveloppe et adieu. Il a mis ses affaires au garde-meubles et elle a bientôt été remplacée par Lupe et son mari. Des gens dix fois plus sympas.

Soudain, Marlie parut s'alarmer :

— Hé ! Vous n'êtes pas des flics, au moins ? Elle n'a pas d'ennuis ?

— On n'est pas flics, confirma Reece. Mais je crains qu'elle n'ait effectivement des ennuis. Vous savez si le gérant est là ?

— Normalement, oui.

Il était là. Jacob Mecklanburg, longue et mince personne de soixante-dix ans, à l'épaisse moustache blanche. Son appartement regorgeait de livres.

— Deena Black, répéta-t-il songeur. Jamais contente, mais elle payait régulièrement son loyer. Du genre à critiquer tout le monde parce que la vie ne lui a pas donné ce qu'elle aurait voulu.

— C'est elle ?

Reece sortit de son sac une copie du portrait-robot.

Mecklanburg rajusta ses lunettes pour mieux examiner le portrait-robot.

— En tout cas, ça y ressemble. Je dirais que c'est elle ou sa sœur. Qu'est-ce que vous lui voulez ?

— Elle a disparu, répondit Brody sans laisser à Reece le temps de répondre. Est-ce que vous auriez conservé le mot qu'elle vous a laissé ?

Mecklanburg les dévisagea l'un après l'autre.

— Je garde toujours ce genre de choses. Je n'aimerais pas qu'elle revienne en prétendant que j'ai sous-loué son appartement.

Il saisit un dossier sur une étagère et s'installa devant la table.

— Belle collection ! s'extasia Brody. Tous ces livres !

— Je pourrais me passer de nourriture, mais pas de livres. J'ai enseigné la littérature pendant trente-cinq ans. À l'âge de la retraite, j'ai choisi un emploi qui me permettrait de lire autant que je le voudrais. Ici, je suis à ma place ; je suis plutôt habile de mes mains quand on a passé plusieurs décennies face à des adolescents, on n'a aucun mal à tenir des locataires. Deena faisait partie des plus difficiles. Elle ne se plaisait pas ici.

— Ici ?

— Dans un petit appartement pas cher au bord de la route. Si elle avait pu, elle n'aurait pas payé son loyer. Elle m'a proposé plus d'une fois une partie de jambes en l'air en guise de règlement.

Avec un petit sourire, il ouvrit son dossier.

— Disons qu'elle n'était pas mon genre.

Il sortit le premier feuillet, qu'il tendit à Brody.

Je vomis cette masure et tous ses occupants. Je vais voir ailleurs. Vous pouvez récupérer les saletés que je laisse là-haut, les jeter ou les brûler. Rien à cirer.

DB

— Plutôt succinct, pour un mot tapé sur un ordinateur, commenta Brody. Elle en avait un ?

Mecklanburg réfléchit.

— Maintenant que vous y faites allusion, non, je ne le crois pas. Mais il y a pas mal de cybercafés dans le quartier.

— Curieux tout de même, avança Reece, qu'elle se donne la peine de vous écrire pour vous envoyer au diable. Elle n'avait qu'à partir sans se retourner.

— Elle aimait bien enquiquiner son monde.

— Elle voyait quelqu'un, ces derniers temps.

— Je crois. Mais elle a cessé de le recevoir ici, voyons… un peu après les fêtes.

— Vous l'avez vu, l'homme qu'elle fréquentait ?

— Une fois. Nous avons une laverie au sous-sol. Un locataire s'étant plaint de la machine, je suis allé voir si je pouvais intervenir avant d'appeler un réparateur. Je remontais, quand j'ai vu ce type sortir. C'était un lundi après-midi. Je le sais, parce qu'à cette époque, tous les locataires travaillaient le lundi.

— Un lundi, souligna Reece. Durant les fêtes.

— Oui, juste après le nouvel an. Je m'en souviens, il avait neigé quelques centimètres durant la nuit et j'avais dû nettoyer devant la cour. D'habitude, je m'occupe de l'entretien le matin ou entre 16 et 18 heures, sauf urgence. J'aime lire à l'heure du déjeuner, ensuite je fais la sieste. Mais j'avais oublié la machine, ce matin-là.

Passant un doigt sur sa moustache, Mecklanburg réfléchit un instant.

— Je dois dire, reprit-il, qu'il a paru surpris de me voir… ou d'être vu. Il m'a vite tourné le dos en pressant le pas. Il n'était pas garé dans le parking. Ça a excité ma curiosité. Je me suis précipité chez moi pour regarder par la fenêtre. Il est sorti à pied dans la rue.

— Il habite peut-être le quartier, suggéra Reece.

— Ou il était garé plus loin. Tout ce que je sais, c'est qu'à partir de ce moment-là, Deena est toujours partie le rejoindre dehors. Pour autant que je sache, il n'a jamais remis les pieds ici.

— Il ne voulait pas être vu, on dirait.

— On dirait, approuva Brody. Ça signifie qu'il est soit marié, soit en posture délicate.

— Ce serait un politicien, ou un homme d'église ?

— Ou les deux.

Arrivée devant la voiture, Reece se retourna pour jeter un dernier coup d'œil à la maison.

— Ce n'est pas un taudis. C'est simple, mais propre et bien tenu. Mais ça ne suffisait pas à Deena Black. Elle voulait autre chose. Davantage de luxe.

— Et elle croyait avoir mis la main sur un « gros poisson ».

— Soit il ne tenait pas ses promesses, soit il a rompu. J'opterais plutôt pour cette dernière conclusion. Cela dit, je ne vois pas en quoi ça en ferait un habitant d'Angel's Fist, ni pourquoi il me harcèlerait jusque chez moi.

— Ça ne change rien, répondit Brody en lui ouvrant la portière. Toutefois, il ne l'a pas tuée parce qu'elle lui reprochait de l'avoir laissé tomber.

Ce sont des choses qui arrivent, parfois contrariantes, mais on en reste à l'habituel : « C'est comme ça, ma vieille. Terminé. Ciao ! »

— Les hommes sont vraiment des salauds !

— Les femmes ne sont pas innocentes non plus. Mais revenons-en à Deena. Elle représentait une menace.

— C'est pour ça qu'il l'a tuée et qu'il a caché le corps, qu'il a effacé ses traces. Il est revenu ici en pleine nuit, sur sa Harley. Il avait déjà rédigé la lettre.

— C'est lui qui a un ordinateur, ou l'accès à un ordinateur, acquiesça Brody. Ça restreint singulièrement notre liste.

Au moins avaient-ils un nom, un mode de vie et, en forçant un peu les pièces du puzzle, un mobile.

— Il a pris ses vêtements, remarqua Reece. Aucune femme n'abandonne ses vêtements, ses objets personnels. C'est pourquoi il les a pris. Pas difficile de s'en débarrasser ensuite. Il a rédigé cette lettre, ainsi personne ne se poserait de questions.

— C'était compter sans toi. Non seulement tu as été un témoin encombrant mais tu as mené l'enquête jusqu'à retrouver cette femme.

— Deena Black.

Elle ferma les yeux.

— Voilà, on a son nom. Qu'est-ce qu'on fait maintenant ?

— Un tour dans un club de strip-tease.

Reece ne savait trop à quoi s'attendre. Il y aurait peut-être beaucoup de cuir et de chaînes, de regards noirs, de musique hard.

En fait, il y avait autant de jean que de cuir, et les regards ne s'attardaient pas. Néanmoins, la musique résonnait autour d'une scène où se trémoussait une femme aux cheveux violets qui ne portait rien d'autre qu'un string et des chaussures à semelles compensées.

Une fumée bleutée s'élevait au-dessus d'une table où deux solides gaillards aux bras tatoués regardaient le spectacle en biberonnant leur bière.

Il y avait beaucoup de tables, petites, pour une ou deux personnes tout au plus, la plupart face à la scène. Seules quelques-unes étaient occupées.

Reece prit place au bar, laissant Brody leur commander deux Coors pression. Le barman arborait une énorme moustache rousse qui lui retombait sur les côtés comme des défenses de morse, d'autant plus visible qu'il était chauve comme un œuf.

En prenant son verre, Brody lança, d'un ton négligent :

— Vous avez vu Deena, ces derniers temps ?

L'homme essuya d'un coup de chiffon la mousse qui avait débordé.

— Non.

— Elle est partie ?

— Faut croire. On ne la voit plus.

— Depuis quand ?

— Ça fait un bail. Pourquoi ?

— C'est ma sœur, intervint Reece avec un sourire. Enfin, ma demi-sœur. On part pour Las Vegas et on s'est dit qu'on pourrait dormir chez elle un jour ou deux.

D'un rapide coup d'œil vers Brody, elle constata qu'il haussait un sourcil, avec cette expression de surprise amusée qu'elle lui connaissait bien.

— On est passés chez elle, continua-t-elle. Ils ont dit qu'elle avait déménagé le mois dernier mais qu'elle travaillait ici. On était sans nouvelles depuis un moment. On voulait juste lui dire bonjour.

— Je ne peux rien pour vous.

— On n'est pas très proches. Mais comme je passais par là, je voulais en profiter pour rétablir le contact. Peut-être que quelqu'un sait où elle est allée.

— Elle m'a rien dit. Je me suis retrouvé avec une danseuse de moins du jour au lendemain.

Reece reposa son verre, elle n'y avait même pas trempé ses lèvres. Mieux valait ne pas savoir à quand remontait le dernier passage de l'inspection sanitaire.

— Bon, dit-elle à Brody. Eh bien je vois qu'on a perdu notre temps ! Elle a dû partir avec ce type qu'elle fréquentait.

À côté d'elle claqua un plateau plein de chopes, de bouteilles et de cendriers.

— Ça m'étonnerait ! lança la serveuse.

— Pardon ?

— Ils se sont salement accrochés. Elle était dans un de ces pétards… Tu te rappelles, Coon ?

Le barman se contenta de hausser les épaules.

— De toute façon, elle râlait toujours.

— Elle n'a pas changé, commenta Reece en levant les yeux au ciel. Pourtant, elle disait que c'était sérieux, cette fois. Comment s'appelait-il, déjà ?

— Elle ne l'a jamais dit. Elle l'appelait Trout, la Truite. Elle avait ferré un gros poisson, pas vrai ?

— Oui, compris.

Reece attendit patiemment qu'elle ait servi sa commande et rapporté un autre plateau pour revenir à la charge :

— Ça n'était donc pas si sérieux que ça.

— Hein ?

— Deena et ce type, Trout. Il ne devait pas représenter grand-chose pour elle.

— Pour elle, si, je peux vous le dire !

Haussant les épaules, Reece avala une minuscule gorgée de bière.

— Ça ne lui ressemble pas, reprit-elle. Deena aimait bien les mecs, mais elle n'était pas du genre à les garder longtemps.

Avec un sourire, la serveuse se pencha sur le bar pour attraper un paquet de Virginia Slim.

— Hé, Coon ! Je prends ma pause.

— Je m'appelle Reece, elle ne vous a pas parlé de moi ?

— Non, pas que je me souvienne. Je ne savais même pas qu'elle avait une sœur. Moi, c'est Jade.

— Ravie de vous connaître. Alors comme ça, Deena s'était entichée d'un type ?

— En tout cas, elle n'emmenait plus de clients chez elle, dit Jade en allumant une cigarette. Pardon si je vous choque, mais c'était comme ça.

— Ne vous en faites pas, ma sœur a toujours été comme ça ; c'est même pour cette raison que je m'étonnais de l'entendre parler autrement de ce type.

— Elle lui trouvait de la classe, dit Jade en rejetant la fumée. Et pourtant, elle l'a rencontré ici.

— Oh ! fit Reece en s'efforçant de garder un ton à peu près neutre. Alors vous l'avez vu !

— Peut-être, je ne sais pas trop. C'était pas un habitué, sinon elle me l'aurait présenté. Il lui offrait des cadeaux. Elle m'a montré un pendentif, en or soi-disant. Ça, j'y crois pas trop mais il était joli. Avec une lune en nacre et des diamants autour.

— Des diamants ? Je n'y crois pas !

— Sûrement du toc, mais elle prétendait que c'étaient des vrais. Elle le portait sans arrêt, même pendant son spectacle. Il l'appelait sa face cachée de la lune, je ne sais pas trop ce que ça voulait dire.

— Ce Trout sait peut-être où elle se trouve, suggéra Reece en consultant Brody du regard.

Il continuait de boire sa bière comme s'il ne s'intéressait pas à ces bavardages de bonnes femmes.

— Vous croyez qu'il a fréquenté d'autres gens du club ? Une autre danseuse ?

— Deena n'était pas du genre à partager. Elle se vantait, c'est sûr, mais elle veillait au grain.

— Ah bon ?

— Elle prétendait qu'il était temps pour elle de se prendre un travail sérieux. Mais bon, ils ont rompu et elle est partie. Pour trouver mieux, j'espère.

— J'en suis certaine.

Brody n'ouvrit pas la bouche jusqu'à ce qu'ils se retrouvent à l'abri de sa voiture.

— Tu m'épates, Slim ! Tu t'installes au bar d'un club de strip-tease et tu mens comme un arracheur de dents !

— C'était le moyen le plus rapide d'obtenir des informations, non ?

— On dirait. Tout corrobore la scène que tu as vue au bord de la rivière. Deena sortait avec un homme qui n'avait visiblement aucune envie d'entendre citer son nom à tort et à travers, et encore moins d'être vu avec elle. Cela dit, il était assez mordu pour lui offrir des bijoux. Quand un amant fait ce genre de cadeau, c'est qu'il tient à vous, non ?

— Si, absolument.

— Donc, il s'est laissé séduire, du moins un certain temps. Et puis ils ont rompu et elle a insisté, insisté... Elle est allée trop loin.

— Elle avait des vues sur lui mais elle ne l'aimait pas.

— Tout à l'heure tu semblais croire...

— Je ne sais pas ce que je croyais tout à l'heure mais, maintenant, je sais. Une femme ne parle pas d'un homme comme ça, ne l'appelle pas Trout si elle éprouve des sentiments profonds à son égard. Elle avait une autre idée en tête.

Il laissa passer un instant de silence, puis :

— Est-ce que ça change ta détermination à poursuivre l'enquête ?

— Sûrement pas ! Ce n'est pas parce qu'elle était intéressée qu'elle méritait de mourir comme ça ! Je crois...

Soudain, elle lui prit le bras.

— C'est Lou ? Ce n'est pas son camion ?

Suivant son regard, il eut à peine le temps d'apercevoir un pick-up noir qui tournait au coin de la rue.

— Je ne sais pas, je l'ai tout juste entrevu.

— Je crois que c'était Lou. Qu'est-ce qu'il fiche à Jackson ?

— Va savoir. Ça ne veut pas dire qu'il nous a suivis depuis Angel's Fist, Slim. Ce ne serait pas malin, sur une route aussi droite.

— Sans doute. Qu'est-ce qu'on fait, maintenant ?

— Je vais enquêter discrètement sur Deena Black. On pourrait commencer par les bijouteries de la région, pour voir où Trout aurait acheté ce pendentif.

— Bien vu ! Il y en a combien à Jackson ?

— Là, tu m'en demandes trop.

Trop au goût de Brody après une heure de recherches, surtout quand on y ajoutait les magasins qui vendaient des bijoux fantaisie. Il n'avait jamais compris ce besoin qu'éprouvaient certaines personnes de porter du métal et des pierres sur le corps ; mais, comme cela se faisait depuis la nuit des temps, il se doutait que la mode n'était pas près de passer.

Néanmoins, il fut soulagé de constater que Reece ne s'attardait pas dans chaque boutique qu'ils visitèrent. Elle ne succomba pas à la tentation d'essayer quelques modèles. Une femme capable de rester concentrée sur son objectif au milieu des scintillements de l'or et des diamants, ça l'impressionnait.

Il lui en était tellement reconnaissant qu'il s'arrêta en plein trottoir pour l'embrasser.

— En quel honneur ? s'enquit-elle.

— Parce que tu es une femme intelligente et droite.

— C'est sûr. Mais encore ?

— Cette enquête prendrait le double de temps si tu traînais devant les vitrines à t'extasier sur ces babioles.

Alors qu'ils reprenaient leur chemin, elle glissa une main dans la sienne.

— Si je ne m'extasie pas, c'est que je n'ai pas les moyens, mais j'en meurs d'envie. Ces bottes noires aux talons de sept centimètres, en crocodile je crois, dans la vitrine voisine, ou ces boucles d'oreille de tourmaline sur des anneaux en or blanc, ou…

— Moi qui me berçais d'illusions !

— Autant que tu saches la vérité tout de suite, dit-elle en lui serrant la main. De toute façon, en ce moment, je préférerais une série de casseroles à un bijou.

— Tu as déjà plein de marmites.

— Mais il me manque celles en acier, avec un fond de cuivre. Si mon livre est publié, ce sera ma première folie. Est-ce que tu t'es acheté un cadeau extraordinaire quand tu as publié ton premier roman ?

— Un ordinateur portable dernier cri.

— Là, tu vois ! Un instrument de travail, toi aussi ! Oh ! Regarde, cette boutique. Si Deena a bien reçu un bijou authentique, c'est ici qu'il aurait pu l'acheter.

Elle ne se trompait pas. En entrant, Brody perçut tout de suite l'atmosphère différente. Une cliente à la luxuriante chevelure auburn, vêtue d'une belle veste de cuir, examinait des pierres qu'on lui présentait sur un coussin de velours noir tout en buvant un café. Le vendeur assis en face d'elle parlait d'un ton révérencieux.

Une autre femme élégante s'approcha, un sourire triomphant aux lèvres.

— Bonjour et bienvenue chez Delvecchio. Désirez-vous que je vous montre quelque chose ?

— En fait, nous cherchons une pièce bien précise, commença Reece. Un pendentif. Une lune en nacre et une chaîne en or parsemée de diamants.

— Nous avions ce modèle il y a quelques mois. Jolie pièce. Nous n'avons rien de ce genre pour le moment, mais nous pourrions vous faire réaliser quelque chose d'approchant.

— Vous l'avez vendu ?

— Pas moi personnellement, mais il a été vendu, en effet.

— Vous avez gardé une trace de cet achat ?

Le sourire disparut soudain.

— Peut-être voudriez-vous parler avec M. Delvecchio en personne ? Il est occupé avec une cliente pour le moment. Puis-je vous offrir un thé ou un expresso ?

La femme aux cheveux auburn se leva soudain. Avec un petit rire, elle embrassa sur les deux joues M. Delvecchio, homme élégant aux cheveux poivre et sel et aux lunettes d'écaille.

— Elles sont parfaites, comme toujours, Marco ! Vous saviez que je ne pourrais résister.

— Dès que je les ai vues, j'ai pensé à vous. Dois-je vous les faire porter ?

— Surtout pas ! Je les prends avec moi.

— Dans ce cas, Melody va s'occuper de vous. Mes félicitations pour cet achat !

— Je suis ravie.

La vendeuse en rouge se précipita pour empaqueter les boucles d'oreille. Delvecchio se tourna vers Reece et Brody.

— Une lune de nacre avec une chaîne d'or et de diamants ?

Reece s'empressa de répondre :

— Oui, exactement.

— C'était un bijou très spécial.

— Une femme du nom de Deena Black le portait. Elle a disparu. Comme il s'agissait d'un cadeau, nous aimerions retrouver la personne qui lui a offert ce pendentif. Elle pourrait sans doute nous aider.

— Je vois, répondit poliment le bijoutier. Vous êtes de la police ?

— Non, mais nous sommes directement concernés. Nous voulons juste savoir qui a acheté ce pendentif.

— Nous avons réalisé plusieurs pièces ornées de lunes, d'étoiles, de soleils, de planètes, l'année dernière. C'était notre thème : l'Univers des Pierres. Ça s'est très bien vendu pendant les fêtes. Toutefois, je ne peux pas vous fournir d'informations sur nos clients, sauf si vous êtes de la police et que vous me présentez un mandat en bonne et due forme. De toute façon, il nous faudrait un certain temps pour vous répondre, car toutes ces pièces ayant été commercialisées l'année dernière, ces informations sont maintenant archivées. D'autant qu'une partie a dû être payée en liquide.

— Vous pourriez au moins nous préciser la date de l'achat et le montant ?

La question de Brody parut étonner Delvecchio.

— Je ne saurais vous répondre précisément. Nous avons traité ce thème d'octobre de l'année dernière à janvier. Une pièce du genre de celle que vous décrivez devait coûter dans les trois mille dollars.

— Celui qui lui a fait ce cadeau sait ce qui a pu lui arriver, insista Reece.

— Dans ce cas, prévenez la police. Je suis navré.

Là-dessus, il regagna son arrière-boutique dont il ferma soigneusement la porte. Après un instant de réflexion, il se dirigea vers son ordinateur, chercha un dossier. Devant le nom et la date de transaction, il hocha la tête.

Il possédait une excellente mémoire, au moins aussi grande que sa loyauté envers ses clients.

Décrochant le téléphone, il composa un numéro.

29

— Trois mille dollars, ce n'est pas de la petite monnaie, commenta Brody sur la route du retour.

Songeuse, Reece regardait défiler le paysage ; les ombres s'allongeaient à mesure que le soleil baissait derrière les arbres.

— Quand un homme entre dans ce genre de boutique c'est qu'il a l'intention de faire un cadeau important. Et, comme tu dis, on n'offre pas ce genre de bijou pour une simple coucherie.

— Donc leur liaison, c'était du sérieux.

— Pourtant, il ne voulait pas être vu avec elle. Tu trouves ça sérieux ? D'après ce que nous savons, Deena était danseuse nue dans un bouge, aigrie, insupportable. Elle amenait souvent des hommes chez elle, pilotait une moto et monnayait parfois ses faveurs.

— Ces hommes qu'elle amenait devaient surtout être des clients.

— Vraisemblablement. Mais pas celui-là. Il veut l'exclusivité et elle la lui accorde. Peut-être le désirait-elle aussi, à moins qu'elle n'y ait vu un fructueux investissement. Si Delvecchio a dit vrai, ce pendentif devait être un cadeau de Noël. Qui, dans notre liste, pourrait dépenser trois mille dollars pour une liaison secrète ?

— Je dirais à peu près tous. Certains vivent seuls et leur compte en banque ne regarde qu'eux. Les autres ont souvent un pécule de côté, comme les femmes d'ailleurs.

— Ça finit toujours par se savoir. C'était peut-être ça le problème, justement.

— Elle en voulait davantage.

— Je l'entends d'ici : « Emmène-moi loin de ce taudis. Quand est-ce qu'on part en voyage ? », etc. Ils se fréquentaient depuis des mois. Elle voulait passer à la vitesse supérieure.

— Seulement il n'est plus aussi amoureux qu'au début, poursuivit Brody. Il ne dépense plus à tort et à travers.

— La face cachée de la lune, murmura Reece. Ça me dit quelque chose. Je me demande si je n'ai pas aperçu ce pendentif lorsqu'il l'a étranglée. Je ne me rappelle pas bien. Mais ça me dit quelque chose.

— Dans mes romans, on courrait tout raconter à la police. Qui obtiendrait un mandat dans l'heure. Malheureusement, dans le monde réel, il y a l'empoisonnant problème du mobile plausible.

— En tout cas, on a un fait indéniable. Deena est morte et celui qui a acheté ce pendentif est son meurtrier.

— On n'a aucune preuve qu'elle soit morte. Elle est partie, c'est tout ; elle a rendu les clefs de son appartement. Même si on mettait la main sur le client de la bijouterie, ça ne constituerait pas une preuve car rien ne dit qu'il le lui ait offert, encore moins qu'il l'ait tuée.

En toute logique, il avait raison.

— Alors qu'est-ce qu'on fait ? demanda-t-elle exaspérée.

— On recueille des informations. Aujourd'hui, on a beaucoup progressé.

— Ça ne suffit pas. Des semaines et des mois après les meurtres de Boston, les enquêteurs me disaient qu'ils recueillaient des informations. Mais ils n'ont jamais arrêté personne ; je n'ai vu ni procès ni condamnation. Alors j'ai fini par fuir. Je ne vais pas passer mon existence à fuir.

— Personne ne fuit, Reece ! On va trouver un moyen de faire parler ce bijoutier. Ou on dénichera un autre témoin.

— Si tu te lasses un jour de moi, ne me laisse pas tomber du jour au lendemain, d'accord ?

— Pas de problème.

Il ferma son téléphone mobile d'une main tremblante. Comment avaient-ils pu tant progresser ? Ils n'étaient plus qu'à quelques pas de lui, alors qu'il avait effacé ses traces avec tant de soin. Comment avaient-ils pu remonter jusqu'à Deena ?

Ils connaissaient son nom.

Une folie passagère. Voilà tout ce qu'avait représenté Deena. Lorsqu'il avait recouvré ses sens, il avait fait de son mieux pour réagir correctement.

Quand cela n'avait plus suffi, il avait pris les mesures qui s'imposaient. Comme n'importe quel homme à sa place.

De nouveau, il prendrait les mesures qui s'imposaient. Pour sauvegarder ce qui devait l'être.

Ces deux-là n'appartenaient pas à Angel's Fist. Ce n'étaient que des étrangers qui venaient bouleverser l'ordre établi. Il fallait les éliminer du paysage. Comme Deena.

Malgré la foule du samedi, Reece s'imaginait Brody en train de surfer sur Internet. Cependant, à quoi bon connaître la date et le lieu de naissance de Deena Black, quelles études elle avait suivies ? Ce n'était pas cela qui les mènerait à son assassin.

Ils s'étaient sûrement connus au bar de streap-tease. C'est là qu'était née leur histoire d'amour, ou leur association.

Cependant, il s'était laissé entraîner plus loin qu'il ne l'avait prévu, au point sans doute de tomber amoureux, de lui offrir des cadeaux coûteux. Quelles autres promesses avait-il pu lui faire ?

Ce genre de relation impliquait souvent un homme d'un certain âge et une fille plus jeune. Reece pensa à Doc Wallace ou Mac Drubber ; mais même un garçon impressionnable comme Denny pouvait se laisser prendre à ce piège, ou même un coureur aguerri, tel Lou. Et elle ne pouvait continuer à vivre avec ces gens, leur faire la cuisine tout en se demandant lequel d'entre eux était un tueur.

— Tu parles encore toute seule.

Elle sursauta un peu, aperçut Linda Gail.

— Il semblerait.

— Alors, quand tu auras fini ta conversation et que ce sera l'heure de ta pause, je pourrai te montrer un truc ?

— Oui, quoi ?

— La robe que j'ai commandée sur Internet vient d'arriver. J'espère qu'elle me va. Je voulais juste ton avis.

— D'accord, dès que je…

— Au lieu de rester toutes les deux à papoter dans ma cuisine, je vous conseille de la prendre tout de suite, cette pause ! marmonna Joanie au-dessus de son gril.

— Merci !

Linda Gail ne se le fit pas dire deux fois et, attrapant Reece par le bras, l'entraîna dans le bureau.

— Je l'ai payée trop cher mais je l'adore !

Elle la décrocha de la patère de la porte, la plaça devant elle.

— Qu'en penses-tu ?

C'était une robe bain de soleil vert pomme, ultracourte, qui devait lui aller à ravir.

— Elle est sexy et pourtant pas vulgaire. Avec tes cheveux, ça fera un effet canon.

— C'est vrai ? Tant mieux parce que si elle ne me va pas, je me tue !

— Tu pourrais adopter une solution moins radicale, changer de taille par exemple.

— Pas le temps. J'ai rendez-vous ce soir avec Lou. Il veut que je sois superbe.

Reece eut soudain l'impression d'un coup à l'estomac.

— Où allez-vous ?

— C'est une surprise. J'aurais bien aimé faire un saut à Jackson pour une retouche à ma coiffure mais, finalement, j'ai refait mes racines toute seule. Ce n'est pas trop moche ?

— C'est très bien. Linda Gail…

— Cette soirée sera mon ultimatum, coupa celle-ci en regonflant ses cheveux. Il va devoir s'expliquer, dire pourquoi il m'a menti sur l'autre nuit. Et il a intérêt à ce que ce soit crédible. C'est sa dernière chance.

— Linda Gail, n'y va pas.

— Quoi ? Qu'est-ce que tu racontes ?

— Attends. Ne t'embarque pas avec lui sans savoir où il t'entraîne.

— C'est pour le savoir que je vais avec lui. Il m'a juré qu'il ne s'agissait pas d'une autre femme et je l'ai cru. Si je veux que ça marche, il faut que je lui donne sa chance.

— Et si… et s'il avait déjà fréquenté quelqu'un d'autre ? S'il avait pris des engagements sérieux ?

— Lou, sérieux ? s'esclaffa-t-elle. Ça ne risque pas !

— Comment le sais-tu ? Tu le jurerais ?

— N'oublie pas que je le surveille depuis l'âge de quinze ans. Il n'a jamais été sérieux avec personne, je peux te le jurer. Pas comme il l'est avec moi, pas comme il va le rester. Qu'est-ce qui te prend ? Je croyais que tu l'aimais bien.

— Oui, mais il n'a pas toujours été honnête avec toi.

— C'est vrai, et je te prie de croire qu'il a intérêt à l'être ce soir. Parce que s'il ne me convainc pas, ce sera terminé. Mais je veux lui en fiche plein la vue.

— Appelle-moi sur mon mobile. Dès que tu sauras où vous allez, et une fois qu'il t'aura tout expliqué.

— Reece, enfin !

— Je t'en prie ! Sinon, je vais m'inquiéter pour toi toute la soirée. Sois gentille, Linda Gail !

— Bon, d'accord. Mais ça va me faire tout drôle.

Mieux valait cela que de se retrouver blessée, abandonnée dans un coin…

Sur son ordinateur, Brody trouva quelques informations intéressantes. Deena Black était née en Oklahoma en août 1974, et, après des études secondaires, s'était fait arrêter à plusieurs reprises pour racolage, une fois pour désordre sur la voie publique et deux autres fois pour agression – la seconde lui ayant valu trois mois fermes.

Il parvint à repérer ses deux derniers jobs et ses deux dernières adresses. Elle n'avait pas reçu de références mirifiques de la part de ses employeurs – une boîte de strip-tease à Albuquerque et un bar à motards à Oklahoma City ; quant à son avant-dernier propriétaire, elle lui devait toujours deux mois de loyer.

Il trouva aussi la trace d'un mariage et d'un divorce – avec un certain Paul J. Titus, actuellement incarcéré pour attaque à main armée.

Une photo d'identité prouvait qu'elle avait été une jolie femme, certainement très attirante.

— On joue les méchantes filles ! dit-il à haute voix. Et on ne s'en cache pas.

Apparemment, sa mère vivait toujours. Avec un peu de chance, Deena avait gardé le contact avec elle ; peut-être même lui confiait-elle ses secrets, à commencer par le nom de son « gros poisson ».

Il décida de s'accorda une petite pause ; avant même qu'il ait quitté son bureau, le téléphone sonna.

La voix familière le détendit aussitôt, mais la demande le laissa perplexe.

Dix minutes plus tard, Brody quittait le chalet au volant de son 4 × 4. En passant devant le Bistrot de l'Ange, il jeta un coup d'œil sur la devanture. Si tout se déroulait comme prévu, il pourrait peut-être fournir une réponse à Reece dans les deux heures.

Tout se mettait en place. Pas de reculade ni d'erreur possibles. C'était risqué, il allait devoir respecter un chronométrage rigoureux. Mais cela restait possible.

D'abord le chalet. Tranquille, isolé, au milieu des bois, à proximité des marais. Personne ne viendrait les chercher ici. Pas plus que personne n'y avait jamais cherché Deena.

Quand tout serait fini, il effacerait ses traces comme d'habitude. Et tout reviendrait à la normale.

— Lou, dis-moi où on va.

— C'est mon problème.

Croisant les bras, Linda Gail le regarda avec irritation, sans succès.

Ce n'était pas la route de Jackson Hole. Elle avait secrètement espéré qu'il l'emmènerait dîner dans un beau restaurant où elle pourrait étrenner dignement sa nouvelle robe.

Mais il ne partait pas dans cette direction. En fait…

— Si tu crois une minute que je vais m'asseoir devant un feu de camp dans cette tenue, tu te fourres le doigt dans l'œil !

— On ne va pas camper et ta robe est sublime.

Elle comprit soudain où il l'emmenait et se mit à fulminer.

— Je te conseille de faire demi-tour et de me ramener tout de suite à la maison !

— On verra si tu n'as pas changé d'avis dans dix minutes.

Tout en se repassant mentalement l'ordre d'exécution de son projet, il se gara devant le chalet et s'efforça de maîtriser son anxiété.

Trop tard pour reculer maintenant.

Comme Linda Gail ne bougeait pas de son siège, il sortit et lui ouvrit la portière. Le geste était approprié, puisqu'elle portait cette belle robe, et lui-même avait revêtu son meilleur costume.

— Suis moi, ma puce, sois gentille.

De sa voix paisible, il l'aurait fait avec une jument capricieuse.

— Sinon, ajouta-t-il, je vais devoir te porter.

— Très bien. J'appelle Reece pour qu'elle me tire de là.

— Je te jure que tu n'appelleras personne, murmura Lou en l'entraînant vers le chalet. Normalement, on ne devait pas être là si tôt mais tu avais tellement hâte de te mettre en route ! J'aurais préféré arriver à la nuit tombante.

— Pas de chance.

Brandissant son téléphone pour appeler Reece, Linda Gail entra. Et sa stupeur fut telle qu'elle ne parvint plus à faire autre chose qu'écarquiller les yeux.

Pour la troisième fois en dix minutes, Reece consulta sa montre. Pourquoi Linda Gail n'appelait-elle pas ? Si seulement elle avait pu la convaincre de ne pas suivre Lou ce soir !

Encore cinq minutes, se dit-elle. Et puis elle téléphonerait.

— Ce n'est pas en regardant ta montre que le temps passera plus vite ! maugréa Joanie en remuant le ragoût. Et ne me demande pas de sortir plus tôt. Déjà qu'il me manque une serveuse !

— Je ne veux pas sortir plus tôt. C'est juste que Linda Gail a promis qu'elle m'appellerait et qu'elle ne le fait pas.

— J'imagine qu'elle est trop occupée pour ça. Elle a demandé sa soirée pour aller rejoindre mon fils. Les deux idiots ! Ils voient la vie en rose, avec des rayons de soleil et de lune partout. Tiens, voici une commande de burgers, de ragoût et de steak frites. Occupe-t'en.

— Pardon ? Qu'est-ce que vous avez dit ?

— De t'occuper de cette commande.

— Non, les rayons de soleil et de lune. Je me rappelle ! Oh, mon Dieu ! Je me rappelle. Je reviens tout de suite !

Les poings sur les hanches, la tête haute, Joanie se planta devant elle.

— Tu ne vas nulle part tant que je ne t'y autorise pas.

— Deux minutes.

— Dans deux minutes, le burger sera brûlé. Occupe-toi de cette commande.

Reece fila s'occuper de sa commande.

Il y avait une table dressée devant la cheminée, avec une nappe et de la jolie vaisselle, des bougies autour d'un vase empli de roses. Encore plus étonnant, près de la table, une desserte avec un seau contenant une bouteille de champagne.

D'un geste, Lou actionna une télécommande qui déclencha une chanson douce de Wynona Judd.

— Qu'est-ce que c'est ? demanda Linda Gail estomaquée.

— Un samedi soir avec ma puce.

Soucieux d'agir selon les règles, Lou l'aida à ôter son châle puis se hâta d'allumer les bougies.

— Lou, c'est magnifique ! assura Linda Gail.

Le trophée du bélier sauvage qui surplombait la table ne parut pas la gêner, pas plus que la lampe représentant un ours en train d'escalader un arbre.

En cette fin de mai, les soirées étaient déjà douces, ce qui n'empêcha pas Lou d'allumer un feu.

— Ta mère est au courant ?

— Oui. Elle ne loue plus beaucoup ce chalet depuis... tu sais, ce type qui s'est suicidé...

Il s'interrompit, conscient d'en avoir trop dit.

— J'espère que ça ne te dérange pas...

— Quoi ? Non, non !

— Bon. Mais tu sais, j'ai dû lui demander l'autorisation d'utiliser cet endroit – et aussi de nous préparer un dîner pour ce soir. Ça n'a pas eu l'air de l'enchanter. En fait, ça l'a même un peu énervée, mais je suis sûr qu'elle sera contente quand on lui expliquera la raison.

— Quelle raison ?

Il se redressa, s'éloigna de l'âtre en souriant.

— J'allais y venir. Mais d'abord, que dirais-tu d'un peu de champagne ?

Qu'il est beau ! se dit-elle, *avec ses cheveux blondis par le soleil, ce long corps mince dans son costume gris.*

— Avec plaisir ! dit-elle en caressant les pétales odorants du bouquet. Tu m'avais déjà offert des roses, une fois.

— Oui, pour l'anniversaire de tes seize ans.

— On avait besoin de temps, je suppose. C'est toi qui as tout préparé ?

— Ce n'était pas trop compliqué. Le plus dur, c'était de le faire en douce.

Avec un clin d'œil, il ouvrit la bouteille.

— Je suis monté jusqu'à Jackson acheter ces roses, parce que si je les avais commandées à Mac il se serait posé des questions, et tous les clients du bazar avec lui. À Angel's Fist, la seule personne capable de garder un secret, c'est Ma. C'est donc la seule qui sache où nous sommes. Je lui ai raconté presque tout le reste aussi, mais…

— Le reste ?

Le bouchon sauta, mais Linda Gail ne se laissa pas distraire.

— Quel reste ?

— Elle, euh… Certains vêtements t'attendent dans la chambre. Pour le cas où tu voudrais rester la nuit.

— Tu es entré chez moi ? Tu as fouillé dans mes affaires ?

— Non, c'est Ma qui s'en est chargée. Ne grimpe pas aux rideaux avant d'avoir vu ! Tiens.

Il lui tendit une flûte.

— C'était juste au cas où, ajouta-t-il. On porte un toast ? Par exemple, pour que nous ayons encore beaucoup de surprises.

Malgré son petit air contrarié, elle toqua son verre contre le sien.

— C'est très bien, Lou. Tu t'es donné beaucoup de mal et j'apprécie. Mais on a quelques problèmes à régler, toi et moi, et je ne vais pas me laisser distraire par des fleurs ou même du champagne.

— Ce n'était pas mon intention. Pourtant, si on commençait par se détendre un peu, dîner et ensuite…

— Lou, il faut que je sache pourquoi tu m'as menti. Je t'ai donné jusqu'à ce soir et je vais ouvrir le ban en t'avouant que j'ai très envie de rester à cette table, à boire du champagne et à me faire servir un dîner, surtout par toi. J'ai envie de passer ces moments avec toi, me dire qu'il est bien agréable que quelqu'un se donne tellement de mal pour mes beaux yeux. Mais je ne peux pas. Pas tant que je ne saurai pas.

— Je ne voyais pas les choses comme ça, mais d'accord.

À vrai dire, il n'aurait pas été certain de patienter durant tout le dîner.

— Seulement il faut monter dans la chambre.

— Pas question.

— Fais-moi un peu confiance, Linda Gail !

Reposant sa flûte, elle le suivit.

La pièce était entièrement éclairée aux chandelles, ornée d'autres bouquets de fleurs. Une rose reposait sur l'oreiller. Jamais Linda Gail n'avait rien imaginé de plus romantique. Si elle s'écoutait…

— C'est adorable, Lou, mais…

— Voilà ta rose préférée. Tu dois la prendre. Celle sur le lit, je t'en prie ! Fais au moins ça.

Laissant échapper un soupir, elle se dirigea vers le lit, prit la rose.

— Là, tu vas…

C'est alors que le ruban attaché à la tige se détacha pour laisser tomber un objet sur sa main, dans un éclat de lumière.

— Oh, mon Dieu !

— Enfin, tu vas m'écouter une minute ! Ceci, je suis allé l'acheter le soir où j'ai prétendu que je travaillais. Je voulais un peu de discrétion, voilà tout. Si j'avais dit aux copains que je partais choisir une bague de fiançailles, je me serais tellement fait charrier que ça se serait terminé par une bataille rangée. Je t'ai menti parce que je voulais te réserver la surprise. Je voulais te l'offrir au cours d'une soirée spéciale, comme ce soir.

Cette fois, Linda Gail craquait complètement.

— Tu as menti pour m'acheter une bague en secret ?

— Exact.

— Et quand j'ai cru que tu mentais, tu ne m'as pas détrompée ? Tu as fait tout ça pour moi ?

— Il était temps de me lancer, non ? Ça te plaît ? La bague ?

Elle ne l'avait pas encore vraiment regardée. Le seul fait qu'il y ait songé la comblait déjà. Néanmoins, elle pouvait à présent constater qu'elle avait entre les mains un diamant sur un anneau d'or, simple et parfait.

— Je l'adore ! Mais il y a un petit problème…

— Quoi encore ?

Elle sourit.

— Tu ne m'as pas fait ta demande. Dans les formes.

— Tu dois m'épouser, Linda Gail, m'empêcher de gaspiller ma vie auprès de femmes de rien. Dis oui et je te promets de te rendre heureuse.

— J'accepte, et moi aussi je te rendrai heureux.

Elle lui tendit la main pour qu'il y passe la bague et tous deux tombèrent en riant dans les bras l'un de l'autre.

— C'est le plus beau samedi soir du monde ! s'exclama-t-elle.

Lorsque leurs lèvres se rencontrèrent, elle crut entendre une voiture à proximité du chalet. Mais elle était trop occupée pour s'en inquiéter.

Son tablier lui battant les genoux, Reece descendait la rue en courant ; les gens s'écartaient de peur qu'elle ne les bouscule. Elle entra en trombe dans le magasin de sport.

— Le pendentif !

En pleine démonstration de sacs à dos, Debbie se retourna, interloquée.

— Reece ? J'arrive tout de suite.

— Vous avez un pendentif.

— Excusez-moi, dit la femme du shérif à ses clients. Je reviens.

Un sourire tout professionnel aux lèvres, elle ne l'en saisit pas moins d'une main ferme.

— Vous me dérangez, Reece !

— Un symbole du soleil sur une chaîne en or.

— Qu'est-ce que vous me chantez là ?

— N'oubliez pas que je suis folle. Alors ne me contrariez pas, sinon je fais une scène. Je vous ai vue avec un pendentif.

— Et alors ?

— Un soleil, répéta Reece. Qui venait de chez Delvecchio, à Jackson.

— Bravo ! Maintenant, laissez-moi travailler !

Reece resta plantée devant elle, l'air buté.

— Qui vous l'a offert ?

— Rick, bien sûr ! Pour Noël. Qu'est-ce qui vous prend ?

— Vous êtes son rayon de soleil, murmura Reece. Je l'ai entendu vous dire ça. L'opposé de la face cachée de la lune.

Debbie recula d'un pas.

— Vous êtes vraiment cinglée. Fichez le camp !

— Où est le shérif ?

— Lâchez-moi !

— Où est-il ?

— À Moose. Il a une réunion là-bas. Mais dans deux secondes, je vais appeler son bureau pour que Denny vous chasse d'ici.

— Appelez qui vous voulez. Où se trouvait-il le soir où on s'est introduit dans le chalet de Brody ?

— Qui s'est introduit où ? Vous voulez parler du soir où vous avez imaginé, encore une fois, que quelqu'un entrait chez vous ?

— Où était-il, Debbie ?

— À la maison.

— Je ne crois pas.

— Vous m'énervez ! Puisque je vous dis qu'il était dans son atelier ! Et il y serait resté s'il n'y avait pas des gens comme vous pour lui casser les pieds avec de fausses alertes et autres âneries. Il a fallu que j'aille le chercher moi-même quand Hank a appelé.

— Ah ? Il n'a pas le téléphone dans son atelier ?

— Il avait mis de la musique et le bruit de la scie... Écoutez, j'en ai assez de ces sornettes ! J'ai des clients. Il y a des gens qui mènent une vie normale, ici !

Et il y en a qui se font des illusions, pensa Reece.

— Excusez-moi. Je suis désolée.

— Vous pouvez.

Dans la rue, Reece sortit son téléphone et poussa un cri de dépit en tombant sur le répondeur de Brody.

— Bon sang ! Rappelle-moi, dès que possible. Je vais essayer ton portable.

Mais, là aussi, elle tomba sur la boîte vocale.

Après tout, se dit-elle pour se rassurer, *Rick se trouve à Moose et, même si Debbie l'appelle pour ce plaindre, il mettra au moins deux heures pour rentrer. Peut-être plus.*

Reece avait le temps de faire le tri dans ses idées. Comme ça, elle pourrait tout expliquer à Brody.

Il serait déjà assez difficile de lui annoncer que son ami était un meurtrier.

Brody repéra le camion de Lou en passant devant le chalet de Joanie. Était-ce le même que Reece avait vu à Jackson ? Avec cette histoire, il en venait à soupçonner tout le monde... Avec un peu de chance, on lui dirait dans une heure qui Reece avait vu au bord de la rivière. Et tout serait réglé. Enfin.

Il lui achèterait des tulipes. Et puis il l'emmènerait quelques jours loin d'ici. Car après, elle devrait témoigner, répondre à des questions. Redevenir le centre de toutes les attentions, un moment encore.

Ce serait dur, mais elle tiendrait le choc.

Ensuite, il passerait aux choses sérieuses. Il achèterait le chalet à Joanie, ajouterait à son bureau le balcon prévu.

Et Reece Gilmore emménagerait avec lui.

Pour la convaincre, il lui offrirait ces casseroles de luxe dont elle avait parlé.

Mais elles resteront dans ma cuisine, Slim. Et toi aussi. En souriant à cette pensée, il engagea son 4 × 4 dans le sentier paisible sous les pins, se gara devant le chalet.

Rick apparut sur le seuil, l'air grave, s'avança à la rencontre de Brody.

— Merci d'être venu.

30

À l'instant même où Reece tentait de le joindre, Brody entrait dans la cuisine du chalet des Mardson.

— J'ai fait du café, annonça Rick en lui versant une tasse.

— Merci. Les flics ne sont pas là ?

— Ils arrivent. On va s'asseoir en attendant.

— Tu as été succinct au téléphone.

— C'est compliqué. Je ne sais plus que penser, ni par où commencer.

Il s'assit dans le fauteuil à oreilles tandis que Brody prenait place sur le vieux canapé à carreaux rouges et gris.

— Je te remercie d'être venu si vite, ça nous permettra de rester discrets un certain temps.

— Pas de problème. Il faut que je te dise : Reece et moi sommes à peu près certains d'avoir identifié la victime. Une certaine Deena Black, de Jackson.

Rick fronça les sourcils.

— Ah bon ? Qu'est-ce qui vous fait croire ça ?

— Nous avons simplement suivi les renseignements récoltés à l'aide du portrait-robot. Ça nous a menés jusqu'à Jackson.

— C'est vexant de constater que deux civils sont parvenus au même résultat aussi vite que moi ! Je dois mille excuses à Reece. Je ne l'ai pour ainsi dire jamais crue et mon enquête en a certainement pâti.

— Mais, maintenant, tu la crois.

— Oui. Déjà quand on a trouvé l'inconnue du marais. Mais elle n'a pas voulu l'identifier et…

— C'était Deena Black ?

— Non, il s'agissait d'une fugueuse de Tucson. On a mis la main sur les deux salopards qui l'ont prise en stop. Ils ont reconnu les faits.

— Ainsi, Reece avait également raison sur ce point.

— À vrai dire, elle avait raison sur bien des points. Pourtant, je te jure que, lorsque la police de l'État m'a parlé de cette affaire, je leur ai raconté ce que Reece avait vu, j'ai même effectué des recherches auprès des personnes disparues. Mais… bon, j'aurais dû insister davantage.

— Et maintenant ?

— Eh bien… C'est pour ça que je t'ai appelé. Pour t'en parler. Parce qu'il m'a semblé que tu devrais être le premier informé. Tu as toujours soutenu Reece. Alors que nombre d'entre nous… ne l'ont pas fait.

— Elle était certaine de ce qu'elle avait vu.

Brody perçut comme un voile devant ses yeux quand Rick se leva.

— Elle devrait assister à cet entretien elle aussi, dit-il en avalant une autre gorgée de café.

Il espérait chasser ces bourdonnements. La fatigue lui tombait dessus comme un brouillard.

— Elle va venir.

— Donne-moi quelques informations avant…

Était-ce sa voix qui résonnait comme celle d'un ivrogne ? Lorsque la pièce se mit à tourner, il tenta de se lever. Maintenant il savait. Et il se précipita vers Rick.

— Espèce de salaud !

— Je n'y peux rien.

Lorsque Brody tomba, Rick le contempla d'un air sincèrement navré.

— Je n'ai pas le choix.

Reece rappela une dizaine de fois la ligne fixe de Brody ainsi que son mobile. La nuit tombait maintenant. Elle brûlait d'entendre sa voix, de lui apprendre ce qu'elle savait.

Elle savait.

Et elle ne parvenait plus à cuire des blancs de poulet ni à préparer une nouvelle purée.

— Il faut que je parte, Joanie.

— C'est l'heure de pointe et je te rappelle que la cuisinière, c'est toi.

— Je n'arrive pas à joindre Brody. C'est important.

— Et moi j'en ai assez des amourettes qui empêchent mes employés de travailler !

Cette fois, Reece ôta son tablier. Elle sortit. Le soleil disparaissait déjà derrière les montagnes, le lac se teintait de gris.

Pestant contre elle-même d'avoir cédé aux injonctions de Brody qui ne voulait pas la laisser se rendre seule au travail, elle fut bien obligée de marcher. Elle arriva en vue du chalet au pas de course en scrutant le crépuscule, à la recherche de la lumière qu'il aurait dû allumer pour elle.

Il avait dû sortir acheter une bière. Ou se promener pour se changer les idées. À moins qu'il ne soit sous la douche.

Il allait bien. Où qu'il se trouve. Il allait forcément bien.

Ne pas se laisser gagner par l'affolement.

Mais qui appeler quand le chef de la police locale était un assassin ?

Elle pourrait toujours avertir la police de l'État. Dès qu'elle aurait trouvé Brody.

Rayon de soleil. Face cachée de la lune. Rick Mardson avait acheté deux pendentifs, l'un pour sa femme, l'autre pour sa maîtresse. C'était lui qui entretenait une liaison avec Deena Black, qui s'esquivait afin que personne ne les voie jamais ensemble.

Et qui l'avait tuée. Forcément.

Qui, plus facilement que lui, pouvait se glisser dans le studio du premier étage ? Personne ne s'étonnait de croiser le shérif à tous les endroits possibles de la ville. Il pouvait obtenir les clefs qu'il voulait, les dupliquer. Il était mieux placé que quiconque pour entrer quelque part sans effraction. Pour effacer ses traces.

Reece ralentit, reprit son souffle en s'efforçant de lutter contre un nouvel assaut de panique. Un clapotis attira brièvement son attention sur le lac. Elle reprit sa course, le cœur battant à tout rompre.

Trouver Brody.

Filant derrière les saules et les peupliers, elle finit par atteindre le sentier menant chez Brody.

Elle vit sa propre voiture, mais pas le 4 × 4. Le chalet était plongé dans l'obscurité.

Fouillant dans son sac pour en sortir la clef qu'il lui avait donnée, elle s'appuya un instant contre la porte. C'était beaucoup plus angoissant d'entrer dans une maison noire que d'éteindre en partant.

— Six fois un, six, clama-t-elle en actionnant la serrure. Six fois deux, douze.

Elle entra, chercha l'interrupteur à tâtons…

— Six fois trois, dix-huit.

… inspira, respira.

— Six fois quatre, vingt-quatre.

Après avoir bouclé la serrure, elle s'adossa à la porte, le temps d'évacuer ses pires angoisses.

— Pas ici. Mais il va rentrer dans une minute. Il a sûrement laissé un message…

D'abord la cuisine. Elle allumait à mesure qu'elle progressait, chassant l'obscurité. Il restait un fond de café, un paquet de bretzels entamés sur le comptoir.

La cafetière était froide. Dans le réfrigérateur l'attendait une réserve de bière et de Coca.

— Donc il est sorti pour autre chose. Voilà tout. Et il va sans doute m'attendre chez Joanie. Je suis complètement idiote !

Décrochant le téléphone de la cuisine, elle tâcha de nouveau de le joindre sur son mobile.

Et entendit une voiture se garer.

— Merci, mon Dieu ! souffla-t-elle en raccrochant.

Elle se précipita vers la porte qu'elle ouvrit en grand, pour se retrouver nez à nez avec son énorme 4 × 4.

— Brody ? appela-t-elle, agacée. Où étais-tu passé ?

Un bruissement dans son dos attira son attention ; le temps qu'elle se retourne, elle aperçut un poing, sentit un choc douloureux et plongea dans l'obscurité.

En revenant à elle, elle eut l'impression de souffrir d'une rage de dents et, voulant porter une main à sa joue, elle se rendit compte qu'elle avait les bras immobilisés derrière le dos.

— J'ai dû parer au plus pressé, annonça Rick. Désolé de vous avoir frappée.

Dans un mouvement de panique et de refus, elle commença par se débattre.

— Ce sont des menottes, expliqua-t-il sans quitter la route des yeux. Vous ne pourrez vous détacher, mais ça ne laissera pas de traces sur votre peau. Vous aurez juste un bleu sur le menton, et tout le monde sait que vous avez participé à une bagarre, alors…

— Où est Brody ? Où m'emmenez-vous ?

— Vous vouliez lui parler, je crois ? Je vous emmène le rejoindre.

— Il est…

— Il va bien. Je vous avais emprunté quelques somnifères. Je lui en ai administré assez pour le faire dormir quelques heures. C'est un ami, Reece. Les choses n'auraient pas dû se passer ainsi.

— Les gens me prennent pour une folle ; mais c'est vous le fou si vous croyez pouvoir m'enlever, me menotter et m'expédier loin de cette ville !

— Nous roulons dans la voiture de Brody. La nuit. Si quelqu'un nous croise, il conclura que c'est vous et lui. Je tâcherai d'agir aussi rapidement que possible.

— Vous avez tué Deena Black.

— J'ai fait ce que j'avais à faire, pas forcément pour mon plus grand plaisir. Comme aujourd'hui. J'ai essayé tous les autres moyens. Mais elle ne voulait rien savoir. Pas plus que vous.

Rick reporta son attention sur la route.

— Tenez-vous tranquille. Vous pouvez toujours crier et gesticuler, mais Brody en subira les conséquences. C'est ce que vous voulez ?

— Non.

— Dans ce cas ne bronchez pas, ça vaudra mieux pour tout le monde.

Il s'arrêta, sortit et vint ouvrir la portière de Reece.

— Je vous assommerai s'il le faut, ajouta-t-il. À vous de choisir.

— Je veux voir Brody.

— Très bien.

La prenant par le bras, il la poussa vers le chalet.

Brody était attaché à une chaise de cuisine, le menton touchant la poitrine. Avec un cri étouffé, Reece tituba vers lui, tomba à genoux.

— Brody ! Mon Dieu, Brody !

— Il n'est pas mort. Un peu endormi, c'est tout.

Il consulta sa montre.

— Il émergera bientôt. À ce moment-là on ira faire un tour pour en finir.

— En finir ? Vous croyez que, parce que vous vous en êtes tiré une fois, vous allez nous tuer tous les deux sans que personne ne se doute de rien ? Ça ne marchera pas, cette fois-ci.

— Qui s'interrogera sur un meurtre suivi d'un suicide ? Vous lui avez demandé de vous reconduire sur les lieux où vous prétendiez avoir vu le meurtre. Vous l'avez drogué, à l'aide de cette thermos que vous aviez emportée.

Il désigna la bouteille sur la table.

— Elle contient du café drogué avec vos propres pilules. On en trouvera un flacon dans votre poche.

— Pourquoi est-ce que je tuerais Brody ? Qui croirait que j'aie pu m'en prendre à lui ?

— Vous avez disjoncté. Vous l'avez drogué et puis vous lui tirez une balle dans la tête avant de vous suicider. Vous avez volé le pistolet que Joanie garde dans le tiroir de son bureau. On trouvera vos empreintes dessus, des résidus de poudre sur vos doigts. Les preuves seront accablantes.

— N'importe quoi ! J'ai prévenu la police de l'État pour leur parler de Deena Black.

— C'est faux. Maintenant, je vais ôter ces menottes. Si vous essayez de fuir, je vous tirerai dessus ainsi que sur Brody, à bout portant. Compris ?

— Oui. Je ne fuirai pas.

Il se leva lentement, la délivra.

— Asseyez-vous là.

Pour la convaincre, il caressa son revolver.

— Pas d'histoires ! Je n'ai pas envie que vos poignets portent la moindre marque d'entrave. Frottez-les pour activer la circulation. Allez !

Ses bras lui faisaient affreusement mal et elle obéit en tremblant.

— Je vous ai dit qu'on avait averti les autorités, répéta-t-elle.

— Non, Brody m'aurait prévenu en venant ici. C'est moi qui ai prétendu détenir des renseignements fournis par la police de l'État ; je lui ai demandé de venir me rejoindre ici, où j'attendais soi-disant leur visite pour procéder à l'arrestation.

Il lui tendit une tasse de plastique remplie d'eau ainsi que la pilule qu'il avait préparée.

— Avalez-moi ça.

— Non.

— Ça vient de chez vous. C'est pour apaiser l'anxiété, ça devrait vous aider un peu ; et puis il faut qu'on retrouve des médicaments dans votre sang. Avalez-la, Reece, sinon je vous la fais entrer de force dans la gorge.

Elle prit la tasse, le comprimé.

Satisfait, il s'assit, posa les mains sur ses genoux.

— Nous allons attendre quelques minutes, le temps que ça produise son effet, ensuite nous nous mettrons en route. Je suis désolé de devoir en arriver là, je vous assure. Brody est un ami et je n'ai rien contre vous. Mais je dois protéger ma famille.

— Comme vous le faisiez en baisant Deena Black ?

Il se raidit, mais finit par hocher la tête.

— J'ai commis une erreur. Des plus humaine au fond. J'aime ma femme, mes enfants. Rien n'est plus important pour moi. Mais un homme a des besoins. Deux, trois fois par an, je les satisfaisais. Sans que ça ait jamais affecté ma famille. Je dirais que ça faisait de moi un meilleur époux, un meilleur père.

Reece s'avisa qu'il y croyait dur comme fer. Combien de gens se racontaient ainsi des histoires pour se persuader qu'il n'y avait au fond rien de mal à tromper son conjoint ?

— Deena en est la preuve, lâcha-t-elle.

— Ça ne devait durer qu'une nuit. Qu'est-ce que ça pouvait faire ? Seulement, avec elle, je n'ai pas su m'arrêter. C'était comme une maladie. Je ne pouvais plus la lâcher, et pendant un certain temps, j'ai été amoureux. Je croyais pouvoir garder les deux.

— L'ombre et la lumière.

Il eut un sourire triste.

— Exactement. J'ai donné tout ce que j'ai pu à Deena, mais elle en voulait trop. Elle exigeait que j'abandonne Debbie et les enfants. Jamais je ne ferai une chose pareille. On s'est disputés, ça s'est très mal passé et, là, j'ai compris mon erreur ; j'ai rompu.

— Seulement elle ne voulait rien savoir.

Réveille-toi, Brody ! Dis-moi ce qu'il faut faire !

— Elle me harcelait au téléphone. Réclamait de l'argent, dix mille dollars, ou elle allait prévenir ma femme. Je n'avais pas cette somme, je le lui ai dit. À quoi elle a répondu que je ferais bien de la trouver si je tenais à mon foyer. Comment vous sentez-vous ? Plus calme ?

— Je vous ai vu, au bord de la rivière. Je vous ai vu la tuer.

— Je voulais juste la raisonner. Je l'amenais souvent dans ce chalet. Vous devriez peut-être prendre une deuxième pilule.

— Vous l'avez emmenée à la rivière.

— Juste pour marcher un peu. Je lui ai dit que je pourrais sans doute trouver deux mille dollars, et la soutenir financièrement si elle quittait le Wyoming. Elle criait qu'elle ne se contenterait pas de miettes. Elle voulait tout. Je comptais taper dans l'argent que nous mettions de côté pour les enfants, pour leurs études. Je ne sais pas pourquoi je lui ai dit ça : elle a aussitôt exigé tout ce qu'il y avait sur le compte, non plus dix mille dollars mais vingt-cinq mille. Sinon je n'aurais plus rien, ni femme ni enfant. Ma réputation serait fichue. Je l'ai traitée de putain, parce que c'est tout ce qu'elle était, ce qu'elle avait toujours été. Alors elle m'a frappé et, quand je l'ai poussée à terre en lui disant que c'était fini, elle s'est remise à crier. Enfin, vous avez vu ce qu'il en était.

— Oui, j'ai vu ce qu'il en était.

— Elle jurait qu'elle aurait ma peau, que je pouvais payer tout ce que je voudrais, qu'elle m'en demanderait encore et encore, jusqu'à plus soif. Qu'elle allait tout déballer à Debbie, dans les moindres détails, tout ce que nous avions fait ensemble. Là, je ne pouvais en entendre davantage. C'était comme si un essaim de guêpes m'entrait dans le cerveau. Elle était à terre, sous moi, et j'avais les mains sur sa gorge. Je me suis mis à serrer, serrer, jusqu'à ce que le bourdonnement s'arrête.

— Vous n'aviez pas le choix, fit mine d'approuver Reece. Elle vous y a poussé. Elle vous avait attaqué, menacé. Vous deviez vous protéger, vous et votre famille.

— Exactement. Tout ça s'est passé comme dans un mauvais rêve.

— Je comprends. Mon Dieu, elle vous braquait littéralement un flingue sur la tempe ! Vous n'aviez pourtant rien fait de mal, Rick. Vous ne vous en étiez pas pris à des innocents. Si j'avais compris à temps, je n'aurais pas réagi de la sorte.

— Seulement vous vous êtes acharnée. Moi, je voulais juste vous inciter à quitter la ville, à poursuivre votre vie ailleurs, pendant que je poursuivrais la mienne ici.

— Je comprends. Et je suis d'accord avec vous. Vous n'avez qu'à nous laisser partir, Brody et moi, et tout sera fini.

— J'aimerais bien, Reece. Malheureusement, vous ne pouvez changer le cours des choses. Finalement, je crois qu'une pilule vous aura suffi. Maintenant, il faut vous écarter de lui, il est temps que je le réveille.

Là-dessus, il l'attrapa par le col de sa chemise et l'écarta de Brody. Ce dernier se dressa soudain, entraînant sa chaise avec lui, et se jeta tête baissée sur Rick qui perdit l'équilibre et tomba à la renverse.

— Cours ! cria-t-il à Reece. Vite !

Elle s'enfuit, aveuglée par la peur, suivant cet ordre comme si rien d'autre n'existait plus. Crachant au passage la pilule qu'elle avait gardée dans une joue, elle ouvrit la porte d'entrée, entendit la chute des deux hommes, leurs jurons.

Un hurlement lui résonna dans la tête quand elle perçut le coup de feu.

— Tu as entendu ?

Linda Gail se hissa sur un coude.

— Oui, les anges qui chantaient.

Avec un petit rire, elle lui pinça les côtes.

— Moi aussi, mais il y a eu comme un coup de feu.

— Ça alors ! Comme si c'était possible dans les forêts du Wyoming !

Lou la repoussa en la chatouillant.

— Arrête ! cria-t-elle. Sinon je... Là ! Tu as entendu, cette fois ? Il y a bien quelqu'un qui crie ?

— Je n'entends rien que mon cœur qui supplie le tien de lui accorder encore quelques douceurs. Viens, ma puce...

Pourtant, ce fut Lou qui sursauta lorsqu'un craquement retentit à deux pas du chalet.

— Ne bouge pas !

Nu comme un ver, il se leva, sortit de la chambre.

Lorsque Reece surgit devant l'entrée, il ne put que joindre les mains sur son bas-ventre.

— Mais qu'est-ce qui se passe ? s'écria-t-il.

— Il a Brody ! Il a Brody ! Il va le tuer !

— Quoi, quoi ? Qui ?

— Au secours ! Aidez-nous !

— Reece ?

Enveloppée dans un drap, Linda Gail sortait à son tour.

— Qu'est-ce qui t'arrive ?

Pas le temps ! pensa Reece. Brody devait être déjà blessé, perdre son sang... sur le point de mourir. Comme cela lui était déjà arrivé, à elle. Cependant, elle avait repéré la carabine sur son râtelier, derrière une vitrine.

— Elle est chargée ?

— Minute ! C'est l'arme de mon grand-père.

Déjà, Reece se précipitait dessus mais elle ne put ouvrir la vitrine ; alors, faisant volte-face, elle attrapa une lampe et la projetta contre la vitre.

— Merde ! Ma mère va nous tuer !

— Prévenez les secours ! Appelez la police de l'État !

Là-dessus, Reece sortit aussi vite qu'elle était entrée.

La réaction de Lou lui ayant confirmé que l'arme était chargée, elle n'avait plus qu'à deviner comment fonctionnait le mécanisme. Pourvu qu'elle n'ait pas à s'en servir !

Cependant, cette brûlure dans la gorge, qu'elle ne connaissait que trop, ne provenait pas de la peur, ni de cette angoisse qui vous tordait les entrailles, mais d'une rage brûlante à lui faire bouillir les sangs.

Cette fois, elle ne resterait pas dans son coin tandis qu'on tuait un être qu'elle aimait. Non, pas cette fois

Elle entendit Rick l'appeler, ravala ses larmes. Brody ne l'avait donc pas arrêté.

Ce fut elle qui s'arrêta, fermant les yeux pour réfléchir. Elle ne pouvait pas retourner au chalet du shérif. Il l'entendrait, la verrait. Il en finirait avec elle, ainsi qu'avec Lou et Linda Gail si ces deux-là avaient la mauvaise idée de se manifester.

Contourner les lieux. Il devait la croire en fuite, ou cachée quelque part, terrorisé. Il ne s'attendrait pas à la voir revenir pour se battre.

— Vous ne pouvez aller nulle part, Reece ! cria-t-il. Où que vous soyez, je vous trouverai. Je suis sur mon territoire à Angel's Fist. Vous voulez que j'achève Brody dès maintenant ? C'est ça ? Que je lui tire une balle dans la tête pendant que vous restez planquée, comme à Boston ? Vous croyez encore vous en tirer ?

Pour appuyer ses dires, il traîna un Brody ensanglanté devant l'entrée, lui appuyant son revolver sur le front.

— Dis-lui de revenir !

— Non.

Le cœur de l'écrivain se serra au contact du canon sur sa tempe.

— Réfléchis, Rick, tu ferais ça, toi, si la vie de ta femme était en jeu ? Tu as tué pour protéger ceux que tu aimes. Tu ne mourrais pas pour eux ?

— Tu ne la connais que depuis quelques mois et tu veux me faire croire que tu es prêt à mourir pour elle ?

— C'est la femme de ma vie. Alors appuie sur la détente tant que tu veux. De toute façon, tu es fichu. C'est ton arme de service, pas le pistolet de Joanie. À qui feras-tu croire que Reece m'a tué avec ton flingue ?

— Je trouverai une explication. Rappelle-la tout de suite.

— Tu m'entends, Reece ? cria Brody. Si tu m'entends, va-t'en vite !

Rick le secoua par le bras dans lequel une balle s'était logée, lui arrachant un hurlement.

En s'efforçant de ne pas trembler, Reece releva la carabine, mit Mardson en joue, inspira, retint son souffle et appuya sur la détente.

Cela explosa comme une bombe, la faisant reculer d'un bond. Elle tomba en arrière, si bien que la balle partie du revolver de Mardson passa au-dessus de sa tête.

Elle se releva vite, et aperçut Brody et Rick en train de se battre au sol, chacun étreignant le revolver.

— Arrêtez ! cria-t-elle en se précipitant. Arrêtez tout de suite !

Elle pointa le canon sur la tête de Rick.

— Arrêtez !

— Attends, Slim ! souffla Brody.

Il se décala pour avoir une meilleure prise sur le revolver. Cependant, Rick roulait sur la jeune femme, la déséquilibrant au passage et récupérant l'arme qu'il pointa sur sa propre tempe. Brody lui balança un direct en plein visage.

— Ce serait trop facile ! gronda-t-il en plongeant pour ramasser le revolver tombé des mains du shérif.

Rick gisait sur le sol, assommé. Épuisé par la douleur autant que par les somnifères, Brody vint simplement s'asseoir à côté de Reece.

Ce fut le moment que choisirent Lou, en jean et torse nu, et Linda Gail en long tee-shirt pour surgir.

— Mais qu'est-ce qui se passe ici ? interrogea le cow-boy abasourdi. Brody ! Bon Dieu ! Vous êtes blessé ?

— Oui.

En guise de garrot, il appuyait sur son bras une paume pleine de sang.

— J'ai pris une balle, dit-il souriant à Reece. Encore un point commun entre nous deux.

Affalé entre eux, Rick reprenait conscience. Soudain, il se prit le visage entre les mains et pleura.

Le lendemain matin, à l'aube, Reece aida Brody à sortir de la voiture.

— Tu aurais pu passer la journée à l'hôpital, ou même plusieurs jours.

— J'aurais aussi pu passer la journée une bassine sur le crâne. Ça m'aurait fait à peu près le même effet. Tu as vu l'infirmière ? Elle avait une tête de bouledogue. Brrr !

— En tout cas, tu vas lui obéir et te reposer. Au lit ou sur le canapé, comme tu voudras.

— Et toi, où est-ce que tu seras ?

— À la cuisine. Et tu n'auras pas de café.

— Slim, je pourrais me passer de café pour le restant de mes jours.

Le voyant frémir, elle lui posa un doigt sur les lèvres.

— Je vais te préparer du thé et une omelette. Alors, le lit ou le canapé ?

— J'ai envie de m'asseoir dans la cuisine et de te regarder travailler. Ça me permettra d'oublier la douleur.

— Tu n'aurais pas mal si tu prenais les analgésiques qu'on t'a prescrits.

— J'ai eu ma part de drogue pour la journée, et pour la vie, je crois. Au chalet de Rick, j'avais l'impression de patauger dans une mare de poisse. Je vous entendais parler tous les deux, mais je n'intégrais pas le sens des paroles ; il ne me restait qu'à faire le mort en guettant le bon moment.

— Tu étais attaché à cette chaise, drogué : il aurait pu mille fois en profiter pour te tuer.

— Il aurait pu nous tuer tous les deux. Il aurait dû, en fait.

Comme elle l'aidait à s'asseoir devant la table, il poussa un long soupir.

— Sacrée nuit, hein, Reece ?

Déjà, elle commençait à s'activer entre les casseroles et les placards.

— Au début, avoua-t-elle, je ne songeais qu'à m'enfuir. Me cacher. Mais... ça a changé. Je ne saurais te dire à quel moment. J'ai dû flanquer la trouille de leur vie à Lou et Linda Gail.

— Ça leur fera des souvenirs à raconter à leurs petits-enfants.

— Oui.

— Tu avais tout compris avant moi. J'écris des romans policiers, mais c'est la cuisinière qui a pigé la première.

Jamais Brody n'oublierait comment, émergeant avec difficulté de la brume des somnifères, il avait entendu la voix de Reece. Jamais il n'oublierait cette terreur qui l'avait transpercé jusqu'à la moelle.

— Parce que c'était ton ami.

— C'était.

Elle sortit le beurre, en coupa une tranche qu'elle fit fondre dans la poêle.

— Que vont devenir Debbie et les enfants ? demanda-t-elle. Comment vont-ils surmonter une telle épreuve ? Leur vie en sera totalement bouleversée.

— Leur vie n'était déjà plus ce qu'ils croyaient. Ça devait arriver à un moment ou un autre.

— Peut-être. On verra ce qu'on pourra faire.

Elle cassa des œufs qu'elle fouetta avec un peu d'aneth frais et du poivre.

— Le pire, ajouta-t-elle, c'est qu'il était le premier à croire à ses propres mensonges. Qu'il faisait ça pour les protéger, que c'était son devoir. Que Deena lui forçait la main. Il se prend pour un type bien.

— Quelque part, c'était un type bien. Il va le payer cher, Slim. Quant à Deena Black, elle a payé le prix fort.

— Il l'a tuée, enterrée, puis il a effacé ses traces, caché sa moto jusqu'à ce qu'il puisse l'utiliser pour retourner chez elle récupérer ses affaires, afin d'effacer encore une fois les indices. Tout cela, il l'a effectué dans le plus grand calme ; il ne s'affolait jamais, pas même quand on lui a téléphoné pour lui annoncer ce que j'ai vu.

Elle déposa devant lui une assiette garnie d'une omelette odorante, puis lui caressa la joue.

— Sans toi, murmura-t-elle, j'aurais lâché prise. Je n'aurais pas non plus tenu le coup s'il t'avait tué. Alors merci d'être resté vivant.

Sur ces mots, elle posa les lèvres sur les siennes, puis :

— Mange tes œufs.

— Moi aussi, j'étais au bord du gouffre, souffla-t-il. Tu t'en rends compte, j'espère ?

— Oui.

— Pourquoi est-ce que tu n'en profites pas ?

— Profiter de quoi ?

— De moi. On vient de vivre une expérience atroce, tu m'as sans doute entendu proclamer que j'étais prêt à mourir pour toi. Mais tu n'en profites pas.

— Ce n'est pas mon genre, marmonna-t-elle en déposant le thé sur la table.

Comme on frappait, elle se rembrunit.

— Déjà ? J'ai l'impression que les visiteurs vont défiler ici aujourd'hui sans relâche…

— Ce n'est pas grave. Mais c'est pour moi.

Il l'attrapa par la main pour l'empêcher d'aller ouvrir.

— J'attends un truc.

— Tu dois te reposer.

— Je peux quand même ouvrir ma propre porte ! Quant à ce thé, bois-le toi-même. Pour moi, ce sera un Coca.

Elle le regarda sortir en secouant la tête d'un air réprobateur, ce qui ne l'empêcha pas d'emplir un verre de glaçons avant d'ouvrir une bouteille de Coca.

Elle sirotait son thé quand Brody revint dans la cuisine, armé d'un énorme bouquet de tulipes.

— Tu ne m'as pas dit quelle couleur tu préférais, alors j'ai pris un assortiment.

— Brody !

Elle afficha un sourire lumineux en le débarrassant de son fardeau parfumé, y plongea le nez.

— Elles sont superbes, simples et odorantes. Comme un arc-en-ciel après un orage. C'est une proposition ?

Comme il ne répondait pas, elle tenta de réprimer l'affolement qui saisissait son cœur.

— Je vais acheter ce chalet, annonça-t-il enfin.

— Ah oui ?

— Dès que j'en aurai parlé à Joanie. Je vais y apporter quelques aménagements : agrandir le bureau, ajouter un balcon que je garnirai de deux fauteuils. Et puis je verrais bien des massifs de tulipes à l'extérieur… Qu'en penses-tu ?

— Bonne idée.

— Tu travailleras au restaurant, ou tu ouvriras le tien si tu préfères. Tu publieras des livres de cuisine. Tout ce que tu voudras. Mais il va falloir que tu habites ici et qu'un de ces jours on régularise.

— C'est ce que tu veux ?

— Tu m'aimes ou pas ?

— Oui. Oui, je t'aime.

— Moi aussi. Qu'en dis-tu ?

Elle lui répondit par un sourire radieux. D'une paume sur sa nuque, il l'attira vers lui pour l'embrasser au milieu des tulipes.

— Je suis là où j'ai envie d'être. Et toi ?

— Moi aussi, exactement.

Le matin se levait dans une lumière déjà estivale qui les bercerait jusqu'à l'automne. Assis à la table de la cuisine, ils dégustèrent leur omelette froide sous une myriade de tulipes.

Du même auteur aux Éditions J'ai lu

Les illusionnistes (nº 3608)
Un secret trop précieux (nº 3932)
Ennemies (nº 4080)
L'impossible mensonge (nº 4275)
Meurtres au Montana (nº 4374)
Question de choix (nº 5053)
La rivale (nº 5438)
Ce soir et à jamais (nº 5532)
Comme une ombre dans la nuit (nº 6224)
La villa (nº 6449)
Par une nuit sans mémoire (nº 6640)
La fortune des Sullivan (nº 6664)
Bayou (nº 7394)
Un dangereux secret (nº 7808)
Les diamants du passé (nº 8058)
Coup de cœur (nº 8332)
Douce revanche (nº 8638)
Les feux de la vengeance (nº 8822)
Le refuge de l'ange (nº 9067)
Si tu m'abandonnes (nº 9136)
La maison aux souvenirs (nº 9497)
Les collines de la chance (nº 9595)
Si je te retrouvais (nº 9966)
Un cœur en flammes (nº10363)
Une femme dans la tourmente (nº 10381)
Maléfice (nº 10399)
L'ultime refuge (nº 10464)
Et vos péchés seront pardonnés (nº 10579)

Lieutenant Eve Dallas

Lieutenant Eve Dallas (nº 4428)
Crimes pour l'exemple (nº 4454)
Au bénéfice du crime (nº 4481)
Crimes en cascade (nº 4711)
Cérémonie du crime (nº 4756)
Au cœur du crime (nº 4918)
Les bijoux du crime (nº 5981)
Conspiration du crime (nº 6027)
Candidat au crime (nº 6855)
Témoin du crime (nº 7323)
La loi du crime (nº 7334)
Au nom du crime (nº 7393)
Fascination du crime (nº 7575)
Réunion du crime (nº 7606)
Pureté du crime (nº 7797)
Portrait du crime (nº 7953)
Imitation du crime (nº 8024)
Division du crime (nº 8128)
Visions du crime (nº 8172)
Sauvée du crime (nº 8259)
Aux sources du crime (nº 8441)
Souvenir du crime (nº 8471)
Naissance du crime (nº 8583)
Candeur du crime (nº 8685)
L'art du crime (nº 8871)
Scandale du crime (nº 9037)
L'autel du crime (nº 9183)
Promesses du crime (nº 9370)
Filiation du crime (nº 9496)
Fantaisie du crime (nº 9703)
Addiction au crime (nº 9853)
Perfidie du crime (nº 10096)
Crimes de New York à Dallas (nº 10271)
Célébrité du crime (nº 10489)

Les trois sœurs

Maggie la rebelle (nº 4102)
Douce Brianna (nº 4147)
Shannon apprivoisée (nº 4371)

Trois rêves

Orgueilleuse Margo (nº 4560)
Kate l'indomptable (nº 4584)
La blessure de Laura (nº 4585)

Les frères Quinn

Dans l'océan de tes yeux (nº 5106)
Sables mouvants (nº 5215)
À l'abri des tempêtes (nº 5306)
Les rivages de l'amour (nº 6444)

Magie irlandaise

Les joyaux du soleil (nº 6144)
Les larmes de la lune (nº 6232)
Le cœur de la mer (nº 6357)

L'île des trois sœurs

Nell (nº 6533)
Ripley (nº 6654)
Mia (nº 8693)

Les trois clés

La quête de Malory (nº 7535)
La quête de Dana (nº 7617)
La quête de Zoé (nº 7855)

Le secret des fleurs

Le dahlia bleu (nº 8388)
La rose noire (nº 8389)
Le lys pourpre (nº 8390)

Le cercle blanc

La croix de Morrigan (nº 8905)
La danse des dieux (nº 8980)
La vallée du silence (nº 9014)

Le cycle des sept

Le serment (nº 9211)
Le rituel (nº 9270)
La Pierre Païenne (nº 9317)

Quatre saisons de fiançailles

Rêves en blanc (nº 10095)
Rêves en bleu (nº 10173)
Rêves en rose (nº 10211)
Rêves dorés (nº 10296)

En grand format

L'hôtel des souvenirs
Un parfum de chèvrefeuille
Comme par magie
Sous le charme

Intégrales

Les frères Quinn
Les trois sœurs

9067

Composition
PCA à Rezé

Achevé d'imprimer en Espagne
par BLACK PRINT CPI
le 19 janvier 2014

Dépôt légal janvier 2014
EAN 9782290080931
OTP L21EPLN001352N001

ÉDITIONS J'AI LU
87, quai Panhard-et-Levassor, 75013 Paris

Diffusion France et étranger : Flammarion